先生们

燕治国 ◎ 著

山西出版传媒集团
北岳文艺出版社·太原

图书在版编目（CIP）数据

先生们 / 燕治国著. — 太原：北岳文艺出版社，2017.10
ISBN 978-7-5378-5428-3

Ⅰ. ①先… Ⅱ. ①燕… Ⅲ. ①访问记－作品集－中国－当代 Ⅳ. ① I253

中国版本图书馆 CIP 数据核字（2017）第 269274 号

书　　名：先生们
著　　者：燕治国
责任编辑：孙　茜
书籍设计：张永文
印装监制：巩　璠

出版发行：山西出版传媒集团·北岳文艺出版社
地址：山西省太原市并州南路 57 号　　邮编：030012
电话：0351-5628696（发行部）　0351-5628688（总编室）
传真：0351-5628680
网址：http://www.bywy.com　　E-mail：bywycbs@163.com
经销商：新华书店
印刷装订：山西人民印刷有限责任公司
开本：787mm×1092mm　1/16
字数：380 千字　印张：25.25
版次：2017 年 10 月　第 1 版
印次：2018 年 10 月山西　第 1 次印刷
书号：ISBN 978-7-5378-5428-3
定价：58.00 元

本书版权为本社独家所有，未经本社同意不得转载、摘编或复制

目录
Contents

1 / 漾起锦似的涟漪——访冰心
6 / 附录：冰心：纸船 / 唐达成先生来信 唐达成小传
9 / 世纪老人的期望——访夏衍
14 / 附录：沈宁大姐来信 / 沈芸：祖父文革遭遇点滴 / 夏衍：野草
17 / 云与火焰的景象——访巴金（李辉）
23 / 清纯明净写山水——访冯至
28 / 附录：冯姚平大姐来信 / 冯至：我是一条小河 / 冯至十四行诗：我们听着狂风里的暴雨
31 / 泣血苦吟六十年——访臧克家
35 / 附录：郑苏伊女士来信 / 臧克家：老马 / 老舍小传
37 / 八旬诗翁登高楼——访冈夫
41 / 附录：王老来信 / 燕治国：想念王老
45 / 弟子归去掩柴门——访吴祖缃
49 / 附录：吴组缃等：人名诗 / 老舍：吴组缃先生的猪
51 / 老树青藤梅花村——访欧阳山
56 / 附录：欧阳山的晚年岁月
57 / 潇洒奇逸天岸马——访萧乾
61 / 附录：萧乾先生来信 / 文洁若小传 / 赵树理之死 / 萧乾：北京城杂忆之一：市与城
65 / 让思絮轻轻飘飞——访艾青
70 / 附录：高瑛：一段回忆 / 艾青诗一：我爱这土地 / 艾青诗二：大堰河——我的保姆

77 /	一缕凄凉的苦香——访卞之琳	
81 /	附录：冯姚平：心底的热流 / 李广田小传 / 何其芳小传	
85 /	怎一个情字了得——访曹禺	
90 /	附录：巴金：忆曹禺（节选）	
93 /	夜阑卧听风吹雨——访白朗	
97 /	附录：云水斋主人：不想说话 / 罗烽小传 / 著名作家罗烽白朗遗作捐赠案尘埃落定两子女同意捐文学馆	
101 /	十年黄叶饮秋霜——访端木蕻良	
105 /	附录：笔名闲话 / 端木蕻良：土地的誓言 / 资料一则	
109 /	蚯蚓作泥土之歌——访孙犁	
114 /	附录：刘宗武：病逝前的孙犁（节选） / 学术研讨：从孙犁到铁凝	
117 /	桃李无言花自开——访胡采	
121 /	附录：路遥小传 / 邹志安小传	
123 /	铁马冰河入梦来——访草明	
127 /	附录：照片背后的故事 / 沙飞小传	
131 /	更能消几番风雨——访吴有恒	
138 /	附录：夏衍致吴有恒 / 燕治国：阿坚小记	
141 /	荒煤代号二零三——访陈荒煤	
145 /	附录：陈荒煤致周扬 / 关于电影《阿诗玛》	
147 /	谁道人生无再少——访周而复	
152 /	附录：周而复先生来信 / 王周生：周而复与"参观靖国神社事件"	
155 /	卖火柴的老头儿——访叶君健	
160 /	附录：叶君健旧居 / 叶君健与《安徒生童话全集》	
161 /	东湖有一个传说——访徐迟	
166 /	附录：作家徐迟坠楼弃世	
167 /	拄杖凝眸望太行——访阮章竞	
172 /	附录：阮章竞画作	
173 /	犹倚营门数雁行——访严辰、逯斐夫妇	
178 /	附录：逯斐先生来信	
179 /	将歌哭撒进珠江——访陈残云	

183 /	附录：读者石受文先生来信 / 资料一则
185 /	一生为人作嫁衣——访郑笃
190 /	附录：马烽：悼念郑笃
193 /	提起河曲走西口——访雷加
197 /	附录：雷加先生来信
199 /	与君笛里听梅花——访严文井
203 /	附录：严文井：心债 / 洪波：戏赠治国 / 严文井轶事
207 /	老芹力薄不胜风——访秦兆阳
212 /	附录：秦兆阳：无题
213 /	人生有花才有果——访碧野
217 /	附录：碧野先生来信 / 碧野旧居拆迁 收藏字画失踪
219 /	殷勤拭眼删残稿——访韦君宜
225 /	附录：韦君宜先生来信 / 韦君宜写《思痛录》
227 /	诗人穿着牛仔裤——访邹荻帆
232 /	附录：邹海岗先生来信 / 邹海岗小传 / 邹荻帆：无题
235 /	他自水泊梁山来——访束为
239 /	附录：读者来信
241 /	伯乐从来识雄骏——访冯牧
245 /	附录：高洪波：晋人燕治国 / 高洪波小传
247 /	蒲黄榆畔藏文仙——访汪曾祺
252 /	附录：汪曾祺：关于蒲黄榆
253 /	夜来雨中捡旧梦——访葛洛
258 /	附录：葛洛先生来信
259 /	南华门里一老农——访孙谦
264 /	附录：虎头山上三座碑（节选）
265 /	窗外是一片绿色——访柯蓝
270 /	附录：柯蓝：怀念 / 柯蓝的传说
271 /	情牵意惹不说愁——访李纳
275 /	附录：李纳女士来信 / 蒋祖林先生来信
277 /	一样样的山丹丹——访延泽民
281 /	附录：延泽民所长来信 / 丁玲：陕北人 / 丁玲小

285 /	秦山晋水入画来——访王汶石	
290 /	附录：王汶石手迹——致陈忠实 / 陈忠实忆王汶石（节选）/	
	陈忠实小传	
295 /	几竿苍绿染西墙——访管桦	
299 /	附录：管桦的画与歌	
301 /	思乡泪洒并州城——访魏钢焰	
305 /	附录：魏钢焰先生来信	
307 /	京华虽好留不住——访马烽	
314 /	附录：马烽：《小城》序 / 燕治国：送别马 / 杏绵小传	
319 /	最是橙黄橘绿时——访西戎	
323 /	附录：西戎：我看《作家风采》/ 网上人日 / 流沙河小传	
327 /	古董唯藏旧酒瓶——访林斤澜	
331 /	附录：斤澜先生轶事	
333 /	滹沱河边高粱林——访牛汉	
339 /	附录：王柯平先生来信 / 牛汉：无题	
341 /	再把拐杖甩起来——访胡正	
345 /	附录：关于"山药蛋派"	
347 /	一介小民赛神仙——访张志民	
353 /	附录：燕治国：雪后好大的雾 / 秦文玉小传 / 孙郁：诗人张志民	
359 /	耳畔串串驼铃声——访李若冰、贺抒玉夫妇	
366 /	附录：李若冰先生来信 / 贺抒玉女士来信	
369 /	风庐望月披云霓——访宗璞	
374 /	何西来：燕治国作品论	
384 /	附录：何西来小传	
386 /	一版后记 阴通三：圆满的句号	
390 /	二版后记 那时我还年轻	
394 /	三版后记	

漾起锦似的涟漪
——访冰心

○
○
○

冰心（1900—1999） 原名谢婉莹。福建长乐人。曾就读于北京贝满女中、协和女子大学、燕京大学，1923年到美国威尔斯利女子大学学习英国文学，专事文学研究，其间所写《寄小读者》，至今声誉不衰。1926年回国后，相继在燕京大学、清华大学、北京女子文理学院任教。曾任中国民主促进会中央名誉主席、中国文联副主席、中国作家协会名誉主席、顾问，中国翻译工作者协会名誉理事等职。有八卷本《冰心全集》留世。

那一天北京细雨霏霏，不一会儿就将难耐的混浊和闷热洗去了。我跟唐达成先生说我得去看望冰心先生，他说冰心老人年事已高，不能接待所有访问者，你去，老人会欢迎的，但应该先和老人的女儿吴青教授预约一下。达成先生在山西吃过苦受过罪，偏是对山西泥土山西人充满感情，在他担任中国作家协会党组书记期间，我曾经贸然寄去一册习作，不久就收到他热情洋溢的回信。此次赴京，我登门拜谢，原本是怀揣了一颗虔诚的学子之心的，不料初次见面，先生便把我当成同事、朋友，感谢的话不让提起，两个人谈天说地，眼看时间不早了，我说我要去看望冰心先生，达成师愕然之余，说你得预约一下。

出门后，我就把他的话忘了。我挤上一辆公交车，径直往京郊赶去，等走到中央民族学院门口时,身上的衣服全湿透了。想这等狼狈模样,怎么能去见冰心先生?但因家里有急事,几经犹豫,我还是横下心来,一路问询着往这位文学伟人家中走去。

门开时,吴青教授惊讶地看着我。等我说明来意,她客气地请我入座。她正在打印一部英文书稿,因为没有预约,穿着很随便,花白的短发也未及梳理。而冰心老人的门上,分明贴着"医嘱谢客"的字条。吴青没想到雨天会来客,更没想到我要见年逾九旬的冰心先生。她说,实在抱歉,老人身体不好,又有自己的作息时间,如果突然进去,怕她承受不了。我们是不是约定个时间,让老人思想上有个准备?

吴青教授还在耐心解释,我的脑门上已漫出来一层热汗。那时候我才知道达成先生的嘱咐是如何的周到和妥帖。

见我一脸尴尬,吴青的先生陈恕教授赶忙为我解围。他说,题字我们安排一下,让老人从容写来。照片手头就有,你挑一幅满意的,以谢山西读者。会面约定一下,以便错开时间,让你和老人单独聊一聊,你说好吗?陈恕教授是一位充满灵气的江南人,谈吐得体,气质极好。他送我一幅冰心先生的照片,是他儿子陈钢拍摄的。

知道我家中有急事,见面时间很快就定了下来。

第二天上午,我往冰心寓所走去。她的《繁星》与《春水》曾经蜚声文坛,她的《寄小读者》曾经滋润过几代人的心灵。先生的无数读者,因她爱海而向往大海,因她爱猫而喂养小猫。一位读者写道:我们幻想如何像冰心一样站在甲板上靠着船舷,用原来装照相底片的盒子装些诗句丢进海里,任它漂,任它被一个有缘人捡去。想想想,我把眠床想成方舟,把家宅想成一片汪洋……

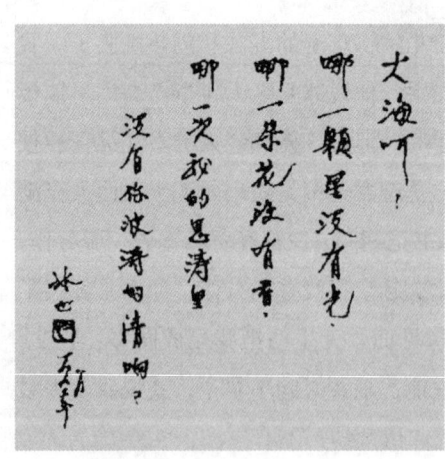

冰心手迹

茅盾称冰心是一位"富有强烈的正义感的作家",慈爱和美好伴她走过将近一个世纪的旅程。在20世纪30年代那支威武雄壮的文学队伍中,冰心纤弱而坚强。她用自己手中一管毛笔,写出来对美好和善良的无尽的呼唤。冰心先生一生著作不算多,但她基本没有写过违心的话。她珍惜自己的人品与文品。对于空话大话假话,冰心是一块化不开的坚冰。

有评论家说,冰心的文字是"镶在夜空里的一颗颗晶莹的星珠",读冰心的作品,看见的是"一池春水,风过处,漾起锦似的涟漪"。

冰心与爱连在一起,而充溢于字里行间的,是清丽典雅的情韵与秀美。

吴青对她母亲的评价是:豁达,开朗,乐观,与世无争。

久居北京的冰心先生,没有自己的私人住宅。当年她随丈夫吴文藻住在中央民族学院的教工宿舍楼里,是一位嫁夫随夫的"家属"。吴先生病逝后,由女儿女婿照顾她。

进门时,冰心先生正在看书。书斋明朗整洁,书柜之外,书桌上整整齐齐地码着各地新近寄来的书籍刊物。老人衣着整洁利落,头发梳得一丝不苟。见我进来,她笑微微地伸出手,说,字已经写好了,你看行吗?书桌上铺着宣纸,老人用毛笔工工整整地写着:物华天宝人杰地灵。我赶忙道谢,她笑眯眯地对我说,我到过你们山西,好多的山哟,一下雨,水从山上冲下来,低洼处的庄稼可怎么办啊?

她又说,你个子好高,像山西的山一样。

她询问了山西几位老作家的身体情况。问到马烽时,冰心说,听说他在北京做官很苦,本来就不该来嘛。他是有出息的作家,当这个官做什么?作家协会庙小神仙

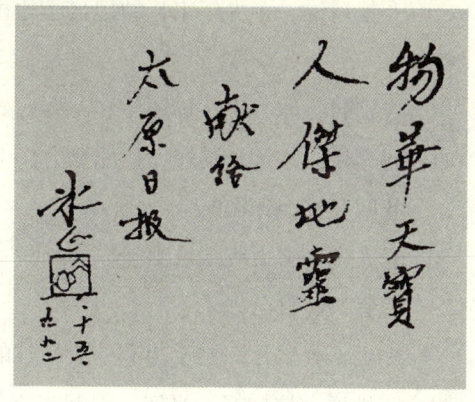

冰心题词

多，谁能管好他们呢？你回去告诉他，能回山西就尽早回山西，写文章，养身体。你让他戒烟戒酒，那些东西伤身体，不好。夏衍抽烟那么多年都戒掉了，戒掉有好处。

  当说到当今文坛的状况时，老人说，作家还是要静下心来多写作品，用自己的作品说话，对社会上的事，多观察，少议论。但接着她便否定自己的话："可是作家总不能不管社会上发生的事情吧？遇到大事，我也管不住自己的嘴巴。比如最近报纸上说，好多地方拖欠老师的工资，这算怎么个事情呢？对这件事，我是逢人就说，还要写文章，直到老师们领到工资为止。"

  她说，我跟这件事没完！

  冰心先生说，我年纪大了，但还在奋斗。每天靠着助步器，总要多走几步。我还要好好地活下去，我对未来充满信心！

  我问她怎样安排一天的时间，老人说，年纪大了，精力不如你们年轻人，可我也不能闲着。早上起来写写日记，没客人来，就写点文章，赚点稿费，每日坐以待"币"呢！只是我这里客人多，来了总应该见一见，一些文章就只好往后推了。

  老人心静如水，读书写作是她一生中最大的乐趣。海内外寄来的书刊，她都要看一看。她说，我不会做官，也不懂得政治，外面那些麻烦事到不了我这里。余生最大愿望，是希望国家好好抓一下教育，不要耽误了孩子们。

  有报道说，多少年来，她把自己的积蓄大多捐给了福建老家的小学校。

  告别时，冰心说，你还年轻，要好好努力。当走到门口时，老人又叫住我，说，你转告马烽，让他努力！

  我问：努力什么？

  老人说：努力戒烟戒酒呗！

  说罢，她自己先乐了。

  先生不收名片。她手边有一个精致的笔记本，请来人都在上边签名留念。她说，这样好，真实，看起来方便。她还对随行的我的妻子说：

吴文藻、冰心夫妇

不容易呀,你一个北京女孩,在山西一呆几十年,燕治国应该感谢你,你辛苦了。

告别之后,我突然想起冰心老人的猫。吴青曾在一篇文章里说,她家的咪咪很乖,没人时或是躺在被子上睡觉,或是卧在书桌上静静地陪着主人。一有客人来,马上抖擞精神会客。来人一举相机,它立即就能找到自己最好的位置。我和冰心老人说话时,没留意猫在何处。

妻子说,我看见了,就蹲在写字台上,一会儿看看你,一会儿看看我,时不时还洗一把脸呢。

1992年8月28日凌晨4时于太原家中
2005年2月20日重新改定

1937年出生的吴青是冰心和吴文藻先生的幼女,曾任教于北京外国语学院英语系,与丈夫陈恕同为英语翻译家。她还被誉为最负责任和最"难缠"的人大代表。2001年获得由菲律宾政府颁发的"拉蒙·麦格塞塞公共服务奖"(Ramon Magsaysay Award for Public Service)。(2016年12月12日补录)

- 附录 -

冰心：纸船
——寄母亲

我从来不肯妄弃了一张纸，
总是留着——留着，
叠成一只一只很小的船儿，
从舟上抛下在海里。
有的被天风吹卷到舟中的窗里，
有的被海浪打湿，沾在船头上。
我仍是不灰心的每天的叠着，
总希望有一只能流到我要它到的地方去。
母亲，倘若你梦中看见一只很小的白船儿，
不要惊讶它无端入梦。
这是你至爱的女儿含着泪叠的，
万水千山，求它载着她的爱和悲哀归去。

八，二十七，一九二三太平洋舟中

唐达成先生来信

（一）

治国同志：

惠书已收到，谢谢。你访冰心文也已细读，对我之褒扬，令我汗颜，但你的好意，铭感于心。你的散文写得潇洒自然，洪波之赞语，亦甚中肯。老作家专访集将来出书，也以先睹为快。太原日报安裴智同志来京约稿，惜手头无现成随笔，以后如有所得再给他投稿。我一切如故，向山西友人问候。

此颂

秋祺

唐达成

1992年10月9日

（二）

治国老弟：

你的《晚晴里的风景》已收到，此书终于出版，非常高兴。书中还配有插图、题字，尤为珍贵。有些老人不幸竟在你出书之前就已仙逝，说明你的远见，终于跑在死神的前面，为他们勾勒下了最后的画像，读者为此也会感谢你。你的文字如你的为人，潇洒飘逸，几笔点染，就将老人的音容笑貌栩栩如生地描绘于眼前，让人们从这些日常生活中的细节里，体察到当代老作家的风貌与风度，是带有温馨意味的抒情散文。我当抽空写点读后感的文字，何况我们有约在先，我自不应食言，请释念。匆复。

即颂

夏祺

唐达成

1994年5月22日

《山西文学》诸友好，均请代为致意问候。

又及

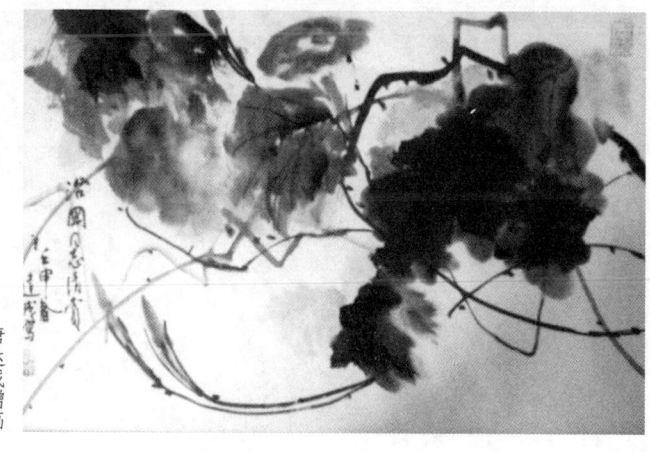

唐达成赠画

唐达成小传

唐达成（1928—1999）湖南长沙人，笔名唐挚。著名文艺批评家、画家、书法家。1946年开始发表作品。1956年加入中国作家协会。1958年被错划为"右派"，长期下放山西。1979年平反后重回北京，曾任《文艺报》编辑、编辑组长、总编室副主任、副主编，中国作家协会党组书记、书记处常务书记、主席团委员。1989年因故去职，此后在家读书画画写作，1999年10月5日病逝于北京。著有评论集《艺文探微录》《南窗乱谈》，散文杂文集《淡痕集》《世象杂拾》《书林拾叶》，传记文学《贝多芬传》，评论《繁琐公式可以指导创作吗》《论"苦恋"的错误倾向》等，主编有《中国新文学大系·短篇卷》《文艺赏析大辞典》等，另有《达成书画》。其坎坷传奇经历，可参阅山西作家陈为人先生所著长篇传记作品《唐达成文坛风雨五十年》。

世纪老人的期望
——访夏衍

○
○
。

夏衍（1900—1995） 本名沈月熙，字端轩。祖籍河南开封，生于浙江杭州。少年时因家贫当过染坊学徒。曾先后就读于浙江公立甲种工业学校、日本明治专门学校电机科。1935年第一次以夏衍为笔名发表短篇小说《泡》。1936年发表报告文学《包身工》。曾任上海市委常委兼宣传部长、上海市文化局局长、文化部副部长、中国文联副主席、全国影协主席、中日友协主席、对外友协副会长、中顾委委员等。有十六卷本《夏衍全集》留世。

中国人谁也不要忘记1900年。那一年的8月，英国人西摩尔率领八国联军攻进北京城，把大清王朝糟蹋得一如分文不值的娼妓。到8月中旬，瓦德西统领十万名杀红眼睛的洋鬼子，攻占了华北大片土地。俄国人1900年闯进东三省，那一年发生了海兰泡和江东六十四屯大惨案。

是年10月5日，一个小女孩诞生在福建闽侯一位海军军官家里。10月30日，一个小男孩在浙江杭州庆春门外严家弄呱呱坠地。

小女孩后来成为作家，笔名叫冰心。

小男孩后来也成为作家，他便是夏衍。

两位作家以后成为至交，友谊矢志不渝，年龄大小分明。夏衍写过一篇文章，无意间把生日提前了，冰心立即致信一封，让他改正过来。

冰心说，文学界至今还健在的人，年龄没有比我更大的了。你的生日是农历九月初八，比我小二十五天，怎么能变成八月十二日呢？夏衍回信说这是小事情，不必太认真。冰心不让，说我是分秒必争，何况日月？夏小弟只好低头认错。

1993年初春，我去看望世纪老人夏衍。此前半年，我曾经见过他的秘书，谈及采访一事，秘书抱歉地说，夏公第二天要回杭州省亲，不好再接见客人了。我听了暗自吃惊：九十三岁老人尚能乘车远行，真算得上是一桩壮举。此事大约只有冰心能说：夏小弟还年轻嘛，回杭州算什么！

在威严的新华门斜对面有一条小街，明清时曾直通吏、户、礼、工、刑、兵六部衙门，想来算是要害之地。以后星转斗移，六部口的热闹与繁华悄然逝去。沿小街前行，见两旁有小摊小铺，或卖烟卖酒，或售葱售蒜。一座小院大门上，赫然贴着一条白纸，居委会的大妈大爷们，用歪歪扭扭的笔迹写道：使用液化气，安全记心中！两位胖老太太在大门前聊天，说吃说喝说儿女。问院里谁家，俱都知道姓夏。

那一天真是幸运，夏公的女儿沈宁大姐没有再安排另外的活动。她说，你可以按你的提纲从容地谈一谈。

和冰心老人一样，夏家也有一本来客留名册。一来表示对客人的尊重，二来免了留存名片的麻烦。我毫不含糊地签名，沈大姐看了直皱眉头。她说，认不得认不得，你写得太草了。

夏公静静地坐在他的小书房里。尽管足不出户，穿着依然十分严整。他说，一条腿有些毛病，脚总是冷，用棉垫捂一捂，感觉稍好一些。我问是不是"文化大革命"中被踢断的那条腿，他笑着点点头。

夏衍吸烟六十年，后来一下戒掉了。此举颇得冰心赏识，她要我转告马烽，让他向老同志学习，不要再吸了。马烽夫人

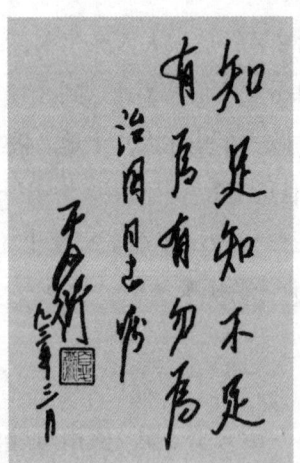

夏公题词

段杏绵十分感谢冰心的关照,期望丈夫从此与烟卷断了干系。其时马烽已感呼吸不畅,愤然改抽陕西出的一种叫祝尔康的香烟。据说抽那种烟非但无害,而且还能治病,只是价格太便宜,让人怀疑其可靠性。

夏公显瘦,但精神很好。九十三岁高龄,耳朵不聋,思维不乱分寸。他笑着说,我从来就没有胖过,大概算天生的瘦人。到如今除眼睛做过两次手术外,身体没有大的毛病。我说,近一个世纪以来,您经历过那么多的风风雨雨,到老来依然结实硬朗,也真是不容易。

这是我的真心话。我无法在这篇小文章里展示这位文化巨匠丰富而曲折的一生。他所经历过的,几乎是一部完整的中国近当代史。在中国现代文学史中,夏衍有着别人无法替代的位置和功绩。他曾经投身五四运动,创办和编辑过浙江第一个马克思主义刊物。留学日本期间,孙中山先生在门司港当场吸收他为改组后的中国国民党党员,且委以重任。他是左翼作家联盟的筹建人之一,是顽强的《救亡日报》的总编辑。他抗战时到重庆,主办《新华日报》副刊,是周恩来的得力助手。新中国成立以来,他在文化战线上的耕耘与播种,赢得几代人的尊重与敬仰。

夏衍与妻子蔡淑馨、女儿沈宁(1933年于上海)

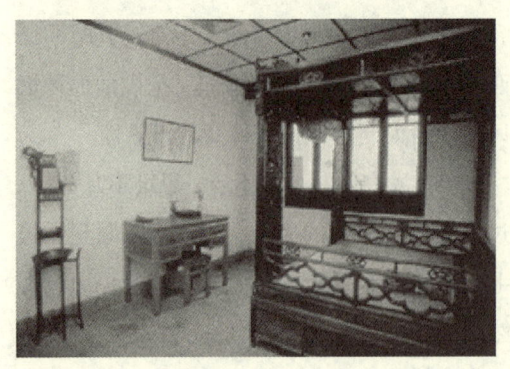

夏衍故居——杭州严家弄50号

夏公说,我们那时候不得不奋斗。八国联军打进来,使我一出生便蒙受了一种民族耻辱。以后战乱频仍,国家面临的是灾难和灭亡,连印度人都看不起中国人。凡是有点良心和血性的中国人,谁不盼望祖国富强起来呢?

老一代人吃苦受累流血流汗,为的是下一代人能幸福美满,不再受过去那种罪。可惜建国以后走了弯路,耽误了二十多年时间,经济建设远远落在了亚洲"四小龙"后面。1962年七千人大会想转过方向来,结果转到阶级斗争上去了。后来是"文化大革命",一乱十几年,把中国又拖到泥淖之中,世界上哪一个国家能经得起这样的折腾呀!

十年浩劫,夏衍坐了八年半牢房。他和彭真、万里等人一起被抓,直到1975年毛泽东说了"周扬一案,似可从宽处理"以后,七十五岁的夏衍才拖着一条断腿走出牢狱。

老人不愿意多谈那段经历。他说,好在都过去了。本来青年人可以少吃些苦,但耽误了几十年,路便得重新走起。如今整个国家都在变化,经济终于提到了重要位置上。一个国家,最重要的是经济繁荣。经济上不去,老百姓没饭吃,还能谈到其他吗?

我说,好多文化人都"下海"了,不知道这是一种什么现象。夏公笑着问我,不一定是好多吧?教授卖烧饼,毕竟是少数。文化人不应该失去信心。现在的年轻作家,应该加强基本功的训练,应该扩大知识面。要懂得历史,要懂得科学。进入科学时代,作家不懂自然科学不行,不懂软科学也不行。青年人永远不能满足,要趁着身强力壮,把自己充实得满一些再满一些。刊物现在很多,要办好,每一家刊物都得团结一批作家,我们那时候就是这样干的。年轻一代,还需要认真努力呀!

他说,我能活到现在,靠了两条,一是不生气,二是不悲观。

多少年来，他一直收听中央人民广播电台的科技节目，对诸如电子对撞、原生质体再生植株一类课题很感兴趣。

临走时，沈宁大姐悄声对我说："老人和你说了那么多话，你的运气真不错！"

我说，夏公在山西介休住过好长一段日子，老人对山西人有感情。

大姐说她年近花甲，已经退休在家，我看一点儿都不像。

几天之后，我收到沈大姐来信，信中装有夏衍老人给我的题词：知足知不足　有为有勿为　治国同志嘱　夏衍 九三年三月。

1993年4月5日子夜于太原家中
2005年2月20日重新校改

三家两代人罕见合影（1981年于北京）　左起：李小林、巴金、沈宁、夏衍、冰心、吴青

沈宁大姐是夏衍先生长女，曾任教于中国人民大学。1954年被派往苏联研修经济学，回国后在《世界文学》编辑部从事翻译、编辑工作。

- 附录 -

沈宁大姐来信

治国同志：

　　你好，你走后不久，夏老就为你写好了题词，运气还挺不错的。现随函寄上请查收。

　　专此　祝

　文安

沈宁
1993 年 3 月 24 日

沈芸：祖父"文革"遭遇点滴

　　……我的祖父夏衍自 1966 年 12 月 4 日一个寒冷的凌晨从家中被抓走以后，开始了八年零七个月的"牢狱之灾"。里面的日子要比游街、批斗难过。无休止的疲劳审讯、拳打脚踢，他的锁骨被打断，腿骨最终也被踢断了，眼睛几近失明，胃肠又大出血……1969 年 2 月，祖父从鬼门关走了一遭又回来了，他说："全身的皮都脱掉，重新换过了。跟阎王爷那儿打了一个招呼，或许是那几年人满为患，人家没收。"

　　他是个文人，但有着从政的经验，同时还有着新闻记者的敏感，嗅出了 1971 年"林彪事件"后时局的变化。果然，第二年起，被允许在规定时间内会见家属了。他用烧过的火柴头在黄草纸上写下"不白之冤"四个字，悄悄从会见桌下塞给女儿沈宁。家中的一切让他宽慰，妻儿无恙，还添丁进口有了第三代，这在那个家破人亡的年代是非常幸运的。

　　……1975 年 6 月 3 日，他从交通干校转移至秦城监狱，待遇提高了，干扰也相对少了。他最为得意的是拆被面、洗被面、缝被子，自己全会做，那一刻的成就感让他不感觉自己是一个"损目折肢"的人。

1975年7月12日清晨，专案组和监狱负责人突然宣布：对夏衍即日起解除"监护"。祖父感到意外，对专案组的小头目说："关了八年半，批斗了几年，要解除监护，得给我一个审查的结论。"对方回答说，结论还没有，但可以告诉你，敌我矛盾当作人民内部矛盾处理。这时，和专案组一起来的对外文委的项明对他说，已经通知了你的家属，都在等着你，先回去吧。于是祖父拄着双拐离开了秦城。

他当时并不知道，这一切源于在江西丰城劳动改造的林默涵在1975年6月17日写给毛泽东的一封信，表示希望"留在党内"。7月2日，毛泽东在林默涵信上批示："周扬一案，似可从宽处理，分配工作，有病的养起来并治病，久关不是办法，请讨论酌处。"最高指示在这十多年里决定着每一个人的命运，而祖父对于这次的"释放"，反应似乎迟钝了，他还在固执地懊恼："刚刚洗好的被子，缝好了，还没来得及睡一觉，就让我回家，白忙了……"

回到南竹竿胡同113号的家，院落破败，房屋也被霸占。好在一家人安在，他写信告诉老友："十年来第一次得到团聚，深有'生还偶然遂'之感。"让他更没想到的是家中老黄猫"博博"还活着，它聪明，当年红卫兵一来抄家，它就赶紧窜上树逃到房上去，夜里再回家吃饭。博博已经几天不进食了，老主人一回来，它拖着身体爬到他脚边，请过安后，第二天就"走"了。它像是一直在等，终于等来了这一天。

"从来不知道疲劳的我，现在已经是体残心怠的老人了。"这是他回到家后的一再感叹。

但祖父总算从地狱回到人间，那一年，他七十五岁。

摘自2016年12月6日《文汇报》（文字有改动）

夏衍：野草

有这样一个故事。有人问：世界上什么东西的气力最大？回答纷纭得很，有的说"象"，有的说"狮"，有人开玩笑似的说：是"金刚"。金刚有多少气力，当然大家全不知道。

结果，这一切答案完全不对，世界上气力最大的，是植物的种子。一粒种子所可以显现出来的力，简直是超越一切。

这又是一个故事。人的头盖骨，结合得非常致密与坚固，生理学家和解剖学者用尽了一切的方法，要把它完整地分开来，都没有这种力气。后来忽然有人发明了一个方法，就是把一些植物的种子放在要剖析的头盖骨里，给它以温度与湿度，使它发芽。一发芽，这些种子便以可怕的力量，将一切机械力所不能分开的骨骼，完整地分开了。植物种子力量之大，如此如此。

这，也许特殊了一点，常人不容易理解。那么，你看见过笋的成长吗？你看见过被压在瓦砾和石块下面的一棵小草的生成吗？它为着向往阳光，为着达成它的生之意志，不管上面的石块如何重，石块与石块之间如何狭，它必定要曲曲折折地，但是顽强不屈地透到地面上来。它的根往土壤里钻，它的芽往地面上挺。这是一种不可抗的力，阻止它的石块，结果也被它掀翻。一粒种子的力量之大，如此如此。

没有一个人将小草叫做"大力士"，但是它的力量之大，的确是世界无比。这种力，是一般人看不见的生命力，只要生命存在，这种力就要显现，上面的石块，丝毫不足以阻挡。因为它是一种"长期抗战"的力，有弹性，能屈能伸的力，有韧性，不达目的不止的力。

这种不落在肥土而落在瓦砾中、有生命力的种子决不会悲观和叹气，因为有了阻力才有磨炼。生命开始的一瞬间就带了斗争来的草，才是坚韧的草，也只有这种草，才可以傲然地对那些玻璃棚中养育着的盆花哄笑。

云与火焰的景象
——访巴金（李辉）

○
○
。

巴金（1904—2005） 原名李尧棠，字芾甘。四川成都人。1923年从家庭出走，就读于上海和南京的中学。1927年初赴法国留学，写成处女作长篇小说《灭亡》。1929年以后，创作了《激流三部曲》《爱情三部曲》《抗战三部曲》《寒夜》等长篇小说和大量中短篇小说以及散文作品。1949年以后，曾任中国文联副主席、中国作家协会主席、中国笔会中心主席、全国政协副主席等职，并主编《收获》杂志。他首倡建立中国现代文学馆，有《巴金文集》十四卷留世。

在我所熟悉的老人中，除了巴金，我大概都能在记忆中轻易地勾画出一个两个轻松的画面，一个两个轻松的话题。冰心自不必说。萧乾谈到羊羔谈到猫谈到乌龟以及花，可以抖出一串有趣的故事。沈从文在患半身不遂之后练习走路时，会因为在房间是否该多走一圈少走一圈而像小孩般斤斤计较，或者在听家乡戏时一边笑一边落泪。他们身上，或多或少都会有一些幽默。那是一阵清风，几缕活泼跳动的阳光，或几声清脆悦耳的鸟鸣。

巴金则不然，与他同时代的友人谈到他时，几乎无一例外地说他常常是沉默着坐在众人之间，听别人侃侃而谈，只是在回答别人的问题时，他可以一口气讲许多话，但话一讲完，便又归于沉默。在未见过他之前，我便是首先根据这样一些文字,来设想与人谈话时巴金的模样。10年前,还在复旦大学念书的时候,我和陈思和第一次走进他的客厅,坐在他的面前,谈了一些有关他的研究方面的话题。那天,有没有阳光从窗外飘洒进来,有没有落叶铺在庭院,我已经记不确切了。只记得我是带着敬意带着紧张走进他的会客厅,老老实实提问,然后仔仔细细地记录。他呢,似乎也是老老实实的回答,没有临场发挥,没有妙语连珠,如此而已,虽然那时他的身体远比现在要好。我顾不上捕捉当时的感觉,只是留下这样一个淡淡的印象:他并非言语不多,但决不是那种很会谈话的人。他的表情一点儿也不丰富,甚至可以说显得过于严肃,也许这是因为他面对的是几个陌生人,他得集中思路向提问者解答与他有关的历史或现实的一个个或大或小的问题。

后来见到他。同他交谈的机会多了,每一次过后,我都觉得仿佛对他的理解又加深了一些,虽然实际上并非如此。但可以肯定的是,我对他的印象更深切了。我发现,虽然时而他也会开心地一笑,但总体来说他的严肃是一贯的,不管是讲话还是静静地坐在那里,沉思好像是他的表情的主要色调。那些年,正是他一篇篇发表《随想录》的时候,作品中所表露出来的对自己灵魂的拷问,带着浓重的挥之难去的忧郁。每当读到那些文字时,我总要假设地去体会体会他内心的痛苦。这些从文字中感受出来的忧郁和痛苦。当坐在他面前时,我觉得完全可以从他的表情、他的声调、甚至目光那里得到印证。在他的客厅里,我见到一尊他的雕塑头像,从那上面我感觉到有一种痛苦沉思的美。我认为那尊头像捕捉住了巴金的精神形象的特征。1982年,思和与我合作写的《巴金论稿》交人民文学出版社出版,我请丁聪先生为封面画过一幅巴金的肖像画,在丁聪的笔下,巴金也是一种痛苦地沉思的神情,我以为它也准确地突出了我所理解的巴金的特点。

我的印象中,就表情的严肃和凝重而言,唯一和巴金有所相似的是胡风。一些年过去了,胡风的影子在我的脑子里依然清晰,我和他散步谈话时的一个个场景也依然清晰,但他那时的生命同样决然没有清风或鸟鸣。他总是严肃着,满脸凝重和倦容,似在思考,又有些像是茫然。

如果不是回答问题，他几乎总是保持着沉默。我想，那是因为他是一个理论家，一个痛苦的思想者，受了太多的灵与肉的折磨。几近垮掉的身体和神经，已经使他来不及也不可能对历史对人生作深刻的思索了。巴金应该说是幸运的。他赶上了改革开放、思想解放的时代，他能够思考历史和人生，能够把一段段业已遥远的流逝的岁月重新铺开在记忆中，用他那经历过文革的精神磨难而变得成熟的目光来加以审视，来无情反思，从而在他的创作生涯中又矗立起一座令世人仰视的高峰——《随想录》。有时候我会想，如果没有《随想录》，后人该会怎样评说巴金？有一点大概可以设想，那时人们心目中的巴金，决不会是现在我印象中的这一个巴金。《家》和《寒夜》等固然重要，可以在文学史上光彩夺目，但是，若没有《随想录》，那该是多么令人遗憾的一个残缺的"巴金"！以我的理解，只是因为有了《随想录》，巴金才完成了他的人生追求，一个丰富而独特的人格才最后以这种方式得以定型，并且与他早年希望成为思想家、社会活动家而做出的那些未能实现的努力，无意有意之中形成一个完美的连接。他影响读者影响社会的，不再仅仅限于文学人物或委婉动人的故事或强烈的感情共鸣，《随想录》的存在，以它的思想性社会性历史性而早已超出了文学本身的意义。

　　一次，我收到他寄来的《随想录》，现在我仍能记得当时的心情。看着他的签名，我想象千里之外的他如何颤巍巍地拿着钢笔的样子。那一瞬间，我的思绪飞得很远。这样虚弱的老人，这样发颤的手，却写出了几乎可以令许多人汗颜的巨作。我很珍爱地一页页翻开它，感到跳跃在字里行间的形象，不是一位老人，而是当年那个对生活对社会对理想充满热情的年轻的李芾甘。是的，他没有老，他对祖国对人民的爱依然那么强烈，他的思想依然年轻依然充满活力。这时，我更多的是将他视为一个思想者，而不仅仅是一个文学家。

　　然而，他毕竟是一个感情极其丰富极其敏感的人，这种丰富和敏感，决定了他不可能具备类似于大多数思想家所具有的那种必不可少的冷静甚至超然于外的态度。更何况他有那么多的忧郁，那么多的痛苦。

　　忧郁和痛苦，巴金给我们带来多少话题。

巴金性格中的忧郁来自何处，父母的遗传？童年环境的影响？走入社会后理想与现实发生矛盾的折磨？他本人并没有清晰地叙述过；另外，根据我的看法，一个作家对自己往事的回忆或性格的解剖，有时不一定准确，不一定完整。性格，与生活中呈现出的丰富多采一样，会有许许多多的话题。在我看来，过早地失去父爱母爱，应该是巴金的忧郁产生的主要原因。年幼的他，生活在那样一个充满矛盾的旧式大家庭里，种种不期而至的感觉，如孤独、寂寞、恐惧等等，会一日日一夜夜侵袭他的心灵，走进他的梦。这种心境，这样的环境，自然会给一个开始形成的性格，蒙上了阴影。

我见过一些巴金早年的照片，特别是有两幅他和大哥尧枚和三哥尧林的合影，给我的印象最为深刻。两张照片拍摄的时间一是1925年，一是1929年，从照片上看，他们弟兄三个的日光给我的感觉都是忧郁的，他们的表情一点儿也没有年轻人的朝气。他们似乎都在思考着什么，从巴金的回忆文章中，我们也能得知他的大哥和三哥的性格，和他有相似的地方。这更证明了父爱母爱的过早失去，对他们的忧郁性格的影响。我不止一次地凝望过这两幅照片，写这篇文章时，我又一次将它们放在了我的面前。

巴金也曾经有过没有忧郁没有痛苦的时候。五四运动在四川掀起浪潮之后，十五六岁的他，接受了无政府主义的信仰。他走上街头撒传单，坐进阁楼编杂志，或者参加集会。孤独寂寞消融在年轻人的友爱之中，忧郁也被参与政治参与社会的急切愿望和热情所代替。用他自己的话说："我随处散发我的热情，我没有矛盾，没有痛苦。"（《片段的记录》）

没有矛盾，没有痛苦，假如真能永远如此，该是多么美好的梦！忧郁也好，痛苦也好，是不该属于一个刚刚走进社会的对信仰对未来充满浪漫情感的年轻人。可是，在我看来，没有了忧郁，没有了痛苦，一颗透明的心，一种单纯的感情，又怎能去感受丰富复杂的现实呢？巴金后来未能像早年那样继续全身心投入政治活动，而是转而走上了文学之路。于是，他为此感到痛苦，于是，他几乎无休止地自责，自创作第一部小说《灭亡》起，他就陷入极度矛盾的痛苦之中。理想与现实、爱与恨、思想与行为、理智与感情，等等，一对对冲突折磨着他的灵魂，他又将它们化为文学形象。他自责，抱怨，他把当一个文学家视为自己人生的一大失败。他甚至将这一切归于他的忧郁性格。1933年他便说过这样的话：

"我的一生也许就是一个悲剧，但这是由性格上来的（我自小就带了忧郁性），我的性格毁坏了我一生的幸福，使我在苦痛中得到满足。有人说过革命者是生来寻求痛苦的人，我不配做一个革命者，但我却做了一个寻求痛苦的人，我的孤独，我的黑暗，我的恐怖都是我自己找寻来的。对于这我不能有什么抱怨。"（《新年试笔》）

每次见到巴金，我都会想起他对自己的这种自责，我真想直截了当地对他说："你错了，你的忧郁性，你的性格并没有毁坏你的幸福。"我觉得，他自己可能没有清醒地意识到，这种性格这种痛苦对他本人、对中国文学和社会意味着什么。他也没有自觉地去比较，这种痛苦与早年那种热情、单纯、幸福，哪一种更有意义。我看正是有了这种精神上的痛苦，他的小说，他的文字，才会那样深深打动读者的心，因为生活中，人们原本就有着各种各样精神上的痛苦。读《爱情二三部曲》，读《家》，读《随想录》，不同时代的读者，都会从中找到感情的、思想的共鸣。如果说一个人的幸福不只限于个体，而是应将之置放于更为广泛的范围来理解，那么对于巴金，有那么多的人能从他的作品得到启迪，得到安慰，也包括得到美的享受，并且因这些文字，人们而敬仰他的人格，这不就是真正的幸福吗？他没有实现成为理论家政治家的愿望，但却完成了一个文学家、一个思想者的跋涉，通过由忧郁和痛苦而升华的思想情感，获得了一种他未能预料到的，永恒的精神幸福。冰心所说的"他痛苦的时候也就是快乐的时候"，是否就是我所理解的这种含意呢？我没有问过她，但想必有相通之处。

不过，我自己也时常陷入一种理性和感情的矛盾。从理性上说，我信服上面那些我对巴金的幸福的表述。可是，当坐在巴金面前看着他苍老的面孔时，我又深深同情起这位老人。我不由发出这样的感慨：他活得太累，太不潇洒，太不超然。

我最近一次到上海，是在1991年10月。北方已是深秋，每天早上起床走到窗前，都能看到一夜间地上又洒满了落叶。上海还没有这种萧瑟，巴金的庭院里，小草依然青青，阳光照在身上，尚觉得有些暖融融的。在上海的那些天里，虽然见到他好几次，但基本上没有像过去那样采访他，与他长谈。在见到他之前，我刚刚读过他写给在四川举行的巴金国际学术研讨会的一封信。在这封信中他又一次强调说真话。他这样说："我不是文学家，也不懂艺术，我写作不是我有才华，而是我有感情，对我的祖国和同胞我有无限的爱，我用我的作品来表达我的感情。我提倡讲真话，并非自我吹嘘我在传播真理。正相反，我想说明过去我也讲过假话欺骗读者，欠下还不清的债。我讲的只是我自己相信的，我要是发现错误，可以改正。我不坚持错误，骗人骗己。所以我说：'把心交给读者'。读者是最好的评判员，也可以说没有读者就没有我。因为病，以后我很难发表作品了，但是我不甘心沉默。我最后还是要用行动来证明所写的和我所说的到底是真是假，说明我自己究竟是一个怎样的人。一句话，我要用行动来补写我用笔没有写出的一切。"

我感动了。从字里行间，我又一次感受到他的人格的力量。我惊讶面前如此衰惫的老人，瘦小的身躯里却依然有着如此令人钦佩的活力。他没有停止思索。从而我相信，他的思考与他的生命同在。

谈话中，我向他提到了这封信，这时他只缓慢地说了这么一句话："人总得说真话。"

简单到极点朴素到极点的一句话，但对于巴金，他是在用全身心拥抱它。它的所有内涵，已经包容在他的全部思想全部情感之中了。

如果把这句话看作一个世界，我看到了那片云，看到了那团火焰。我知道，这个世界也是巴金的忧郁和痛苦所升华出来的。看到了这样的人生风景，我感到充实，我感到满足。于是，我把云与火焰构成的景象，我把我所敬重的老人的这句话，一并装进我的记忆我的思想中："人总得说真话。"

本文作者李辉先生系当代著名作家，《人民日报》资深记者、编辑，作品有《巴金论稿》等数十种，曾获多种文学奖励。

清纯明净写山水
——访冯至

○
○
。

冯至（1905—1993）原名冯承植。河北涿县人。1927年毕业于北京大学，1935年获德国海德堡大学哲学博士学位，同年回国。曾任同济大学、西南联合大学教授，北京大学西语系主任，中国社科院外国文学研究所研究员、所长、名誉所长，中国作协副主席，中国外国文学学会会长，中国德语文学研究会会长等。1980年当选瑞典皇家文学、历史、文物研究院外籍院士。1981年当选联邦德国美因茨科学与文学研究院通讯院士。1986年当选奥地利科学院通讯院士。作品有《十四行集》《十年诗抄》《冯至诗选》《冯至选集》《杜甫传》等。译作有《海涅诗选》《德国，一个冬天的童话》等。有《冯至全集》十一卷本留世。

见冯至先生之前，朋友转借我一册台湾出版的《山水》。薄薄的一本书，辑录了先生抗战前后所写的十三篇散文。其中有些文章读过，如《塞纳河的无名少女》。后记却是第一次见到，捧读一遍，辄被先生所言迷住。或许是编辑当久了，对桌面上堆积的一些虚假文章耿耿于怀，或许是自己偶尔也写点文字，又总不能进入一种物我统一的境界——便觉得短短一篇后记，说的岂止是山水，那实在是一种清纯明净的为文之道，实在是一种民族文化的精萃。

冯至先生在文章里写道：

对于山水，我们还给它们本来面目吧。我们不应该把些人事掺杂在自然里面，宋元以来山水画家就很理解这种态度。在人事里，我们尽可以怀念过去，在自然里，我们却愿意它万古常新。最使人不能忍耐的是杭州的西湖。人们既不顾虑到适宜不适宜，也不顾虑这有限的一湖水能有多少容量，把些历史的糟粕尽其可能地堆在湖的周围，一片完美的湖山变得支离破碎，成为一堆东拼西凑的杂景——我是怎样爱慕那些还没有被人类的历史所点染过的自然，带有原始气氛的树林，只有樵夫和猎人所攀登的山坡，船渐渐远了剩下的一片湖水，这里自然才在我们面前矗立起来，我们同时也会感到我们应该怎样生长。

冯至先生从十六岁开始发表诗作，至今度过了七十年的文学生涯。在通行的充满"阶级观念"的中国现当代文学史中，先生被塞在极不显眼的位置。

事实上呢？

鲁迅评价冯至是"中国最杰出的抒情诗人"。

朱光潜的评价是："融情于理，时有胜境。"

何其芳称："他的最早期的诗就是并不太加修饰，然而感染力量却很强。"

一位不持偏见的论者认为冯至的《十四行集》"是他生平的伟构，也是新文学史上的彩虹"。李广田则称赞冯至的散文"实在都是诗的，那么明净，那么含蓄，在平凡事物中见出崇高，在朴素文字中见出华美，实在是散文中的精品"。

先生是诗人、作家，又是著名的文学翻译家和德语教育家。联邦德国曾授予他大十字勋章、歌德奖章、国际交流协会艺术奖、宫多尔夫日尔曼学奖，民主德国曾授予他格林兄弟文学奖。而在国内，先生却自己掏腰包设立了"冯至德语文学研究奖"，以奖掖后进，促进中德文化交流。

我手中的《山水》，是冯至先生送给一位青年学者的。装帧朴实无华，封皮用的是一种薄软的绵纸。内文错讹颇多，先生都一字一字地改正过来。那时候我想，错三处五处，不足为奇，错十处八处，便令人难以容忍了；可是错八十处呢？错百余处呢？

于是我想，不是出版社太张狂太缺乏责任心，便是冯至先生太善良太宽容了，至少在我所看到的文章中，先生似乎从未提及此事。

找冯至先生，很有点戏剧性。学兄高洪波君查到先生家中的电话，即刻转告我。我即刻依着号码打过去，话筒里却是一串外国话。事情便有几分麻烦——我能听懂几句俄文，对英文一窍不通，且心里嘀咕：以我所知先生为人，总不会对国人也讲德语吧？无奈之下，只好迈开流星大步，径自到中国社会科学院去查个水落石出。

社科院高楼巍峨，门口笔一般立着警卫战士。找人先到楼旁小屋登记，把人烦得心口冒火。他们难我，我便难登记室的小闺女们。我说找冯至先生，她们便问我此人在哪个所。我说不知道，反正又搞文学又搞翻译。她们说你不知道人在哪个所，我们怎么给你联系？我说我不管，反正我要冯至先生家里的电话号码。小闺女们瞪大眼睛说你这人还挺横的，社科院有几千人，我们到哪里去找？我说不是我横，是你们不熟悉社科院的人。你们几千人里有几个冯至？难道你们连冯至先生都不知道？一个闺女噘着嘴嘟囔：你才不知道哩，他原来是外国文学研究所的所长，早就离休了，你让我们到哪儿去找？我说我是查电话号码，又不是直接找人！她瞪我一眼，很快便查到了。

和我记的号码一对，原来我把"6"听成或者写成"0"，便跑了如此的冤枉路。干脆依着原来号码再打一遍，才听清电话里说的是英语，

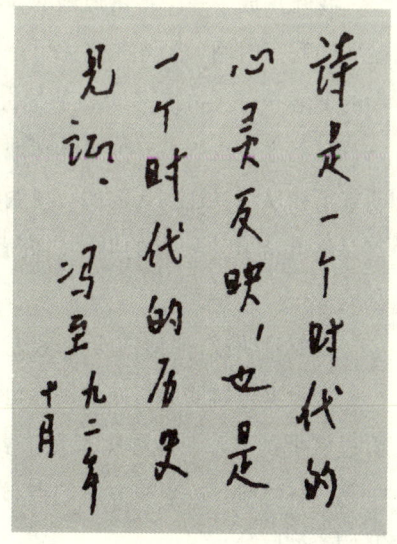

冯至题词

《冯至传》封面

而且英语之后有汉语：对不起，您拨的是空号！

拎着冯至先生家里的电话号码，我先去看望诗人邹荻帆。谈话间提起先生，邹荻帆告诉我说，冯先生在协和住院，你莫如直接到医院去……

我心里不由"咯噔"一声：老天，我的住处离协和医院只有一箭之遥，我白跑了多少冤枉路！

傍晚去看冯先生，正好有客人。客人是他的朋友李野光，刚从国外回来，正一一转达友人对他的问候。年近九旬的冯至先生气色很好，边听边颔首微笑。我贸然闯进去，便把他们的谈话打断了。李野光先生是《世界文学》的前任主编，我在北大作家班学习时曾听过他的课。学生应该尊重老师，应该静静地坐下来听他们说话——可是我没有。我想我从山西来，费了这么多周折找到冯先生，而且眼看就天黑了，晚上还有几位同学等着我，我实在顾不得礼貌了，我得争取优先发言。

我几乎成了一个不讲道理的莽汉。我急不可耐地说明来意，声明一定要给我点时间。野光先生无可奈何地摇摇头，向我询问作家班几位同学的下落。冯先生的二女儿姚明惊奇地看着我，笑着递过来她削好的苹果。

冯至先生也乐了。他笑眯眯地说，我应该也算山西人，我的祖先是明末清初从绛县迁到天津的。姚明吓了一跳。在此之前，冯家的籍贯一直是河北涿县。所有的冯至研究者都写道：冯至，1905年生，河北涿县人……

我对姚明说，回去告诉你家老大，咱们都是老乡！

我没见过姚明的姐姐姚平，也没见过她们的母亲姚可昆先生。但我看过姚平的文章，她称父亲为"爹"，说爹生活简朴，唯一的享受是下午喝一杯咖啡，吃点喜欢吃的点心。可是因为血糖高，点心被老伴和女儿们给彻底禁止了。

可怜的老头儿！姚平写道。

话题转到《山水》，我提及错字太多，几乎每页都有几个，冯先生笑着说："那倒没有，我想不到一百处吧。"问起原因，他依然笑着解释，台湾那边用繁体字印，难免出些错处，也真难为他们了。

冯至先生善良的微笑，永远留在我的脑海里了。他崇尚的除了清纯明净之外，还有宽厚和慈爱。

采访很顺利。野光先生让着我，姚明老乡帮着我，病中的冯至先生袒护我，题字便题字，照相便照相，先生一直笑着。拍照时，他很认真地换了衣服，那时候晚霞柔柔地披在他的身上。

姚明说，爹爹是很认真的人，重要的信交给我们挂号寄出，必须拿回挂号收据来才放心。我们有时逗他：哎呀，忘记发了！他先是紧张，然后眼巴巴地看着我们问：骗我吗？

可爱的老头儿！

姚平还在文章里写道，爹爹对于题词签名要小传要照片一类的事甚感苦恼。他说，我不是名人，我不愿干这样的事，这真是浪费时间，我很苦恼。

告别时，李野光先生颁布了一条口头嘉奖令，全文是：你是一位出色的记者。

我想笑，但没笑出来。

1992年11月30日凌晨3时于听涛书屋
2005年2月18日修订

冯姚平1959年毕业于莫斯科化工机械学院，曾任职于国家机械系统及人事部，编著有多种冯氏文集和纪念文章。

姚可昆1904年12月出生于河北省山湾关。1931年毕业于北京师范大学国文系，继而就读于该校。曾先后任教于北平师范大学、同济大学、中山大学、中法大学、昆明军医二分校及北大医学院，1950年在北京外国语学院创建德语组，先后任教授、德语系主任、德语教研室主任、翻译教研室主任，培养了大批德语人才，一生著译颇丰。

附录

冯姚平大姐来信

治国老乡：

你好！

我是冯家老大——冯姚平。和你没见过面，可是看了你的大作《晚晴里的风景》后，被你那些清新活泼的文章所吸引，感觉我们像是老朋友。

我们老冯家最早是从山西过来的，这我知道，我问过父亲关于我们家的历史。姚明小，她不清楚。但是，大概因为是在天津发达起来的，而且在天津度过了冯家最辉煌的年代，冯家所有的人还是以"天津冯氏"自居，虽然迁涿州已经好几代了。只有我父亲不管这一套，承认事实，一直填写"河北涿县"，我们就都成了涿州人——刘备和张飞的老乡了。甚至前些年，天津文史馆还曾来信征集资料，父亲很客气地回了一封信，说："对不起，我是河北涿县人。"不过，不管怎么看，老祖宗是从山西过来的，根在山西，咱们是老乡。

你的文章很吸引人，关于我父亲那篇，我母亲看了好几遍。我是一篇接一篇地几乎把所有的都看了。《太原日报》真是出了个好主意，你做了一件大好事。我想，李光鉴（书中误印为李野光，实乃笔名）先生说得对，"你是一位出色的记者"。谢谢你。

不多写了，有便来京时，请过来玩。

　　此祝

夏安

冯姚平
1994 年 6 月 5 日

冯至：我是一条小河

我是一条小河，
我无心由你的身旁绕过——

你无心把你彩霞般的影儿
投入了我软软的柔波。
我流过一座森林，
柔波便荡荡地
把那些碧翠的叶影儿
裁剪成你的裙裳。
我流过一座花丛，
柔波便粼粼地
把那些凄艳的花影儿
编织成你的花冠。
无奈呀，我终于流入了，
流入了那无情的大海——
海上的风又厉，浪又狂，
吹折了花冠，击碎了裙裳！
我也随着海潮漂漾，
漂漾到无边的地方——
你那彩霞般的影儿
也和幻散了的彩霞一样！

1925

先生们 ▽

清纯明净写山水——访冯至

冯至十四行诗：
我们听着狂风里的暴雨

我们听着狂风里的暴雨

我们在灯光下这样孤单

我们在这小小的茅屋里

就是和我们用具的中间

也有了千里万里的距离

铜炉在向往深山的矿苗

瓷壶在向往江边的陶泥

它们都像风雨中的飞鸟各自东西

我们紧紧抱住

好像自身也都不能自主

狂风把一切都吹入高空

暴雨把一切又淋入泥土

只剩下这点微弱的灯红

在证实我们生命的暂住

——冯至《十四行集》，文化生活出版社 1949 年版

泣血苦吟六十年
——访臧克家

○
○
。

臧克家（1905—2004） 山东诸城人。1923年在山东省立第一师范学校读书时开始习作新诗。随之先后考入武汉中央军事政治学校、青岛大学，得到闻一多、王统照的鼓励，创作大量新诗。至1944年，出版六部诗集。抗战胜利后，出版《宝贝儿》《生命的零度》等政治讽刺诗集。1947年在上海协助曹辛之、林宏等创办《诗创造》月刊，并编选《创造诗丛》。先后任华北大学三部文学创作研究室研究员、人民出版社编审、中国作家协会书记处书记、《诗刊》主编。有《臧克家全集》十二卷留世。

　　诗人臧克家年轻时崇拜郭沫若，由崇拜奋然写诗，写开了便收不住阵脚，写开了才知道自己手中有一管生花妙笔。他1932年闯入诗坛，第二年有诗集《烙印》问世，第三年出版《罪恶的黑手》，第五年出版《自己的写照》和《运河》，之后接连有《从军行》《泥淖集》《滩上吟》《呜咽的云烟》《泥土的歌》《古树的花朵》……

　　有史家称："这些含着泪水、蘸着浓情写出来的有血有肉的诗篇中，闪耀着希望的光辉，鸣响着反抗的春雷。"

　　闻一多先生说："克家的诗，没有一首不具有一种极顶真的生活的意义。"

　　茅盾在半个多世纪前推断道："我相信在目今青年诗人中，《烙印》

的作者也许是最优秀中间的一个了。"

六十年之后我重读克家先生的部分诗作，依然被他精彩的诗句所诱惑。静夜里，我仿佛听见他铿锵的脚步声，仿佛看见一条极为漫长的小道，脑海里便翻腾起他的《老马》，以及成串成串用心血凝就的精彩诗章。譬如："耐着热／耐着心烦／一根针撑住疲倦的眼睛"；"黑夜的沉睡如同快活的死／早晨醒来个奴隶的身子"；"放下又拾起的／是你的信件／拾起放不下的／是我的记忆"。

诗人六十年来在血里、泪里、苦难里、快乐里、火一样的感情世界里大起大落，除了著作之外，还练就一副精瘦的身板。

精瘦却是十分健朗。当我沿着东堂子赵堂子七拐子八弯子走进臧老的小院时，八十八岁的老诗人笑声朗朗。他说："哈哈，今天本来有三件急事要办，你这一来，别的只好搁到一边去。"

我一本正经地说："山西人办事认真，您把三件事说一说，我来分分轻重缓急。"

臧克家双手叉腰，腰板挺得笔直，笑着说："这就对了，咱们山东人对山西人，认真对认真。第一件，姚雪垠让我看他的万字文，我得一字一句读下去。第二件，老友周振甫来信谈诗论文，我得复一封信去。第三件，国际老舍学术讨论会过几天就要召开，我人去不了，必须写一封贺信去。老舍先生含冤而殁，我们这些活着的人，应该隆重纪念他！"

我无言以对。我无法替先生分出轻重缓急。我只知道诗人的脾性是火，擦着了，便有话好谈了。

果然，臧克家先生直率且格外认真。他拿来姚雪垠的文章让我看，上边已经用红蓝铅笔圈画得色彩斑斓。他说，多少年的习惯了，我看书一个字不拉。排错印错的字和标点，一个一个改过来，否则，看着不舒服。

另外一篇作品旁边，他用毛笔批道："自立一说，太纡远，未免牵强，乏诗趣。"

他说，前一段时间有位老朋友写了一篇文章，文中引用了李商隐的两句诗。他看了之后，总觉得不对劲儿。于是就查书，查了三个小时查不着，便索性翻李商隐全集。最后终于查到了，果然错了两个字，于是去信纠正。

"这样对朋友对读者都好。"他说。

这使我想到臧克家新著《在毛主席那里作客》中讲到的一件事。当年毛主席《词六首》在《人民文学》发表之前,克家先生曾动笔改过个别字句。毛主席回信说:"你细心给我修改的几处,改得好,我完全同意。还有什么可改之处没有,请费心斟酌,赐教为盼。"

臧克家旧照

文章改到主席那儿,也算文坛一段佳话。领袖和诗人之间的书信来往,凡我们这种年龄的人,大抵都知道一点儿。

和所有文化人一样,臧克家的晚年生活紧张而又繁忙。他说,我很少有闲工夫。题写书名,最多时一天十几本。写祝词、写序言简直是接连不断。有时候实在忙不过来,便请作者自己写,我来改,结果倒把原稿改没了,比我自己写还要费劲。再就是会客。朋友来,记者来,拍电视的来,都要热情接待。

他的女儿苏伊在一篇文章里写到这种事情时,无可奈何地说:这些繁杂琐碎的事情每天要占据老人大量的时间和精力。当人们满意而去时,谁能了解个中辛苦呢?从磨墨、洗笔、展纸到书写,老人都要亲自动手。因年事已高,书写时常常错字落字,有时要一连写上七八次才能写成一幅准确无误的条幅。

作为女儿,苏伊心疼自己的父亲。作为臧老的秘书,她又希望老人尽可能满足客人的愿望。

"我好作难嘛!"她说。

我受《太原日报》委托,明知臧老还有急事,也只好贸然请诗人题词。这时正好臧老大女儿小平出差归来,父女外孙团聚,老人兴致很高。臧小平在《文艺报》供职,和我的同学高洪波、秦文玉是一栋楼里的邻居。

我记得她的一篇散文和我的《南华门里一老农》同时入选《散文选刊》。七拉八扯之间,臧老已将题词写好。他念给我听,念完之后皱着眉头说:"怎么一句里倒写了两个高字呢?"

我连忙说就这样就这样,没人会嫌高字多。

一家人都笑了。

臧老进屋休息时,我对苏伊说:"在我所见过的作家中,你们家最富!"

苏伊莫名其妙地看着我。

我指的是臧家收藏的字画。

客厅里,已经是琳琅满目了。以悬挂顺序计,题字的有:王统照、曹靖华、老舍、冯至、冰心、闻一多、何其芳、郭沫若、于立群、郑振铎、唐弢、沈从文、吴作人、俞平伯、张光年、叶圣陶、茅盾、端木蕻良……一个精致的小柜里,放着老舍等人出访时带给臧老的礼品。一个大书柜里,收藏着上百轴珍品。而另外一处,还有毛泽东给臧克家的亲笔信件。而且我想,毛泽东手书的《长恨歌》片断,说不定也在臧家。

苏伊笑而不答。

归来不几天,便看到有关首届国际老舍学术研讨会的报道。文章中说,臧克家送来贺信称:老舍先生是五四以来少数大作家之一,成绩卓著,为世所重!老舍先生一生,嫉恶如仇,痛恨黑暗,追求进步,向往光明。他热爱生活,热爱祖国,热爱人民,不畏艰险,为之奋斗。所以,他的作品中人民性、思想性强……

臧老的贺信,大约是在我走后写的吧?他的生活很有规律,一天四次漫步于赵堂子胡同,不知那天是否让我打乱了秩序?

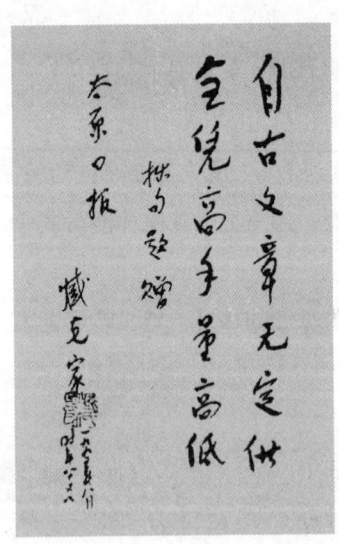

臧克家题词

若如此，我该道一声抱歉！

1992年9月5日凌晨3时
2005年2月21日修订

- 附录 -

郑苏伊女士来信

燕治国同志：

  您好！

  信早已收到，因家中杂事繁多，迟复了，望见谅！

  遵嘱将家父照片寄上，请查收。

  您的大作出版，可喜可贺！望能早日拜读为快！

    即颂

      冬安

郑苏伊
1993年12月2日

郑苏伊就职于中国作家协会创作研究部，与家人编辑多种臧克家诗文版本，影响甚大。

臧克家：老马

总得叫大车装个够，

它横竖不说一句话，

背上的压力往肉里扣，

它把头沉重地垂下！

这刻不知道下刻的命,

它有泪只往心里咽,

眼里飘来一道鞭影,

它抬起头望望前面。

1932 年

老舍小传

老舍(1899—1966)现、当代作家。原名舒庆春,字舍予,满族,北京人。出生于贫民家庭。1918 年北京师范学校毕业后任小学校长和中学教员。1924 年赴英国任伦敦大学东方学院汉语讲师,阅读了大量英文作品,并从事小说创作,1926 年加入文学研究会。1930 年回国后任济南齐鲁大学、青岛山东大学教授。抗日战争爆发后南下赴汉口和重庆。1938 年中华全国文艺界抗敌协会成立,他被选为理事兼总务部主任,主持文协日常工作。他以抗战救国为主题,写了各种形式的文艺作品。1946 年应邀赴美国讲学一年,期满后旅居美国从事创作。中华人民共和国成立后不久应召回国,曾任中国文联副主席、中国作家协会副主席、中国民间文艺研究会副主席等职。参加政治、社会、文化和对外友好交流等活动,注意对青年文学工作者的培养和辅导,曾因创作优秀话剧《龙须沟》而被授予"人民艺术家"称号。"文化大革命"初期因被迫害羞辱而投湖自尽。有近八百万字作品留世。

八旬诗翁登高楼
——访冈夫

○
○
○

冈夫（1907—1998） 原名王玉堂，笔名冈夫、宇堂。山西武乡人。1930年曾任北平《民言日报》编辑。1932年在北平参加左翼作家联盟被捕入狱，1936年出狱后回太原参加救亡运动。曾任中共武乡县工委书记、山西第三民革中学政治主任、晋东南文化教育界抗日救国联合总会理事、前方《鲁艺校刊》编委主任、太行文联副主任。1949年后，历任山西省文协主任、中国文联学习部部长、山西省文联及作协山西分会副主席。1927年开始发表作品。有《冈夫文集》三卷留世。

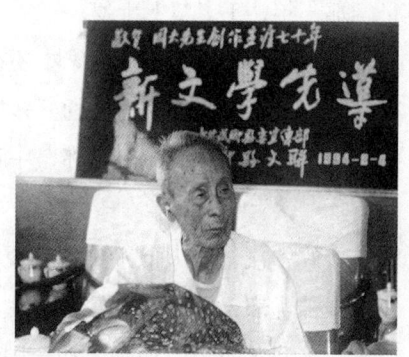

诗翁冈夫，八十有五，太原南华门内，人皆尊称王老。王老名玉堂，冈夫者，笔名也。

初识王老，在1977年。那时候《汾水》文学月刊刚办起来，我们几个年轻编辑或是打光棍或是家属尚未调来，一天的饭食，便全靠山西省文艺工作室的食堂了。做饭的范师傅，削得一手好面，炒得一手好雪里蕻。几个年轻人的肚子，都是经历过饥饿岁月的，饭一到口，即刻风卷残云般滚入肚中，八两不够，一斤不多。吃着碗里，看着锅里，乐得范师傅顿顿都是刀削面，顿顿都是雪里蕻。

忽一日，食堂里多了一位老人。每顿饭二两面条，二分钱的雪里蕻。面条慢慢嚼咽，雪里蕻稍嚼即止。我们一群饕餮之徒顿生疑云，以为老人位卑职低,家境贫寒,混得好不凄凉也!

那时候大家初来乍到,且又刚从那场浩劫中滚爬出来,除了办刊物看稿子,多余的话一概不说不听不问。

吃饭时我和老人同桌,看他吃不得硬的,有时便把西红柿炒鸡蛋拨点给他。而老人的雪里蕻,本人便承包了。

他便是王老,好多年前曾经出过诗集《战斗与歌唱》。老人让我有空时悄悄看看。他说,写得不好,千万别有思想问题。夜来信手翻翻,第一首诗便把我镇住了。一是诗写得好,二是写作年代竟然在半个世纪之前。

那一年,王老整七十岁。

后来熟悉了,知道他的家小还在乡下。老人回来,是等着平反一桩错案。那时候原省作家协会的好多房子还被外单位的人占着。王老住的屋子里,一桌、一椅、一茶杯、一脸盆,还有一支硬板床、一卷碎花布被褥。

有好多次,老人似乎想和我说点什么,但总是话到嘴边便停住了。王老眼神忧郁,常常陷入沉思之中。

后来我才听说,他是轰动全国的"六十一人叛徒"案的成员之一。一听这案子的名称,就能想象出他在十年浩劫中的悲惨境况了。

不久王老到了北京,冤案平反,人也调回太原来,我们之间的接触便更多了。

有一天,他拿出一册造反派编印的资料让我看,并告诉我说,前一段就想拿出来,只是怕连累了你们青年人。如今中央说话了,案子也算结了,请你帮我看看,提点意见吧。

那是王老一部长篇小说的残

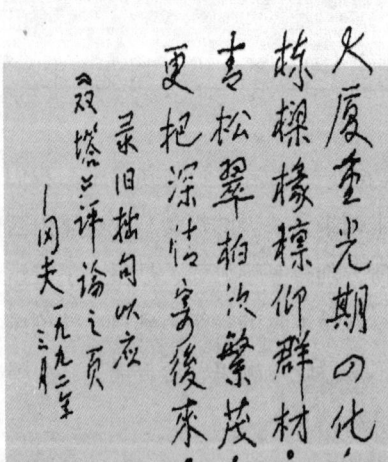

冈夫题词

稿。当年红卫兵抄走手稿后,从中摘抄了十来万字,当作清算"六十一人"罪行的证据,其余的,全部毁掉了。

我心惊胆战地看完那册"罪行材料",很惊奇王老竟然能够从"文化大革命"炼狱中逃将出来。小说被肢解得七零八落,到处是红笔勾画的圈圈点点,仿佛是一片片淋漓的血斑。每个小说人物周围,画了无数的问号和惊叹号,令人想到骇人的镣铐和大棒。

再到王老那里,我没敢提这本"书"。一怕旧事重提,伤了他的心;二来觉得那个年代太遥远了,远得让人害怕,让人担心。

1937年,冈夫与母亲、妻子

又过了几年,王老以七十五岁高龄,住在北京沙滩北街2号文化部招待所的地下室里,挥汗续写了十几万字。我听后大吃一惊,觉得老人这是何苦来着。已经过去的就让它过去算了,如今年近八旬,莫非还放不下这件事情吗?

冈夫1932年到北平,因参加学生运动,被当局以"共党嫌疑罪"抓进伪北平军人反省院,判刑半年。但因他拒不悔过画押,一直被关到1936年。他在狱中结识了薄一波、刘澜涛、安子文、杨献珍等人,并在坐牢期间加入中国共产党。

他的小说正是写这段历史的。续写部分,一笔一画,一丝不苟,分明是在镌刻一段历史,在雕塑一组群像了。

九十寿诞留影

至此,我似乎明白了王老的一片心迹。

20世纪30年代的铁窗生涯给予他强烈的震撼。20世纪60年代的冤屈使几十位当年的狱友丧生或致残。而他曾是那么尊重他们,正是在他们的引导下,他才走上了革命道路。他想用自己的一管笔,还历史以真相。他想用自己的一腔热血,告慰那些含冤饮恨、壮志未酬的革命斗士。

于是便有了长篇小说《草岚风雨》。

王老了却了一桩心愿,仿佛即刻返老还童,耄耋之年仍不断有新作问世。他从来不提自己担任过什么职务,也从来不去絮叨自己有过怎样坎坷的经历。他把他的血汗、他的爱心,毫无保留地奉献给自己为之奋斗六十余年的文学事业。

他认为,文学是神圣的、不容玷污的女神。

猴年春节,我因父亲新逝,未去看望王老。想不到老人以八十五岁高龄,又上到五楼来看我。想起王老十余年来对我的关心和教诲,真是感到既温暖又惭愧。王老人品高洁,淡泊自安,在他面前我觉得自己总也长不大。

王老下楼,不让搀不让扶也不让送。缕缕阳光照他飘然而下,便觉得那是一种妙不可言的人生圣境。

祝王老就这般坚强有力地走进下一个世纪。

1992年3月6日于太原家中
2005年2月18日修订

- **附录** -

王老来信

治国同志：

　　估计你快结业了，一定很忙的。原说来京以后要告你，因下述缘故未告。我是于四月尾来京，五月上旬来到东高地七机部我大儿子处，环境很安静，开始续我那篇"小说"，写了有三万来字，再有万把字就算完了，写得不像样儿，不过总算拿起来了，倒是我原先没料到的，以后就是请人帮助修改了。我住的地方和你住的地方隔得相当远（一在地之北，一在天之南），天又热，这里这时正喷刷房子，我暂离开几天仍回这里做完这件事，我们彼此就回到太原后再见吧。希你见信后给我写个简单的信，说说你这些时又写了什么和其他一些可见告的事就好了。你切记不要紧张忙累过度再犯毛病啊！你大概是完了即回去直接工作，还是到北戴河休息休息？机关近有什么事也一并见告一二。即祝你、你爱人和两个小燕子好。

玉堂
1983年6月15日

　　其时，我在中国作家协会文学讲习所学习。信中所提小说，即长篇小说《草岚风雨》。

燕治国：想念王老

　　1998年4月14日清晨，诗人冈夫在太原家中悄然离世。那时候阳光越过院墙，把一缕缕眷恋留在老人脸上。那时候院里的小树，舞动着嫩绿的枝条，向老人作最后的告别。一位德高望重的世纪老人，一位历尽蹉跎艰危的老布尔什维克，一位终生为圣洁的文学事业呐喊奋斗的老诗翁，干干净净地来，清清爽爽地去了。

我实在没想到老人会这么快地离开疼他爱他的人们。在我眼里，王老像他的笔名一样，是一位挺立冈峦不屈不挠的硬汉。在即将过去的一个世纪里，他经历过那么多的风风雨雨，都铿锵有声地走过来了。我曾在一篇采写他的文章里，祝他"就这般坚强有力地走进下一个世纪"。这句话，似乎成了我们之间的一种默契。以后见面，老人总是笑呵呵地说："就照你说的办！"

老人年过九旬，笔耕不辍。白天读书写作，傍晚时分到传达室拿取书刊信件，但见步履轻快，笑容时时挂在脸上。拿报时顺便走到胡同口，看街市中来往人流，看这都市里惊人的变迁。遇着熟人，总是先打一声招呼，或聊聊文学，或说说近日新闻。机关上下，都说王老是一位真人，是一位仙翁。都以为他是永远的王老，是矗立在单位院里那一株挺拔的梧桐。

怎么突然就走了呢？

老人离世前两天，我曾去看望他。王老一如以往那样，安详地坐在客厅里，向我打听文学界的近况。二十多年来，我们一老一少之间有过不少交往。我调入山西省作协时，七十岁的王老刚从农村老家归来。他是建国后省作协（当时叫省文协）第一任主任，后调到中国文联任职。在运动不断的年代里，因了轰动一时的"六十一人叛徒案"而受尽折磨，最终被打发回武乡老家。他只身回到机关，是为了落实政策。我刚调来，也是单身一人。我们一起在机关食堂就餐，住得又很近，有时晚上互相走动走动，交往甚是融洽。那时我第一次读了老人的诗集《战斗与歌唱》。也是在那时候，我比较详尽地知道了"六十一人叛徒案"的内幕。以后，我受作协党组委托，帮助王老写完反映那段历史的长篇小说《草岚风雨》，两人之间的关系，也就更加亲密了。我在创作中遇到难题时，总要到王老那里说一说。而王老以耄耋之龄，时不时上到五楼来看望我，令我心为之动，眼眶发热。我在一篇文章里写道："王老下楼，不让搀不让扶也不让送。缕缕阳光照他飘然而下，便觉得那是一种妙不可言的人生圣境。"

那天，我同样祝他健步走进下一个世纪。王老依然笑着说："就照你说的办！"我放心地走了，谁就能料到，两天后老人却溘然仙逝！

事后想起老人的举止言谈，我觉得自己实在是粗心了。和我说话时，老人明显有点疲累了。在人生的道路上，他已经顽强地走了九十多个年头，再强壮的人,也该歇一歇了。何况在这九十多年里,他受过那么多的磨难,遭过那么多的罪!无怪乎两天之后,与他患难与共的老伴儿拍着他的脸哭喊道:你来到这世上,是受罪来了呀!

我实在是太粗心了!那天,老人跟我说了几件事,我竟然就没往深处想,依旧说说笑笑,企图换来老人的快乐。老人对我说,他又编定一本书,出版社已同意出版,作协领导也愿意全力促成此事,可是怎么还没有出来呢?他问我。

事后想起来,我真是后悔莫及!我固然无权无势,但至少应该说,我可以向领导们反映和催促呀!当年束为、孙谦病重时,不也是牵挂着出书的事吗?王老一生耿介正直,轻易不会说这种话。既然说出来,显然他已有所感觉,我理应和他的家人打声招呼呀!

王老还说,湖南谭谈来信,请他为新建的作家爱心书屋捐书,本想早点寄去,可是心有余而力不足,寄不动了。我说我也收到信了,这几天没时间,也没有寄。老人听后默然。

王老还对我说,他这一生,有一件大事没办成,心里总是堵得难受,即便有一天去了,也于心不安。这件事我知道。近几年他受一位在台人士遗孀的托付,数十次写信上访,想为这家人要回一部分1949年被新政府没收的房产,使那位遗孀老有所居。但此事难度甚大,每次奔波,几无成效。王老那天流着眼泪说:人家当年曾经冒着生命危险保护和帮助过我和一大批共产党员啊!我无言以对,只好陪着他叹气。这是我第一次见老人落泪……

两天之后,王老便去了。带着遗憾,带着愧疚。带着对人生的留恋,带着

1978年夏,作者与冈夫在云冈石窟

对人们的至爱。在如雪的挽联中，我记得马烽老师无以表达他的哀痛，直言写道：痛悼好人玉堂兄长……我献在王老灵前的是：做人当如王老，天地一片清明！

1992年以后，我曾经采访过五十位老作家。时至今日，已先后有冯至等近三十位老人离我们而去。20世纪即将结束，一代文学巨匠已经或者正在走完他们的生命历程。每念及此，真让人肝肠寸断，痛心不已！

伏惟尚飨，吾辈何言！唯有宵衣旰食，将他们的事业承继下去。明知难望项背，也须奋勇向前。

谨以此文，祭奠在西去先辈们的灵前。

弟子归去掩柴门
——访吴组缃

○
○
○

吴组缃（1908—1994）原名祖襄，笔名寄谷、野松。安徽泾县人。1929年考入清华大学中文系，其间研读社会科学著作，写作和发表小说、散文多篇。1935年后曾任冯玉祥的国文教师、中央大学国文教师、重庆中华全国文艺界抗敌协会理事。1949年后任教于清华大学、北京大学。曾任中国作家协会书记处书记、《人民文学》编委等。著有长篇小说《山洪》，短篇小说集《西柳集》《饭余集》等，有《吴组缃小说散文集》《吴组缃选集》等留世。

初春三月，北大校园里绽开来点点新绿。我们沿着未名湖畔的小路，去朗润园看望年过八旬的吴组缃先生。

大家一路谈论先生的成就与人品，同行的两位文学博士皆称先生的小说为文坛精萃，而操行如清风与明月。吴先生成名于20世纪20年代末，最初几篇作品发表出来后，茅盾即惊叹曰："这位作者真是一支生力军"，"是一位前途无限的大作家"！那时先生所著，计有《西柳集》《饭余集》和长篇小说《山洪》。代表作是《一千八百担》《天下太平》《樊家铺》等。二三十年代，大学生与大学教授写小说不过是平常小事，发展到后来，便成凤毛麟角。不知是时代进化到写小说已无需精深文化，抑或教授们退化到已不会写如今的小说。

吴组缃老年照

我默默地走在石子甬道上，心头有一种抑止不住的惆怅与遗憾。五年前在校时，中文系程郁缀先生曾几次邀我们去看望北大几位前辈，却是因为各种原因耽搁了。"你该去看看王瑶先生，"他说，"先生是山西人，常和我们讲起山西没有肥羊有瘦羊（寿阳），没有鱼肉有鱼刺（榆次）。"他还邀我去看望冯友兰和宗璞父女，也是没有成行。当时我在燕南园临时借得一角小屋，进出时常见友兰先生坐在藤椅上，周围二三弟子或说话或诵读文章，我远远看一眼，始终未和先生搭话。有一次我们曾约好和吴组缃先生合影留念，当天突然有几位台湾作家来访，开完座谈会，已过开饭时间，大家怕影响先生休息，此事只好作罢。

而今斗转星移，冯友兰、王瑶两位先生已然作古。听说吴先生也是疾病缠身，就连比他们年轻许多的宗璞也躺在病床上。斯人斯事，真令人感慨良多。

来京前我读过吴先生一些近作。比如发表在《人民日报》上怀念俞平伯先生的文章，发表在《文汇报》上的《帚翁话旧》。帚翁者，扫帚之翁也，道是当年"文化大革命"时，先生被罚扫校园，夫人曾苦中作乐，夸他扫得着实不错。以后先生便以帚翁自称，或为调侃，或为记住那些可怕的岁月。

《帚翁话旧》写的是1934年的事情。那年7月，冯玉祥将军因仰慕吴组缃的才学，着人接他至泰山南头"三笑处"，请他担任自己的国文教师和秘书。二十七岁的吴组缃感于将军一片诚心，便一丝不苟地当起老师来。一星期上两次课，老师认真，将军更认真。每逢上作文课，冯玉祥必是端一个方凳子，再搬一个"猫猫凳"，坐下来毕恭毕敬地写作文,写完了,又必是双手端着递交给吴先生……

半个多世纪过去,我想吴先生身上总还留了几分当年的威严吧?他在冯将军处任教十二年,又先后就聘于清华大学、中央大学、北京大学等,也堪称是一代名师了。解放后,他又兼任中国作家协会书记处书记、《人民文学》编委、北京市文联副主席,同时又是全国《红楼梦》研究会和中国散文学会的会长。如此一位深孚众望的老作家,该是待遇优厚、住房宽敞,令后辈十分钦羡的吧?

吴组缃速写(王小玉作)

到得先生住处,才知道我的想象力实在是太丰富了。门开处,依稀站了一位病弱的老人。就着几缕光线,见老人毛衣毛裤毛线帽,已然不胜料峭的春寒。

他就是吴组缃先生。先生刚刚住院归来,屋里漫溢着一股淡淡的药味。读先生去年10月的文章,还觉得凄婉中自有学者的潇洒,何以数月之间,竟至于如此羸弱呢?

许多话便不好再问了。从同伴口里,知道先生的夫人已经去世。先生在西山觅得一方墓地,石碑上镌刻了一篇催人泪下的碑文。寻翁垂泪叹曰:老夫妻之间,犹如是一只木桶。夫是桶板,妻为桶箍。桶箍没有了,桶板也便散了。

好在还有儿女轮流陪伴,还有弟子常来嘘寒问暖。北京大学出版社新出的先生论著《宿草集》《拾荒集》《苑外集》《说稗集》依偎在书架上,先生的《宋元文学史稿》也已经整理出版了。

墙上有老舍先生题字一幅,全文是:

半老无官诚快事,文章为命酒为魂。

深情每祝花长好,浅醉唯知诗至尊。

送雨风来步柳岸，借书人去掩柴门。
庄生蝴蝶原游戏，茅屋孤灯照梦痕。

甲申初夏在渝文友相约为予贺学习文艺写作二十年
组缃兄倡议最力廿年纸墨成就无多既憾且愧因录旧作一律

老舍

我一时无法推算甲申是公历哪一年，但我想那是一次令吴先生难以忘怀的聚会。而前而后，先生胸间装了多少人世间的苦辣酸甜！

不说也罢。人生的道路漫长而短暂，或许只有经过无数的风风雨雨，才能真正体味到老一辈人的心境与心迹吧？

临别时，先生以病弱之躯，勉力为《太原日报·双塔》副刊题词。看着老人颤抖的双手，我禁不住眼眶发热，不知先生还能支撑多少岁月。

组缃先生把我们送至门口，听背后吱扭一声门响，我才想起应该道一声珍重。那时候我真想回过头去，再看看病体支离的吴先生。

吴组缃手迹

1992 年 3 月 29 日凌晨
2005 年 2 月 21 日校正

- 附录 -

人名诗

以下几首人名诗，据传是老舍、吴组缃等人闲时联缀而成，时在1942年。组诗流传至今，足见几位先生喜怒皆成文章，功力匪浅矣！

野 望
望道郭源新，芦焚苏雪林，烽白朗霁野，山草明霞村。
梅雨周而复，蒲风叶以群，素园陈瘦竹，老舍谢冰心。

归 棹
凡海岩既澄，荻帆火雪明，波儿袁水拍，蓬子落花生。
白莽伍蠡甫，青崖沈雁冰，志摩卢冀野，陆小曼沙汀。

边 解
皑岚盛焕明，王统照东平，李守章曹白，柳无忌艾青。
周全平迪鹤，孟十还沉樱，老向黄庭隐，丁玲朱自清。

有 感
山青楼适夷，王语今徐迟，茅盾易君左，海戈熊佛西，
十方刘白羽，六逸程朱洗，曹聚仁光赤，何容陈大悲。

忆 昔
也频胡仲年，火雪明田间，大雨洗星海，长虹穆木天，
佩弦卢冀野，振铎欧阳山，林疑萨空了，丛芜黄药眠。

城 望
满城崔万秋，郭沫若洪流，碧野张天翼，胡风陈北鸥。

晚 凉
葛琴闻一多，陈子展高歌，小默臧云远，梁宗岱立波。

梵 怨
恨水张春桥，丽尼陈梦韶，何容徐玉诺，常任侠圣陶。

幽 怀

巴金凌淑华，大雨周楞加，柔石寒先艾，朱溪陈梦家。

老舍：吴组缃先生的猪

从青木关到歌乐山一带，在我所认识的文友中要算吴组缃先生最为阔绰。他养着一口小花猪。据说，这小动物的身价，值六百元。

每次我去访组缃先生，必附带的向小花猪致敬，因为我与组缃先生核计过了：假若他与我共同登广告卖身，大概也不会有人出六百元来买！

有一天，我又到吴宅去。给小江——组缃先生的少爷——买了几个比醋还酸的桃子。拿着点东西，好搭讪着骗顿饭吃，否则就太不好意思了。一进门，我看见吴太太的脸比晚日还红。我心里一想，便想到了小花猪。假若小花猪丢了，或是出了别的毛病，组缃先生的阔绰便马上不存在了！一打听，果然是为了小花猪：它已绝食一天了。我很着急，急中生智，主张给它点奎宁吃，恐怕是打摆子。大家都不赞同我的主张。我又建议把它抱到床上盖上被子睡一觉，出点汗也许就好了——焉知道不是感冒呢？这年月的猪比人还娇贵呀！大家还是不赞成。后来，把猪医生请来了，我颇兴奋，要看看猪怎么吃药。猪医生把一些草药包在竹筒的大厚皮儿里，使小花猪横衔着，两头向后束在脖子上：这样，药味与药汁便慢慢走入里边去。把药包儿束好，小花猪的口中好像生了两个翅膀，倒并不难看。

虽然吴宅有些骚动，我还是在那里吃了午饭——自然稍微的有点不得劲儿！

过了两天，我又去看小花猪——这回是专程探病，绝不为看别人；我知道现在猪的价值有多大——小花猪口中已无那个药包，而且也吃点东西了。大家都很高兴，我就又就棍打腿的骗了顿饭吃，并且提出声明：到冬天，得分给我几斤腊肉。组缃先生与太太没加任何考虑便答应了。吴太太说："几斤？十斤也行！想想看，那天它要是一病不起……"

大家听罢，都出了冷汗！

老树青藤梅花村
——访欧阳山

○
○
。

欧阳山（1908—2000） 原名杨凤岐，笔名凡鸟、罗西等。出生于湖北荆州一个城市贫民家庭里，几个月时被卖给杨姓人家，从小随养父四处奔波，接触过很多下层社会的穷苦人。十六岁在上海《学生杂志》发表第一篇短篇小说《那一夜》，1926年发表第一部长篇小说《玫瑰残了》。从1957年开始着手创作酝酿十五年之久的长篇巨著《一代风流》。"文化大革命"中手稿被抄后全部散失。"四人帮"垮台后，重新写完《一代风流》后三卷。曾任中国作协广东分会主席、广东省文联主席、中国作协副主席等职。

欧阳山是湖北荆州人，1949年以后在广州住了几十年，吃在那里，喝在那里，写作也在那里。北方人都把广东看成是另外的世界，吃不一样，喝不一样，说话更是不一样。倘若只是为了谋生，住的时间长了，或许也能把拗口的粤语啃动五七成；但若是写文章，且把南国风土人情描摹得淋漓尽致，实在不是一件容易的事情。我问过湖北的朋友，他们对广东话同我一样茫然。我在广州时，水能喝，饭基本无法消受。好不容易

作者与欧阳山（1993年于广州）

碰到卖饺子的小铺，却是像北方卖鸡卖羊一样，一律按只计算。三元四元牵十只，吃一只痛苦一次。呼唤店家拿些醋来，半天找到一种白色液体，一闻一股盐酸味道。几天后飞到武汉，看到包子饺子面条，真是心也馋了，眼也蓝了。于是整碗整盘地吃，直到补回全部损失为止。

由此想到欧阳山，也算是当今文坛一个奇人。从小四处流浪，十六岁便能写出小说来。在广东写，笔下一派南粤风光。以后到上海写知识分子的苦闷与彷徨，用的是当时流行的欧化语言，读来亦有味道。到延安写《高干大》，记陕北事，说陕北话，俨然又成了北方通。我读他的作品不算多，《高干大》之外，还读过后来的《英雄三生》等，当时一些评论家把它们说得格外好，但读完作品，便觉得评论家们十分狡猾。他们多是从政治角度说长道短，一牵扯到艺术本身，便将一张利嘴紧紧地闭住了。

看他的《三家巷》，是在读高中的时候。当时看得如醉如痴，看得迷迷瞪瞪。三家巷是当时中国南方半封建半殖民地都市社会的一个缩影，作家把一条小巷写得有声有色、有情有趣。更迷人的是三家巷里的人物纠葛，剪不断，理还乱。周炳、区桃壮烈的爱情故事，把一代年轻人的心揪住了。其余人物的命运，也时时搅扰着读者的心灵。于是就紧着看第二部《苦斗》。看过了，又迫不及待地等着第三部。

我再也没有看到第三部。大约从 1964 年起，欧阳山的《一代风流》前两部就受到重炮轰击。当时给欧阳山定的罪名很多，撮其大概，计有：

歪曲阶级斗争形势，宣扬资产阶级人性论和阶级调和论；
是"合二而一论""时代精神汇合论""中间人物论"在文学创作上的一个生动的标本；
是披了革命外衣贩卖形形色色资产阶级毒素的反动言情小说；
周炳是资产阶级风流才子。欧阳山在客观上帮助资产阶级向中国共产党争夺青年一代，他和党的矛盾，是一场严肃的阶级斗争。

谁还敢看呢？

今年去看望欧阳老，最担心的是他的身体。作家们是越来越不济了。好几位中年作家，既未经过战火离乱，又没有被打成"牛鬼蛇神"，好端端地写小说，写着写着人便不行了。比如莫应丰、路遥和周克芹诸位。欧阳老自 1924 年起写小说，写了差不多七十年，东西南北跑了个够，酸甜苦辣尝了个遍，如今年近九旬，我真怕老人躺在床上，拒不见人了。

于是我先造访有关部门打探消息。照例是扯开大步，照例是四处托人。广州的天气容不得北方人，走一步一脸汗，走几步汗成串。白天把汗水出尽了，夜来蚊子叮蚂蚁咬，只好双眼一闭，再把一身皮肉捐出去。好不容易找到一位刊物编辑，请他引荐一下，那人说，我们一年也见不了一次面，你自己去好啦。欧阳老年纪大眼睛也不好啦，你要见面一定要多买点礼物啦，譬如燕窝啊冰糖凉茶什么的啦。我说谢谢指点，改日请你吃饭。那人讪笑着说，没关系的啦，祝你好运啦。

欧阳山题词

欧阳山著作馆

找到文联办公室,遇着一位女菩萨。听我说罢来意,立即表示欢迎。电话里和欧阳老一说,见面时间很快便定了下来。

那位刊物编辑说,欧阳山住在梅花村,离市里很远很远。他实在把玩笑开大了,逗得我几乎做好了长途旅行的准备。等到坐上车问售票员,总共才几站地,来回都用不了一个小时。于是我很有点后悔。如今是经济搞活的新时代,任何信息都要用相应的代价来交换,倘若我大大气气地给那位先生买点燕窝啊冰糖凉茶什么的啦,料来事情不会如此麻烦。

欧阳山笑眯眯地站在他的庭院里。院子里老树参天,青藤翠绿。有一丝丝凉风吹过来,使人一时忘却了烦恼,忘却了这是在蒸笼一般的广州。

他朗声说道,欢迎你呀,山西同志!

他说他从延安出来之后,是从三交过的黄河。"看过那么多的山西梆子戏,走过那么多的羊肠小道。走呀走呀,从吕梁山走到娘子关,几乎是一步一步走到河北省西柏坡村的。"

他说,那时候山西人还不会种苹果,矿产资源也没有挖掘出来。印象最深的是水土流失,一下雨,黄土坡变成泥浆坡,多少泥土被洪水冲走了,来年还怎么种庄稼呢?倒不如多种草多种树,就不怕风吹雨刮了。

欧阳老兴致很高。他说身体还算不错,视力低一些,好在有秘书帮忙,笔录下来念给他听,大致跟他的思路是吻合的。腰也不好,走路身

梅花村里的欧阳山塑像

子都有点变形了。我问是不是因为《三家巷》吃的苦头,他大声笑着说,一部小说写坏了!

他说,你有什么要求,你需要我说什么,尽管提出来。山西同志来,我是有问必答的。

谈到当前的文学状况,他说,文学作品商品化,层次只会越降越低,不三不四的东西,消极颓废的东西,便会不断地出笼。各地作家协会,必须把发展文学创作放在中心位置,如果离开这个中心,就等于没有了灵魂。广东这两年的情况好一些,去年出了几本书,艺术上都还是不错的。

广东省作家协会为了繁荣本省文学创作,近年来做出了种种努力,其成效是十分明显的。我在广州期间,耳闻目睹,甚为感动。听说他们的经验已经见报,就无需我来絮叨了。

欧阳老的秘书很年轻,原来在金融单位供职,收入颇丰,不知为什么迷上了文学,秘书当得很尽心、很愉快。

他说老人头脑很清晰,生活也很规律。重要的报纸杂志,一定要知道目录。晚上一定要"听听"电视里的新闻联播。一般的应酬不参加,但只要是青年人的活动,一请准去。"文化大革命"后,除写完《一代风流》

的后三部之外，还写了不少文章，散见于全国的报纸杂志。老人写字确实有困难，今天能给山西朋友题字，可算是例外了。

临别时，欧阳老送至大门口，我再三请他留步，他说，这里是熟门熟路，再往外，可就有点不方便了。

他手扶了一棵老树，依然笑眯眯的。近一个世纪的风风雨雨，在那笑声中化成一道潺潺流动的清泉。

1993年7月9日夜于听涛书屋
2005年2月25日校正

- 附录 -

欧阳山的晚年岁月

欧阳山晚年患眼疾，无法看书写字。他每天上午口授自己作品内容，由秘书记录，可得千余字。下午由秘书一字一句地读，他一字一句地改，连标点符号都不放过。此时的作品以杂文和回忆录为主，共完成一百多篇，结集为《广语丝》一、二卷出版。同时还完成了三四万字的自叙文章。在秘书的帮助下，欧阳山完成了十卷本《欧阳山文集》的选编和出版工作。1988年，八十岁高龄的欧阳山开始修改一百五十万字的巨著《一代风流》，校改和增删的地方有一千多处。

摘改自2000年9月27日《南方日报》

潇洒奇逸天岸马
——访萧乾

○
○。
。

萧乾（1910—1999） 蒙古族。原名萧炳乾。北京人。1935年于燕京大学毕业后，先后主编天津、上海、香港等地的《大公报·文艺》兼旅行记者。1939年后任英国伦敦大学东方学院讲师兼《大公报》驻英特派员。1942年至1944年为剑桥大学英国文学系研究生。1944年后任《大公报》驻英特派员兼战地记者。曾任《译文》编委，中央文史研究馆副馆长、馆长，全国政协常委，民盟中央参议委员会常委、副主任等。出版有七卷本《萧乾全集》等。

萧乾嗅着印度鼻烟，笑悠悠地坐在他凌乱有致的书房里。

我说，萧老，请讲几段有关您的故事。

他说，且慢，我先讲一段赵树理的故事，好不好？

他八十出头，我四十有余，我当然得听他的。况且他为主，我为客，理该客随主便。

他说，"五四"时期，文学并没有分野。当时许多作家，都十分注重乡土题材。解放以后一段时间，他和赵树理住在一个院里，对赵树理的文品人品，都十分佩服。赵树理对外国文学很熟悉、很了解；而于名利，实在是淡泊得很。他有时到赵树理屋里聊天，见桌上一堆书一摞汇票，书都看过了，汇票却不曾动。有一次翻出来捷克斯洛伐克汇来的稿费单，

1954年，萧乾与妻子文洁若

赵树理都不知道是什么时候收到的。

萧乾说，赵树理是一个真正的人民作家，他知道老百姓的疾苦，了解自己笔下人物的喜怒哀乐。他写中间人物的转化，应该说是对文学的一种贡献。坏蛋和好人总是少数，作家去写中间人物的心态和变化，有什么好指责的呢？

萧乾先生说，一提"文化大革命"，我就想起赵树理。把这样一位作家迫害致死，真是太可惜也太可恨了。应该为赵树理好好写一本传记。他风趣，有个性，有见解，平易近人，甘当人民的儿子，中国文坛出了赵树理，是山西人的光荣与骄傲。

太原有赵树理的塑像吗？他问我。

萧乾先生如此关注赵树理，令我十分震惊。萧乾是一位卓有成就的"京派"作家和翻译家，是世界闻名的大记者。他是中国现代半工半读模式最早的实践者和成功者。他曾就读于辅仁大学、燕京大学和英国剑桥大学，以后又任教于英国伦敦大学东方学院和中国复旦大学。萧乾是一位传奇式人物。早在20世纪30年代，他就是一位优秀的小说家和散文家。第二次世界大战期间，他是当时西欧战场上唯一的中国记者。

1945年,他曾经采访联合国成立大会、波茨坦会议和纽伦堡对纳粹战犯的审判。他又是一位杰出的编辑家。他编辑的《大公报·文艺》是许多现代大作家当时投稿的园地。此外还编过英文版《人民中国》《译文》《文艺报》。我知道他和巴金、冰心等一大批文学巨匠过从甚密,情同手足,却想不到他和"山药蛋派"始祖赵树理也有如此深厚的感情。

我以为您是喝牛奶、吃面包长大的呢,我说。

1939年摄于伦敦

萧乾笑着说,你想的倒也有点边沿。我是靠织地毯、送羊奶、当学徒长大的。我的早期作品,基本上是一个主调,那便是对穷人贫苦生活的深切同情和对人类光明前景的强烈追求。

我没有赶上前不久在中国历史博物馆举办的"萧乾文学生涯60年展览"。听说那是建国以来中国文坛一次少有的盛会。这次展览是海峡两岸文艺界的第一次合作。台湾中国现代文学研究中心为此做出了很大的努力。在萧乾先生的书屋里,我看见几则港台报纸的报道。香港《大公报》的通栏大标题是:"弥勒佛似的可爱老头"。另一份报纸在"巨星萧乾留影"的标题下,编发了他一生中最有代表性的十几幅照片。

谈到当前文学状况,萧老说,作家应该耐得住寂寞,耐得住贫困,思考得深一些,文字考究一些,总得有人坚守在纯文学的阵地上。对于文学的商业化倾向,我们无可奈何。但作家得有点抵抗力,商业化毕竟不能完成文学的使命。20年代文学研究会曾提出文学为人生服务,我觉得不无道理。如今有人提出玩文学,有人也确实在玩:玩文学、耍贫嘴,对此我们也无可奈何。但不要都去玩,总得有一批严肃认真的作家,为当代读者,也为后人留下来有价值的文学作品。

萧乾先生著作等身,在文学界、新闻界有着很高的声誉。他是中央文史馆馆长,是著名的中外文化交流使者。近年来,他频繁出访讲学,先后去过十几个国家,英国为他拍摄了《萧乾重访英伦》的电视片,挪威王国为表彰他的译作《培尔·金特》,授予他挪威王国政府勋章,国王奥拉夫五世在奥斯陆接见了他。他的足迹、作品、朋友遍及天下。

这位德高望重的文坛大家,待人热情随和。他嗅着鼻烟,回答我的所有询问,且对年轻人寄予厚望。在为我寻找他的照片时,夫人文洁若过来帮忙,他连声说,我自己来,我自己来,对山西同志,我得礼遇十分。

文洁若愉快地瞅着自己的老伴,果然就不动手了。她小萧乾十几岁,伴萧乾度过了坎坷人生中最暗淡最艰难的日子,而她本人的成就亦令翻译界人士惊叹不已。她少时在日本读书,回国后由辅仁女中考入清华大学外语系,专攻英国文学。她是著名的日本文学研究家、翻译家。在她翻译过作品的日本作家行列里,有芥川龙之介、水上勉、吉佐和子、曾田野绫子……

不管成就多大,在家里她听老伴儿的。萧乾说,孩子们都在国外,我俩总得有个中心。写文章各有各的书屋,谈家事民主集中。

文洁若愉快地笑笑,到另一间屋里剪裁衣服去了。

近年来,文洁若译作有十几部,还为《大百科全书》撰写了有关日本作家及文学流派的辞条和评传。而萧乾在七十岁以后,已经出版了十四部新书。

萧乾先生说,我骄傲在文学的岗位上,做一个忠诚的中国人。

他还说,我最羡慕几位朋友,比如李健吾,他们是死在书桌旁边的,我也准备写到最后一刻。

1947年萧乾有过一本书叫《人生采访》,四十多年之后,他还在为《文汇报》《新民晚报》《今晚报》等撰写《人生采访》。

他笑着问我:《收获》第

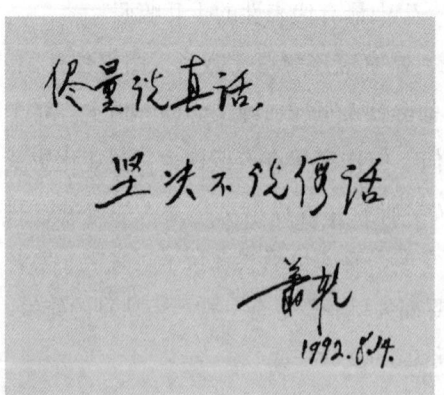

萧乾题词

3 期发表了我一篇《关于死的反思》，你看不看？

我说，得有条件。您先给我讲讲沈延毅先生送您这幅字的意思。

他连忙摆手说道：不讲不讲，这是说人好话的。

那幅题字是：

开张天岸马
奇逸人中龙

待到请他题字时，老头愈发谦虚了。他说，我可不会写字，凡题字的事，我一概请求赦免。

多亏文洁若极力相帮，我总算完成报社交给我的使命。

归来看先生所言，久久地停留在"尽量"和"坚决"四个字上。一位八旬老人如是说，一生的酸甜苦辣尽在其中了！

1992 年 9 月 3 日凌晨 1 时
2005 年 2 月 24 日订正

- 附录 -

萧乾先生来信

治国同志（你的字太草，可能写错）：

收到你 9 月 30 日信多时，其间我又去了西安，迟复为歉。

大作已拜读，无改动，谢谢。

即颂

近好

萧乾
1992 年 11 月 6 日

文洁若小传

文洁若 1927 年生于北京。1950 年毕业于清华大学外国语文学系英语专业,后为人民文学出版社编审、中国作家协会会员、中国日本文学研究会理事、中国翻译家协会会员、《日语学习与研究》杂志编委。1985 年至 1986 年作为日本国际交流基金访问学者和东京东洋大学客座研究员,赴日研究日本近现代文学。著有长篇纪实文学《我与萧乾》、散文集《梦之谷奇遇》、随笔集《旅人的绿洲》、评论集《文学姻缘》等。与萧乾合译《尤利西斯》。近半个世纪以来,她根据英、日文原著翻译了十四部长篇小说、十八部中篇小说、一百余篇短篇小说。

2016 年 11 月,文洁若以九十岁高龄,参加了中国作家协会第九次全国代表大会。

巴金与文洁若

赵树理之死

赵树理遗照

赵树理（1906—1970），山西沁水县尉迟村人，现代小说家、人民艺术家。1930年开始写新诗和小说。他的小说多以华北农村为背景，反映农村社会的变迁和存在其间的矛盾斗争，塑造农村各式人物的形象，他所开创的文学"山药蛋派"成为新中国文学史上最重要、最有影响的文学流派之一。曾任《曲艺》《人民文学》编委，1964年调入山西省文联工作。1966年7月以后，被连续批斗，在太原的一次批斗会上，他被打断肋骨，肺叶被折骨戳穿。在晋城批斗时，他被人推下桌子，摔断髋骨，从此直不起身子，生活不能自理。

1970年6月，赵树理被押入山西省高级法院军管组，进行隔离审查。因为得不到有效治疗，骨伤发炎化脓，引起肺部感染，呼吸困难。同年9月17日，奄奄一息的赵树理被架到太原湖滨会场接受批斗，他一头栽倒在地，身体再也无法动弹。9月20日，他开始拒绝进食。9月22日下午，赵树理突然浑身颤抖，双手乱抓，口吐白沫，嗓子里呼噜作响。经专案组批准，他被送到医院。9月23日凌晨2时45分，离六十四岁生日仅差一天，赵树理告别了他热爱的人生和文学事业，凄然离世。

摘自《文史参考》（文字有删节）

萧乾：北京城杂忆之一：市与城

如今晚儿，刨去前门楼子和德胜门楼子，九城全拆光啦。提起北京，谁还用这个"城"字儿！我单单用这字眼儿，是透着我顽固？还是想当个遗老？您要是这么想可就全拧啦。

咱们就先打这个"城"字儿说起吧。

"市"当然更冠冕堂皇喽，可在我心眼儿里，那是个行政划分，表示上头还有中央和省哪。一听"市"字，我就想到什么局呀处呀的。可是"城"使我想到的是天桥呀地坛呀，东安市场里的人山人海呀，大糖葫芦小金鱼儿什么的。所以还是用"城"字儿更对我的心思。

我是羊管儿胡同生人，东直门一带长大的。头18岁，除了骑车跑过趟通州，就没出过这城圈儿。如今奔76啦，这辈子跑江湖也到过十来个国家的首都，哪个也比不上咱们这座北京城。北京"市"，大家伙儿现下瞧得见，还用得着我来唠叨！我专门说说北京"城"吧。

谈起老北京来，我心里未免有点儿嘀咕！说它坏，倒落不到不是。要是说它好，会不会又有人出来挑剔？其实，该好就是好，该坏就是坏。用不着多操那份儿心。反正好的也说不坏，坏的说成好，也白搭。您说是不是这个理儿？

况且时代朝前跑啦。从前用手摇的，后来改用马达了——现在都使上电子计算机啦。这么一来，大家伙儿自然就不像从前那么闲在了。所以有些事儿就得简单点儿。就说规矩礼数吧，从前讲究磕头、请安、作揖。那多耽误时候！如今点个头算啦。我赞成简单点。您瞧，我这人不算老古板吧！

可凡事都别做过了头。就拿"文明语言"来说吧。本来世界上哪国也比不上咱北京人讲话文明。往日谁给帮点儿忙，得说声"劳驾"；送点儿礼，得说"费心"；向人打听个道儿，先说"借光"；叫人花了钱，说声"破费"。光这一个"谢"字儿，就有多么丰富、讲究。

现在倒好，什么都当"修"给反掉啦，闹得如今北京人连声"谢谢"也不会说了，还得政府成天在电匣子里教，您说有多臊人呀！那简直就像少林寺的大和尚连柔软体操也练不利落了。

您说怎么不叫我这老北京伤心掉泪儿！

让思絮轻轻飘飞
——访艾青

○
○
。

艾青（1910—1996）原名蒋海澄。浙江金华人。1928年考入国立杭州西湖艺术院。1929年到巴黎勤工俭学。1932年发表第一首诗《会合》。同年回到上海加入中国左翼美术家联盟。7月被捕入狱，在狱中翻译比利时诗人凡尔哈仑的诗作并创作了《大堰河——我的保姆》。1938年初曾在山西民族革命大学任教。新中国成立后出版的诗集有《欢呼集》《宝石的红星》《海岬上》《春天》《归来的歌》《彩色的诗》《域外集》《雪莲》《艾青诗选》等。1957年被错划为"右派"。1979年平反后，写下《归来的歌》《光的赞歌》等大量诗歌。曾任中国作家协会副主席、国际笔会中国中心副会长，被法国授予文学艺术最高勋章。

十年前艾青不是这样的。

那时候北京阳光明媚小草绽绿，我们一群来自全国各地的年轻编辑，静静地坐在劲松小区的一间教室里，等着和一批文学老将见面。

冯牧来了，荒煤来了，葛洛来了，延泽民来了，丁玲来了，艾青也来了。

我久久地凝望着丁玲和艾青，犹如凝视两尊雕塑。我不知道他们怎样从屈辱和残暴中走过来，我不知道他们何来那般的坚忍和硬朗。

那天丁玲讲得很多，她眼里闪着泪花，对我们说，对不起诸位呀，当年筹办文讲所，是周总理做过批示，所名是毛主席同意的。不想因为我和一些同志的缘故，文讲所被关闭了。一关几十年，财产资料连同人都流失了……

艾青笑微微地插话：如今不是恢复了嘛。

丁玲赶忙收住话头，轻轻推着艾青说：好了，请你这位诗坛泰斗讲话。

那一天艾青红光满面，兴致极好。他用浓重的浙江口音高声说道：年轻的朋友们，我祝贺你们赶上了好时代。

那时候的艾青爽朗健壮，几十年的坎坷与磨难并未损伤诗人的风骨。

两年前艾青不是这样的。

那时候听说他第二次摔倒把臂肱骨摔碎了。诗人张志民到协和医院探望他，归来赋诗一首，诗中写艾老依然谈笑风生，并不把伤情放在心上。诗人感叹道：摔跤／对于你来说／已并非罕见的事／但从没听见你埋怨过／旅途的崎岖／跋涉的艰难／只见你从容地爬起来／掸掸身上的泥土／拾起地上的笔／又写起挺立着的诗句／祝福他人的／一路平安……

几个月前艾青也不是这样的。

他的儿子艾丹说，那时候老人的身体状况甚好，与朋友一起交谈，少有疲倦的感觉。常能听见他哈哈大笑，有时笑得直咳嗽。有不少人去看望他，他总要和客人说说话，一起留个影。他戏称自己是"珍奇动物"。

今年5月下旬，他还回到金华老家，参加了家乡父老为他举办的诗歌朗诵会，参加了"大堰河"墓碑的揭碑仪式。可是到8月间，他又摔倒了。他的夫人高瑛流着眼泪说，阿姨刚刚离开他的屋子，他想站起来拿一本书，轮椅一滑，便摔倒了。幸亏头倒在一个纸盒上，否则可怎么办哪！

学友高洪波君带我到协和医院看望艾老。医生说，这一次摔得不轻，伤在腰椎，这样的伤痛年轻人都顶不住，可艾老咬着牙要撑过这

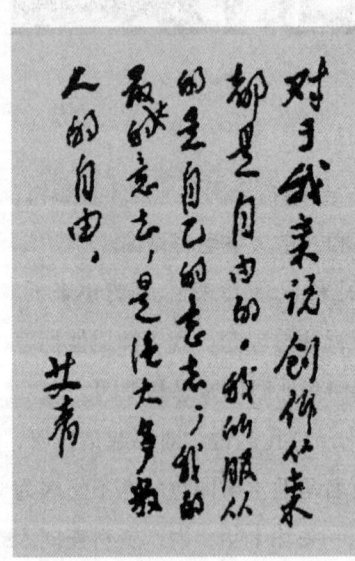

艾青手迹

艾青与冰心

一关——他不能活动、不能翻身、不能过多说话。

艾青在沉睡。医生在他耳畔呼唤：艾老，艾老，朋友们看你来了！有高洪波，有山西的客人！

艾老醒过来，怔怔地看着我们。等听清来意后，他反复说：山西……山西……

女医生给我们讲述艾老的身体状况。她说，这一摔，对老人的大脑也有损伤。听觉明显减弱，视力也明显下降了。她说，医院将尽最大努力，使艾老尽快恢复起来。

在我们谈话的时候，艾老微闭眼睛，嘴里还在念叨着山西。

一代诗圣，灾难又一次降临到你的身上，你能一如既往抵御住魔鬼的袭击吗？命运对你，实在是太不公正了。几十年冤狱昭雪，正是阖家欢乐的时光，伤病却一次一次闯进门槛里来！你健壮的身躯，泥里滚过，血里泡过，冰雪打过，拳脚受过，如今还能再经得起跌打摔伤吗？此时此刻，你忍受着难耐的疼痛，那曾经涌动着激流和波涛的胸腔里，回旋的依然是激情和壮美的诗篇吗？

让思絮轻轻飘飞……

或许你想起巴黎,想起十九岁只身留学法国的艰难岁月。你本来是学画的,你应该成为画家,结果你却成为诗人。在国民党的监狱里,你写成了名留诗史的《大堰河——我的保姆》:大堰河／今天／你的乳儿是在狱里／写着一首呈给你的赞美诗……

或者你想起了延河水、宝塔山。你是那么热切地向往着民主与自由。在长诗《火把》《向太阳》里,你用满腔的激情呼唤:让火把组成浩大的队伍／让受压迫的人们在火把的照耀下／发出愤怒的呼号／燃起仇恨的烈火……

你要使自己的歌声,变成"一种要把世界劈成两半的宣言",要使光明的火把,"煽起使黑夜发抖的叛乱"。但是当你奔赴延安之后,在经历了一次又一次的整风、改造之后,你沉默了。是像大多数知识分子那样,在做痛苦的"世界观的转变"吗?抑或是担任了边区参议员以及那么多的职务后,反倒把你所挚爱的诗歌冷落了呢?

可惜我不能和艾老谈谈山西了。要是早一年早一个月来,我想诗人讲起他曾经战斗过的地方,肯定会有一番非同寻常的感慨。

或者思絮飞到北大荒,飞到伊犁河畔、飞到新疆生产建设兵团。你在20世纪30年代曾说过:"生活着,创造着;生活与创造是我们生命的两个轮子。"你还说:"假如有一天,我对自己的写作生活起了怀疑,那一天当是我的末日。"于是在那样艰难的日子里,你写了几十万字的《绿洲笔记》,为荒漠的开拓者们唱出了嘹亮的赞歌。

漫长的岁月,痛苦的煎熬,大约只有在这洁白的病床上,在这静寂的病房里,才可以慢慢地咀嚼回味吧?

你仍然那样热切地向往着民主与自由。在冤狱平反之后,你用蒙了灰尘的笔写鱼的化石:不幸遇到火山爆发／你失去了自由／被埋进了灰尘／过去了多少亿年／地质勘探队员／在岩层里发现你／依然栩栩如生……

你挥动着受伤的臂膀,对着陈旧的墙呼喊,不管它有多高、多厚、多长:

又怎能阻挡
千百万人的
比风更自由的思想
比土地更深厚的意志
比时间更漫长的愿望?

让思絮轻轻飘飞……

多少人总结出多少文学规律,却很少有人去琢磨作家诗人的创作规律。曾经有过无尽悲愤的艾青,曾经像火把一样燃烧的艾青,到老来将一生的感怀和慨叹凝聚到他的后期诗作里。他说,对于我来说创作从来都是自由的,我所服从的是自己的意志。我的最大的意志,是绝大多数人的自由。

倘若艾老早日痊愈,他还会为民主为自由奋斗呐喊。

让思絮轻轻飘飞……

1992年10月8日凌晨3时
1995年6月修改
2005年3月重读

偶读高瑛文章,心灵为之震颤。艾青到新疆后,曾有好心人默默地保护他。保护尚且如此,不保护又该是怎样的结局呢?我经历过那种年代,但直到现在也想不明白,当时为什么要搞那么多次运动?为什么每次运动总是和文化人过不去?

- 附录 -

高瑛：一段回忆

1957年下半年，人民文学出版社停发了"右派"分子的稿费，但是艾青的稿费已经拿到手了。艾青划为"右派"后，中国作家协会不给他发一分钱的工资。幸亏有了这笔稿费，我们一家的生活才得以维持。艾青说，这是从天上飞来的福。

我问艾青："你的书以后不准出版，文章不准发表，养活这么一大家子人，钱花完了怎么办？"艾青说："不必想那么远，活到哪儿，就说到哪儿。有朝一日真的没饭吃了，我就到中南海门前给你们去要饭吃。"

停发工资，不给艾青生活出路，实在不人道。我越想越有气，就背着艾青给王震部长写了信，问他艾青该不该有工资，告诉他我们在这里靠着农八师的补贴过日子。

王部长的秘书胡中给我回信说，王部长不知艾青无工资一事。这个问题，已向中国作家协会和中宣部反映了，很快就会得到解决，叫我不要着急。不久，中国作家协会来函，把艾青的工资从文艺一级降到行政十三级。

"文化大革命"刚刚开始，说艾青的十三级工资，是走资派张仲翰给定的。马上他的工资降到一百元。我们被送到连队，又降到四十五元。一家五口人，全靠着这点工资活命了。我们的苦日子开始了。精神的和物质的都到了极限。

每月供给艾青的是百分之百的粗粮。艾青有胃病，全家的细粮全省给他吃了。艾青的劳动量很大。全连十三个露天厕所，都由他一个人打扫。夏天，一下雨厕所灌满了水，就得一瓢一瓢地掏出去。到了冬天，屎尿成冰，他得用几公斤重的钢钎冲开，甩到坑的上边，然后再用土埋起来，怕鸡刨狗捣。日复一日，艾青累出了病。连队医生要给艾青写病假条，艾青说："我当然愿意休息，可是人家屁股不休息，屎尿积攒多了，还得我去打扫，那就更累死我了。"

不过节，不发肉，每月每人只发二两油。生活太苦，艾青的眼睛出了问题，看不清东西，夜里大腿抽筋，出虚汗。他的下腹还鼓出个硬块，胸口经常发闷、憋气。艾青的情况越来越坏，一天不如一天，我忧心忡忡。

国庆节，连里宰了一批羊，把羊蹄扔到了垃圾坑里。艾青说："这是多好的东西，扔掉了太可惜。"叫孩子给拾回来。说他的腿老抽筋，吃什么补什么，吃些羊蹄筋，也许腿就不会抽筋了。我就生火、刮毛、烫毛，忙乎了大半天，也弄不出多少能吃的东西。

连里的小猪冻死了，艾青就叫孩子去拿回来。我说不能什么东西都吃。艾青说："小猪是冻死的，不是病死的。你没听说么，乳猪是广东人的一道好菜。你们不吃，我来吃。"

我又烧开水、烫毛、刮毛、开膛剖肚、掏肠子，那股腥味，把我熏得都快背过去了。没有什么佐料，放上咸盐和酱油，煮了一锅，端上了桌子。孩子们都捂着鼻子躲开了，我恶心

艾青与高瑛在新疆石河子

了很多天。艾青说："饥了甜如蜜。来来来享受享受。"他居然能一口一口咽下去。

连队里的人，知道艾青吃了羊蹄又吃死猪，夜里给艾青送来了吃的。艾青说："月光下的温暖最感动人。人间还有真情在啊！"

艾青诗一：我爱这土地

假如我是一只鸟，
我也应该用嘶哑的喉咙歌唱：
这被暴风雨所打击着的土地，
这永远汹涌着我们的悲愤的河流，
这无止息地吹刮着的激怒的风，
和那来自林间的无比温柔的黎明……
——然后我死了，
连羽毛也腐烂在土地里面。

为什么我的眼里常含泪水？

因为我对这土地爱得深沉……

1938年11月17日

艾青诗二：大堰河——我的保姆

大堰河，是我的保姆。
她的名字就是生她的村庄的名字，
她是童养媳，
大堰河，是我的保姆。

我是地主的儿子；
也是吃了大堰河的奶而长大了的
大堰河的儿子。
大堰河以养育我而养育她的家，
而我，是吃了你的奶而被养育了的，
大堰河啊，我的保姆。

大堰河，今天我看到雪使我想起了你：
你的被雪压着的草盖的坟墓，
你的关闭了的故居檐头的枯死的瓦菲，
你的被典押了的一丈平方的园地，
你的门前的长了青苔的石椅，
大堰河，今天我看到雪使我想起了你。
你用你厚大的手掌把我抱在怀里，抚摸我；
在你搭好了灶火之后，
在你拍去了围裙上的炭灰之后，
在你尝到饭已煮熟了之后，
在你把乌黑的酱碗放到乌黑的桌子上之后，
在你补好了儿子们的为山腰的荆棘扯破的衣服之后，

在你把小儿被柴刀砍伤了的手包好之后,
在你把夫儿们的衬衣上的虱子一颗颗地掐死之后,
在你拿起了今天的第一颗鸡蛋之后,
你用你厚大的手掌把我抱在怀里,抚摸我。

我是地主的儿子,
在我吃光了你大堰河的奶之后,
我被生我的父母领回到自己的家里。
啊,大堰河,你为什么要哭?
我做了生我的父母家里的新客了!
我摸着红漆雕花的家具,
我摸着父母的睡床上金色的花纹,
我呆呆地看着檐头的我不认得的"天伦叙乐"的匾,
我摸着新换上的衣服的丝的和贝壳的纽扣,
我看着母亲怀里的不熟识的妹妹,
我坐着油漆过的安了火钵的炕凳,
我吃着碾了三番的白米的饭,
但,我是这般忸怩不安!因为我
我做了生我的父母家里的新客了。
大堰河,为了生活,
在她流尽了她的乳液之后,
她就开始用抱过我的两臂劳动了;
她含着笑,洗着我们的衣服,
她含着笑,提着菜篮到村边的结冰的池塘去,
她含着笑,切着冰屑悉索的萝卜,
她含着笑,用手掏着猪吃的麦糟,
她含着笑,扇着炖肉的炉子的火,
她含着笑,背了团箕到广场上去,
晒好那些大豆和小麦,

大堰河,为了生活,
在她流尽了她的乳液之后,
她就用抱过我的两臂劳动了。
大堰河,深爱着她的乳儿;
在年节里,为了他,忙着切那冬米的糖,
为了他,常悄悄地走到村边的她的家里去,
为了他,走到她的身边叫一声"妈",
大堰河,把他画的大红大绿的关云长
贴在灶边的墙上,
大堰河,会对她的邻居夸口赞美她的乳儿;
大堰河曾做了一个不能对人说的梦:
在梦里,她吃着她的乳儿的婚酒,
坐在辉煌的结彩的堂上,
而她的娇美的媳妇亲切的叫她"婆婆"
……大堰河,深爱着她的乳儿!
大堰河,在她的梦没有做醒的时候已死了。

她死时,乳儿不在她的旁侧,

她死时，平时打骂她的丈夫也为她流泪，
五个儿子，个个哭得很悲，
她死时，轻轻地呼着她的乳儿的名字，
大堰河，已死了，
她死时，乳儿不在她的旁侧。

大堰河，含泪的去了！
同着四十几年的人世生活的凌侮，
同着数不尽的奴隶的凄苦，
同着四块钱的棺材和几束稻草，
同着几尺长方的埋棺材的土地，
同着一手把的纸钱的灰，
大堰河，她含泪的去了。
这是大堰河所不知道的：
她的醉酒的丈夫已死去，
大儿做了土匪，
第二个死在炮火的烟里，
第三，第四，第五
在师傅和地主的叱骂声里过着日子。
而我，我是在写着给予这不公道的世界的咒语。
当我经了长长的漂泊回到故土时，
在山腰里，田野上，
兄弟们碰见时，是比六七年前更要亲密！
这，这是为你，静静地睡着的大堰河
所不知道的啊！
大堰河，今天，你的乳儿是在狱里，
写着一首呈给你的赞美诗，
呈给你黄土下紫色的灵魂，
呈给你拥抱过我的直伸着的手，

呈给你吻过我的唇,

呈给你泥黑的温柔的脸颜,

呈给你养育了我的乳房,

呈给你的儿子们,我的兄弟们,

呈给大地上一切的,

我的大堰河般的保姆和她们的儿子,

呈给爱我如爱她自己的儿子般的大堰河。

大堰河,

我是吃了你的奶而长大了的

你的儿子,

我敬你

爱你!

1933年1月14日雪朝

一缕凄凉的苦香
——访卞之琳

○
○
○

卞之琳（1910—2000） 祖籍江苏溧水，生于江苏海门。1933年毕业于北京大学英文系。1938年在延安鲁迅艺术学院任教。曾随军访问太行山区抗日前线。1940年后任西南联大和南开大学教授。1947年后应邀客居英国牛津。1949年回国后任北京大学西语系教授，以后供职于中国社会科学院文学研究所。曾任国务院学位委员会第一、第二届外国文学评议组成员，中国莎士比亚研究会副会长，中国作家协会顾问等职。
1930年开始发表作品。著有《十年诗草（1930—1939）》《雕虫纪历（1930—1958）》，诗论集《莎士比亚悲剧论痕》《沧桑集（1936—1946）》等。译有《莎士比亚悲剧四种》《英国诗选》。其诗歌自成一格，是现代派的重要代表人物。

去年三月到北京，第一站落脚于北京大学。中午在谢冕老师那里聚餐，一坛宁城老窖把师兄弟们的脸都抹红了。饭后漫步于未名湖畔，谈天说地，好不自在。只是在看望了吴组缃先生之后，我们才停住一应嘈杂，心不由地沉重起来。老人身体羸弱，实在让人担心。走时听身后一声门响，禁不住有几丝凄凉袭来。

又是一年的三月，长安街头玉兰花开了，迎春花也开了。无数游人在树前留影，姑娘们把春意点缀得更加绚烂。北京正在开"两会"，涨工资的消息犹如春风乍起，激动着每一个靠公家吃饭的人。

那时候我正在给卞之琳先生打电话。

拨了三四次，每次都是一位老人来接，每次都让人打断了。电话里杂音喧哗，还有人在大声嚷嚷，好像要谈一桩甚么买卖。听见老人无力地说，我不是，我不是，你拨错了，请你不要再拨了。

我心想大事不好。老年人大都喜静，如今让这帮人一搅和，心绪一乱，怕是连我的事情也让搅黄了。但电话还得打，一年来碰钉子已经不止一次两次，丰富的实践经验使我初步掌握了一些应对各种场面的办法。

电话终于打通了，先生果然拒绝得干脆利落。他用纯正的吴音告诉我：我年纪大了，身体又不好，手头还有好多事情要做，免了吧，免了吧！

我说我自山西来，知道您抗战时期到过太行山，写过系列通讯《晋东南麦色青青》……

他说，嚄，还提你们山西！前几年按国家计划，由你们省里一家出版社给我出书，结果稿子在那儿放了好几年，又给退回来了！

我一听这话，便约略逮着了他的脾性。我说，那就更得见见面了。咱们一老一小一南腔一北调，电话里说不成道理，倘若听错一句，日后以讹传讹，该由谁来负责呢？

我还补了一句：想和你谈谈冯至先生，我基本上是他生前最后一位采访者。

先生嘟囔着说，那就来吧，我告诉你怎么坐车……

凡学者，怕的是认真二字。你一和他认真，他就没咒念了。

卞之琳题词

关于卞之琳先生，我知道得很少。在北京大学读书时，孙玉石教授曾经让我们使出浑身解数，剖析一批1917年至1938年中国诗坛上出类拔萃的诗作。初听以为小事一桩，及至翻开作品，才知道孙老师用心良苦，大有难倒各路诸侯之势。

那是一些怎样难解而又耐人寻味的诗歌呵！

比如卞之琳只有四句的《断章》：

> 你站在桥上看风景，
> 看风景的人在楼上看你。
> 明月装饰了你的窗子，
> 你装饰了别人的梦。

珍贵手迹

还比如也是四句的《鱼化石（一条鱼或一个女子说）》：

> 我要有你的怀抱的形状，
> 我往往溶化于水的线条。
> 你真像镜子一样的爱我呢，
> 你我都远了乃有了鱼化石。

面对这八句诗，我体面地退却了。恰好那时看到一则资料，说当年大名鼎鼎的刘西渭先生，曾经解读过卞之琳的《圆宝盒》，结果诗人认为"全错"，且写了两篇文章予以说明。刘西渭何人？山西老乡李健吾是也。他尚且"全错"，我又怎敢企求不错？于是偷懒剖析何其芳的《夜景（二）》，后来被孙老师收在他主编的《中国现代诗导读》里。

此外，是略知一点他和冯至先生的友谊。去年十一月我去看望冯老时，知道他们自西南联大始，到同在社科院供职，风风雨雨几十年，相处甚是愉洽。

卞之琳住在灯市东口干面胡同东罗圈巷。找到此巷，倒也不难。上楼敲门，老人在过道里迎候，一头白发，着蓝色中山装。进客厅时，见先生举步维艰，待看到书桌上一摞摞摊开的书籍时，我知道时间于他是多么的珍贵了。

他几乎是一寸一寸地挪动脚步，而且双手颤抖，有白发一根根飘落下来，不去的是凛然的学者风度。藏书甚多，几柜外文书，几柜海内外朋友赠书，另外便是他的各种版本的著作和有关评论了。他说香港一家出版社所出《中国新文学史》里有关他的部分简直是瞎说八道，而台湾出版的大雁经典大系之一《十年诗草》却是比较认真负责的。此外日本、美国、荷兰等国的选本或评述也大致不错。他很尊重香港张曼仪女士对他著译的研究与评价，他说，那是一位真正的学者。

卞之琳一生执教一生痴迷于诗歌与译著。当抗战烽火燃遍中华大地时，他曾经与何其芳随沙汀等人去延安，之后由垣曲进入晋东南，随军投身于抗日前线。先生译著不算很多，诗集之外，翻译作品有《莎士比亚悲剧四种》等十余部。有论者称，一些诗人一生涂抹过无数的诗行，除他自己以外，谁也记不得了；而另一些诗人只写过几首或几十首诗，便为自己争得了在文学史中的地位。评卞之琳的诗，论者用的语言是："他于19……年又写下了这样的名句……"

比如："伸向黄昏去的道路像一段灰心"；

青年卞之琳

比如："友人带来了雪意和五点钟"；

还比如："为什么在红灯的万花间，还飘着一缕凄凉的苦香"？

可惜这凄凉打动不了中国文学史的编撰者们，他们把卞之琳对中国新诗的贡献淡化到几近于无。

卞之琳还在他的阵地上战斗。他已经三十年不能用毛笔和钢笔写作了。老友的逝去与病变无疑给他增添了不断的沉重，但他挺着病弱的身躯，依然在伏案操作。他在送别冯至之前，自己也重重地摔了一跤。头部缝了五针后,他说,不要紧的,当年"造反派"不是说我的脑袋是花岗岩的吗?

孙玉石教授曾经这样描摹卞之琳与他的诗作:"一位诗国的哲人在海边漫步,随手捡起一枚玲珑剔透的白螺壳,幻想着这小小的东西里汹涌着无边大海的涛声,鉴赏那里幻化出的一湖烟雨,于是发出对大海的智慧与神工的感叹。一首美丽的诗便在这感叹声中产生了。"

美丽的诗诞生在狭窄破旧的书房里。

书房里飘荡着一缕凄凉的苦香。

1993年4月1日于听涛书屋
2005年2月18日重校

- 附录 -

冯姚平:心底的热流

这个月8号就是卞之琳伯伯的九十岁生日,正好《卞之琳文集》出版,星期四在中国社会科学院外国文学研究所要开个会祝贺他。这几天,我一直热切地等待着,并且想好了要穿一件喜庆的红衣服去见卞伯伯。不料噩耗传来,卞伯伯竟于今天上午离去了。

卞伯伯是我父亲冯至的好朋友。我认识卞伯伯是抗战时期在昆明的时候。那时候,虽然穷,却很热闹,常常有客人到我家来。后来我知道,他们是杨振声、闻一多、闻家驷、朱自清、沈从文、孙毓棠、卞之琳、李广田等诸位先生。他们当时都在西南联大教书,由杨振声先生建议,大家每个星期聚会一次,互通声息,讨论些共同关心的话题。可能由于我家位置适中,聚会地点就选在我家。当时我还小,弄不清来的都是哪些伯伯,可是有两位印象却很深。一位是李广田伯伯,因为他有一个和我差不多大的女儿,每次见我,总要向我传递一些她的信息。另一位就是卞伯伯了,当时他还没结婚,自然没有孩子,而且也从不和我说笑,但给我的印象特别深。那时候我的父亲和他的朋友们都是出门穿一件长衫，可卞伯伯与众不同，总是一身西装，我记得是咖啡色的，戴着金丝边的眼镜，又年轻，又精神。后来我学会了"风度翩翩"这个词时，马上想到的是卞伯伯。他常来，来了就坐到父亲的桌前打字，父亲有一台从德国带回来的打字机。原来那时他和闻一多伯伯正在协助英籍教授白英编辑《现代中国诗选》。当时我还知道我父亲、李广田伯伯、卞之琳伯伯都是诗人，可是在我的心目中只有卞伯伯才像个真正的诗人。我还曾试图读他的作品，听到父母谈论卞伯伯译的《紫罗兰姑娘》如何如何，我也找来看看。本以为既是"姑娘"，又有那么好听的名字，必是容易懂的了，翻翻却没能看明白，只得作罢。这是些儿时的印象。后来的几十年，他们在一起工作，来往密切，但由于我只顾忙自己的事，却没有多注意，不过有几件事印象很深。

十年前的一天，父亲身体不好，我正陪着他，电话响了，我去接，是卞伯伯打来的。卞伯伯精神很好，原来刚好在所里开完庆祝卞伯伯八十寿辰暨学术生涯六十周年的"卞之琳学术讨论会"。父亲没能去，但写了一首诗《读〈距离的组织〉——赠之琳》，请人在会上代读。卞伯伯说，他太喜欢这首诗了，但忙乱中诗稿不知被哪位记者拿走，他很担心地问是不是存有底稿。我告诉他还有，他放心了，就在电话里聊了起来。谈纪念会，谈这首诗，还谈到在昆明的日子。他说起1943年中秋节前，他曾住在我家为躲警报而在昆明东郊林场租住的两间茅屋里，写完了长篇小说《山山水水》的初稿。他满怀深情地叙述父亲怎样带他上山，怎样教他用林中的松果引火生炭炉做饭，他一个人自理生活住了半个月等等。我们聊了有半个小时，父亲就坐在沙发里笑眯眯地看着我。我似乎能感觉到两位老人心底的热流。

他们怀念昆明，那时他们年轻，精力旺盛。他们相互交流，相互启发，他们在继承中国古典文学优良传统的基础上努力吸取外来的养分，创造自己的风格，不断写出好作品。也是在卞伯伯住过的"林场茅屋"，我父亲写出了诗集《十四行集》和中篇历史小说《伍子胥》。现在人们谈起中国现代主义诗歌时，写过《十四行集》的冯至的名字常常和卞之琳的名字同时被提起。至于《伍子胥》，和卞伯伯也有关系。这个题材在我父亲的胸中孕育了十六年，当他第一次读到里尔克的散文诗《旗手里尔克的爱与死之歌》后，深深被感动，就萌发了用这样的体裁写伍子胥逃亡故事的想法。后来他又曾多次思量过这个计划。直到1942年的冬天,卞伯伯准备把他旧日翻译的《旗手》印成单行本,在付印前给父亲看了他重新修订过的译稿。又读到这本年轻时喜爱的书,父亲想起十六年前的计划,一时兴会,便写出了现代色彩的《伍子胥》。

还有一次我和父亲说起《哈姆雷特》,父亲告诉我一定要读卞伯伯翻译的《哈姆雷特》。我读了,那么完美,使我感到震撼。他们都是搞外国文学的,父亲对卞伯伯的翻译非常推崇。

卞伯伯老年体弱多病,但他以坚强的毅力工作着,仍然是那样严肃,那样踏实,完成了我们难以想象的工作量。如今,卞伯伯突然离我们远去了,我震惊,我悲痛。我想,我们怀念他,我们纪念他,就要学习他,以他这种严肃的态度和踏实的学风对待工作,对待生活。

原载《北京青年报》2000 年 12 月 7 日

李广田小传

李广田（1906—1968）山东邹平人。1923 年考入济南第一师范后,开始接触五四以来新思潮、新文学。1929 年入北大外语系预科,先后在《华北日报》副刊和《现代》杂志上发表诗歌、散文,并结识本系同学卞之琳和哲学系的何其芳。后出版三人诗合集《汉园集》,被人称为"汉园三诗人"。1935 年北大毕业,回济南教书,继续写了不少散文,结集为《画廊集》《银狐集》。1941 年秋至昆明,在西南联大任教。除散文外,还写了长篇小说《引力》。抗战胜利后,他先后在南开大学、清华大学任教。1948 年加入中国共产党。解放后任清华大学中文系主任。1949 年全国第一次文代会,当选为文联委员、文协理事。1951 年任清华副教务长。1952 年调任云南大学副校长、校长。历任中国科学院云南分院文学研究所所长,作协云南分会副主席、中国作协理事等。他是中国现代优秀的散文作家之一,先后结集的还有《雀蓑集》《圈外》《回声》

《日边随笔》等。

1968年被迫害致死。

何其芳小传

何其芳（1912—1977）四川万县人。1929年考入上海中国公学预科，曾发表新诗。1931年入北京大学哲学系，开始在京、沪的《现代》《文学季刊》等刊物上发表作品。其诗收入与卞之琳、李广田合集的《汉园集》。散文集《画梦录》以绚丽的文采表现象征的诗意，创造出独立的抒情散文体，因而获1936年《大公报》的文艺奖金。1935年大学毕业后，先后在天津南开中学和莱阳乡村师范学校执教。在现实影响下创作的《还乡杂记》等，以渐趋朴实的文风代替早期雕饰的审美特点。抗日战争爆发后，回到家乡和成都任教员，创办《工作》半月刊，发表了《成都，让我把你摇醒》等诗文。1938年与沙汀、卞之琳一起奔赴延安，在鲁迅艺术学院工作，并随贺龙部队赴晋西北和冀中根据地。《我歌唱延安》《生活是多么广阔》，表露了他对新生活的激情，汇成诗集《夜歌》和散文《星火集》等。1944年后两次被派往重庆，进行文化界的统一战线工作，任《新华日报》社副社长等职，1948年调中央马列学院。从1953年起，历任中国作家协会书记处书记，中国社会科学院哲学社会科学部学部委员、文学研究所所长，《文学评论》主编。论著有《关于现实主义》《西苑集》《关于写诗和读诗》《论〈红楼梦〉》《文学艺术的春天》等，对现代格律诗、典型等问题都有理论上的建树。

怎一个情字了得
——访曹禺

○
○
。

曹禺（1910—1996） 原名万家宝，字小石。祖籍湖北潜江。1928年考入南开大学政治系。1930年转入清华大学西洋文学系。1933年创作四幕剧《雷雨》，1935年写成剧本《日出》，1936年写成话剧《原野》。抗日战争爆发后，随校迁至四川，著有《蜕变》《镀金》《北京人》等，并将巴金的小说《家》改编成剧本。1946年赴美国讲学，翌年初回国，任上海文华影业公司编导，发表剧本《桥》，写了电影剧本《艳阳天》，由他导演摄成影片上映。1949年后，历任北京人民艺术剧院院长、中国作家协会书记处书记、中央戏剧学院名誉院长、中国戏剧家协会主席等职。出版有《迎春集》《曹禺选集》《曹禺论创作》《曹禺戏剧集》《曹禺文集》等。

还是在去年，作家王蒙得知《太原日报》副刊拟用一年的时间连载《作家风采》系列，觉得十分来劲。他说这可真是闻所未闻的新鲜事儿，哪里有这样善良的报纸呢？这简直是一个创举嘛！他说，一定要写写曹禺先生，到时候由我来引荐，我要为这个专栏出点力！

我没有去打搅他。当了一年的"业余记者"，我有我的笨招数。得知曹禺先生住在北京医院，我曾在一个铺满霞光的傍晚去看望他。依了

风华正茂

人们的指点,从东单进去,绕了半天,却从王府井的一条小胡同里钻出来。抬头一看,不禁大为恼火:这不是协和医院嘛!我在这里采访过艾青和延泽民,对高干病房可说是轻车熟路。我满可以大摇大摆地从前门进去,何必要问道于人,绕到东单来背这份冤枉呢?

那一次我当然没有找到曹禺先生。管病房的大夫坚定地对我说,你找的人绝对不在这里。你要不信,我把名册给你拿来,你这人怎么这么糊涂呢!我说,你先生也够劲儿,恐怕你连曹禺是谁都不知道。一句话把大夫噎得满脸紫涨,愤然吼道:你看过北京人艺演的《雷雨》和《日出》吗?你到底找哪家医院?我说我找北京医院,大夫被我气得哈哈大笑。

原来北京医院在东单的另一侧,等我今年找到时,曹禺先生已经出院了。此前我曾经在电视里看到他坐着轮椅参加全国政协会议,又在香港一家报纸上看到有关他的报道。文章说,曹禺希望早点回家,说他十分惦念巴金和所有的老朋友。五年的病房生活,单调且乏味,他再也不想住下去了。

第二天一大早,我赶往木樨地部长公寓看望曹禺先生。那时候我心里像敲着一面小鼓。为时一年多的《作家风采》系列即将结束,我真希望最后一次采访能够顺顺当当。曹禺是我所敬仰的中国话剧泰斗。一部极具权威的史书称他:"在把欧洲近代剧的写作技巧运用于中国话剧创作,表现在中国社会现实方面;在塑造鲜明独特的人物形象,特别是女性形象方面;在使剧本富于激情和诗意,特别是悲剧艺术的建树方面;在把生活中的口语加工成文学语言,使对话艺术趋向完美方面,以及在使剧本同时具有可读性和可演性方面，都取得了重大成就。"话写得很拗口，若要我来写，一句话就够了：他是中国话剧最重要的奠基人。我十分敬佩他的文化素养和大器早成。二十三岁写《雷雨》，二十五岁写《日出》，二十六岁写《原野》，三十岁写《北京人》。其间还有《蜕变》，还有《家》。对于中国话剧来说，我觉得这就足够了。有论者为他以后没有力作而遗憾，我以为此乃强人所难，难道你真的不知道后来中国文坛经历的诸多艰险吗？

在警卫室给曹家打电话，一位女士告诉我，曹老散步去了，大约得11点以后回来。我觉得很幸运。我对门卫说，只要他今天没有别的活动，我是等定了。门卫嘴角上挂着一丝笑，很客气地请我出去。

我坐在部长楼前的台阶上，饶有兴趣地看花的娇艳，看草的碧绿。想到一年的辛苦总算要有一个结局，想到能向读者介绍几十位老作家的晚年情景，甚感惬意。我耐心等待《作家风采》中最后一位老人出现，不管人们用什么样的眼神看着我。

我的耐心终于赢得了同情。警卫室一位女同胞跑出来对我说，你留神点儿，老先生坐着轮椅，有一个年轻人推着他，你看见了，就跟他们一起回家去。

我在楼前楼后寻找坐轮椅的老人。从要职上退下来的部长们，在林荫下悠闲地漫步。不少老人推着小车，边哄孩子边议论物价上涨官员腐败。一院里，拄拐的、人搀的到处可见，唯独没有轮椅。

直到中午时分，终于有一辆轮椅缓缓地推了进来。胖胖的曹禺先生坐在车上，戴一顶遮阳帽，脸上流着汗水。当我帮着推车时，他默默地看我一眼，以为是大院里一个好心的男人。

我一直把先生送到家门口，然后说了我的来意。推车的小白说，真是难为你了，老人今天精神特别好，我们整整走了一万步，不然早就回来了。他把我的话大声地讲给曹老听，先生连声说，真是对不起，让你等了半天！

这是一位极有教养的老人。在和我谈话时，他再三表示歉意。跟眼下那些疯得发狂的中青年"名家"比，他显然是另外一种人了。他说，我很尊重山西的文学创作，很喜欢赵树理和马烽的作品。他们是我的老朋友，我们在一起共过事，我们是有感情的。赵树理的去世是文化界的不幸，好在那个年代永远过去了。

他说，中国的作家艺术家以及所有的文化人一直在斗争、在奋斗。即便在最黑暗的日子里，文化人也没有停止过呐喊和奋争。我们终于迎来了今天，过去不能写的、不敢写的，现在可以写了，可见文学艺术的天地比过去宽阔了，作家艺术家的眼界也比过去宽阔了，文学艺术是大有希望的。谁对此表示怀疑，谁就会失去最好的机遇。

先生说，改革开放，把国外一些好的东西介绍过来，对我们自己是大有益处的。比如前几年北京人艺上演的《推销员之死》，艺术上很好，我很喜欢。中国有进步，像眼下这种时代，实在是太难得了。春秋战国时代，以及以后的两汉、唐、宋，文化事业非常发达，就是因为禁忌少，允许人们说真话，所以出了经得住时间考验的大作品。

谈到对青年一代的期望，曹禺先生沉思良久，然后激动地说，一定会超过我们。机遇这两个字实在是太好了，希望年轻朋友们好好地琢磨一下这两个字，国家对外开放，我们想了解外国，外国也想进一步知道我们，这是一个文化的契合点。国家强盛富足了，社会现象复杂了，人性向多方面发展，给作家艺术家提供了丰富的人生场景。青年一代应该大胆些，开阔些，既要不遗余力地赞颂真善美，又要奋力鞭挞人类的丑恶现象。如今有了成就的中青年作家，文学技巧已经熟练了，重要的是要有一种使命感，要更上一层楼，要写大作品，写出21世纪的人物来！

先生仰着头说，过几天，我就八十四岁了。住

纪念银章

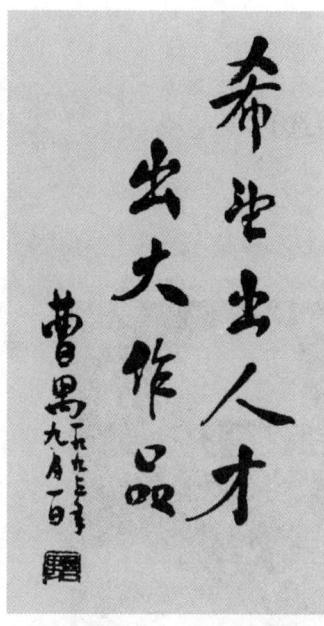

曹禺题词

了五年医院,耗去一大段时光,到现在恐怕什么也干不成了。我真诚地祝福我们的年轻人。21世纪是属于他们的。只要充满信心地去生活、去奋斗,就一定会有伟大的作品问世。在下一个世纪的文学艺术史上,应该用金色写上他们的名字!

曹禺先生噙着热泪说,请转告有志气的青年们,这就是我,一个行将就木的老人对他们最热切的期望:不要辜负了时代!

我默默地听着这滚烫的嘱咐,好久好久说不出话来。

1993年9月20日夜于打桩机震动中
2005年3月22日校订

当年一家威权部门,在我们宿舍楼旁盖大楼。打桩机把我们的墙震裂了,把我的一台电脑震瘫了,把马烽等诸位老作家院里的阳光挡住了。马老曾在他的对联里记述此事,我写过一篇《南华门里一线天》,发表于《太原日报》。如今马老去了,文章当然无人理睬。那楼还傲然挺立着,奈何!

- 附录 -

巴金：忆曹禺（节选）

曹禺与巴金

家宝逝世后，我给李玉茹、万方发了个电报："请不要悲痛，家宝并没有去，他永远活在观众和读者的心中！"话很平常，不能表达我的痛苦，我想多说一点，可颤抖的手捏不住小小的笔，许许多多的话和着眼泪咽进了肚里。

躺在病床上，我经常想起家宝。六十几年的往事历历在目。

北平三座门大街十四号南屋，故事是从这里开始。靳以把家宝的一部稿子交给我看，那时家宝还是清华大学的一个学生。在南屋客厅旁那间用蓝纸糊壁的阴暗小屋里，我一口气读完了数百页的原稿。一幕人生的大悲剧在我面前展开，我被深深地震动了……

1940年，我从上海到昆明，知道家宝的学校已经迁至江安，我可以去看他了。我在江安待了六天，住在家宝家的小楼里。那地方真清静，晚上7点后街上就一片黑暗。我常常和家宝一起聊天，我们隔了一张写字台对面坐着，谈了许多事情，交出了彼此的心……

1942年,在泊在重庆附近的一条江轮上,家宝开始写他的《家》。整整一个夏天,他写出了他所有的爱和痛苦。那些充满激情的优美的台词,是从他心底深处流淌出来的,那里面有他的爱,有他的恨,有他的眼泪,有他的灵魂的呼号。他为自己的真实感情奋斗。我在桂林读完他的手稿,不能不赞叹他的才华,他是一位真正的艺术家!我当时就想写封信给他,希望他把心灵中的宝贝都掏出来,可这封信一拖就是很多年,直到1978年,我才把我心里想说的话告诉他。但这时他已经满身创伤,我也伤痕遍体了⋯⋯

　　1966年以后,我们便都进了"牛棚"。等到我们再见面,已是十二年以后了。我失去了萧珊,他失去了方瑞,两个多么善良的人!

　　我和家宝都在与疾病斗争。我相信我们还有时间。家宝小我六岁,他会活得比我长久。我太自信了。我心里的一些话,本来都可以讲出来,他不能来杭州,我可以争取去北京,可以和他见一面,和他话别。消息来得太突然。一屋子严肃的面容,让我透不过气。我无法思索,无法开口,大家说了很多安慰的话,可我脑子里却是一片空白。我不能接受这个事实,前些天北京来的友人还告诉我,

漫画曹禺

家宝健康有好转，他写了发言稿，准备出席六届文代会的开幕式。仅仅只过了几天！李玉茹在电话里说，家宝走得很安详，是在睡梦中平静地离去的。那么他是真的走了。

十多年前家宝在给我的一封信中，写了这样的话："我要死在你的前面，让痛苦留给……"我想，他把痛苦留给了他的朋友，留给了所有爱他的人，带走了他心灵中的宝贝，他真能走得那么安详吗？

1998 年 3 月

夜阑卧听风吹雨
——访白朗

○
○
。

白朗(1912—1994) 原名刘东兰,辽宁沈阳人。1931年东北沦陷初期,参加"反日同盟",开始她的革命生涯。1932年任哈尔滨《国际协报》文艺副刊编辑。1935年7月与丈夫罗烽共赴上海,参加上海文艺家协会。1941年皖南事变后,在周恩来的关怀下奔赴延安,任《解放日报》文艺编辑,后到中央党校三部学习。抗美援朝战争中曾六次赴朝访问、调查,慰问伤病员。曾以记者身份出席板门店停战签字仪式。1951年代表蔡畅、邓颖超参加国际妇联执委会工作。主要著作有:散文集《西行散记》、短篇小说集《伊瓦鲁河畔》、中篇小说集《老夫妻》、中篇小说《为了幸福的明天》、长篇小说《爱的召唤》等。1957年被错划为"右派",1978年后平反。

我走进白朗家的客厅时,她的外孙周越说,对不起,请您稍等一下。

他走进里屋。听见他和外婆低声说话,听见他在打开窗户。之后好长一段时间,里屋寂静无声。

我以为白朗正在写作。也许要等到写完一个段落或者写完一句话再见我。都是弄文字的人,我知道思路突然中断的那种痛苦。我也不应该

新婚年代

着急。因为我没有预约,我是突然闯进来的。

客厅里时钟在滴答滴答地响。房间很大,听不见一点说话声和走动声。作家罗烽是年前辞世的,留下来老伴和这座空旷的房间。

六十年前,白朗是一位活泼而又坚强的抗联战士。她和罗烽追随杨靖宇将军,义无反顾地参加了反对伪满和抗日活动。二十岁的白朗,既是记者、编辑、作家,又是抗联星星剧团的演员。她天生丽质,歌喉嘹亮,曾给抗联将士带去许多欢乐和鼓舞。

白朗参加过东北解放战争。在隆隆的炮火中,她毅然离开延安,投身于枪林弹雨之中。黑龙江一解放,她被选为哈尔滨市临时参议员。为了繁荣东北地区文学事业,白朗曾经付出过无数心血与汗水。

她也许是一位不屑于平静与舒适的女人。朝鲜战火一起,她又报名参加抗美援朝战争。她往返于通化—朝鲜的卫生列车上,抢救伤员,收集素材,以后有了长篇小说《在轨道上前进》。

作为一位作家,白朗成就不俗。她的《西行散记》《伊瓦鲁河畔》《为了幸福的明天》曾经蜚声文坛。她的《一面光荣的旗帜》最早记录下赵一曼、八女投江等抗联女战士惊天动地的事绩。

而作为一位长期为新中国解放事业奋斗的革命者,她也曾受到国家和人民的尊重和信赖——四十年前,白朗代表蔡畅和邓颖超赴索非亚参加了国际妇联执委会。之后受国际妇联派遣，赴朝鲜调查美李军罪行，写出了催人泪下的报告书。她出席过维也纳世界和平大会，出席过哥本哈根世界妇女大会，参加过板门店停战签字仪式，参加过亚洲作家代表大会。在与党和国家领导人的接触中，她完成了长篇传记《何香凝传》。

白朗文学功底深厚，又有着丰富的人生阅历。在罗烽离去之后，她肯定会抓紧一切时间，为后人留下来一段段难忘的历史篇章。

门开了，周越请我进去。在跨进白朗书屋的一霎那，我想今天的采访会是十分愉快的。

可是我想错了！

白朗瘫卧在床上，身上盖着一条薄薄的毛毯。茶几上燃着一簇线香，习习凉风吹进来，撕扯开丝丝缕缕闷人的香味。听见脚步声，她双眼茫然地盯着屋顶，无力地说："请坐……"

这就是白朗吗？

屋里陈设很简单。病榻上堆着报纸，报纸上有一枚放大镜。唯一能表明白朗身份的，是床头柜上的两码书：六卷本《罗烽文集》，五卷本《白朗文集》。书是家乡出版社出的，很精致，很厚。

五十六年前，白朗曾忘情地写过她和罗烽的恋情：

> 我怎能忘记呢？那一年，那个火样的夏天，满园的花儿全欣然地开放了，牵牛花吹着她红的喇叭筒，向着那火样的太阳，虽然那是一个稀有的酷暑，为了勃（罗烽）的培植、爱护，那些可爱的花儿却没因酷暑而焦枯，她们反而一天比一天鲜艳，一天比一天根深蒂固了……

罗烽大约是从1942年起倒霉的。延安文艺座谈会前一个月，丁玲在《解放日报》发表了《三八节有感》。第三天，罗烽发表了《还是杂文的时代》，计八百三十个字。紧接着，王实味发表了《野百合花》。王实味不久以后被砍了脑袋，冤案在20世纪90年代得以昭雪。丁玲后来成了"丁陈反党集团"的头目。罗烽介乎于二者之间，脑袋留着，只算是"反党集团"的成员。白朗1957年以后戴了一顶"右派"帽子，取消一切职务，随罗烽一起下放到辽宁阜新煤矿，在那里呆了二十多年。

白朗说，二十多年，每天做工劳动，改造我们的世界观。讲到罗烽辞世，白朗平静地说，他后来疯了。打人砸东西，谁能受得了哇。走了，也好……

而五十六年前罗烽从敌人的牢狱里出来时，白朗曾经这样写道：

度过了十个月的惨厉生活，他挣脱了敌人的魔手，带着欢欣，带着病，竟然生还了，任谁都不能不说这是死里逃生的……春风拂苏了我的灵魂，望着那跳跃在树丫间的春光，我高歌着美丽的迎春曲，即使是北国的春天，也是迷人的了。

世事沧桑，白朗大概做梦也没有想到自己的晚年会是这样的。她的胃大部分被切除了。她患有肺心病，眼睛也几乎看不见东西了……

就这样躺了七八年。白朗缓缓地说。有时也想一点事，想家乡，想延安，想山西，想阜新，可想着想着就乱了，就不敢再想了……我没写过什么作品，已经好多年不拿笔了，你来看望我，我十分感激，可是我还能干什么呢？她茫然地望着我。

我来北京之前，白朗刚刚过完八十诞辰。她说那一天很热闹，孩子们之外，作家协会的领导和朋友们也来了，冯牧来了，张光年也来了。我感谢大家呵，白朗说，他们都挺忙的……

我请白朗为双塔副刊题字。我知道自己很有些不近人情。但想到《太原日报》的热心读者，我还是开了口。白朗为难地说，我好多年不写字了，就这么躺着，怎么能写字呢？

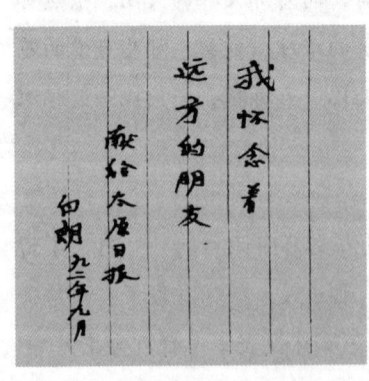

白朗题词

蓬勃向上

好在有热心的周越，他给外婆拿了纸，拿了笔，我为老人扭亮了床头灯，递过去高倍放大镜。我含着泪水说，我扶您起来。我知道您是一位坚强的战士。我相信您会重新站起来的！

白朗淡然笑道：怎么可能呢？下肢已经萎缩了……她躺在床上，一手拿笔，一手拿着放大镜，几乎是用手指比着笔尖，写下来她献给《太原日报》众多读者的一句话：我怀念着远方的朋友！

好难看哟，白朗笑着说，我看见的都是黑点儿。

周越对我说，你创造了一个奇迹。

白朗的照片，是从罗烽书屋里拿的。周越说，书屋的钥匙在外婆那儿，外婆一般不准家人到那里去。她总是说，让他好好歇歇吧，他太累了。

从白朗家里出来，望长安街上人流如潮。人们正在为未来的生活而奔忙着。我突然觉得自己像站在家乡的山顶上，呆呆地看着山两面人家。

1992年11月13日下午
2005年2月28日重读，禁不住潸然泪下

-附录-

云水斋主人：不想说话

"文化大革命"后丁玲复出，对来访的作家白夜说："我写了些文章，人们知道我又出来了。可是，多少年来，白朗受到了迫害，患了精神分裂症，已经不能写文章了。人们还不知道她究竟怎么样。报纸刊物可以介绍一下吗？"

她黯然告诉白夜，白朗不想说话了。

白夜记着丁玲的嘱托，上门去找白朗，请她"说话"。白夜想，经过了长时间的沉默，白朗的话一定会很多。不料，情形正如丁玲所言，白朗摇摇头，不想说话。

当年的白朗是很能"说话"的。她和罗烽很早就参加了满洲地下党领导的抗日文艺运动，后来到上海，又写了许多反映东北人民抗日斗争的报告文学和小说。在延安时，连毛泽东都知道他们很能"说话"，还请他们夫妇到自己的窑洞里吃饭聊天。罗烽回忆说，当时毛主席笑道："今天请你们的客，不谈工作。"大家完全像普通主客之间相处。饭后，还打了几圈麻将。

老舍先生也是很能说话的。但在"文化大革命"中，他绝望了，不想再说话。他投进冰冷的湖水中，用死亡彻底掩住自己的嘴。还有儒雅的储安平先生，在万马齐喑的年代，为争取人们说话的权利，他主持的《观察》说了许许多多有良知的话，后来不让他说话了，这位《光明日报》的总编辑，一夜之间，像空气一样消失在茫茫的夜雾中……

说还是不说，还真是个问题。有段禅学公案说，大和尚赵州的徒弟向师傅请教佛法，问师傅什么是佛法的大义，赵州瞟了一眼庭院中的柏树回答说："庭前柏树子。"徒弟不明就里，再问，并请师傅不要用物来比喻。赵州仍回答说："庭前柏树子。"很多年过去了，说与不说的问题，还是"庭前柏树子"。

白朗若活到今天，是位九旬高龄的老祖母了。我竭力想象着——一位饱经风霜的慈祥老祖母，对着我们这群叽叽喳喳的儿孙，慈爱地笑着。是的，她一定会微笑着。但是，她会想说话吗？

（文字有改动）

罗烽小传

罗烽（1909—1991）原名傅乃奇。辽宁沈阳人。1929年后曾任中共呼海铁路特别支部书记、哈尔滨东区区委宣传委员，中共北满省委候补委员。领导北满革命文化运动并创办《夜哨》文艺周刊。1935年在上海加入左联，任上海文艺家协会驻会秘书、上海文艺界战时服务团宣传部长。1941年赴延安，任中华全国文艺界抗敌协会延安分会第一届主席、陕甘宁边区政府文化工作委员会常委兼秘书长。1945年任中共中央东北局宣传部常委、中共旅大特区委员会文委书记。1949年后,历任东北人民政府文化部副部长兼东北文联、中国作协东北分会第一副主席,中国作协第一、第二届理事,第四届顾问。1958年被错划为"右派",1979年改正。20世纪30年代开始发表作品。著有短篇小说集《呼兰河边》《横渡》《粮食》,中篇小说集《归来》《莫云与韩尔谟少将》,长篇小说《满洲的囚徒》,话剧本《台儿庄》《总动员》《国旗飘扬》等。

罗烽与白朗

著名作家罗烽白朗遗作捐赠案尘埃落定
两子女同意捐文学馆

近日,因认为著名作家罗烽、白朗的文学遗物被"干女儿"私自捐赠给中国现代文学馆,亲生子女白莹、傅英将金玉良和文学馆一同诉至法院,要求确认罗烽白朗遗作捐赠行为无效,返还文物。10日,编者从市三中院获悉,经过法官反复调解沟通,最终两子女同意将遗留的文献资料捐赠给现代文学馆。

作为罗烽、白朗的一双儿女,白莹、傅英此前起诉称:金玉良在罗烽、白朗生前作为罗烽的助手,负责照顾罗烽工作及照顾二人生活。虽然金玉良对外以二人的干女儿自居，但实与二人并无任何法律关系。金玉良在罗烽、白朗逝世后，借整理遗物之名将二人遗留的大量珍贵资料据为己有，并在未经儿女同意的情况下将其中部分手稿、书信、照片等遗物捐赠给中国现代文学馆，严重损害了作为儿女的合法权益。故儿女要求确认金玉良与文学馆之间的赠与合同无效，同时要求文学馆返还金玉良向其捐赠的罗烽、白朗的各项物品。

对此，中国现代文学馆表示，金玉良曾两次捐赠罗烽、白朗的文献资料。第一次是2000年5月，当时是从白莹的女儿家里拉走，白莹女儿知道此事，金玉良事后也告诉了白莹、傅英，且二人均没有提出异议。第二次是2010年3月，不仅在同年8月举办了捐赠仪式，还在《文艺报》、《中国作家网》向社会公开发布捐赠仪式的消息，金玉良在事后也将报纸和文学馆发放的纪念品分别交给了白莹、傅英，二人当时也没有提出任何异议。而金玉良也为自己辩称：所有的捐赠都是罗烽、白朗生前口头答应的，白莹、傅英对此也是知道并认同的。

2014年7月11日《北京晨报》

十年黄叶饮秋霜
——访端木蕻良

○
○
。

端木蕻良（1912—1996） 满族。原名曹京平、曹汉文。辽宁昌图县人。1932年考入清华大学历史系，同年加入"左联"，发表小说处女作《母亲》。1935年完成长篇小说《科尔沁旗草原》。1936年至1938年，在上海和武汉等地从事抗战文学活动，著有长篇小说《大地的海》以及《鹭鹭湖的忧郁》《遥远的风沙》等一系列风格独异的短篇小说。1942年后著有长篇小说《大江》《大时代》《上海潮》《科尔沁旗草原》第二部和诸多中短篇小说。1949年从香港回到北京，著有《墨尔格勒河》《风从草原来》《花一样的石头》等散文作品。曾任北京市作家协会副主席，出版有八卷本《端木蕻良文集》。

采写前辈作家，少不得经常翻些资料。人说是开卷有益，果然不假。端木蕻良先生和我聊天时，说他曾在临汾民族革命大学任教。回来一翻资料，才知道现代一大批著名作家最吃香最走红的年代当在抗战烽火初起之时。那时国共两党都把作家当作宝贝蛋儿，国民政府军委政治部第三厅所属三百多人，重要人物几乎全是作家。厅长郭沫若之下，知名者有田汉、阳翰笙、冯乃超、洪深、胡愈之、白薇、叶君健诸位。而那时奔赴延安的作家，更是为数可观，比如艾青、丁玲、康濯、王实味、周而复，等等。

我第一次知道山西阎锡山也毫不逊色。他在临汾建立民族革命大学，罗致招揽大批学者、作家前来讲学办刊物。受聘到临汾的作家有萧军、

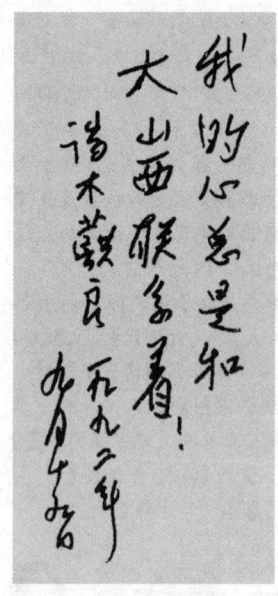

端木蕻良题词

萧红、田间、塞克、端木蕻良、聂绀弩、光未然、杨朔、徐懋庸等，学者则有李公朴、翦伯赞、马哲民、施复亮等。当时老阎谋算既深，行动起来便比冯玉祥、李宗仁更为果断利落。他派侄儿阎振溪常驻武昌招募文化人，又着梁敦厚等人鼎力相助。他出资创办《自由中国》《西线文艺》，请李公朴出任"民大"训导长。一时间山西人才济济，文化事业闹腾得热火朝天。

可惜临汾很快沦陷，作家们纷纷往延安、重庆、桂林去了，否则阎锡山真是了不得。

端木蕻良说，当初是臧云远把他招去临汾的。他在临汾时间不长，和赵戴文的儿子赵忠绂很熟。山西人很有性格，待人很热情，端木先生说。

之后他去了武汉，写了短篇小说集《风陵渡》。五十多年之后，端木蕻良笑微微地对我说，我的心总是和大山西联系着！

端木蕻良的一生，颇有点传奇色彩。他很早离开家乡，但以后的作品，始终紧紧粘在家乡的泥土上。他是当年东北作家群里的一员骁将，自长篇小说《科尔沁旗草原》问世，短短十几年间，他写了一长串短篇中篇长篇。端木擅画，且喜戏剧。解放后他写过京剧《戚继光》、评剧《梁山伯与祝英台》、秦腔《戚继光斩子》。另一出评剧《罗汉钱》则又把他和山西连起来，那是依据赵树理的小说《登记》改编的。

还有他和萧红的一段旧情。还有他文笔的雄浑怪诞。

有论者称他为文坛的"鬼才"。说他的《科尔沁旗草原》生涩难读，但个中成就"耀古擎天、举世无匹"。

我读过他1937年写的一篇散文，题目叫《有人问起我的家》：

我生长的村子叫作"鸳鸯树"。在我出生一个月光景，就在一个狂风暴雨的晚上，在我母亲的乳房下，由着颠簸的大车，渡过了滚滚黑泥,突过了土匪的袭击,逃到了城里。从那之后,我没有见过"鸳鸯树"。

再没有见过自己的村子,以后却写成了极受茅盾夸赞的《鹭鹭湖的忧郁》。东北沦陷如惊雷一般在他头顶炸裂,他甚至不能容忍别的人去写他们家乡的美丽。他在读了一位女作家写的《我的家乡》之后,忿然写道:

……她以婉约的感觉,写出那人间美好的回忆……倘我和她相识,我一定去到她的家乡跑上一圈,尤其是她们古老的宅第。

可惜的是我的家乡在那荒凉的关外呀,他不会有江南的旖旎,你只好堵上耳朵,任凭她去唱"大江东去"罢。

……我的家已经在饥饿线上拉成了五段。从江南到江北,倘若我想把我的家人看望完全,我要在这五千里的途程之中停留五段,而那最后的一段,我依然不能看见……在"九一八"之后,我提着脑袋去看了他们一次,又提着脑袋回来……

我想端木先生年轻时很勇猛,很好斗。当然,我很理解"九一八"之后东北人悲痛与愤怒的心情。

我去端木蕻良家,正好是9月18日那一天。端木先生题字时,久久不能下笔。他反复地说:"哦,九一八!"

他临窗而坐,案头堆放着《曹雪芹》下卷手稿。阳光从窗外洒

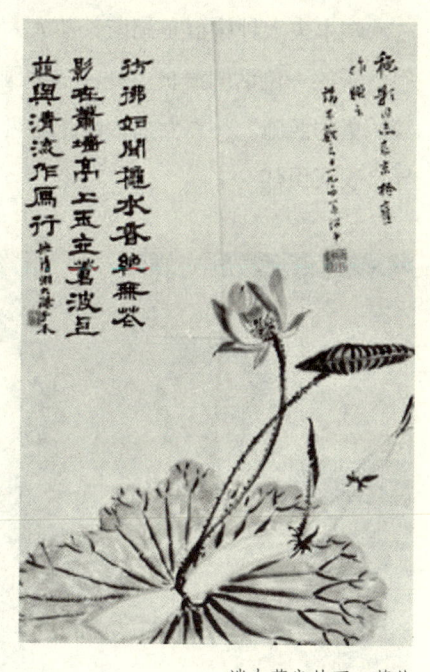

端木蕻良的画:莲花

进来，落在他满头华发上。问起下卷进展情况，端木先生沉默良久，缓缓地说："这是一场攻坚战，而不是游击战。"

他已经八十岁了。

《曹雪芹》上卷1980年出版，印了几十万册，如今已很难买到。中卷四十余万字，1985年印了十几万册，也已销售罄尽。留在端木蕻良家里的，是正在写作中的下卷手稿。还有一幅醒目的条幅，是端木自己写的：

　　1983年与耀群挥汗制作曹雪芹中卷后，已有秋风入户，念及西山黄叶漫题数句：
　　　十年黄叶饮秋霜，
　　　岂有狂歌动天凉。
　　　欲补苍天天未补，
　　　寒烟终古在潇湘。

端木夫人钟耀群是湖南长沙人，1939年参加抗日宣传工作，是当年很活跃的一位话剧演员。她演过陈圆圆、叶卡捷林娜、林黛玉和《胆剑篇》里的西施。一本女名人传记里说她"舞台形象优美，功力深厚，编、导、表演俱佳"。

与夫人钟耀群

写过的剧本里，我看过《勐龙沙》。我问钟耀群如今在忙什么，她说，创造一个优美的环境，让端木潜心创作，此外致力于《红楼梦》及有关史料的收集和研究，当好端木的助手呗。她说，为了保证《曹雪芹》的创作，他们舍弃了北京西坝河小区宽敞的住宅。如今好了，房子虽然小一点，但楼下就有一家急救中心，随时可以联系。

至此，我明白了端木所说"攻坚战"的全部含义。

端木家的孩子都在国外。钟耀群在家里养了两只神气的黑猫，在阳台上制造出一个美丽的花园，她在寄给孩子们的照片背面写道：1990年11月阳光明媚中，看看爸爸在我们阳台上的"花园"里。

《曹雪芹》中卷结尾处，雍正龙颜大怒，正在写一道圣旨：

> 江南织造曹𫖯，行为不端，织造款项亏空甚多……著行文江南总督范时绎，将曹𫖯家中财物，固封看守，并将重要家人，立即严拿……

看来曹家在劫难逃，往后命运，全在端木蕻良的笔下了。

可是那一天端木先生心神不定。他默然望着窗外，眉头间储满了风云。题完字署日期，他不写"九一八"，而写成9月19日。

他在想什么呢？

1992年11月29日夜于听涛书屋
2005年2月22日校正

－附录－

笔名闲话

20世纪30年代，中国饱受侵华日军蹂躏，到处是白色恐怖。青年曹京平为了掩人耳目、免受迫害，在写完小说之后，决定给自己起个既不被人猜疑又让人难以模仿的名字。他先选端木为姓,又把他印象很深的东北红高粱中的红粱移作名字。为免红色嫌疑,遂将红改为蕻,粱改为良,端木蕻良便成了曹京平的笔名。

雁斋

端木蕻良:土地的誓言

热血青年端木蕻良

对于广大的关东原野,我心里怀着炽痛的热爱。我无时无刻不听见她呼唤我的名字,我无时无刻不听见她召唤我回去。我有时把手放在我的胸膛上,我知道我的心还是跳动的,我的心还在喷涌着热血,因为我常常感到它在泛滥着一种热情。当我躺在土地上的时候,当我仰望天上的星星、手里握着一把泥土的时候,或者当我回想起儿时的往事的时候,我想起那参天碧绿的白桦林,标直漂亮的白桦树在原野上呻吟;我看见奔流似的马群,深夜嗥鸣的蒙古狗;我听见皮鞭滚落在山涧里的脆响;我想起红布似的高粱,金黄的豆粒,黑色的土地,红玉的脸庞,黑玉的眼睛,斑斓的山雕,奔驰的鹿群,带着松香气味的煤块,带着赤色的足金;我想起幽远的车铃,晴天里马儿戴着串铃在溜直的大道上跑着,狐仙姑深夜的谰语,原野上怪诞的狂风……这时我听到故乡在召唤我,故乡有一种声音在召唤着我。她低低地呼唤着我的名字,声音是那样的急切,使我不得不回去。我总是被这种声音所缠绕,不管我走到哪里,即使我睡得很沉,或者在睡梦中突然惊醒的时候,我都会突然想到是我应该回去的时候了。我必须回去,我从来没想过离开她。这种声音是不可阻止的,是不能选择的。这种声音已经和我的心取得了永远的沟通。当我记起故乡的时候,我便能看见那大地的深层,在翻滚着一种红熟的浆液,这声音便是从那里来的。

在那亘古的地层里，有着一股燃烧的洪流，像我的心喷涌着血液一样。这个我是知道的，我常常把手放在大地上，我会感到她在跳跃，和我的心的跳跃是一样的。它们从来没有停息，它们的热血一直在流，在热情的默契里它们彼此呼唤着，终有一天它们要汇合在一起。

土地是我的母亲，我的每一寸皮肤，都有着土粒；我的手掌一接近土地，心就变得平静。我是土地的族系，我不能离开她。在故乡的土地上，我印下我无数的脚印。在那田垄里埋葬过我的欢笑，在那稻颗上我捉过蚱蜢，在那沉重的镐头上留着我的手印。我吃过我自己种的白菜。故乡的土壤是香的。在春天，东风吹起的时候，土壤的香气便在田野里飘扬。河流浅浅地流过，柳条像一阵烟雨似的窜出来，空气里都有一种欢喜的声音。原野到处有一种鸣叫，天空清亮透明，劳动的声音从这头响到那头。秋天，银线似的蛛丝在牛角上挂着，粮车拉粮回来，麻雀吃厌了，这里那里到处飞。稻禾的香气是强烈的，碾着新谷的场院辘辘地响着，多么美丽，多么丰饶……没有人能够忘记她。我必定为她而战斗到底。土地，原野，我的家乡，你必须被解放！你必须站立！夜夜我听见马蹄奔驰的声音，草原的儿子在黎明的天边呼唤。这时我起来，找寻天空中北方的大熊，在它金色的光芒之下，乃是我的家乡。我向那边注视着，注视着，直到天边破晓。我永不能忘记，因为我答应过她，我要回到她的身边，我答应过我一定会回去。为了她，我愿付出一切。我必须看见一个更美丽的故乡出现在我的面前……或者我的坟前。而我将用我的泪水，洗去她一切的污秽和耻辱。

"九一八"十周年写。

资料一则

新中国文艺的复苏是从文艺界的平反、解禁开始的。1979年1月2日已故前中共总书记胡耀邦出席中国文联迎新茶话会,首次与文艺界300多名人士见面。他先请文化部长黄镇宣布:文化部和文学艺术界在文化大革命前17年工作中,根本不存在"文艺黑线专政",也没有形成一条"修正主义文艺黑线"。接着发表热情洋溢的讲话,提出要"建立党与文艺界的新关系"。他说,林彪、"四人帮"把全国的文艺界办成一个"管教所",我们要砸烂这个"管教所",建立新的"服务站"。实际上文艺界的平反和落实政策工作从1978年就已经开始,1979年以后则大大加快了。据不完全统计,仅文学界平反的就有艾青、周立波、周扬、刘白羽、夏衍、欧阳山、王若望、陈荒煤、周而复、廖沫沙、刘宾雁、丁玲、陈明、陈企霞、罗烽、秦兆阳、戈扬、唐因、唐达成、萧乾、韦君宜、王蒙、吴强、阳翰笙、杨沫等。在宣布平反昭雪的人当中,许多人未等到这一天。赵树理、冯雪峰、老舍、柳青、罗广斌、邵荃麟、邓拓、田汉、吴晗等一批文化名人,或死于狱中,或不堪凌辱而自杀。不过,他们的作品重新获得了公正评价。

2016年12月8日 雁斋

蚯蚓作泥土之歌
——访孙犁

○
○
○

孙犁（1913—2002）原名孙树勋。河北省安平县人。中学毕业后曾任小学教员。1938年后历任冀中抗战学院、华北联合大学、延安鲁迅艺术学院教员和晋察冀通讯社、《晋察冀日报》、晋察冀边区文联编辑。1927年开始文学创作，1945年在延安《解放日报》发表短篇小说《荷花淀》，代表作还有：短篇小说《芦花荡》《度春荒》，中篇小说《铁木前传》《村歌》，长篇小说《风云初记》，小说与散文合集《白洋淀纪事》等。被誉为"荷花淀派"创始人。1949年后，长期主持《天津日报》文艺副刊。曾任中国作家协会名誉副主席、顾问，天津市作家协会主席、名誉主席，天津市文联名誉主席等职。有《孙犁全集》十一卷留世。

倘若我是一位心理学家，我会努力为孙犁老人勾勒出一幅清晰的心理轨迹来。

那是一种善良而无奈的中国读书人的心理：他们总是期望人世间充满真情实意，总是期望身边开满美丽的鲜花。对于邪恶和卑污，他们除过痛恨和诅咒之外，心里总是有一丝抹不去的失望与畏惧……

孙犁笔下的荷花淀，曾经使无数读者如醉如痴，曾经哺育过一批又一批文学爱好者。一位作家在回忆20世纪50年代文学生涯时深情地写道：

在阳光普照的河北大平原上，古运河跳荡的桨声，白洋淀飘溢的荷花的香气，曾经那么强烈地撩拨着一批中学生的心灵。刘绍棠、丛维熙、韩映山、房树民等风华正茂的少年，一边背着书包上学，一边勇敢地敲打着文学的大门。他们师承作家孙犁的优美文笔，以他们那一颗颗年轻滚烫的心，敏感而热烈地用文字来表现故乡迷人的山光水色。

其实文学圈子里师承孙犁笔法的，并不止于河北京津一带。即以山西为例，老一代作家是纯种的"山药蛋"，稍微年轻一些的，便有了几丝无言的叛逆。也想放开笔写一写黄土高原的风土人情，也想放开笔写一写山西女人的音容笑貌，于是人物之外，便有了悲凉热烈的风情描绘；黄土黄山之间，隐隐地夹带了几缕荷花的温馨。

我的同学李宽定，从小生长在贵州的崇山峻岭之间。他对我说，曾经把《荷花淀》研究了不下一百遍，有一天突然觉得开窍了。他还记住孙犁的一句话："我以为女人比男人更乐观，而人生的悲欢离合，总是与她们有关，所以我常常以崇拜的心情写到她们。"宽定说："一个作家写不好女人，就等于不懂得人生。我这一生，将奋力写尽贵州女子。"

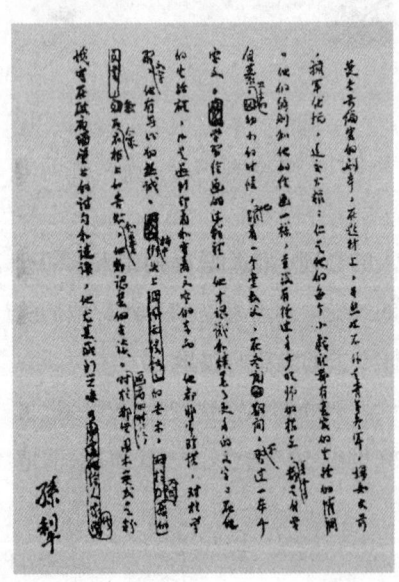

孙犁手迹

他后来果然写了一长串作品，将大家闺秀小家碧玉良家妇女山里妹子们集合起来，总书名叫《女儿家》。

我也十分喜欢孙犁的作品，可惜天性愚钝，总也到不了朋友那种仙境。所以当我第一次迈进孙犁家的门槛时，心里先自有几分忐忑不安。

出于对老人的尊重，到天津以后我应该打电话和他预约一下。可是我知道孙犁长期卧病，打电话恐怕十有八九得碰钉子，而我所撰写的《作家风采》系列里,实在不应该少了这位影响甚大的"荷花淀派"创始人。再说,我知道山西有好几位青年作家多年来得到他的扶持与爱护,大家都很关心他的身体状况。如今既然来到津门,哪里就能轻易

战士孙犁

撤兵呢?于是便想硬着头皮闯一闯,即便达不到采访目的,见一面问候一声,也算是我的一番心意了。

那天正好有出版社一位女士去给孙犁送书,我便搭她的车往新建的鞍山道蛇行楼公寓赶去。也许是对天津不太熟悉吧,我觉得孙家离市区似乎很远很远。孙犁的作品,大多写冀中农村的人和事,他对城市,基本上没有太重的感情。十几年前他曾经说过:"我不习惯大城市生活。在嘈杂骚乱无秩序的环境里,我时时刻刻处在一种厌烦和不安的心情中,很想离开这个地方,但又无家可归。在这个城市,我害病十年,遇到'文化大革命',创作很少。城市郊区的农民,我感到和我们那里的农民,也不一样。"

孙犁曾经在一个大杂院里住了二十五年,起先倒还相安无事,后来便乱套了。1966年以后,大院里更是一片狼藉,惹得他心烦意乱,黯然叹道:"……成群结队,上房顶,入地下,凡有铜铁可偷走卖钱者,大事掠劫。屋瓦颓破,顶生茂草,院中花树,攀折刨损,一株不留……而原有住房,漏雨透风,无人修理。地虽已不震,而争地盗料,大事扩充,损公肥己,如入魔途,不知其返。向阳大院之委员、主任,表现尤甚。鸣呼,名为向阳,其实向阴,此世界之所以永不得安宁欤?"

我想,总是思念农家日子的孙犁,如今虽然住进新楼房,心绪仍然不会太好。何况楼房取了那么一个怪名字:蛇行楼公寓。何况他是那么

思念已然逝去的结发老伴。

上楼敲门，开门的正是孙犁。高高的个子，显得十分单薄和瘦弱。他一手捂着肚子，一手很无奈地让座。书房很干净，暗红色地面擦得纤尘不染。墙上有友人送的条幅，上书：孙犁著作懒为官。他坐在一张藤椅上，双手微微颤抖，一脸的疲惫和烦躁。家人说，刚刚犯病，正忙着给他找药呢。

来的时候，出版社那位女士说她是山西原平人，我心中窃喜，觉得有老乡帮衬着，说不定不虚此行，一举便将任务完成了。不想老乡离家日久，乡情早已淡到凉水一般。她把赠书一交，抬脚便要告辞。那时候孙犁老人说，请转告社里同志，我自己再买二十本。今天正好闹病，不留诸位了，请大家走吧，走吧。

那时候我真有些着急了。我是那么不识火候地提出我的要求来，孙犁这才看见一张全然陌生的脸。他显然有几分不悦，话也便说得很冲。他说，我有什么好写的呢？我自己都不想活了，还写我做甚么！

我很尴尬。那位女老乡讪笑着保持沉默。

回去的路上，我将一张脸绷得铁紧，发誓再也不来天津，再也不见孙犁的面！

可是一个念头像网一样把我罩住了。我想，倘若我是一位心理学家，我一定要为这位作家勾勒出一幅清晰的心理轨迹来。他那样说话，难道仅仅是因为有病在身吗？

笔耕不辍

读孙犁的小说散文,谁都会沉醉在那种质朴明净的氛围之中。他是那么巧妙地把惨烈和艰难推到作品后面去,而把人物的一举一动一言一笑凸现出来,让人感到那真是一朵朵娇艳欲滴的鲜花,那真是一杯杯浓醇扑鼻的陈酿。作家总是善于抓住生活中那些鲜亮的环节,然后写出人间融洽温暖的关系来。茅盾称赞孙犁的作品"有他自己一贯的风格","他的小说好像不讲究篇章结构,然而绝不枝蔓;他是用谈笑从容的态度来描摹风云变幻的,好处在于多风趣而不落轻佻"。

这是1956年以前的孙犁。

不久他便被病魔击中了。

不久他又被卷进"文化大革命"之中。

我细心读过他的《耕堂书衣文录》,觉得那是研究孙犁心理最可珍贵的第一手资料。

他一边说:"淡泊晚年,无竞无争,抱残守阙,以安以宁,"一边又说,"这是和平环境,这是各色人等,自然就有排挤竞争……余昧于社会人情,吃苦甚多……烦恼将长期纠缠于我身。"

他说写小说是青年时代的事,待到晚年,艰辛历尽,风尘压身,回头一看,则有云散雪消、花残月落之感,哪里还有写东西的心思呢?但是他六十岁以后的作品,数量并不比年轻时候少,且分量颇重,意味更加率直绵长。他似乎不喜欢人们去搅扰他的晚年生活,但当有朋友真心关怀他的身体时,他会感动得热泪满眶。

这是一个感情丰富而细腻的文化人,这是一个被疾病和人间不平事苦苦折磨着的耄耋老者。他想静静地以修补残书来走完自己的人生历程,他不张扬自己的长处,倒是生怕人们不知道他的短处。他以病弱之躯,奋力反击着形形色色的文学亵渎者。

欢乐孙犁

半年之后,我又一次到了天津。

我想问的一切问题,都在他的著作里写着。之所以再赴蛇行楼,我想纯粹是为了看望他的病情吧?

依然是孙犁开门,人依然在病中。他说心脏不好之外,最近又腹泻不止。我说现在医学发达,腹泻是可以止住的。他生气地摇摇头,说,你知道这种病对老年人意味着什么吗?

我们的话题扯到山西,他说,在晋察冀工作时,他去过山西好多地方,比如忻州和繁峙等地。"我对山西人民感情很深,"他说,"对山西的文艺工作,我也一直很关心。赵树理是我的朋友,我很尊重山西的作家们。进城之后,我身体不好,联系也就少了,以至到现在为止再没有去过山西。但山西的文学刊物,只要收到了,我一直都看。青年作者和我联系,我也去过信。"

他举了几位作者的作品,接着说,山西有很大的优势,有老一代的遗产,有老同志的健在,有青年人的开拓精神,再加上山西古朴淳厚的民风,山西一定会有更大的文学成就。

他说,替我问候和祝愿他们。

那时候,我想起他在《耕堂书衣文录》题记里的一句话,觉得孙犁若不是被病体和种种烦恼所困扰,他还会写出优美的作品来。

那句话是:蝉鸣寒树,虫吟秋草,足音为空谷之响,蚯蚓作泥土之歌。

1993年4月22日下午
2005年2月22日修订

附录

刘宗武: 病逝前的孙犁(节选)

……孙犁一直有病,但就是不去医院,怕受折腾(指反复检查)。到1993年,折磨、困扰他多年的胃部病患剧烈发作,住院后做了手术,切除胃的大部分(病症为胃癌）。出院后，很快康复，又写了许多文章。但是，到1995年5月，一天早上下楼散步，偶感风寒，引起老年病（主要是前列腺症状），从此，他辍笔不再写作，也不阅读报纸，完完全全地进行疗养。

虽然不再写作，也不阅读（也不看电视、听广播），但他的大脑却没完全休息，依然不断地思索着、思索着。他究竟想到一些什么，恐怕谁也猜度不出了。不过，他曾经随手在信纸或废纸上写下一些人名、书名、地名，古今中外皆有。这些名字写得没有次序，也不规范，粗略地整理一下，大概是：一、古代人物，有范仲淹、单雄信（《隋唐演义》中人物）、董其昌；古籍有《吕氏春秋》《文心雕龙》。二、外国人物，有贝多芬。三、最多的是近代以来，包括党、政、军和科技界的人物，尤其是文艺界的人物最多。如邓演达、陈铭枢、詹天佑、徐调孚、胡愈之、王伯祥、俞平伯、赵家璧、闻一多、胡也频、黎烈文、成仿吾、范文澜、王实味、冼星海、郝寿臣、等等。比较靠近的人物有：李耕涛、吴振、李瑞环、刘晋峰（这四位曾任天津市党政领导）、舒群、华君武、韦君宜、秦兆阳、曼晴、康迈千（故乡老友）、李劫夫、徐光耀、林呐、王蒙、邱允盛（曾任《天津日报》总编）、赵金铭（《今晚报》编辑），等等。唯一的地名是胜芳（天津附近的大镇，孙犁入城前在那住过）。

1998年10月，孙犁的病再度加重（此前住过两三次院），子女们把他送进天津最好的医院——天津医科大学附属总医院治疗。这时，他生活已经不能自理了，完全靠护理人员照料一切，子女们给他调理一日三餐等。逢年过节，市领导必去慰问、关怀他；平时，亲朋好友也常去探视他。但是，他很少说话，而且催促来者快走，他需要安静。其中，他曾经倾注心血培养过的年轻作家，如从维熙、房树民和铁凝等去了，也说不了什么话，仅特意嘱咐儿子，陪他们去吃饭。

这样，在病榻上缠绵将近四年。今年6月22日，病情突然恶化了。7月4日下午，孙犁高烧39℃，血压急速下降，呼吸心跳衰弱，胸腔积水……7月5日稍稍见缓，6日曾停止呼吸三十分钟，经全力抢救，心跳基本恢复正常，但靠呼吸机维持着。7日、8日、9日、10日几天，稍稍平缓。10日夜，天津市燥热异常，人们难以入睡。翌日早6点，虽然经过全力抢救，仍是无效，孙犁闭上眼睛，停止了心跳，乘鹤西行，永远离开了他的亲人和热爱他的广大读者。

斯时，窗外滂沱大雨从天降落，雨声与亲人、医护人员的悲泣之声，浑然交融在一起……

2002 年

学术研讨：从孙犁到铁凝

2015 年 11 月 28 日，由河北师大文学院、衡水市委宣传部、安平县委宣传部共同举办的"从孙犁到铁凝——现当代文学与现代中国的历史变迁"学术探讨会在石家庄隆重举行。来自中国人民大学、首都师范大学、华东师范大学、东北师范大学、河北大学、河北师范大学等三十四所重点高校以及中国社科院文学研究所、河北省作协、中国当代文学研究会、衡水市孙犁研究会、安平县孙犁研究会的现当代文学研究专家、教授计百余人齐聚一堂，从多个角度探讨从孙犁到铁凝的现当代文学历史变迁与传承关系。在探讨会上发言的，有长期致力于孙犁研究的陕西师范大学阎庆生教授、著有《作家铁凝》的沈阳师范大学贺绍俊教授，还有武汉大学樊星教授、中国人民大学程光炜教授、福建师范大学辜也平教授等。专家、教授们各抒己见，气氛热烈，一致认为研讨会启迪良多，成果丰厚。

据中国经济网衡水 2015 年 11 月 30 日讯（有删节）

桃李无言花自开
——访胡采

○
○
。

胡采（1913—2003） 原名沈超之。河北蠡县人。1938年在第二战区主编《西线》《西线文艺》。1940年在延安任《大众习作》主编，1941年任陕甘宁边区文化协会创作组组长、《群众文艺》主编。1949年以后，历任西北文联副秘书长、《西北文艺》主编、陕西省文联主席、中国作协理事、作协陕西分会主席、西安分会主席、《延河》主编。1933年开始发表作品。主要从事文学评论，著有评论集《主题、思想及其他》《从生活到艺术》《新时期文艺论集》《胡采文学评论选》等。

夜静时，我漫步于陕西省作家协会孤寂的小院。

关于这座小院，作家贺抒玉曾经有过美妙无比的描写。她在一篇文章里写道：

……屋里的地和墙一样潮湿，可小院的环境十分优雅。窗外一棵玉兰树亭亭玉立，每年早春，它最先绽开一树洁白的花朵，满院清香。在窗下桌前读书的时候，一阵阵香味扑鼻，沁人肺腑。到了夏季，院里石榴花开，树上一片火红。秋天，石榴咧开嘴笑的时候，斜对面一池子金菊在秋风中婀娜多姿。待到天上飘起雪花，腊梅花傲放了。一树黄灿灿的小花漾起温暖的光泽，使你忘记了严寒。

她描绘的是 20 世纪 50 年代的小院。

如今呢，经过"文化大革命"的洗劫，那些馨香都不复存在了。小院的旁边，是气势恢弘的张学良公馆。院内，还有一座高桂滋公馆。《延河》好像还在那排潮湿的房子里。院里兀立一座大楼，名为"创作之家"，实际上可能是作家协会的创收之举，因为好多房子都租给各类公司了。是夜，"创作之家"里只住了我一位客人，倒也乐得清静。我十分钦佩陕西的几代作家，在那样的静夜里，我不由地想起了已然作古的柯仲平、柳青、杜鹏程、路遥、邹志安……

于是想到第二天的活动，我真担心八十高龄的胡采老人承受不了。陕西的作家，走得实在太匆忙了！他是《延河》的老主编，又是作家协会的老主席。老一代作家，曾经是他的亲密战友，而年轻的呢，又是他和老一代人亲手培养起来的。多少次白发人送黑发人，那是怎样的打击和悲哀呀！

怀着这样一种忐忑不安的心情，我敲响了胡采先生的家门。

省委宣传部的人正在和他谈话。我进去的时候，宣传部一位领导模样的人立即请我到旁边的屋里去。我很佩服他的眼力：他一眼就看出来我是个无官无职的文化人。倘若我是中央派来的呢？倘若我是书记省长呢？好在我甚么都不是。

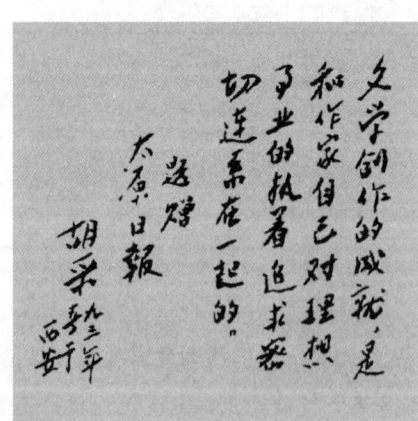

胡采题词

倒是胡采过意不去，亲自把我安排在他的书房里。他说，他们来商量文代会和作代会的事，时间长不了。你要渴了，自己倒水喝。你要抽烟，请自便。我不抽烟，可是我不怕烟熏。

书房和客厅隔一条门帘，宣传部一干人马的话，我听得一清二楚。不过是作协文联换届，由李若冰同志出任文联主席，由陈忠实同志出任作协主席（原来内定路遥，由于英年早逝，路遥同志当不成主席了）。

果然他们没有呆多久。临走时，请胡采讲讲有什么个人困难。胡采说，没有没有，我身体很好。宣传部的人们满意而放心地走了。

我问胡采先生，难道您就连一点儿要求都

胡采夫妇

没有吗？他犹豫了一阵，说，真想到医院做个CT，但听说很贵，作协文联都很穷，算了吧。我说，您该给他们说说呀！胡采沉默良久，说，省上刚给路遥他们花了一笔钱，也很困难的。

我很想说，您是1937年就参加革命的老干部，要说职务，您四十年前就是延安《大众习作》的主编了。您当官的时候，他们还不知道在哪里呢。可是看见胡采很认真、很诚恳，话到嘴边，我收住了。

胡采说，他很注意锻炼，年纪大了，跑不动了，便在床上运动。早晚三个小时，自己按摩全身。每天按时按量吃饭，傍晚下楼散步半个小时。路遥太可惜了，他说。柳青、鹏程也是。

胡采是河北蠡县人。20世纪30年代末，他曾经在山西临汾民族革命大学读过书。以后在第二战区文化抗敌协会主编综合性文化刊物《西线》和文艺专刊《西线文艺》。山西好多老作家，都是他的朋友。他说，马烽同志的第一本书，好像是他编的，书名记不起来了，内容是打仗的。

八十岁的胡采，精神确实很好。长长的寿眉下，两眼流露出来的是长者的宽厚和慈爱。他一生写过不少文章，都是评论别人作品的。他的《从生活到艺术》一书，曾经出过三版，此外还有《新时期文艺论集》《胡采文学评论集》。

还有什么呢？胡采缓缓地说，还有几本，不去说它了。

他说，陕西作家队伍规模比较大，出的作品也比较多，柳青、杜鹏程、王汶石他们起了带头作用。是他们用自己出色的作品和人品告诉年轻一代作家应该怎样作文和做人。

他不说自己。

而马烽却忘不了他。马烽在一篇文章里写道，1942年他的第一篇小说在《解放日报》发表后，大众读物社胡采来信，约他到社里"叙一叙"。马烽去了以后，胡采说看了他的文章，觉得通俗易懂，很适于粗通文字的人阅读，打算印本小册子。马烽一听，喜出望外，受宠若惊。"一叙"之后，不足三千字的《第一次侦察》很快就印成一本六十四开的小书。

那时候马烽并不认识胡采，可他的"第一次侦察"侦察得很准。他遇到了一位热心的好编辑。马烽后来在一篇文章里写道，全国解放以后，我才知道胡采是一位德高望重的老编辑、老评论家，几十年来勤勤恳恳为别人作嫁衣裳。他是作家的先生，更是作家的朋友。陕西的作家们谈起胡采来，没有一个人不佩服。他出版我那本小册子，给我最大的影响是，进一步明白了文艺作品应当写给广大群众阅读。这对我后来在通俗化方面的努力，起了鼓舞的作用。

马烽还说，我真正走上文学创作的道路，是从这里起步的。

桃李不言，下自成蹊。河北人胡采把他的多半生最美好的年华挥洒在雄浑苍莽的黄土地上，把他的才华和智慧默默地奉献给了他的作家朋友们，他收获的是什么呢？

含饴弄孙

是作家们对他的尊重与信赖，是陕西作家群一批批震撼人心的大作品。

1993年3月9日子夜于太原家中
2005年2月23日重校

-附录-

路遥小传

路遥（1949—1992）1949年出生于陕西省清涧县一个贫困的农民家庭，7岁时被过继给延川县大伯家。曾在延川县立中学学习，1969年回乡务农。1973年入延安大学中文系学习，毕业后先后在《陕西文艺》和《延河》编辑部工作。主要作品有中篇小说《惊心动魄的一幕》（获第一届全国优秀中篇小说奖）、《人生》（获第二届全国优秀中篇小说奖，并被改编成同名电影），短篇小说《姐姐》《风雪腊梅》等。1986年后，推出长篇小说《平凡的世界》第一、第二部。1992年写完《平凡的世界》第三部不久后英年早逝。有《路遥文集》五卷留世。

邹志安小传

邹志安（1947—1993）陕西礼泉人，1966年毕业于师范学校。历任礼泉县小学教师、县文化馆员，中国作家协会陕西分会专业创作员、理事、主席团委员。1972年开始发表作品。著有长篇小说《爱情心理探索》，短篇小说集《乡情》《哦，小公马》，中篇小说集《心旌，为什么飘摇》等。《哦，小公马》和《支书下台唱大戏》连获第七、第八届全国优秀短篇小说奖。1993年1月因病去世。与路遥离世仅仅相隔一个月，令陕西文坛一时间笼罩在深深的悲痛之中。

铁马冰河入梦来
——访草明

○
○
○

草明（1913—2002） 原名吴绚文。广东顺德人。1927年考入广东省女子师范学校，1931年参加抗日救国活动，参与创立广东文学界救亡协会，是年开始写作。1941年赴延安，任中央研究院文艺研究室特别研究员。1946年赴东北解放区，长期在企业任职和体验生活，创作了《原动力》《火车头》《乘风破浪》等中、短篇小说。"文化大革命"后著有长篇小说《神州儿女》、长篇传记文学《世纪风云中跋涉》等。曾任东北作家协会主席、辽宁省作家协会主席、全国政协委员、中国对外文化协会委员等。有《草明文集》六卷本留世。

当年草明是骑着毛驴走过晋西北地界的。小毛驴蹄声儿嗒嗒，扬撒开一溜一溜的尘土。满眼望不尽的黄土山，前面是蜿蜒绵长的黄土路。倘是刚从广东顺德老家来，草明也许会被这里的一片苍凉所震慑，也许会为这里穷苦的山乡百姓洒下一掬辛酸的眼泪。

这里没有广东的翠绿葱茏，也没有珠江岸畔宜人的风景与温馨。这里有的是苍凉与苦难。

只是草明早就离开家乡了。她早已熟悉了黄土高原的一山一水，对于这里的困苦艰难感同身受。她已经吃惯了这里的小米黑豆，走惯了北方山区曲曲弯弯的羊肠小道。

她是从延安过来的。

草明十九岁开始写文章，二十岁时随欧阳山逃亡上海。在那里发表了她的小说处女作《倾跌》，写完了名重一时的中篇《绝地》。之后又到重庆，发表了她漫长的文学生涯中首批重要作品。其中包括司马长风先生写入《中国新文学史》的《遗失的笑》以及《梁五的烦恼》《秦垄的老妇人》等。皖南事变之后，草明随八路军军车到了延安，在那里参加了整风运动和延安文艺座谈会。

在草明宽敞的客厅里，悬挂着当年参加延安文艺座谈会全体人员的巨幅照片。我问草明，合影时你在哪里？她说，从毛主席那里往左数，第一个是田方，第二个就是我。

我看当年的草明，一头乌发，一脸严肃，全然不是眼前的模样。她说毛主席曾多次接见过她。她说正是毛主席的讲话使她的世界观和文艺观发生了深刻的变化。我笑着问道：可是你去延安之前的作品也写得不错呀！再说延安文艺座谈会之后，好多作家丢开自己熟悉的题材，转而去写农民与农村，认为这样就站对了立场，陕北话一时间成了最时髦的语言，可是你却一直坚持写工业方面的人和事，这是为什么呢？

她一怔，皱着眉头很严肃地说，文艺为工农兵服务嘛，工业农业都是一样的。

我想追问一句：那么知识分子呢？可一想到那种时代，想到从座谈会之后很长一段时间里中国知识分子的凄凉境遇，便不再开口了。况且草明1941年写过《陈念慈》，写出来一个很有

草明题词

特色的外科医生,也真是难能可贵了。

我对改造世界观这类话题不感兴趣。在过去的年代里,看的太多,听的太多,自己也被改造过多少回,如今再谈这种事情,有种十年怕井绳的感觉。我请草明回忆一下在山西的情景,她说,我是骑着毛驴走过晋西北地界的。

还记得走过的地方吗?我问。

当然记得。岢岚、五寨,以后到了左云、右玉。

草明老年照

吃的什么饭呢?

小米葫芦,还有莜面山药蛋。

印象最深的是什么呢?

和陕北一样的穷,一样的荒山野岭……

草明从山西到了宣化张家口,以后又到了东北镜泊湖水电站。我没有看过她写山西的文章,倒是读过她的《沙漠之夜》。那是一篇不错的散文,记录的是当年进军东北的情形:

在浅蓝色的雄伟的夜幕笼罩下的无边无际的草原上,野火到处燃起来了。排列着车的影子,数不尽的人影子。睡铺解开了,碗盆摆设着……那敏捷地活动着的影子,和闪烁不定的火交织着,顿使这死寂的沙漠像灌上了血液似的活起来;而那带腥气的草原的香味,和草原上特有的恬静,却叫人们胸怀变得宽畅,生活更加充实。

这长长的汽车的队伍,在黎明中一致地朝东北方前进!

东北是一块宝地,草明的文学成就是在东北取得的。

1948 年,她写完曾被人们誉为中国《士敏土》的《原动力》。沈阳解放第三天,草明即去皇姑屯机车厂参加接收工作,之后,写出长篇小说《火车头》。从 1954 年起,她在鞍山钢铁厂落户十年,写完了长篇小说《乘风破浪》。《中国现代文学史》称:《原动力》第一次反映了解放区的工业建设,让工人阶级第一次以工厂主人的英姿出现在文学作品里,这在中国现代文学史上是有首创意义的。

1947 年于黑龙江北安搞土改

另一部论集中说,草明是中国当代工业题材长篇小说创作的拓荒者。

草明在她的小传中说,我的作品有百分之九十是写工业题材和工人阶级的生活和斗争的,我终生为此而奋斗。

我在草明家里,看到郭沫若和茅盾写给她的信。沫若先生在信中写道:我知道你是费了很大的苦心来的。我们拿笔杆的人,照例是不擅长来写技术部门,尽力回避,你克服了这种弱点,不仅写了,而且写好了。写技术部门的文学,写者固然吃力,读者也一样吃力。但你写得恰到好处,以你的新人的素质,女性的纤细和婉约,把材料所具有的硬性中和了……

郭沫若对解放区的作家基本上赞不绝口。一来因为他没有去过解放区,二来也许是世界观改造得太好或者让改造得害怕了,所以常常有过头之举,过誉之辞。但他评说作家写工业题材之难处倒也一语中的。

我去看望草明时,恰好她串门去了。我问她女儿,二十层高的楼房里,怎么个串门法儿?她女儿笑微微地回答说,她母亲虽然年近八十,可身板儿实在硬朗,每天总是闲不住。七十岁写完长篇小说《神州儿女》后,又整理出版了六卷本《草明文集》。七十四岁时,全国总工会授予她"优秀作家"称号和"五一"劳动奖章。七十八岁时，鞍山钢铁厂工会送来一面匾，上面写着：延安火种钢铁魂。

草明到十楼严辰逯斐家里串门儿，我恰好刚从严家出来。电话打上去，满头白发的草明匆匆赶回来。她笑着说，我老写技术书，算什么作家噢！还是谈谈山西的变化，谈谈雁门关的景致吧。

看着刚健硬朗的草明，我都替严辰逯斐夫妇抱打不平。当年一样地投身革命，一样地在延河岸畔引吭高歌，又一样地冲出烽火硝烟，一样地奔东北进北京，严、逯二位的晚年怎么就那般凄凉呢？尽管同样有儿女侍候，可是当疾病如恶魔一般袭来时，儿女们又有什么办法呢？

当年如火如荼的日月，只能在梦中萦回了。

1992 年 10 月 24 日凌晨 1 时
2005 年 3 月 2 日校正

－附录－

照片背后的故事

鲁迅　沙飞拍摄

1936 年 10 月 19 日，鲁迅先生在上海辞世。我的父亲沙飞怀着沉重的心情，拍摄了鲁迅先生的遗容及记录了葬礼的过程。早已加入左联、与鲁迅先生相识的女作家草明当时在治丧处。父亲送到治丧处的是他拍摄的两张鲁迅照片。他与专门在灵堂厅前登记花圈挽联的草明认识了。

抗战爆发后，父亲奔赴华北前线去了。母亲既要上班，又要参加抗日工作，还要照顾两个孩子。1941 年初，在重庆的草明收到八路军办事处的通知，立即去曾家岩候车赴延安。

我母亲因为工作，不能去延安，组织委托草明在路上照顾这两个孩子，她痛快地答应了。草明抱着刚出生几个月的儿子欧阳加起程，临上车前，母亲把我的哥哥、姐姐交到她的手里，草明理解母亲的心，一再安慰她：你放心吧，我保证他们的安全。

周恩来亲自送他们上了车。十多部大卡车奔向延安，草明在途中极好地照顾孩子。1944年初，母亲也到了延安，在中央党校三部学习，正好与草明是同学。

1945年底，草明从延安到张家口，她去拜访了我的父母。当时父亲任晋察冀画报社社长，草明是晋察冀日报的特约记者。老朋友见面，格外亲切。父亲把自己拍摄的"鲁迅先生与青年木刻家"的照片送给了草明。草明非常珍惜这张照片，一直把它挂在家里。

父亲对自己拍摄的鲁迅的底片很珍爱。他用防潮纸单独包好每张底片，再把十几张底片都放在一个小铁盒里。从1936年起，他一直将这个小铁盒放在上衣口袋随身携带。父亲拍摄的鲁迅先生的原版照片，现在留存于世的极少。这幅照片在父亲身边近十年，又伴随草明度过了几十年的岁月。

原载《羊城晚报》2003年11月3日　王雁（文字有删改）

鲁迅与青年木刻家　沙飞摄于1936年10月8日

沙飞小传

沙飞遗照

沙飞（1912—1950）原名司徒传，广东开平人。1936年考入上海美术专科学校西画系。1936年10月拍摄发表鲁迅最后的留影、鲁迅遗容及其葬礼的摄影作品，引起广泛震动。抗战爆发后担任全民通讯社摄影记者，并赴八路军115师采访刚刚结束的"平型关大捷"。1937年10月参加八路军。先后担任晋察冀军区新闻摄影科科长、《晋察冀画报》社主任、《华北画报》社主任等职。1950年3月因患"迫害妄想型精神分裂症"，在石家庄和平医院枪杀为其治病的日本医生，华北军区政治部军法处判处其死刑，被枪决，终年三十八岁。20世纪80年代初，沙飞的家属对该案多次提出申诉，要求再审。北京军区军事法院经数年调查，复审查明：沙飞是在患有精神病的情况下作案，其行为不能自控。1986年5月19日北京军区军事法院判决：撤消原华北军区政治部军法处判决。2004年5月20日沙飞诞辰九十二周年之际，有关部门在石家庄市双凤山陵园举行沙飞铜像揭幕仪式。人民日报社、新华通讯社、解放军画报社、中国摄影

白求恩大夫 沙飞拍摄

家协会、中国人民抗日战争纪念馆、鲁迅博物馆、北京军区战友报社、石家庄日报社等单位的代表,沙飞战友全国文联主席周巍峙,聂荣臻元帅的女儿聂力,中国摄影家协会主席邵华等人,还有沙飞的五个子女及亲友参加了揭幕仪式。

2016年12月13日 雁斋

更能消几番风雨
——访吴有恒

○
○
○

吴有恒（1913—1994） 广东恩平人。1931年参加抗日救亡运动，1936年到香港参加全国各界救国联合会华南区总部的工作。历任中共香港市工委书记、香港市委书记、粤东南特委组织部长、特派员等职，并在东江敌后地区与曾生等一起组织抗日游击队。1940年赴延安，曾任中共中央党务研究室研究员。解放战争期间，曾任粤桂边区部队司令员、粤中纵队司令员。全国解放后，历任中共粤中地委书记、粤西区党委秘书长、广州市委秘书长、广州市委书记、中国作协广东分会副主席、《羊城晚报》总编辑、广东省第六届人大常委会副主任。1958年被批判降职后，创作了《山乡风云录》《北山记》《滨海传》等三部长篇小说和剧本《山乡恩仇记》，并写过多篇风格多样、辞锋犀利的杂文。有《吴有恒文集》三卷本留世。

吴有恒的一生，大起大落。我在广州听人讲起他的经历时，总禁不住眼眶发热，心里憋得难受。那时候我想起他七岁时写的一首诗：早起月未落，稀疏三两星。屋角有老树，呜呜发秋声。一个小小孩童，怎么会有这般凄凉的感受呢？月色惨淡，星辰寥落，眼中是斑驳的老树，耳畔是呜呜的秋风。这应当是老年人饱经风霜之后的感慨。问个中情由，

吴有恒题词

吴老愀然答曰："儿时稚举，不说也罢！"

他是无意之中当了作家的。

年轻时，吴有恒志在军事。日军入侵，他通过秘密关系到达香港，原是要转往东北参加抗日联军的，不意被组织留下来，在香港坚持地下斗争。1939年底，担任中共香港市委书记的吴有恒当选为党的七大代表，随即赴延安参会。这一走可真是走出奇迹来了：出广东经广西再经过湘、赣、浙、皖，与其他代表在新四军军部见面后，再分头穿过无数游击区和根据地，一年多之后好不容易到了延河边，七大却又延期了。风尘仆仆的吴有恒被留在中央党务研究所任研究员，延安整风时又被抽调到中央党校继续学习马列主义。其时抗日烽火漫山遍野，我想志在军事的吴有恒真是有点摩拳擦掌忍耐不住了。1945年七大开过，他即刻随军南下，一心只想着和日军狠狠地打几仗，不想刚到河南，日本人举手投降，抗日战争结束了。吴有恒于欣喜之际，心头总有几分说不出来的遗憾。

尔后，他奉命回广州传达七大精神，一路上风餐露宿，又走了一年多时间。

延安之行，为时七载。若用长篇描述，恐怕得两部三部。共产党夺天下，也实在是不容易。

吴有恒回到广东后，即担任粤桂边区特派员，不久又任边区部队司令员。在解放战争年代，他率领部队，很打过一些恶仗险仗。吴司令有词云：

　　晓日将出未出，
　　青峰欲语还停。
　　江山何处不多情，

况在天堂嶂顶。

眼底纵横两粤，
鞭头指挥千兵。
在天堂嶂下宿营，
把这山头占领！

(《军次天堂嶂·西江月》一九四七·粤桂边)

面对国民党部队的负隅顽抗，吴有恒绝不手软，他主张大搞武装斗争，尽快解放劳苦大众：

我亦爱山嗜水，
偶尔弄墨搬文。
不能淡笔写烟云，
因有血痕在眼。

永远毋忘往日，
前途尚有艰辛。
田园虽好待耕耘，
勉尽做牛本分。

(《剿匪途中·西江月》一九四九·漠阳江上)

可惜此论与上级领导意愿相悖，吴有恒第一次被人批判。批判归批判，吴司令我行我素，依旧大搞武装斗争，结果被撤职留用，获绰号曰：大搞吴。

全国解放后，"大搞吴"任广州市委秘书长、市委书记，当年的处分显然不算数了。不想在"反右"前夕，又因为一篇文章遭了大殃。文章的题目是：《价值规律在社会主义条件下的作用——对斯大林〈苏联社会主义经济问题〉关于价值规律之意见的商榷》。所论不过一句话：

不屈不挠吴有恒

社会主义经济不能背离价值规律。宏论一发,满座皆惊。有人说他胆识超常,见解独到。有人则斥之为异端邪说,胡说八道。不久又升级为反对斯大林、反对共产党、反对社会主义。

难道可以和斯大林同志商榷吗?上级领导厉声喝道。

数"罪"合一,吴有恒在劫难逃,他第二次被撤职。堂堂一任市委书记,转眼间变为广州纸厂某车间副主任。他的作家生涯正是从这里开始的。

劳动之余,吴有恒在捡来的废纸上写完长篇小说《山乡风云录》,不久又有了长篇小说《北山记》。他计划在十年内写完九部作品,以此感谢生他养他的岭南大地,感谢曾经跟随他出生入死的解放军将士们。"大搞吴"不搞则已,要搞就得搞出个样子来。在文学领域里,当年的吴司令横刀立马,眼看就要投入一场新的厮杀了,不想"文化大革命"一声炮响,黄永胜发布命令,吴有恒被当作"特犯"投入监狱。

他是在老家藏匿时被抓获的。一副铁镣将他铐回县城,关在他熟悉的一间屋子里。吴有恒后来回忆说,1949年我率所部粤中纵队与南下大军会师解放这座县城,夜晚就宿在这屋子里。当年全城父老欢迎我们,如今我却被当成囚犯,真让人感到凄惶、茫然、不可理解。

吴有恒是一位坚强的共产党人,他最崇尚的品格便是坚强无比。他给孩子起名字,无论男女,概以坚字寄予期望。他在监狱里白天接受审讯拷打,夜晚构思长篇小说《滨海传》。其时老伴曾珍被关在另一所监狱里,精神却是彻底垮掉了。当年她也是香港的地下工作者,解放初期是叶剑英手下第一任妇联主任。被关在监狱里的曾珍,整天担心丈夫和无人照管的孩子们。对于眼前发生的一切,她百思不得其解,六神无主,神思恍惚，不久就疯了。

五年之后，吴有恒从监牢转到"牛棚"。儿女们去看望他，他几乎分辨不出长幼排行来。其时中国国民经济已经濒临崩溃。有朋友请教良策，他说，按价值规律办！1977年，他写了长篇论文《对经济工作的七点设想》，提出在全国实行免购公粮，实行计件工资、合同计划、企业自治、科技革命、资源致富、充分就业。在论文结尾，这位铮铮铁汉不无感慨地写道："国如大治，必有许多事如我所想的这样去做；国如未治，必有更多的人像我这样想的。我既然想了，那就把它写出来吧。知我者谓我心忧，不知我者谓我何求。"论文后来被搁置起来，经济学家许涤新说是怕再次牵累吴有恒。

吴有恒家住在广州中山一路梅花村。我从欧阳山先生那里出来之后，径自闯进吴家。他的小外孙女小鸟一般欢迎我，我问吴老在不在家，小姑娘咯咯地笑着说，当然在家呀，请进！

那时候我还以为吴老身体健康，跨进门便可一睹儒将风采了——在我所采访过的老作家中，耄耋之年笔走龙蛇者大有人在，何况是一代武将呢！

由于我是突然闯进去的，吴老一点思想准备都没有。他坐在一张藤椅上，吃惊地望着我。对面坐着他的老伴儿，眼神散乱，神情木然，脚上的拖鞋穿反了。老两口相对无言，就那么静静地坐着。当我说明来意后，吴老轻轻地说了一声，哦，山西。之后便不说话了。

幸亏在《广州文艺》当编辑的吴幼坚回来了。她是吴家二女儿，父母坐牢的时候，她在被韩愈叹为"天下之穷处也"的广东

儒将吴有恒

吴有恒、曾珍夫妇

阳山插队。我们都是"老三届"中的老大,我在北大作家班读书时,她曾经去组过稿。热情的阿坚给我讲述父母的遭遇,吴老静静地听着,时不时摆摆手,似乎不愿意让女儿再翻已然过去的历史。他腿有毛病,站立很困难,阿坚不时帮他挪挪座位。曾珍经过多次治疗,病情有所好转,但再也不能像以往那样照料自己的丈夫和孩子们了。好在孩子们大了,个个都很坚强。

吴幼坚是《广州文艺》杂志社理事会的秘书,且多方筹资出版了一册名为《这一株三色堇》的个人影集,她在后记里写道:我是"老三届"的一员,"老三届"这代人并非完美无瑕,但我们历经磨难,不甘沉沦,今日已是社会中坚。我想借出版影集与人共勉:让我们活得更有滋有味,有声有色!

话说得掷地有声,颇有乃父当年风范。

吴有恒20世纪80年代初任《羊城晚报》总编辑,以后任广东省人大副主任。几十年的沉冤总算有了结论。结论有了,人也老了。辛弃疾有《摸鱼儿》云:

更能消几番风雨,匆匆春又归去。
惜春长怕花开早,何况落红无数。
春且住,见说道、天涯芳草无归路。

怨春不语。算只有殷勤、画檐蛛网，尽日惹飞絮。

一代人有一代人的故事，一代人有一代人的苦衷。吴老有恒，风烛残年，尔更能消几番风雨！

采访结束后，阿坚邀我一起吃晚饭。小保姆把曾珍扶进餐厅，一口一口喂她，而吴老让阿坚打开一瓶北京红星二锅头，说，山西人，喝一杯！我默默举杯，为吴老、也为受尽苦难的老一辈人献上我真诚的祝福！

1993 年 7 月 22 日夜于听涛书屋
2005 年 3 月 2 日夜补正

阿坚 1993 年 11 月 23 日来信说：此刻，我在医院守护病重的父亲。两个月前，同是在这所医院，我守护过病危的母亲。如今她已去世了，我们没有告诉父亲，怕他承受不了。我母亲的骨灰盒上刻着：中共党员曾珍同志遗灰……

-附录-

夏衍致吴有恒

有恒大兄：

　　读《故人小记》，凄然泪下，阁下之故人，也都是我的故人也。写朱光之倔，彰风之诚，林平之老实，均跃然纸上，寓真情于平淡之中，甚佩笔力！善人不得善终，而奸佞之徒如康生等，瓜得之后竟无人敢于笔伐，太不公道了！岁末遥祝健康如意、多写雄文！

夏衍
2月18日

燕治国：阿坚小记

　　阿坚和我一样，是"老三届"里最老的一辈儿。几十年风风雨雨走过来，掐指一算，我们倒年近半百了。

　　但阿坚对年龄不以为然。她说，吃了些苦头，我们不是成熟了吗？这几十

吴家三代合影。右一为阿坚

年来，我们碰呀撞呀，不是在人生的座标上找到自己的位置了吗？我们的生活才刚刚开头！

阿坚的话让我感到吃惊。看她瘦瘦的身躯，看她经过风霜的容颜，我想这可真是又一个"打不死的吴清华"！

她大约看出了我的惊讶，毅然拿来一册装帧精美的影集让我看。

我见阿坚，是在广州的梅花村里。那一天我去拜访作家吴有恒，进门之后，才知道老人年事已高，身体格外虚弱。他斜躺在竹椅上，听我说明来意后，吃力地摆摆手，再没说一句话。对面坐着他的老伴，两眼散乱无神，脚上的拖鞋显然穿反了，她毫不在意或者根本就不知道。从我进门之后，老太太一动未动，就那么呆呆地坐着。我一时僵在那里，不知道该走还是该在。

就在这时候，阿坚回来了，问候过老人，她一眼看见了我。寒暄几句，才知道我们以前在北京见过面。阿坚是广州一家文艺刊物的编辑，我在北大作家班读书时，她曾经去组过稿。当时真不知道她是吴有恒的女儿，她只说自己是一名普通编辑，受主编委托，专程来京组稿，请诸位多多赐稿为盼。其时各路编辑去的很多，男的来了，一起打球喝酒，大致还有点印象；女士呢，则被人邀去唱歌跳舞，热闹的是另一番风景。我不会跳舞，自然便少了这种福份，和女士们的交情也就因此淡了许多。人一走，茶就凉，此之谓也。

不想在这里遇到阿坚。更没想到她原来是名门闺秀。但是阿坚说，他们一家从来就是老百姓。她父亲从20世纪50年代起就挨整，如今把一切看得很淡。记者来访，一概谢绝。省里给他开作品讨论会，他坚辞不受，认为没多大意思了。他只想平平静静地走完人生最后几步路。她母亲呢，是解放以后广州市第一任妇联主任，"文革"时蹲了五年大牢，精神被彻底摧垮了，住过几次精神病院，如今稍好一点，但生活不能自理，两位老人都得靠人伺候。

阿坚说，她有对不起父母的地方。当年广东省"军管会"把两位老人抓进监狱之后，曾经派一位军官和她谈话，要她和"反革命"家庭划清界限，并且代表家属在逮捕证上签字。十九岁的女高中生，被当时铺天盖地的狂潮吓懵了，她表了态，签了字，并且改了姓名，之后在上山下乡报名表上连填五个阳山县，跑到当年韩愈被贬的"广东之穷处"插队去了，家里只留下年龄最小的妹妹和散乱的书籍，还有几只饿得吱吱乱叫的广州老鼠。

阿坚把她苦涩的少女梦幻撒落在粤北粤西的大山和海边上，当她重新回到阳光明媚的五羊城中时，脸色黧黑，手掌粗糙，丰润与妩媚早已离她而去，一切却都得从头开始。调到编辑部之后，她由校对做起，到文学编辑，再到刊物理事会的秘书长，再到副主编，一步一个脚印走过来，皱纹便悄悄爬上眼角，人就不再年轻了。

不再年轻的阿坚，做出一件令年轻人大为惊羡的大举动。她把自己所有照片整理出来，交付香港世界出版社公开出版，这便是她让我看到的《这一珠三色堇》。

这里没有妙龄女郎的柔媚与浪漫，也没有体育明星的健美与昂扬。这是一个普通女子的人生档案，它记录下来"老三届"人一种独特而艰难的生存轨迹。阿坚说，我们这一代人历经磨难而不甘沉沦，我们已经成为社会的中坚。我想借出版这本影集的机会，和我的同龄人共勉：让我们活得更有滋有味，更有声有色！

影集里充溢的是一种蓬勃健康向上的气息。遍布全国的二百五十多位作家诗人为之撰文赋诗，这大约是阿坚的勇敢征服了他们。其次呢，或许便是人们对她编辑业绩的认可了。

阿坚在奋力拼搏。在家里，除过照护老人孩子以外，经常有作者找她商谈稿件，多少精彩的球赛音乐会不得不忍痛舍弃了。她所在的那家市级刊物，吸引许多名家，终于成为全国颇有影响的刊物之一。人们说，不管刮风下雨，你都会看到阿坚骑着她那辆单车跑啊跑啊，她人瘦，劲头可真大。

我想，阿坚对生活的热烈向往和执着追求，大约代表着一整代人不屈不挠的精神风貌。

1994年5月于听涛书屋
2016年12月11日补录于北京听涛书屋

荒煤代号二零三
——访陈荒煤

○
○
。

陈荒煤（1913—1996） 原名陈光美。湖北襄阳人，生于上海。1927年加入中国共产主义青年团，1930年湖北省立第二中学商科肄业。1932年参加武汉反帝大同盟和左翼戏剧家联盟，回上海后加入中国共产党。1938年任教于延安鲁迅艺术学院戏剧系和文学系。1953年以后曾任文化部电影局副局长、局长，文化部副部长。1978年后任中国社会科学院文学研究所副所长、中国文联党组副书记、中国作协副主席、中国影协副主席、文化部副部长、文化部顾问兼中国电影艺术研究中心学术委员会主任。著作颇丰，在中国现当代文学史和电影史上占有重要位置。有《陈荒煤文集》十卷本留世。

在木樨地部长公寓一间朝北的小屋里，八十高龄的荒煤老人给我和建祖讲述过去的事情。他思维清晰，话音徐缓，随着他沉静的诉说，我眼前仿佛慢慢展开来一长卷色彩斑斓的现代文学史稿、现代戏剧史稿、现代电影史稿……

后来我问冯牧先生的住处，荒煤马上说："他住203号！"说罢，他抬眼望着窗外湛蓝的天空，沉默良久，然后轻声告诉我："我对'203'有一种特殊的记忆……"

陈荒煤（左）与赵树理（中）于黑丁（右）在山西

我便想到"203"后面或许藏着剪不断的友情，或许藏着一段美妙的往事。我已经知道荒煤漫长而不平凡的经历，已经知道了他对山西泥土的一片深情。知道他永远忘不了太行山，在那里他写过记述刘伯承、陈赓等将军的《新的一代》，在那里邓小平、薄一波曾和他谈及筹备晋冀鲁豫边区文联事宜。也是在那里，他第一次见到赵树理。荒煤说，老赵实在不像一个作家。他穿着掩襟蓝布大棉袄，戴一顶咖啡色毡帽，高兴了便敲桌子打鼓点，唱一段上党梆子。

但荒煤始终没说是他最早提出"赵树理方向"的。

我已经知道了这么多，当然很想知道使老人心灵震颤的"203"故事。在我再三请求下，荒煤终于说：好吧。

于是在我离开公寓之前，在京城阳春三月季节，我听到了这么一段"美妙的往事"。

对于如今的年轻人来说，"文化大革命"已经是很遥远的事件了。1966年运动开始不久，荒煤即被实行"专政"，关在中央新闻纪录电影制片厂监督劳动。1968年的一天深夜，北京卫戍区一支部队突然开进新影厂，宣布对荒煤实行军事管制，命令他带上行李立即离厂。之后，家人找遍北京长短街道大小胡同，找了一年两年三年，既找不到活人，也收不到任何信息或任何一点遗留的物件。

他到哪里去了呢？

他被架到一辆军车上。军车没命似的奔窜绕圈子，荒煤只觉得天地混沌肠胃翻腾全身都快散架了。他不知道自己犯了什么罪。很早以前他担任过国家电影局局长和文化部副部长，可如今在重庆市挂职，他不知道北京卫戍区为什么要抓他。

天黑时他被扔到一间小屋子里，一床一灯，门窗都被密封起来。一天有十分钟的放风时间，由军人遮挡着带到门外的席棚里，席棚可容一人站立，允许甩胳膊蹬腿，但不许说话，不许左顾右盼，不许贴近苇席。

不久席棚改成砖围子，荒煤代号"203"。

时在1968年寒冬。

这座"监护所"掩蔽得极为巧妙，以致好长时间荒煤都以为只关着他一个人。他不知道自己将被关押多长时间，也不知道关押他的目的是什么。

一切都在一种阴森恐怖的气氛中进行。吃饭上厕所都有人监视，随时有人低声呵斥"203"，而"203"不得有任何反抗。有一次放风时，他刚迈出门槛，便被两位军人扑倒在地，他的头被死死地按在地上。荒煤稍一挣扎，军人便低声喝道："'203'，放老实些！你什么也没看见，听见没有！"

荒煤闭住眼，使劲吸吮着泥土的潮气。

他被关了六年半，七十八个月，两千三百多个日日夜夜，后来他的亲属找到周恩来，在总理直接过问下，他总算走出牢笼。

他患了骨结核。他几近丧失说话能力。他双手颤抖，好多字都记不起

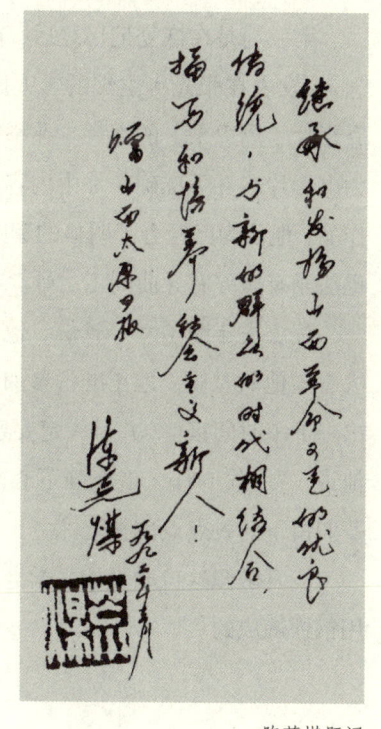

陈荒煤题词

来了。而"203"却像烙在心上一样,永远也消除不去。以致近二十年之后,他对"203"仍具有一种特别的敏感,任何需要记住的数字符号,他不得不用"203"去演绎。

后来他才知道,当时周扬、夏衍等人也关在那里。几位中国大文人聚在一起,想估算出"监护所"的大体方位,算了几次算不出来,只好作罢。

粉碎"四人帮"之后,荒煤先到中国社会科学院文研所工作,之后出任中国文联党组副书记、中国作协党组书记,1981年又到文化部供职。在紧张繁忙的公务之余,近年来他发表或出版了一百二十万字的文艺理论著作和七十万字的散文作品。

一个被关押六年半,停止工作十四年的人;

一个几乎丧失说话写字能力的人;

一个高级文化官员,一个年近八旬的老人——

他写出了一百九十万字的新作!

第一篇是在恢复记忆之后,蘸着血泪写的怀念周总理的《永恒的纪念》,发表在张光年主编的《人民文学》上。最近见诸报端的,是他评介影片《周恩来》的文章。在举国上下一片喝彩声中,他直抒己见,认为电影片名并不准确,片中内容亦不尽如人意。由此谈及一些重大题材作品,他认为已经有了明显的套路。这种看法,和夏衍最近对"主旋律"提法颇有微辞有异曲同工之妙。

荒煤去年跑了六个省份。他说自己身体很好,创作感觉也好。我们去看望他的时候,他正准备参加全国政协会议。听说是山西来客,他腾出一下午时间接待,并且一定要亲自沏茶斟水。"这是最后一届委员了,"他说,"一俟卸任,就能静下心来,还有好多东西要写,权当是我给后辈们留下的一点点薄礼吧。"

我真敬佩这位顽强的文学老人。如果用当年流行的话说,他几乎是用钢铁炼成的。

1992年3月10日草于北京
2005年3月3日凌晨订正

- 附录 -

陈荒煤致周扬

周扬同志：

乔木同志前晨与我谈话，文化部对我文很反感，要我写封信给《人民日报》，我说此片系康生枪毙，怎么写？他说就用被动式句子说被人否定。

为了照顾关系，尊重组织意见，我写了一个信，请你审阅、修改后退我，我再给田钟洛同志说明情况，请他考虑是否送文化部审查。我也估计，他们未必会同意如此发表。

但我必须郑重声明：

一、当时"两个批示"发出，康生枪毙了一批影片，文化部正在进行整风，我当时即使同意阿片不上映，我现在也不能检讨。

二、这封信发表后，我再三考虑，会使文化部被动。现在广大群众关心的一定是杨丽坤的健康，这一点我信上答复了。其次，是希望看到影片。这一点我信上根本不能提。

即使读者知道我记错了，我看过这部影片，并不能解除群众对"四人帮"迫害杨丽坤、李广田的罪行，更不能不让读者要求放映这部影片。现在的关键是群众要求放映。

即使公布全部真相，康生枪毙、陈总不同意出国，夏衍、我当时也只得同意不上映，我看也不能解决问题。

昨日又有人来告，文化部还准备通报，查谁放映了影片，放映多少场，有多少观众？这件小事如此大张旗鼓，纠缠不已，看样子似乎还要揪什么"黑后台"似的，真不知怎么办好！

我如不从大局考虑，倒真想把全部情况给邓副主席写个信，看我到底犯了多大错误。无非罢官，去做老百姓而已！

转上杨丽坤夫妇来信一阅，然后退我。

敬礼！

陈荒煤即晨

我文，指陈荒煤发表在《人民日报》1978年9月3日的《阿诗玛，你在哪里？》一文。

阿片，指电影《阿诗玛》。

关于电影《阿诗玛》

电影《阿诗玛》剧照

1956年，诗人公刘将长诗《阿诗玛》改编成同名电影文学剧本，上海海燕电影制片厂准备投拍，但1957年"反右"风暴骤起，《阿诗玛》的四个整理者，有三个（黄铁、杨智勇、公刘）被打成"右派"。海燕电影制片厂不愿放弃这一题材，1960年请出老诗人、当时云南大学校长李广田来重新"修订"。不久李广田被打成"右倾机会主义分子"，影片的拍摄再次搁浅。1963年上海电影制片厂决定继续拍摄，由葛炎、刘琼联合改编，罗宗贤、葛炎作曲，刘琼导演，李广田任文学顾问，杨丽坤扮演阿诗玛。影片拍成不久，即遭厄运，《阿诗玛》主创人员均遭迫害。李广田自杀，杨丽坤被逼疯。

1978年9月，陈荒煤发表《阿诗玛，你在哪里？》引起全国读者共鸣。这年10月，文化部部长黄镇做出了给杨丽坤平反落实有关政策的批示。

1978年末，新华社发布消息称，《阿诗玛》等一些影片将在元旦"恢复上映"。此前12月27日，在中国人民对外友好协会为庆祝中美建交公报发表举行的电影酒会上，《阿诗玛》正式亮相。到1979年元旦，《阿诗玛》终于回到了观众中间。

谁道人生无再少
——访周而复

○
○
。

周而复（1914—2004）原名周祖式，笔名吴疑、荀寰等。原籍安徽旌德，生于南京。1933年考入上海光华大学英文系后，即开始文学创作生涯。1936年出版第一本诗集《夜行集》。1938年到延安，曾任陕甘宁边区文化协会文学顾问委员会主任委员。1944年冬去重庆，参加《群众》编务工作。1946年去香港，任香港中共华南分局文化工作委员会委员、副书记等职，并主编《北方文丛》。其间创作的长篇小说《白求恩大夫》曾产生广泛影响。1949年返回内地后，历任华东局统战部秘书长、上海市委宣传部副部长等职。1959年后历任对外文委党组成员兼对外文化协会副会长。粉碎"四人帮"后，曾先后任全国政协副秘书长、文化部副部长、对外文委副主任、对外友协副主任等。其作品有长篇小说《上海的早晨》(六部)、《长城万里图》(六部)等。有二十二卷本《周而复文集》留世。

见到周而复，不禁大为惊讶。我想他年近八十，近年来又连写五部长篇，腰该弯了，背该驼了，头发该全白了，脸上该满是皱纹了，见人该说，年纪大了，没有多少时间了，希望不要占用太多的时间，希望谈话能短——近一年来受《太原日报》双塔副刊差遣，为了给一批老作家留下晚年一点踪迹，也为了给关心他们的读者报一声平安，在下充当了一名通讯员的角色，路没少跑，话没少说，气也没少受。有些老人，身

147

体状况十分不好,倒也罢了。有些呢,对于"下边"来人,倒把一副臭架子摆到可笑的程度。仿佛她就是赛珍珠,仿佛她得过几次诺贝尔文学奖一般。我在一篇小文章里说:窃以为名人之所以有名,在于他所成就的那份事业。至于名人本身,或张三或李四,或喝酒或抽烟,或粗或细,或胖或瘦,实在说并不是很重要的。我们没有见过曹雪芹,不照样读《红楼梦》吗?

周而复办过鲁迅支持的《文学丛报》,当年曾是八路军总政治部派赴晋察冀军区的文艺组长,后来任新华社特派员,随马歇尔、张治中、周恩来跑遍了半个中国。新中国成立后,他是上海市委第一任宣传部副部长,全国第一份大型文学丛刊《收获》是在他的策划和参与下办起来的。之后到北京,官至副部长,差不多飞遍了全世界,且有像《白求恩大夫》《西流水的孩子们》《燕宿崖》《上海的早晨》《长城万里图》那样的作品放在书架上,如果他要摆起架子来,我想我只好迅速撤退。

我们约好下午四点半在文化部他的办公室见面。那是一间小屋,正如我们所见过的任何一间普通办公室一样。去年见他的秘书,是在后院一座极为幽雅的皇家式院落里。院里草坪油绿,回廊里花木葱茏。今年问文化部里人,都说他并不在那座幽静去处。个中缘由,非吾辈所知,不提也罢。

刚写完三百万言长卷的周而复显得潇洒自如,脸上洋溢着一种与年龄相距甚远的自信。头发白了,腰却不弯。未等我说完来意,他便说,我们随便聊聊,一下午时间,都是我们的。

他对山西甚为熟悉。自

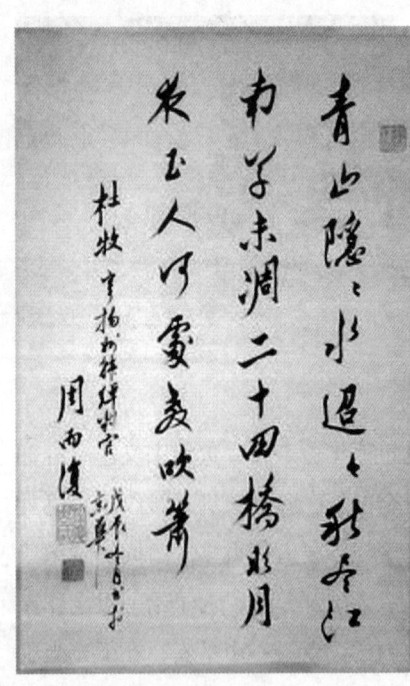

周而复手迹

1939年秋天起,他在山西呆了近四年时间。他说,那时候我们虽然是文艺小组,但一切随部队行动,有一次急行军,从岢岚到兴县走了一天一夜,我们没有一个掉队的。从大规模的反扫荡,到团营连排的小型战役,文艺组的同志们都参加过。那时候不叫体验生活,大家都带着武器,和正规部队一起打仗。在山西我知道了树皮和树叶的吃法。树叶用盐腌过,苦涩味儿就淡多了;树皮晒干磨碎,拌在杂粮里,当时觉得也还不难吃。我还记得山西的榆钱儿,记得山西的榆皮面。写一部反映抗日战争的长篇小说,也是在晋察冀分区参加战斗时酝酿构思的。

1965年,周而复在山西介休县参加四清运动。夏衍说,那时他也在这个县。介子推的老家,还是满不错的嘛,夏公说,我们吃的全是苞谷面。

是年底,周而复接到通知,着他连夜回京。第二天,他准时到对外文委报到,迎接他的是铺天盖地的大字报,打了红叉的标题是:

打倒黑线人物周而复!
彻底批判大毒草《上海的早晨》!

往后的命运就可想而知了。

他立即被停职反省。《人民日报》用六个整版批判《上海的早晨》。江青、张春桥、姚文元在天津造反派召开的大会上说,周而复是修正主义分子,《上海的早晨》是彻头彻尾的大毒草!还说他包庇方纪,在《收获》上发表了坏小说《来访者》。

周而复成了无产阶级在文化界专政的当然对象。

在那样恐怖的岁月里,他保存了自己的生命,还保存了《上海的早晨》第三、第四部手稿。1979年,

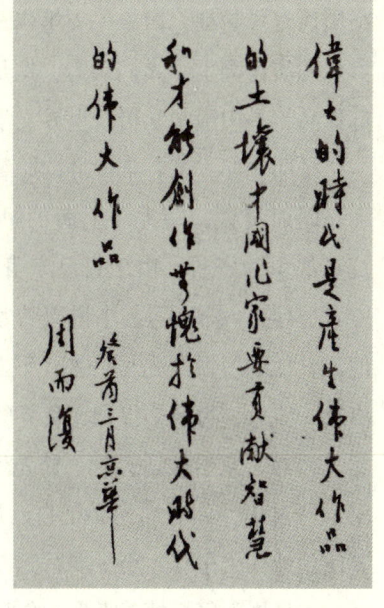

周而复题词

四部出齐，共计一百七十万字。周而复说，从动笔到出书，前后用了二十七年时间，除过十年"文化大革命"，此书耗时一十七载矣！

1992年底，新华社向全世界发出通稿，称中国作家周而复《长城万里图》第五部杀青付梓，第六部正在写作之中。前五部名为：《南京的陷落》《长江还在奔腾》《逆流与暗流》《太平洋的拂晓》《黎明前的夜色》。第六部为《雾重庆》，全书总计三百七十万字。

青年周而复

陆定一致信周而复说，看了些外国知名小说，能和此书相比的不多。我已八十六岁，望能看到你的全部小说。欧阳山说，读这部书，可以想象到你平时思索的周密、编排的精细、搜集的勤快和观察的敏锐。萧克赠周而复一句话，曰：一支笔当三千毛瑟枪！在北京召开的有国际友人参加的研讨会上，人们认为，这是写第二次世界大战仅有的最伟大的一部作品，是中国文学给予世界文学的一大贡献。

是耶非耶，笔者未曾拜读原著，不敢妄加评说。

周而复说，写完《上海的早晨》，他开始看幸存的日记，看有关抗日战争的资料。由于自己亲身参加过那场战争，所以很快便写出了一百万字的《搏斗》。小说以晋察冀抗战为背景，写部队，写老百姓。他说，他的习惯是先写出来，不发表，不对人讲，自己也不去看它。待冷上一段后，再请军界和文化界的朋友们帮着看看。

《搏斗》拿给楼适夷看，楼先生几句话就给枪毙了。楼氏道：故事人家早写过了，你老周何必把自己局限在一个地区呢？要写就写大场面，要使劲地往大里写，至少要写到以中日战争为主的亚洲战场去！

于是周而复扔掉《搏斗》，在看了一亿字的资料以后，从头写他的《长城万里图》。

他说,我写东西,不急不忙。这部书酝酿达半个世纪,以后用十几年的时间,三百万字也就出来了。剩下七十万,我想更加从容地写来。如今一边看资料,一边写《往事回首录》,大约一百万字左右吧。

在他看来,好像一百万字才叫文章。

他用英文说,我从来不写短家伙。

潇洒周而复

我觉得大受鼓舞。到他的年纪,我还有近四十年的路程可走,似乎用不着置身家性命于不顾,夭折了再让朋友们去募捐,去接济自己的妻子儿女。

苏东坡有词云:谁道人生无再少?门前流水尚能西!

例证之一便是周而复先生。

1993年4月9日于春寒料峭时节
2005年3月3日"全国"两会召开之日重读

数年前《北京观察》编辑晚晴女士曾向我要过一份本书目录,并致信周而复曰:"周老,我想知道这些作家中谁当过政协委员、人大代表,麻烦您。"先生当即挨个批注是、不是、已死、不了解等。晚晴来函并将目录寄我,逐一发出我的几篇访问记。如今复信目录还在,先生已然作古。人生如斯,周而复始,这便是大自然给人类定下的不可更改的轨迹。

- 附录 -

周而复先生来信

治国同志:

　　北京别后,已过两月,迄无音信,不知何故?前借访问时资料,望速寄还,因需参考写作。

　　《天津日报》是否发表访问记,我并不在意。可发表之报刊甚多,如需要,可为你介绍。

　　　敬礼

周而复
1993 年 5 月

王周生:周而复与"参观靖国神社事件"

　　1986 年我在美国费城当陪读夫人。我丈夫周鲁卫是坦普尔大学物理学在读博士。3 月初的一天,我拿到那天的《人民日报》,打开一看,头版右边赫然一条标题让我愣住了:《中纪委决定开除周而复党籍》,还配发了题为《严守外事纪律维护国格》的评论。

　　这是怎么回事?我公公周而复在"文革"中因为长篇小说《上海的早晨》最早受到批判,且连篇累牍,后来被打入"牛棚",下放河北农村劳动多年。好不容易盼来"文革"结束,平反昭雪,恢复工作,出任文化部副部长和对外文化联络委员会副会长等职。在政治生涯中,周而复从延安整风开始,就不断挨批,也算是个老"运动员"了,可是才复职几年,怎么又出事了?而且还是"开除党籍",看来事情严重。

　　我当天就写了一封信给周而复。作为家人,我们为父亲的健康担心。他在 1978 年发现患膀胱癌,由著名泌尿科专家吴阶平大夫做了电灼手术,七八年来未曾复发。我们很怕他的情绪会影响病情发展。

3月底,我们收到了父亲的回信。父亲用小楷书写,写在红边框的宣纸信笺上,他向我们简略叙述了访日的过程及事情的经过:

鲁卫周生:函悉。去年十月二十日至十一月十二日访日,先参加中日政治家书法展,后参加新制作座剧团成立三十五周年纪念活动;十一月八日始应泛亚细亚文化交流中心邀请顺访四天,以便谈明年两国文化交流计划并进行友好活(动)。最后一团只(剩)三人,除我外有处级干部团员李海卿与女翻译张利利等。泛亚主人系理事长森住和弘夫妇曾在我第四野战军工作。解放新中国颇有贡献,返国后全家从事中日友好工作。因写抗日战争长篇小说,在日最后四天曾请主人安排座谈与参观抗日战争时东京有关素材以便写作。日程上原定第二天去"靖国神社"看一下,因日军人侵华出发与归国均去该社,好描写军国主义者等某些细节;前一天下午路过该处,陪同者说此处即社,可去一看,明天即可不来。我当时未假仔细考虑,缺乏政治警惕性,以为自己是作家,为了写抗日小说看一下,就和团员一道从一门入,由另一门出看了一下,怕忘记,还拍照,以便写作时参考。因此犯了政治性错误。返旅馆,使馆王达祥参赞来告:见日程上你团明日将去该社,最近国内有通知不要去该社(新华社记者可去,但要经过使馆同意)。我告在国内未看到此通知,到日本后亦未知有此通知,甚为糟糕,今日路过,已进去看了一下。彼说已经看过,就算了。一念之差铸成大错。悔之不及。犯了错误,应受处分,当继续革命,努力写作……今年二月初,忽得陈明来电话,说丁玲病危,嘱往探视……终于三月四日上午十时四十五分逝世。她已八十二岁,一生坎坷,曾被开除出党二十余年,在北大荒十二年,"文革"期间入狱四年,1979年平反,任政协委员。时我为政协特邀小组组长,同时是党小组长,她恢复党籍后第一次党小组会,是和(我)一同过的。死后,三月五日,新华社所发消息,评价甚高。共产党正确、伟大、光荣,不管任何人,受到"不公正的对待"(新华社消息中所说),最后完全平反,得到正确对待,丁玲即是一例。党员、革命家、作家丁玲的一生令人感叹,也令人鼓舞。必须坚持革命到底,写作到最后一息……

我们注意到,这封信有一大段谈及丁玲。父亲是以丁玲的一生鼓励自己,也暗示他将有平反的一天。后来我们回国了,每次去北京他家,总看见他每天一大早起来写作,不管春夏秋冬。他的那部三百多万字的抗日战争巨著《长城万里图》,就是在被开除党籍的这些年里最终完成的。同时,父亲不断为恢复自己的党籍而努力。他一次次申诉,说明自己参观靖国神社是创作抗战长篇小说《长城万里图》的需要,且事先将参观计划提交中国驻日使馆,他们并无异议。他说自己的错误,就是为了顺路比原计划提前一天参观了靖国神社,并非"不听劝告",因为使馆的"劝告"发生在他参观之后。他希望中纪委秉着实事求是的精神,调查取证,予以平反。在多年的申诉过程中,上海的陈沂伯伯和汪道涵伯伯,给予父亲极大的支持和帮助,亲自为他审阅并递交申诉材料,让我们一家深受感动和鼓舞。

每次和父亲见面,我们几乎都会谈及此事。其间,有关部门曾经希望他重新申请入党,却被他拒绝。父亲是 20 世纪 30 年代的老党员,他写抗战小说,他要看看战犯参拜的靖国神社是一个怎样的地方,他没有丧失国格人格,为什么还要重新申请入党?在艰难申诉的日子里,父亲一再叮嘱我们,他活着一天,就要为恢复党籍而努力一天,他是在抗战的硝烟中参加革命参加党的,如果有一天他死去,也请我们家人继续为他奔走,他一定要恢复党籍,他是中共党员,这是他一生的信仰。

我常常被他的执着感动,也被他的执着困惑。

终于,经过十六年的不懈努力,2002 年 9 月 18 日,中共中央纪委并报中共中央批准,为周而复恢复了党籍。文件说:鉴于"1986 年给予周而复处分主要依据是其参观靖国神社",而"周而复参观靖国神社与其创作《长城万里图》一书有关","原认定的其他问题可不再作为处分依据",但是周而复"未经批准,也不听劝阻,擅自参观靖国神社,严重违反了党的政治纪律",因此将"原定给予周而复开除党籍处分改为留党察看一年处分"。也就是说,从 1986 年开除党籍算起,周而复"留党察看"一年,那么到 1987 年,周而复已经恢复了党籍。

自此,周而复参观靖国神社一事,算是画上了一个句号。

摘自新华每日电讯 2012 年 11 月 30 日 11 版

王周生　知名作家。上海社科院文学研究所研究员,周而复儿媳。

卖火柴的老头儿
——访叶君健

○
○
。

叶君健（1914—1999） 湖北黄安人。1936年毕业于武汉大学外国文学系。1937年用世界语出版了短篇小说集《被遗忘的人们》。后在英国剑桥大学皇家学院研究欧洲文学，并用英文写了《山村》《他们飞向南方》等三部长篇小说，同时将茅盾及其他中国作家的许多作品译成英文介绍到国外。1948年应画家毕加索、科学家居里、诗人阿拉贡之邀出席波兰世界知识分子大会。1949年回国，历任辅仁大学教授、文化部对外文化事务联络局编译处处长、《中国文学》副主编、《中国翻译》主编、中国翻译家协会和中国笔会副会长、世界文化理事会"达·芬奇文艺奖"评议员、中国作协书记处书记、中外文学交流委员会主任等。有《叶君健全集》二十卷留世。

在中国，有谁不知道安徒生笔下那个卖火柴的小女孩吗？

那么，是谁把这个小女孩和安徒生所有的童话介绍到中国来的呢？

在善良的小女孩背后，原来还有一位善良的"卖火柴"的中国老头儿。

他的名字叫叶君健。

除翻译安徒生的童话外，他自己也写了不少童话作品，比如《小仆人》《王子和渔夫的故事》《真假皇帝》《画册》……

叶君健说，搞儿童文学是一种牺牲，但要提高中华民族的文化素质，必须从孩子们着手。

剑桥留影

叶君健一生中，总是有些童话般的故事陪伴着他。

谁都以为他出身于豪门大宅，不然他的第一篇小说怎么会用世界语来写作呢？不然他年纪轻轻怎么能在东京教授英文和世界语呢？不然他怎么会在英国剑桥大学皇家学院研究欧洲文学时，用英文创作，并且在英国文学史上占有无可争议的一席之地呢？

可是他却出生于农村，是一名地地道道的农家子弟，十四岁之后，才于无奈之中离开家乡的泥土。以后几十年，他无时无刻不在惦念自己的家乡，无时无刻不在惦念着那里的父老乡亲。那里有十四万人倒在国民党军队的屠刀之下，那里抚育出二百四十位革命将领。

叶君健最早向全世界介绍毛泽东的《新民主主义论》和《论持久战》。书是马尼拉出版的，爱泼斯坦至今还保存着那个译本。第二次世界大战前夕，他应邀赴英国各地巡回讲演，题目是中国的抗日战争，目的是为中国人民赢得更多的支持者和同情者。"七七"事变前夕，他曾被日本警方逮捕入狱。回国后，他在周恩来和郭沫若领导的政治部第三厅工作，同时参与发起中华全国文艺界抗敌救国协会。

但是，他从来不是共产党员。

一位年轻的女记者就此采访过叶君健。君健老人说，我因为身体不好，有感伤情绪，怕遭遇到敌人时顶不住，泄露了党的机密，所以我跟党内的同志说，我还是不要知道你们的事，你们让我做什么事情我就做。

叶君健一片报国之心，可对青天。他将各国优秀文学作品介绍到国内来，期望中外文化融会，使中国人更多地了解世界。他所翻译的外国作品，有希腊的、比利时的、挪威的、法国的、丹麦的、俄国的、美国的……同时他又把中国的文学作品介绍到国外去，让世界各国人民了解中国。为此，他的好多作品直接用英文创作，直接在国外出版。他参加革命工作很早,在三厅的时候,他年富力强,学识渊博,是不可多得的骨干人才。阳翰笙在回忆这段历史时写道:"……特别是叶君健同志,里里外外、笔译、口译,有时还加上英语广播,整天忙得不亦乐乎。当时只要是进步的国际友人来到武汉,或是途经武汉到延安解放区去参观访问的,都是找到叶君健同志去翻译,如和史沫特莱座谈、电影家伊文思到中国拍摄、世界学联援助解放区的外国医生等等……"

洋装在身

可是他的"工龄"从1950年算起,到老来只算是一位普通的退休者。直到有人为他奔走呼号时,他还说,那弄起来多复杂啊,这个证明那个证明的,我没有那么多时间去搞清楚。

结果是中组部下了文件,说叶君健的工龄应从1938年2月算起,退休应该改为离休。

叶家住在北京地安门恭俭胡同。走进叶家小院,一片苍翠,一片花香。院里枣树、柿树硕果累累,很有几分农家气派。院中水池里,睡莲铺开片片绿叶,叶面上滚动着晶莹的水滴。有荷花、月季绽开,满院弥漫着缕缕清香。

走进小院,隐约能感觉出一种拂不去的忧愁来。没有人大声说话。连孩子们走步,也是悄悄的、轻轻的……叶老的夫人苑茵正在厨房做饭,听我说明来意后,她禁不住微微叹一口气,轻声说:"请,请到书屋说话。"

苑茵是满族人,毕业于复旦大学,如今是北京文史研究馆的研究员。她和叶老相伴着,已经经历了

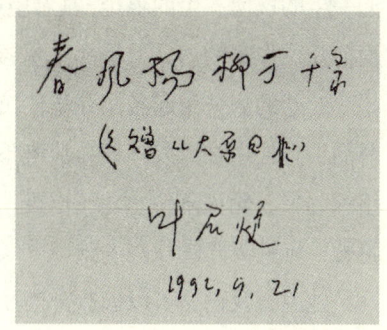

叶君健题词

叶君健夫妇

半个世纪的风风雨雨。她说，我和叶老有一个幸福的家庭，我们有两个孩子，都是学外语的，此外又收养了姐姐的两个孩子，也很体贴我们。一家人都很普通，但很和睦、很温暖。叶老是个善良的人，为了民族，为了友谊，为了家庭，他总是默默地奉献，默默地承担一切。

她说，叶老一生译著作品近千万字，他一直认为能静下心来写文章是他一生的乐趣所在。离开工作岗位后，他已经写完两个三部曲，是他一生中创作的第二个高峰期。前一个月，他觉得腰不对劲儿，我们以为他是累的，一家人都劝他好好休息一段，不料病情发展很快，短时间内体重减轻十五公斤，到医院一检查，才知道他病得很重很重……是那种可怕的病！

我的心不由一沉。3月份以来，我已经探望过几十位前辈作家，其中有几位都住在医院。生老病死固然是不可逆转的生命规律，但想到他们一生的坎坷一生的艰难，真希望这些老人在晚年时多些欢乐多些补偿。而前几位作家的病，似乎都比叶老的轻些，来得也缓慢些。

叶老的病情引起各国驻华使馆的密切注视。丹麦大使馆从瑞士买到药品，直接送往医院。而苑茵绝不相信老伴儿会离她而去，她把一家人组织起来，轮流陪侍，轮流送饭，家里还买了一辆三轮车，由儿子孙子蹬着，她一天几趟往医院跑。

她说，我们家可以创造奇迹！

叶老住院期间，苑茵重新布置了老伴儿的书屋。她说，叶老早就想有一间明亮的书屋。可他整天写呀写呀，我们实在不忍心惊动他。如今好了，我把最亮最静的房间收拾出来，他出院之后，肯定会高兴得像一个小孩儿。

新书屋很静很雅。厚厚的四卷《安徒生童话全集》摆在书案上，犹如一座金色的小屋。窗外是一片小天井，抬头便可望见一盆苍翠欲滴的月季。

伴着暮色，我陪修长娴雅的苑茵到医院看望叶君健先生。他住在一所普通医院的普通病室里。病房里两支床，另一位病人晚上回家，叶老便能有一夜的清静。

进门时，叶老正在着急。老伴儿比平时晚到了半个钟头，他直怕出事，直往家里打电话。苑茵抚摸着他的胳膊说，不要着急，没事的，有这位山西同志陪着我呢，我们在家里吃了点饭……

苑茵和她的孩子们果然创造了奇迹。叶老的体重恢复得很快，精神也非常好。那天带去的是土豆牛肉萝卜汤，叶老吃得很香。一边吃，一边和我聊天，时不时还要问问家里的情况。他们家雇着一位苏北的小阿姨。叶老经常教她学点文化知识。小阿姨写了文章，叶老都要亲自修改。如今小阿姨因家里有事回去了，叶老嘱咐老伴，要写一封信去问候她的家人，让她不要惦记这边。

叶老说，人生也很滑稽。年轻时读书求学，以后夫妻奔波，抚养孩子，还要应付运动，忙乱了一生，操心了一生，直到年老躺在病床上，心还是静不下来。想家里的事，想国家的事，想来想去，总算找到一个安慰点。我年近八旬，没有什么大的遗憾。我一生没有做过对不起人的事，到老来脑子也还不糊涂。我将自己一生的爱献给了自己的民族自己的亲人，只是，我给后人留下的东西太少太少了！

还要留下什么呢？你这个卖火柴的老头儿！你将光明和温暖都给了自己的同胞，留下来的，是一片永远的赤诚。如果每一个中国人都有你这份赤诚，中华民族的事情就好办了。

1992 年 11 月 28 日夜
2005 年 3 月 3 日校正

附录

叶君健旧居

叶君健夫妇在此居住的四十余年中，倾注了全部心血、感情，将几乎所有稿费用来不断修缮、美化这座小院。他们当年栽种的柿树、枣树至今依然果实累累。叶老在这所小院里也获得了创作丰收——写、译了《远行集》《土地》三部曲《寂静的群山》三部曲和《夜莺》等大量散文、小说和童话。叶老生活俭朴，居室里是极普通的旧式家具，书柜门上对称地贴着民间剪纸，通往里屋的门帘是一块蜡染土布……他在临终前给儿女留下的家训中写道："与人为善，决不害人；以勤勤恳恳的劳动和真才实学安身立命，养家糊口，保持住自己做人的尊严。"

叶君健与《安徒生童话全集》

1953年，由叶君健翻译的安徒生童话《没有画的画册》出版，以后各个分册连续与读者见面。1958年全国出版社调整，文化出版社并入上海新文艺出版社后，准备出版安徒生童话全集，叶君健又从头到尾将所有译文校订一遍，几乎等于是个新译本，共十六册，于是有了中国第一部安徒生童话全集。1978年，这部童话全集再次修订出版，合并为四卷本，成为我国最权威的译本。叶君健译本的最大特点，是他认为安徒生童话是"幻想童话、政治讽刺、诗歌语言三者结合的现代童话，洋溢着一种浪漫主义诗情和博大的人道主义温情"，因而在翻译中对原著的"再解释"很到位，译本得到各方面的很高评价，被丹麦媒体称誉为"在近百种语言的译本中，水平最高"，因为"只有中国的译本把他（安徒生）当作一个伟大作家和诗人来介绍给读者，保持了作者的诗情、幽默感和生动活泼的形象化语言"。为此，丹麦女王隆重授予叶君健"丹麦国旗勋章"（安徒生因为童话创作成就也获得了"丹麦国旗勋章"），成为全世界唯一一位因为安徒生童话翻译而获此殊荣的翻译家。

东湖有一个传说
——访徐迟

○
○
○

徐迟（1914—1996） 浙江吴兴人。曾就读于苏州东吴大学和燕京大学。1933年开始写诗，1936年出版第一部诗集《二十岁人》。抗战爆发后，曾与戴望舒、叶君健合编英文版《中国作家》，协助郭沫若编辑《中原》月刊。全国解放后，先后任《人民中国》（英文版）编辑、《诗刊》副主编、《外国文学研究》主编。他创作的《哥德巴赫猜想》《地质之光》等大量报告文学作品，被誉为"别具特色的科学诗篇"。有十卷本《徐迟文集》留世。

好一湾碧波荡漾的东湖水呀！人站在湖畔，湖水便雨丝般贴在脸上了。空气湿润得那样可人，吸一口，清凉中带几分甜蜜，人便醉在水里醉在湖畔了。透过氤氲的水雾，有小划儿载了渔人，见他身子一甩，鱼网便嗖的一声抖进湖里去。远处是珞珈山，被一缕缕云烟缠着绕着，分明是一处仙境了。湖那边公园，据说堪与西湖媲美，怪不得一位伟人要在那里建造他神秘的别墅呢。徐迟和碧野住在湖这边，想来也是不错的去处。

沿了东湖水，我去看望徐迟先生。

以往找徐迟，恐怕不是一件容易的事。偌大中国，哪里都有他的足迹。自20世纪50年代起，他先是到鞍山、长春、武汉、包头、沈阳体

左起：刘耀仑、徐迟、燕治国

验生活，满怀激情地写下了《战争·和平·进步》和《我们这时代的人》。不久又跑到重庆、昆明去了，不久又西出阳关，从兰州、玉门一直跑到柴达木盆地去了，历时半年，行程万里，留下来《美丽·神奇·丰富》和《庆功宴》。到60年代初，坐不住的徐迟，干脆辞掉《诗刊》副主编，或顺水而下，或溯流而上，奔走于厂矿原野，行吟于大江两岸，写出了瑰丽的《鱼的传说》《祁连山下》《三峡试笔》《长江组歌》……

能够囚住他身子的，大概只有汉水江畔的沙阳"五七干校"。可怜那囚笼不过兴盛一时，随着十年"文化大革命"的终结，也就轰然倒塌、土崩瓦解了。年过花甲的徐迟嘿嘿一笑，收拾起行装，又开始了他的长途跋涉。"即从巴峡穿巫峡"，便向东南西北中。徐公此一走，为新时期文学走出一座里程碑来——他的一篇篇新作，犹如炮弹一般扔在长久枯寂的文学园地里，引起举国上下的轰动与欢呼。徐迟成了收割机，开到哪儿都是硕果累累。在江汉油田，在戈壁沙滩，他写下《石油头》《地质之光》；访陈景润，有了《哥德巴赫猜想》；找蔡希陶，有了《生命之树常青》；寻周培源，有了《在湍流的漩涡里》；还有写人工合成胰岛素的《结晶》；写林一山和葛洲坝工程的《刑天舞干戚》……他的作品，激动了无数读者，连一向板着面孔写文学史的学者专家，也被徐迟一把火给点着了。他们眉飞色舞地写道：徐迟跨越了新旧两个时代，有着十分丰富的阅历；对生活的激情历久不衰，喜游好动（人称"满天飞"），具有广博的见闻；能诗善文，学兼中外，文化艺术的修养较深——正是这种种因素，使他在报告文学的创作上获得了极大的成功……

再往后，听说他到鼓浪屿去了，到西丽湖去了。到美国去了，到法国去了。前几年他来山西朔州开会，我因事未去，错过了一次见面机会。此次到武汉，纯属瞎碰。碰着算我幸运，碰不着我就天南地北找他去，说不定就有一篇好文章可写了。

可是他在家。陪我一起去的《长江文艺》刘耀仑君无可奈何地说，我们一般都不去搅扰徐老，可是你来了，有什么办法呢？他确实没办法。我们是文讲所和北大的同学，又是同学中的牌友。几年不见面，如今除好饭好酒款待外，免不得诸事打扰了。

黎明即起，我们到东湖岸边寻找关于诗人徐迟的一个传说。

有谁能像他那样始终如一地保持昂扬的激情呢？有谁能从开国之初始终如一地为知识分子大唱赞歌呢？1952年《火中的凤凰》是写给郑振铎先生的，规模宏大，气势开阔；1956年《祁连山下》，写的是献身于敦煌艺术的画家、美术史家常书鸿的动人事迹。上下几千年，诗人任情驱驰；纵横数万里，作家书写自如。到1965年，江青磨刀霍霍，把戏剧作为突破口，就要向文化界开刀了，徐迟依然写了《牡丹》，为汉剧名伶立传。而且诗人老来有一段奇特的姻缘，发行逾百万份的《家庭》杂志，把这个传说证实了，一举向海内外传播出去，搞得徐迟一点儿个人秘密都没有了。

开门的正是徐迟新婚夫人。我看过

徐迟手迹

徐迟：写完《哥德巴赫猜想》

《家庭》发的那篇文章，知道这位女士原来是日本名古屋大学研究员、爱知大学副教授，但我不知道她和山西也有一点瓜葛。听说我自山西来，她惊喜地说：哦，巧了，我父亲在汾阳中学教过书。

这就好了，正在凝神沉思的徐迟先生，只好认了我这个陌生来客。

何况他写字台上放着一台电脑，而我恰巧也是用这东西来谋生的。我们很快就找到共同语言。

徐迟先生说，他真是忙得不可开交。想写的东西很多，而且都有了计划，可是他实在写不过来。有了电脑，速度是快多了，产量也还不少，只是要掌握电脑的全部功能，难度很大。我说您七十多岁学这玩意儿，真是够不容易了。我倒年轻一点，操作时日也不短了，可到如今还是瞎闯乱碰，用好了怎么也好，用不好便死机，急得我经常捶胸顿足。我看见"五笔字型"那张表就头痛，我永远也背不会那几句口诀。但是我觉得用电脑比驼着背写字痛快，且再也用不着誊抄稿件了。

徐迟不以为然。他说，电脑不光是打字机呀，它的功能很多很多。不能联网，便失去了好多信息来源。出了毛病也很伤脑筋，你有什么好办法？我说我一点儿办法也没有，只能小心翼翼地使用它。写完一篇文章，就让它好生休养一阵子，我也趁机去玩一会儿，两不耽误。

徐老无言地笑了。

话题转到眼下文学界的状况，他说，文艺界的情况不是很理想，但还是有不少人在写东西，作品出的也不少。出版发行也有好多问题，恐怕很难解决，大家硬着头皮写下去就是了。反正中国作家总是在一种极可怜的状况下工作的，天长日久，也就习惯了。重要的是一定要有好作品留下来，他现在正用诗体翻译荷马史诗《伊利亚特》，也是留给后人看的。过去因为版权问题，耽搁了一段时间，如今一定要赶上来。他的长篇自传体小说《江南小镇》上部已经出版，下部正在构思，也该尽快动手了。热情的徐夫人，从书斋拿来印刷精美的《江南小镇》，五十八万字，扉页上赫然印着毛泽东1945年在重庆给徐迟的题字：诗言志。徐迟在他的自传里说，毛泽东到重庆之后，他是国统区作家中第一个公开发表作品颂扬这位伟人的人，那便是他的《颂歌》了。题字是请他所尊敬的乔冠华代为求到的。毛泽东题字后，册页上还留下很大一片空白，原想谁也不会在上面写字了，偏偏遇着郭沫若，看一眼连声叫好，"就研墨，就拔笔，就在这册页上头，在主席题字的旁边，题上了他自己的一首《沁园春》……"

徐迟说，原件他已经交国家档案馆保存，他手上保留着一份中共中央办公厅给他"勾填"的复制本。

徐迟很喜欢乔冠华在二次大战时写过的一句话：每天攻下一座城！在漫长的写作生涯中，他总是用这句话来激励自己。他写诗、写散文、写小说、写报告文学，还翻译过许多外国作品。徐迟这一生，实在是浪漫而且丰富至极。在这东湖边的小楼里，真不知道还有多少迷人的传说。

看过他所有写别人的作品后，一定要看看《江南小镇》。

1993年7月27日凌晨于太原家中
2005年3月3日下午校正

其时窗外风声呜呜，北方的沙尘暴又要肆虐人间了。风声吹乱思绪，勾起一缕缕远去的记忆。我实在没想到徐迟先生九年前会选择那样一种方式离开人世，也没想到他最后一次婚恋并不像人们传说的那样美好。徐老，愿您安息。那边也有迷人的传说吗？

– 附录 –

作家徐迟坠楼弃世

1996年12月12日夜,曾以《哥德巴赫猜想》等系列报告文学作品令国人震撼的著名诗人徐迟在武汉一家医院坠楼弃世。

多年之后,据徐迟老友冯亦代回忆说,徐迟经常说他睡眠不好,差不多每晚都要做恶梦,有时白天也有幻觉。他的病经有关医务人员会诊后,认定是老年躁动症,会有幻觉也会有幻觉中的行动。出事那天晚上,徐迟把值班护士都打发走了。午夜时分,他打开窗户,爬出窗外……

徐迟生前喜欢读外文科技书籍,有时会走火入魔。他说20世纪末快要到了,人类又将逢上一次大劫难,甚至会因之而毁灭。还说信息时代将完全改变人类生活,而如果发生战争——即使没有战争,人类也会毁灭。战争再也不会像过去的两次世界大战一样了,因为这已是信息时代。

在武汉,徐迟一个人离群索居,真是太寂寞了。他说自己患了电脑病,一坐在电脑旁,两只手就要动,就要打字,就要一直打下去,甚至不知道打的是什么。

第二次婚姻也给徐迟带来巨大打击。新婚后,他的家庭生活不太幸福,情绪可能因此而受到影响。他本来就没有什么钱,第二次婚姻破裂后,他的经济几乎就崩溃了。

据《文学报》稿,2016年12月15日补录(文字有删节)

拄杖凝眸望太行
——访阮章竞

○
○
○

阮章竞（1914—2000）广东中山人。自小家境贫寒，只读过四年书。十三岁辍学到油漆店当学徒，十七岁开始以画画谋生。1939年北上太行山，参加八路军。抗战前期，担任八路军太行剧团团长，同时兼任剧团的编剧、导演、美工。1949年后历任中共中央华北局宣传部文艺处处长、副秘书长，《诗刊》副主编，中国作协北京分会主席，北京市文联副主席等。1938年开始发表作品，1949年创作了长篇叙事诗《漳河水》。其主要作品还有童话诗《金色的海螺》、长诗《白云鄂博交响诗》、歌剧《赤叶河》等。出版有各种版本《阮章竞诗集》及《阮章竞绘画篆刻选》等。

在最为艰难困苦的年代里，广东人阮章竞随部队驻扎在山西太行山腹地的小山村里。打罢日本鬼子，再打国民党反动派。他盘腿坐在山西老乡的土炕上，吃晋东南家的和子饭，说太行山区的"圪吵吵"话。从二十多岁住到三十多岁，革命战士阮章竞成长为一位著名的诗人和书画家。他坐在摇摇晃晃的小板凳上，写话剧写歌剧写长篇叙事诗，写出来《赤叶河》《圈套》和《漳河水》。太行山水养人，也养育文化高手。土生土长者有赵树理、高沐鸿、冈夫诸位；外地人喝了漳河水，也有了读书人所说的灵感。下笔千言，倚马可待。字字珠玑，满纸辉煌。那时候做文章不可不到太行山，正如眼下做买卖不可不到深圳珠海一样。

时光如流水般逝去，当年能唱能画的阮章竞，如今满头白发，行走得靠一只手杖了。在北京琉璃厂斜对面的一幢十层高楼上,他说他日日夜夜思念着太行山,思念着漳河水。他激动地对我说,请转告太行父老,章竞进城之后,未敢有一丝一毫的懒惰懈怠,未敢有一时一刻忘记养育我成长的第二故乡。看来今生今世珠江老阮的心是拴在太行山了,魂灵儿是连着漳河水了。

我头一天到阮家,开门的是阮老的夫人。老人脸色憔悴,看来身体不太好。听我说明来意,她很作难地说,他这几天正闹病呢,恐怕……我说,无论如何请您通报一声,就说我是从山西来的。她看了我一眼,默默地走进里屋。

一会儿阮老出来,满头银发,一脸倦容。他嘴里含着药片,对我说,心脏病又犯了,能不能缓几天再见面?我很作难,因为我在北京只能呆两三天,余下一点时间,我还得去拜访曹禺先生。先生长期住在北京医院,要见面恐怕更难更难。诗人大概看出我的心思,爽快地说,要不明天你给我来个电话,看看身体情况再定。又说,山西来的客人,我不见行吗?心里有了底,我立时活跃起来,分外豪爽地说,明天见!

走出来,才看见门上贴着一张纸,主人用蝇头小楷写着:章竞老矣,去日无多。体弱多病,谢绝来客……字很多,四角被人撕去了,依稀可看出阮老矛盾而焦虑的心迹。

我在好多老作家门口见过这样的纸条。冰心门口是医嘱谢客,方纪门口是谢绝一切来客。还有萧乾、光未然等。一个世纪即将结束,这个世纪的杰出人物将先后离人们而去。政治家老来门庭稀落,无人再去嘘寒问暖了。而文化人似乎愈老愈有价值,来访的人走了一批又一批,以至艾青苦笑着说,我们成了稀有珍奇动物哦!好多老作家被耽

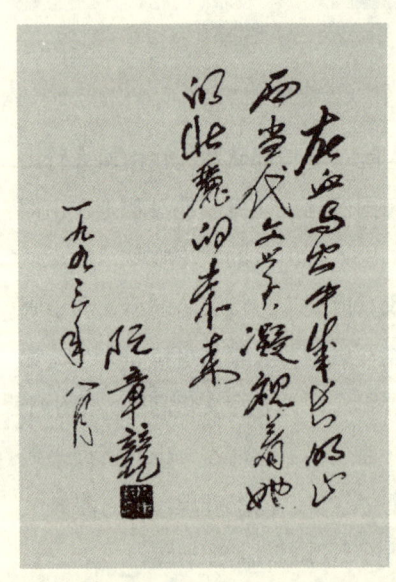

阮章竞题词

搁了几十年时间,他们想在有生之年补回一些损失来,于是取出残稿,挑灯煮字。可叹年龄不饶人,何况有的被打折了腰,有的被打断了腿,有的被割去舌头,有的失去记忆,一腔夙愿或许只能付诸东流了!因此在文化界老人们的书斋里,弥漫的是无法排遣的紧张和焦急。

章竞老亦是如此吗?

第二天见面十分愉快。阮老像一个小孩一样问我:你说怪不怪,一说是山西来了人,病似乎就没有了,这不和好人一样的嘛!

似水流年

他请我到书房叙谈。书房的墙上垂下来绿色的藤蔓,写字台上赫然一大摞手稿。我问他正在写什么,诗人朗声答道:列队,霜天,未宵!之后长叹一声说,一辈子被太行山牵着扯着,写完这本书,我的心也就踏实了!

那是一部长篇小说的草稿。印了红格的宣纸上,用毛笔写得密密麻麻。阮老说,小说构思于 20 世纪 40 年代,到 1964 年终于有了一点时间,便日日夜夜赶着写,一直写到 1965 年底,全国的气氛不对了,又赶紧改用铅笔写,但还是没写完。以后手稿让造反派抄了去,原以为丢掉了,不想十年"文化大革命"后又还了回来。小说总名为《群山》,是写太行山区革命战争历程的。

1937 年南京失守,阮章竞辗转到达武汉,找到他的老师冼星海,请老师介绍他到延安去。冼星海说,好啊,那就直接到华北抗日前线去吧,可是千万别丢了老本行,你在声乐方面是很有发展前途的。

阮章竞笑着说，我当时是一名"好战分子"，最愿意参加战斗。到太行山以后，一听到枪声炮声，便把老师的话忘了。我想一切都得等到抗战胜利以后。日本鬼子在屠杀我们的父老乡亲，我哪里还有心思唱歌呢？我打仗很勇敢，不久便担任了游击队的指导员。以后转到八路军正规部队，心想肯定有硬仗可打，不想上级领导却让我参与筹建剧团，说那也是抗日战争的一个重要部分。战争年代，领导的话就是命令，我本人别无选择。我们剧团名称很长，叫国民革命军第十八集团军第八路军晋冀豫边区太行山剧团。在老家时师傅让我好好画画，以后冼星海老师又鼓励我成为音乐家，我本人想打仗，历史却让我搞了文学。整个抗日战争和解放战争时期，我都是在太行山度过的，我一生中最重要的几部作品，也都是在太行山里写出来的。可以这样说，没有太行山，就没有我的政治和文学生命。

他说，山西人民对革命战争贡献很大，当年前虎后狼，父老乡亲们在一片血泊中养育了革命队伍。进城之后，他总想写一部大作品出来，以一位参加者和目击者的身份，记录下当年如火如荼的战争风云。这个念头一直在他的脑子里绕啊绕啊，使他寝食不安。50年代运动多，他又身兼数职，根本没有整块时间搞创作。之后到包头钢铁厂深入生活，

重返太行山

笑谈当年

扎扎实实在那里干了三年,也无暇考虑长篇小说创作。60年代回京后,广东的领导们几次请他回家乡工作,他都婉言谢绝了。他说,我想写太行山,回到南方,恐怕就找不着感觉了。

原稿发还后,他也有了自由,曾经到阳泉、雁北、五台山、大同等地考察过当年的战场。山西省委的领导同志也为他创造了很好的条件,希望作品早日问世。应该说,修改速度是不慢的,第一部四十三万字已经完稿,静静地躺在整洁的书架上。接下来,还有第二部、第三部,共计一百万字。可是,阮章竞病倒了,大面积心肌梗塞,从此成了医院的常客。

章竞老仰天长叹,他说,再没有比病更糟糕的事情了!

书房的墙上,挂着他自书的一帧条幅,上面写道:如果自不坚持,则数十年之功全毁于今年。坚持以我为主!

他对自己的病十分恼火,医生又告诫他千万不能生气。无奈之下,他只好再写一幅"制怒"挂在墙上。我劝他不要着急,初稿在握,修改总是容易的。他说,好多老朋友心愿都基本完成了,只有我拉下这么大的距离,怎么能不着急呢?

老人凝眸远望,不再说话了。

他在倾听太行山的呼唤吗?或者是听到《漳河水》悠婉迷人的曲调了?

哦,漳河水,九十九道湾,漳水流出太行山……

1993年9月16日夜
2005年3月3日夜修正

－附录－

阮章竞画作

速写：太行人家

犹倚营门数雁行
——访严辰逯斐夫妇

严辰（1914—2003） 江苏武进人。1934年开始发表作品，1935年毕业于上海正风学院。曾任国立编译馆编审，和诗人蒋锡金一起编过《当代诗刊》。1941年去延安，在文艺界抗敌协会从事创作。后任中共中央党校、华北联合大学教员。1949年后历任《人民文学》《新观察》编辑部负责人，人民文学出版社现代部主任、《诗刊》主编、黑龙江省作协主席等。20世纪30年代开始发表作品，著有散文集《在城郊前哨》，诗集《唱给延河》《繁星集》《生命的春天》《小沈庄》《朝鲜在战斗》《风雪情怀》《迎新曲》《英雄与孩子》《同一片云彩下》《青青的林子》等二十余部。

逯斐（1917—1994） 江苏无锡人。抗战初期参加抗敌演剧队，1941年入延安抗日大学俄文队学习，后在延安文艺界抗敌剧协从事创作。1945年后，曾任晋察冀联合大学、华北大学戏剧系教员。1949年后，历任中央戏剧学院创作组、中央文学研究所、中国作家协会专业创作员。1941年开始发表作品。著有短篇小说集《森林在歌唱》《提炼》《青春的光辉》，散文集《解冻以后》《第一场风雪》《猎人小屋》，话剧《十九号》（合作）《胜利列车》（合作），歌剧剧本《延水长流》，电影文学剧本《列车飞奔》等。

想当年严辰是怎样一位充满激情的热血青年啊！

他出生于江苏武进，人长得剽悍粗壮，胸腔里翻滚的是火焰与波涛。二十岁在《申报》发表诗作，从此一如决堤的河水，再也阻挡不住。他向往自由，向往明媚的日子，毅然离开江南水乡，跑往武汉，跑往重庆去了。不久，又和妻子逯斐奔延安而去，半路上遇到艾青、罗烽和张仃，几个人化装成富商或官兵，一个月冲破四十七道关卡，终于到达心中向往的圣地。艾青激动地说："我这个'流浪儿子'，终于回到了'娘'的怀抱里来了！"张仃高兴地在地上打滚，亲吻着陕北的黄土地。而严辰放声吟诵道：

  塔
  耸立在高山顶巅，
  抚摸着星星的眼眸，
  吹嘘着白云的飘带，
  听着鹰隼的歌唱，
  骄傲地把塔尖引在天上！

延安敞开胸怀迎接这些热血沸腾的文化人，延河岸畔流传着毛泽东写给丁玲的诗句："洞中开宴会，招待出牢人"，"昨天文小姐，今日武将军"。严辰激动地写道：

  是的，
  青年人像湖水一样，
  不断地涌来——
  他们像塔下的河一样，
  从尘沙与阴暗的路上来
  绕过塔
  又去向血火逆流的战场。

那时候严辰血气方刚，随部队转战山西陕西，说打就打，说冲就冲。战斗之余，除依旧不断写他的新诗外，还研究陕北信天游，写出民歌体长诗《新婚》："一盏油灯放红光，满屋子照得通通亮"，"男的甘心女情

严辰逯斐夫妇

愿,搭搭对对好姻缘……"

那时候严辰精力充沛,万里山路吓不住他。待硝烟散尽,就那般雄赳赳地走进北京,出任《新观察》主编、《诗刊》副主编。就那般雄赳赳地到了哈尔滨,出任黑龙江省作家协会副主席。之后又跨过鸭绿江,写下动人的诗篇:"鲜花抱在孩子们的小手里/孩子像鲜花一样抱在英雄们的臂弯里","孩子是英雄的未来/英雄是孩子的未来/孩子们把英雄像理想一样拥抱/英雄们把孩子像火炬一样举高"。

那时候严辰的诗像喷泉一般涌突,《晨星集》之后,有《在同一片云彩下》《红岸》《迎春曲》《山丹集》《春满天涯》《繁星集》……

严辰对生活是那般地热爱:

  风呵,自由地吹,
  花呵,茂盛地开,
  欢笑呵,到处飞扬,
  春天呵,永远地留住!

而作家逯斐,也和她的丈夫一样,浑身蓬勃着腾腾的朝气。她是延安抗大学员,毕业后分配到抗敌剧协专攻戏剧,先后担任过晋察冀联合大学、华北大学戏剧系教师。她曾在山西浑源作过战地采访,在战火弥漫的朝鲜战场上救护过伤员。以后随严辰到东北,活跃在工厂林区,写出短篇小说集《森林在歌唱》《提炼》《青春的光辉》，散文集《解冻以后》《第一场风雪》。1949年以后，她又和丁玲、乔羽等人共同写过话剧和电影剧本——想想逯斐在炮火中的英姿，想想莽莽林海中跃动的那一团火焰，是多么令人振奋，多么令人留恋呀！

只是时光如水一般流逝，几十个春秋过去，严辰老了，逯斐也不是从前的逯斐了。她颤颤巍巍地接待了我。她说，她患的是帕金森综合征，双臂颤抖，有时很难控制得住。而严辰脑组织软化，记忆受到严重障碍。她说，你大老远来，我搀严辰出来和你见见面。要回忆当年在山西的情景，恐怕他基本上想不起来了。我们想念延安，想念山西，过去和赵树理也很熟。总说回去看看，不想成了现在这个样子，哪里还能行动啊！

我问，孩子们呢？

逯斐说，儿子在江苏，是工程师。调了多少年，总也调不到北京来。女儿在中国人民大学任教，忙完教学忙家里，白天也难得回来。好在我病轻些，还能照顾得了他。

严辰从卧室出来时，我想起身去搀他一把。他摆摆手，慢慢挪动脚步，慢慢坐在沙发上。我说话时，他注意听着。我提出问题，他想想，再想想，终于无可奈何地摆摆手。

这就是当年热情洋溢的严辰吗？这就是写过十几部诗集的诗人吗？想想他那首《井泉》——

> 井泉给口渴的滋润
> 给闷热的清凉，
> 使昏晕的恢复理智，
> 使疲乏的重新得到力量，
> ——这是生的源泉啊！
> ……
> 所有打从井边走过的，
> 都像露水滋润过的花草般鲜健，
> 他们会经得起寂寞和干旱，

跨过荒凉的流沙前进。

——那么这些井泉就不能给严辰、逯斐曾经那般鲜健的体魄以新的活力吗？那么寂寞和干旱就要这样紧紧地纠缠着这对作家夫妇吗？

我问逯斐，晚年是否还写点东西？

逯斐说，写的，写了不少回忆录，想给后人留下来。可是问过一些出版社，人家不愿意出，也不知道是什么原因。

我苦笑着摇摇头，不知道该说什么。我刚刚出了两本书。出书前找熟悉的出版社，出版社说：拿钱来！找熟悉的朋友，朋友说：得拿钱！最后七拼八凑，书总算出来了，没有稿费，还得我自己包销一大堆。以往出书，得到的是兴奋和喜悦，如今装的是一肚子凉气和苦楚。

也是刚刚知道，老两口曾经有点积蓄，中华文学基金会成立时，都捐出去了。霍英东、马万祺诸位先生捐了几百几千万，严辰夫妇捐了一万元。

他们不想留钱，他们想留点文章。

那时候我想起唐人令狐楚的一首诗：少小边城惯放狂，骣骑蕃马射黄羊。如今年老无筋力，犹倚营门数雁行。

还有宋人吴可的《晚春》，末两句似乎是：枝头有恨梅千点，溪上无人月一痕。

末了，我要感谢慈和善良的逯斐先生。是她慢慢地研墨，慢慢地搀扶严辰坐到书桌旁；是她找来诗人的《风雪情怀》，找到"一滴水在江河里不会干涸"那句诗。她说，山西来的同志，不容易呀，严辰，你就给写几个字吧，你就给写写吧。

于是严辰提起笔来，缓缓地写呀写呀，最后写

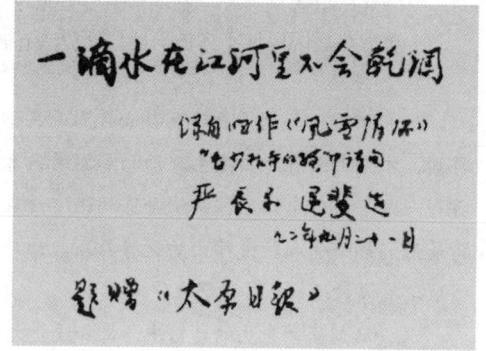

严辰逯斐题词

上"严辰录,逯斐选",那时候逯斐笑了,一会儿又哭了……

1992年10月18日凌晨3时于家中
2005年3月4日上午校正

附录

逯斐先生来信

燕治国同志:

您好,新年好!

收到您寄来的《太原日报》,看了您写的文章,写得很好,我们都很高兴,谢谢您了。不过文章中有一个小小的问题,就是我到山西浑源采访过,并未打过仗。当时我们平原文化工作团从延安去张家口路过浑源,浑源正好刚刚平息战斗,我去战场进行了实地采访,没有参加战斗。这一点应怪我说得不够清楚,让您误会了,特此说明。寄上一张我们的照片。

祝好!

逯斐
1993年1月7日(孙女代笔)

若还有《太原日报》,请再寄一张,谢谢!
上次寄出后因地址不详被退回,所以现在才又寄出。

翻捡旧信,找到严辰逯斐孙女代写的来信。当年读过后即保存起来,如今再读,才见上面有严辰先生改动和加写的内容。在"若还有《太原日报》,请再寄一张"一句中,原信是请再寄两张,改成再寄一张——病体支离,依然保持着他们那一代人敦诚律己的优秀品质。此外是严先生加写一句:上次寄出后因地址不详被退回,所以现在才又寄出。

又,从周而复先生的复信中,得知逯斐大约病逝于1994年。那么,她先走了。她在七十多岁时先解脱了。留下几近失忆的丈夫,又苦苦支撑了近十年之久。

将歌哭撒进珠江
——访陈残云

○
○
。

陈残云（1914—2002） 广州人。抗战时期参与编辑《广州诗坛》《诗场》《中国诗坛》，出版诗集《铁蹄下的歌手》。日军进攻湘桂时，他随田汉率领的抗战工作队赴全州作抗战宣传，以后在李济深警卫部队任政工队长。抗战胜利后，回到广州和司马文森合编《文艺生活》，后转到香港继续编刊物，并出任南国影业公司编导室主任。曾任广东省文联副主席、广东省作家协会主席、中国作家协会顾问等。主要作品有长篇小说《香飘四季》《山谷风烟》《热带惊涛录》，电影剧本《珠江泪》《羊城暗哨》《故乡情》等。出版有十卷本《陈残云文集》。

八旬老人陈残云席地而卧，图得是地板的凉爽。枕头两旁堆满了报纸和杂志，或开或合，场面自在而洒脱。他说他从来没有住过医院，也没有住过疗养院。一辈子与世无争，随遇而安，到老来身心健康，精神爽朗。

他和老伴黄新娥刚从马来西亚探亲归来，屋子里还飘散着异国水果的清香。他说，东南亚各国有他好多朋友和亲戚。他曾在香港住过几年。20世纪40年代初，经夏衍介绍到新加坡，受到胡愈之、沈兹九、王叔任、杨骚诸位的照料。日军南侵时，他流落到马来亚，住在兄长的铺子里，和当地老百姓经受过苦难日子的熬煎。两年后，他越过马来亚国境，经泰国、老挝、安南回国，一个规矩怕事的文化人，愤然拿起枪杆子。

他说，我的生活并不丰富，作品大多是平庸之作。我走的路似乎很简单，又似乎很复杂，到底是简单还是复杂，我真是一点儿也不知道。

同样的口气说，十年浩劫很糟糕，到底怎么回事，我到现在也搞不清。也没有人把真正的原因说一说，老让人糊糊涂涂的。

这就是作家陈残云。

他为孙谦辞世而痛心不已。他们是好朋友，都写过不少电影文学剧本。孙谦有《陕北牧歌》《伤疤的故事》《万水千山》等二十部，陈残云写过《珠江泪》《羊城暗哨》《南海潮》《椰林曲》等十几部。两位作家，一个把感情注入黄土坡，一个将歌哭撒进珠江水。都写小说，孙谦专攻短篇，兼营报告文学；陈残云长中短篇三管齐下，还出过八九本诗集和散文集。

说起深圳，残云老感慨万端。他说，六十年前"南天王"陈济棠统治广东时，深圳火车站旁边曾经开设过一座名震香港的大赌场。那时候两边的人来去自由，无所谓界与不界。到夜晚，赌场里人头攒拥，有衣饰华丽的富婆，有一掷千金的阔少，还有国际上的冒险家、退隐香岛的官僚、黑社会的头子、珠江三角洲的"大天二"。深圳河边，狂笑声叹息声和就近戏台上的锣鼓声混作一团，有钱人似乎个个进入极乐世界。直到抗日战争爆发，这座赌场才被彻底摧毁，小镇上一时呈现出一片破败景象。

1950年冬天，深圳地区土改工作队队长陈残云会同有关人员，奉命封锁深圳边境。他说："一条三十多公里长的水陆边界线，封住了行人自由往还的脚步。"他又说："界线是保卫祖国南大门的长城。"

陈残云是深圳小镇风云变幻最权威的见证人之一。土改结束，他担任宝安县委副书记，曾经多次到那里下乡。那时候深圳很穷，但人们信心足、干劲大，生产搞得热火朝天，惹得"长城"那边的人们眼热，不少人要求回来定居。以后天灾人祸，边民大量外逃，好多村庄的精壮男子都走了。不走的人不愿意耕种田地，熟了的稻子没人割，海上的生蚝没人挖。边境地区灯火黯然，荒凉冷落，无言的山头下，流淌着一湾无言的河水。

写作

有多少次，中共宝安县委副书记陈残云站在沙头角中英街上，为属下小镇的萧条凄凉而叹息。界线那边，小铺林林总总，摆满了各种各样精美的食品。而我们的铺子里，连一块粗硬的饼子都没有。松软的面包诱惑着贫下中农干瘪的肚皮，富裕的资产阶级公然嘲笑头皮铁硬的无产阶级。对政治很不精通的作家陈残云，在难堪的现实面前，感到一种从未有过的茫然和痛楚。

而他是那么热爱着岭南大地，热爱着生他养他的地方。在宝安挂职期间，他写了《深圳河边翻身曲》《农村短曲》《深圳河畔》等。以后他几乎走遍广东全省。从罗浮山到大庾岭，从五指山到雷州半岛，陈残云在寻找着父老乡亲的笑声和心迹——于是有了当时发表在《红旗》杂志上名重一时的《珠江岸边》《沙田水秀》。在1961年极度饥饿之中，他写完长篇小说《香飘四季》。

一年间，我走访了几十位老作家。在中国现当代文学史上，他们占有不可或缺的地位。在苦难深重的旧中国，在烽火硝烟的战争年代，他们为自由而战，为劳苦大众呐喊，文学史上留下了他们不可磨灭的功绩。新中国成立后，他们由衷地欢呼歌唱，希望把自己的全部汗水浇灌在共和国的园田里。可是接连不断的政治运动使这些文化人猝然不知所之。于是有的呐喊有的沉默有的坐牢有的贱卖了自己的良心。十七年间，不少人写过不少作品，不少人连一个字都写不出来。写不出来的人改了行，能写的人大抵上也没有好下场。十七年造出来一堆堆废书，一堆堆废书使无数热血者变成一堆废人。

这是时代的悲剧。

中国重新有了一线希望之后，陈残云以极大的热忱投入到创作之中，先后出版了长篇小说《山谷风烟》《热带惊涛录》。他以古稀之年，重游故地，写下一串串朴实真诚的散文新作。从粤北山区，到万山群岛，从广州的公园街道，到白云山外的流溪河畔，到处留有这位老作家的足迹。他回到沙田，回到东莞，回到深圳，回到沙头角……往日的小路找不见了，往日的小铺也找不见了，没有了往日那种难言的茫然和痛楚，残云老庆幸自己总算赶上了好年代，手中一管笔，愈加挥洒自如了。

老友徐迟看到他的《热带惊涛录》之后，致信赞曰：

你写得太好了！那是我并不知道的旧日的生活，活生生地跃出纸上。南洋群岛，多少中华儿女在那里受苦、挣扎、崛起。今天的新加坡，已成为现代的、比较像样的民主城市。可惜你老人家年岁也不小了，不知还能再写点什么中篇来反映吗？归去来兮，田园靳新，胡不归？悟既往之可追，知来者之光辉，适迷路之消除，觉今是而昨非。不是大可反其道而再书吗？这种文字能写者极少，海内只有你能写的！

徐、陈同庚，朋友之情，倒也"活生生地跃出纸上"。

残云老为人谦逊，说话甚是谨慎。问起东南亚诸国现状，他颇为感慨地说，经济很发达，犯罪率很低很低。中国很大很不平衡，治安大概很不好搞吧？不过，这些事情我总是搞不太清楚。

他第二天要去东莞参加一个公司的剪彩活动。20世纪50年代末，他曾经担任过那里的县委领导。他说，每一次下去，总是有很大收获。临行前，又总是很激动。年纪大了，这毛病总是改不过来。

这毛病很让人羡慕。

1993年7月16日于太原家中
2005年3月4日订正

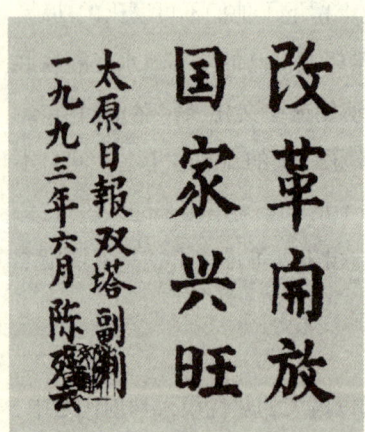

陈残云题词

- 附录 -

读者石受文来信

编辑同志：

　　从"作家风采"专栏一问世，就深深地吸引了我，原因是这个专栏不仅介绍了我省（山西省）的一些著名作家的过去和现在，还介绍了京华的一些有名望的作家们的风采和成就，而且在写作手法上，每一篇都各不相同，内容、文字都有新鲜之感，读来引人入胜，耐人寻味，几乎可以说是爱不释手，读了这一篇还想读下一篇。对于作家燕治国，并不相识，但对他的散文作品我却并不陌生，且经常拜读，还很偏爱，我觉得他写的短篇不因其短而无力，长篇不因其长而枯燥。对于"作家风采"这个专栏，我认为一是编者选题好，二是作者写得好，用这种实实在在的方式纪念《讲话》，留给读者的印象是很深的，让人回味无穷。《双塔》副刊越办越显出自己的特色来，作为一名读者感到由衷地高兴。

读者　石受文
1992 年 5 月 11 日

　　燕注：此信由《太原日报》转我留存

资料一则

　　1992 年，时任《山西文学》副主编燕治国应《太原日报》约请，连续采访了国内 50 余位老作家，写成 50 篇访问记在该报《双塔》副刊发表，按约定，每周发出一篇，每篇 3000 字。至 1993 年连载结束后，由作家出版社结集出版，书名为《晚晴里的风景——五十一位老作家访谈实录》，文学评论家何西来先生作序，《太原日报》社常务副总编辑阴通三先生代跋，当年获中共山西省委、山西省人民政府颁发的"1989—1993 年山西省文学艺术创作奖银奖"。之后全国有二十余家报刊选发转载。

2006年，经作者重新修订后，该书由山西人民出版社再版，书名改为《渐行渐远的文坛老人》，入选2006年度"山西文学榜"。《山西晚报》2007年1月4日以《追忆：从文化名人到西口民歌》为题作了详细报道。此后《太原日报》从2007年4月下旬起分两种形式重新连载：书中所写曾长期在山西生活写作的作家每周一在"作家生活"栏内连载，其余在"作品连载"栏内连载，到年底全部载完。上海《解放日报》从2007年3月12日起选载其中15篇作品。

读书网等网站推荐该书为年度最受读者欢迎的好书之一。从2007年3月起，中国互联网、人民网、中国图书网、中国书网、中国图书出版网、中国作家网、央视国际、人物故事、教育部新思考网生命化教育、中国艺术批评、学术论坛、北大新闻网、中国台湾网、中国世界语论坛、华大博雅、文化新闻、文化信息网、大旗网、新浪财经、搜狐网、网易、时代网、绿土地星空、龙源期刊网、上海作家网、山西新闻网、浙江文化信息网、余姚网、天山网、金华网、书友网等网站选载或推荐。有评论家指出，此书确实是弥足珍贵的独家专访文集。读者在领略一代大家耀眼风采的同时，亦可感受到一种诱人的文学魅力。

时任中国作协副主席、书记处书记高洪波先生致信作者称："书已细读，感怀、感念、感动，还有几分感伤，为十几年前兄的投入，为离去的先辈。这的确是一部出色的写人的好书，山西出版得亦大气，对得住内容！"

该书获2004—2007年度赵树理文学奖散文奖。

2016年12月17日补录于北京寓所。是日适逢政府通告，自即日起，连续五天雾霾，全国23个城市启动红色预警，另九个城市启动橙色预警。北京500多万辆汽车实施单双号限行、室外施工作业暂停、部分工业企业停产限产、燃放烟火爆竹和露天烧烤被禁，全市中小学、幼儿园和校外教育机构停课。窗外混沌一片，不知此霾从何处来，不知此霾往何处去。不知此霾为何处妖怪，不知此霾意欲何为。问霾何日消散，曰：等风……

一生为人作嫁衣
——访郑笃

○
○
○

郑笃（1914—1996） 山西洪洞县人。1934年参加革命。1937年参加牺盟会举办的山西省军政训练班。抗战爆发后，参加青年抗敌决死第一纵队，随队开赴晋东南沁县专区。1938年担任牺盟会沁县中心区机关报《战讯》编辑、记者。1939年以后在《胜利报》《晋冀鲁豫报》《青年与儿童》《新华日报》（太行版）副刊任编辑。1946年任太行文联编辑部部长。新中国成立后，曾任山西省文联代主席、《山西文艺》主编。1955年出任山西人民出版社第一任社长、总编辑和党组书记，兼任山西省文化局副局长。1963年以后，历任《火花》《汾水》《山西文学》副主编，《民间文学》主编，山西民间文艺家协会主席、名誉主席、山西省文艺理论研究会会长、名誉会长、山西省作协副主席、山西省文联副主席等。1992年山西省委、省政府授予人民作家荣誉称号。著有小说集《小民兵》《叔父与侄儿》，论文集《文艺散论》《郑笃作品选》等。有《郑笃文集》三卷留世。

山西文学界，前辈委实不少。其中冈夫写诗最早，距今大约70年。以后有赵公树理，靠写小说成为"铁笔圣手"。在他的影响下，西（戎）、李（束为）、马（烽）、胡（正）、孙（谦）一齐上阵，终于成就了一番惊人的事业，或说文坛有"山药蛋"流派，有与没有，自有史家论说。

其中还有一位老人，先前也曾跃马扬枪，写过不少作品。1942年有《叔叔与侄儿》问世，发表在太行太岳的《青年与儿童》月刊上。以

战士郑笃

后陆续有小说《情书》、报告文学《英雄沟》《随军散记》《火线二日》《打姬家山》等发表。《英雄沟》获当时边区政府创作甲等奖,和朱穆之、苗培时、阮章竞、冈夫等人的作品一样,曾经在太行太岳根据地传诵一时。往后作品渐少,偶尔写三篇五篇,目标全转到评论他人文章方面去了。

他叫郑笃。如果照年轻时的势头写下去,他会是一位著作丰盛的作家。可是因为革命工作需要,他成了一位资深编辑,编龄五十五年,到离休时桌面上还堆着一大摞稿件,都是别人的。

郑笃当编辑,自1934年始。最早编过党的地下刊物,编过牺盟会沁县中心区机关报《战讯》和《胜利报》。以后编《青年与儿童》《文艺杂志》。直到解放后进城,命运之神依然把他紧紧地拴在编辑部的桌子上。他曾任山西人民出版社社长,因为一本关于卡斯特罗的小册子中印错一个字,被康生揪住不放,一撸到底。本以为自此隐居,可以回家看书写文章去,不想"文化大革命"后上级有令,只好再作冯妇,编《汾水》,编《山西文学》。直到古稀之年,还主编过《山西民间文学》。

郑笃先生说,这是革命需要,也符合我的心愿。能提掖后辈,能扶他们上马,不失为人间一大乐事。

在几位前辈之中,我最先认识的是马烽和孙谦。1977年冬季,中国大地上依然还在进行着"农业学大寨"运动。山西省文艺工作室的人被派到交城县拉沙垫地,我借调到工作室的第二天,正赶上往交城输送强壮劳力,便去了。工地上有两位老者挥锹战斗,当知道我是河曲人后,便不时问问河曲长短。人说他们便是马烽孙谦,惊得我顿时目瞪口呆。

认识郑老却是在我的单身宿舍里。刚到省城,表现自然要好一点。上了班拼命看稿,到晚间便感头晕眼花。太原没有亲戚朋友,我也不愿像游魂一般去四处游荡。每至傍晚,便枯坐床头,思念还在深山老河边的父母妻子儿女。烟雾罩住孤灯,屋子里除了我,还是一个我。

就在那种寂寞时光,郑老到宿舍来看望我。问被褥是否暖和,问家里还有何等亲人。烟一支一支地递过来,都是我们穷酸后生当时不敢奢望的牡丹前门。出门在外,遇上这样一位领导,我之大幸矣!

后来陆续又调来几位同志,郑老都要登门看望。人们私下谈起来,都说这里的领导平易近人,没有名人的架子。

不久,郑笃家买回来一台14吋彩电,在南华门东四条里,尚属首家。我在"大串联"时见过这种东西,曾认真趴在银屏前观察与思考,想钻研到自家可以装配。后来才知道这家伙结构复杂,价格昂贵,不是我能研究得了的。东四条有了第一台彩电,大家当然都想看看稀奇。但又怕搅扰郑老一家人,都不好意思贸然前往。后来是老头一个一个邀请,我们便去了。到家时,老两口已摆开一地小板凳,且备了烟茶招待。以后看上了瘾头,天天有人去,天天有小板凳。老两口成了招待员,连说"喝茶、抽烟"。

借调不久,便到了腊月时分。领导不说话,我也不好找上门去请假。默默地捱到二十六七,终于被郑老发现,立马催我回家过年。那一年似乎还发给我一点补助,否则我连车票也买不起。

过完年回到太原,我按规定填了路费报销单,郑老签字时问我:"怎么不填住宿补助?"我说回家是私事,不填也罢,他听了哈哈大笑,说:"填上填上,一年回一次家,回家也是为了工作。"

郑老经常和编辑部几位年轻

为文憔悴

人聊天。他以过来人的体验说,编辑还是要写文章的。写文章可以提高自己的业务水平,也可以体会到作者的苦衷。只要完成编辑份内的工作,大家应该趁年轻时多多创作。此后编辑部出现了热火朝天的局面。白天看大量来稿,晚上"种自留地"。十几个人中间,后来出了好几位颇有成就的青年作家,我以为这是和老一辈人的关心扶掖分不开的。

郑老爱才,青年编辑们写出文章,他都要找来看一看,且从一个老编辑的角度,提出详尽的意见和建议。

我来时,郑老是《汾水》和《山西文学》的副主编。如今前辈们退去,我忝列门墙,不想就正顶了他当年的位置。刊物里凝聚了几代人的心血,每念及此,真不敢有丝毫懈怠,更莫说苟且偷安了。

如今郑老已年近八旬,依了他的说法,叫身无大病,健步如飞。老两口年轻时都住过师范,多半生苦无用武之地。如今赋闲在家,喜得孙儿郑悦,便将师范学下的功夫全部使用出来,把一个小孙儿调教得满腹经纶。四岁半一个小不点儿,拿起书本便能诵读。还能学首长讲话,音调抑扬顿挫,令人忍俊不禁。问日后前程,辄将头颅高扬,肃然答曰:

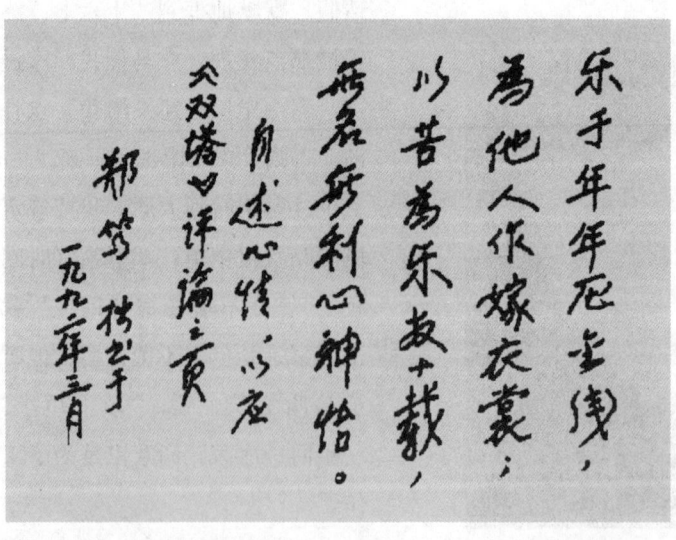

郑笃题词

相依为命

当然是当作家啰!

问郑老长寿秘诀,他说:靠"孙子"疗法。

1992年3月30日于太原家中
2005年3月4日重读。怀念郑老。

  郑老于我,恩重如山。1978年借调期间,我所在的《汾水》编辑部好手如林,自知难留省城,担心回到县里旧疾难医,遂匆忙间去一家中医研究所做了痔疮手术,不想术后感染,疼痛难忍,竟至以头撞墙,喊天叫地。郑老焦急心疼,送来他珍存多年的"特效止疼药",并着人通知我的妻子到太原看望陪伺。病痛稍缓,因父母妻儿被一家小厂逼迁,几无安身之处,无奈之下,只好辞别《汾水》编辑部诸位师长同事,回老家盖房去了。深秋时节,当时的省文艺工作室派马烽夫人段杏绵、孙谦夫人王子荷二位老师远赴河曲县,为我办理了正式调动手续。1982年,中国作家协会文学讲习所招收学员,当时好几位同事都想去。郑老拍板说燕治国来自偏远小县,更需要开阔眼界,读书深造。在文讲所学习两年后,1986年我转考到北京大学中文系插班学习,奇迹般圆了此生最美好的一个梦。我感谢郑老,感谢省作协的几位长辈,感谢我的同事们。

  转眼四十年过去,我们这些当年的"青年编辑、青年作家",如今已是花甲老人。我们留不住时光,但可以告慰于郑老和诸位前辈的是:虽然满头华发,虽然一脸倦容,但我们不忘初心,还行走在文学的道路上。(2016年12月17日补记,祈愿郑老家人幸福安康。)

- 附录 -

马烽：悼念郑笃

我和郑笃同志，算是山西文艺界同一个时代的老人了。早在抗日战争时期，我们都是从事文艺工作的，不过那时候我们并不认识。他在太行，我在吕梁，不在同一个抗日根据地。

第一次知道郑笃这个名字，是1949年春天。当时我刚到解放后的北平。我在新出版的《中国人民文艺丛书》中读到了他写的一篇长篇报告文学作品，题目叫《英雄沟》。内容是写山西武乡县漆树坡民兵与日军进行殊死搏斗的壮烈事迹，这篇作品给我留下了很深的印象。而我认识郑笃本人，则是在七年以后了。

1956年春天，我从北京调回山西省文联。当时文联住房比较拥挤，只有两个办公兼住宿的小院。文联负责人李束为，给我从山西人民出版社临时借了两间住房，这才把家属安排下。出版社社长兼总编辑正好是郑笃同志，这时我才结识了郑笃本人。因为都是从解放区来的，又互相阅读过对方的作品，我们很快就熟悉了。他年龄比我大八岁，参加革命也比我早几年。他在中学时就喜欢写文章、编墙报，在太行抗日根据地的时候，一直是从事编辑工作。他先后曾在《胜利报》《晋冀鲁豫日报》《新华日报》（太行版）当过编辑、记者。还曾编过《青年与儿童》《文艺杂志》等刊物。进城以后，又参与了省文联的机关刊物《山西文艺》月刊的创办。他不仅熟悉编辑业务，而且对繁荣本省文艺创作有浓厚的兴趣。他的唯一希望就是本省文学队伍不断壮大、多出人才、多出作品。1960年前后，他曾审阅出版过我的两本短篇小说集《三年早知道》《太阳刚刚出山》和一部电影文学剧本《我们村里的年轻人》。另外，他还把报刊上对我作品的一些评价文章编辑到一起，出版了一本《马烽作品评论集》。由此可见，他确是把繁荣本省文学创作当做己任的。

1963年冬天，山西省文联召开第三届代表大会，郑笃同志被选为省文联副主席，不久就调到了省文联主持常务工作，同时兼任文学刊物《火花》的副主编。在同一个单位生活，互相接触的机会也就更多了一些，经常在一起聊天，也经常谈一些文学创作问题。有一次我曾动员他抽暇写点文学作品。因为我知道，无论文学素养还是文字功力，他都比我高出一头，抗战时期所写的《英雄沟》就是证明。可他对我的劝说只是摇头。后来他坦率地告我说，这事他不是没有考虑过，而是觉得难以实现。他身体不好，多年来患有肛肠疾病，无法深入生活，又不愿坐在家里闭门造车。他认为与其无病呻吟搞创作，不如"为别人作嫁衣裳"作用更大一些。他讲得非常实事求是。多年来他一直安心于当原稿的第一读者，除了当编辑，也经常写点评论文章，及时提出创作中存在的一些倾向问题。对新涌现出来的一些年轻作者，他不断给予热情的鼓励。他在发现、培养我省青年作者方面花了不少心血。

"文化大革命"一开始，郑笃就被揪回出版社挨批斗去了。那时，许多作家都被打成"黑帮"，许多文学作品都被定成了"大毒草"。他这位出版"大毒草"的老编辑，又是出版社的一把手，自然难逃"罪责"。"文化大革命"中，省文联被彻底砸烂，我们都拖家带口被遣送到农村去劳动改造，郑笃家也不例外，从此就天各一方了。

"文化大革命"后期，我从乡下被调回省城，安排在新建立的文艺工作室当创作员，这时才听人们传说郑笃被遣送到了他的老家洪洞县赵城镇侯村。有次我去洪洞县采访，专门到侯村去看望他。两个老朋友劫后相逢，自然是感慨万千。他一家人住在两孔土坯碹成的小土窑里，生活条件相当艰苦。最重要的是医疗条件差。他本来身体就不好，如今显得更消瘦了，不过精神还没倒。

后来省委指定我负责筹备恢复省文联机构，我当即打了个报告，要求把郑笃调回来一起工作。郑笃回到省城后，仍然担任文学刊物副主编。他还是像过去一样，整天忙于看稿件、写评论，忙于发现培养青年作者，为繁荣我省文学创作尽心竭力。后来他又兼任了新创刊的《山西民间文学》的主编，工作就更忙了，整天是埋头在稿件堆中，忙忙碌碌为别人作嫁衣。那时候，发表作品只署作者名字，即使某篇作品是经编辑费了九牛二虎之力修改润色而成的，也不署编辑的姓名。可是万一作品出了问题，倒免不了要追究编辑的责任。编辑既是幕后英雄人物，又是承担风险的责任人。说白了，编辑是一种费力不讨好的职业。文学创作的繁荣，当然要依靠作者自身的努力，可是还必须依靠编辑的支持和扶植。古话说："世有伯乐，才有千里马。"由此可见编辑在发现人才方面所起的重要作用了。

郑笃同志在世82年，算得上是高寿了。他这一辈子，绝大部分时间和精力是花在了编辑业务上。他究竟阅读过多少原稿，经他手发表过多少作品，恐怕连他自己也说不清楚。我省文学创作的繁荣昌盛，有他一份不可磨灭的功绩。他把一生献给了编辑事业，他的辞世，无疑是我省文艺界的一大损失，人们都会永远怀念他。

1997年3月22日

提起河曲走西口
——访雷加

○
○
。

雷加（1915—2009） 原名刘涤、刘天达。辽宁丹东人。中共党员。肄业于东北大学。曾参加"一二·八"淞沪抗战，1939年后历任延安文协秘书长，延安文艺界抗敌协会理事，安东造纸厂厂长，轻工业部造纸工业管理处处长，三门峡工程局党委办公室副主任，北京作协副主席，全国文联委员，中国作协顾问、名誉委员。1937年开始发表作品。1949年加入中国作家协会。著有长篇小说《潜力三部曲》，短篇小说集《水塔》《青春的召唤》《雷加短篇小说集》，散文集《匈捷访问记》《五月的鲜花》《从冰斗到大川》《南来雁》《边城和人》《雷加散文特写选》《火烧林》《沙的游戏》《半月随笔》《半月随笔二集》，传记《海员朱宝庭》，主编《世界文学佳作八十篇》《延安文艺丛书·散文卷》《解放区文艺书系·散文卷》《万里黄河第一坝》等。出版有四卷本《雷加文集》。

提起河曲走西口，那是一段雄浑悲壮的历史，是晋西北几百万农民跟命运搏斗的伟大史诗，是应该永远镌刻在山崖峭壁上的壮美画卷！我踏入笔墨生涯以来，就决心将自己日后的心血，泼洒在那条尸骨遍野的西口路上。

因为我生在河曲，生在九曲黄河的怀抱里。因为西口路上，埋葬着

1980年，雷加在云南采风

我的祖先，埋葬着我们家族的精灵。我很小的时候，曾经在村口跪迎过我爷爷的尸骨。走口外的人若是病死在蒙古地，棺木便用沙厝在那里，待到天年好些棺木也轻了，用牛车缓缓地送回口里来。棺头蒙红布，棺前装活鸡，送灵的人一路喊着亡人的姓名，不断声地说回家哇回家哇，迎灵的子孙则跪着哭应道回来了回来了……

我永远也忘不了那种揪心的场面。

于是我就不断地写。不怕重复，不怕失败。间或看到别人也写这段历史，心里就很不自在，很不以为然。

大约是1987年冬，有人转给我一篇来稿，题目赫然便是《走西口》。再看作者名字，不由吓我一跳。你道是谁？雷加！

雷加怎么写起《走西口》来了？他不是东北人吗？他写过《春天来到了鸭绿江》，写过《站在最前列》，写过《蓝色的青钢林》。他还写过《海员朱宝庭》《五月的鲜花》《青春的召唤》。他名噪一时，当时好多文学青年都读过他的作品。若是宝刀不老笔锋犹健，他应该去写闯关东，而不是我们河曲县的走西口。

我连夜读完他的《走西口》，被他火一般的热情激动得彻夜难眠。我没想到他对我的家乡有那么浓厚的感情，也没有想到他对走西口的历史考究得那么严密认真。他文章中提到的人物，有的是我的同学，比如民歌演唱家许月英；还有的是我的邻居，比如那位跑河路的船工。我读雷加的《走西口》，感到一种亲切，感到一种兴奋。

当然，也有点小小的妒嫉，怪他不该闯进我的家乡去。我反复读他的文章，反复掂量该如何安排这篇重头稿件。坦诚地说，作为编辑，我觉得这位前辈的《走西口》，还可以改得更完整一些，更协调一些，改好了，那便是一首凄婉动人的长诗。但作为一个也想写《走西口》的土著作家，我想就这样把稿子发出去，免得日后成了雷加同志的陪衬人。

一阵犹豫之后，我立刻为自己的念头感到害羞。雷加写河曲，固然因为他是作家，但从字里行间可以看出，更多的却是一位革命者对浴血战斗过的那片泥土的眷恋！

我给雷老写了信，坦率地讲了修改意见。我说我这是鲁班门前弄大斧，倘若说错了，还请他老人家海涵。

雷加先生很快回信，信里说："拙文被称为'眷念'山西土地之作，甚为高兴。我以前写过长山列岛（载《湖南文学》）、山东移民——闯关东传说，这一类题材都是我喜欢的。这一篇如能再取得你们的帮助，把它改好一些，当然也是我愿意的。"

接信后，我又反复看了来稿，准备详细写出我的建议，并给雷加先生寄一些有关资料去。但正在这时，我所在的《山西文学》人事变动，我也接到北京大学的入学通知，便把稿子留给接班编辑。为此事我一直感到歉疚。《走西口》发表在当年《山西文学》十月号上，时间实在晚了一些，这使我更加不安。于是看望雷加先生便成了我心中的一个情结，一个心愿。

今年到北京，第一件事就是给雷加先生打电话。他还记得我，记得我是河曲人。他邀请我去家里作客，说要好好聊

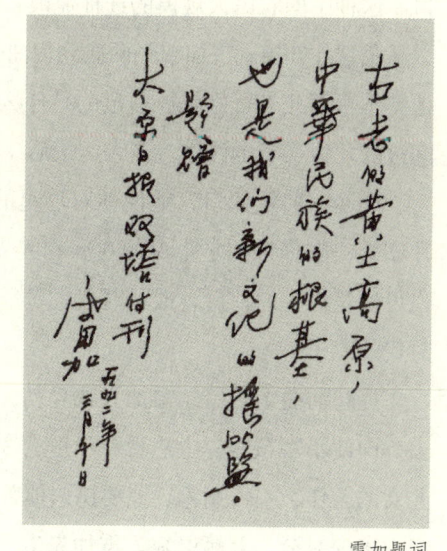

雷加题词

雷加与作者

聊走西口。他话音铿锵，真使人不敢相信已年近八旬。

我们夜晚驱车至右安门，才知道作家雷加住在轻工部宿舍楼里。笑问个中缘由，雷加说他40多年前曾任安东造纸总厂厂长，并以那里为背景，写了《潜力》三部曲。如今住在轻工部宿舍，感情上更贴近一些。

提起河曲走西口，雷加依然十分激动。1938年他行军路过五台、岚县、兴县、五寨、神池等地，对那里的风土人情很感兴趣。我忘不了我住过的地方，他说。解放后我几次回延安，顺路总要看看山西。我早就听说河曲人走西口，多少年来总想写一写。我熟悉闯关东，我也想了解走西口。这种中国农民大规模的迁徙流浪，应该产生出伟大的作品来。

我这才知道，雷加曾经两次到河曲采风，他赞赏那里的小流域治理，他熟悉晋西北老百姓解放前过的是什么光景。在河曲他曾走村串户，访问过好几位当年走西口的老人。最后一次到河曲，他已经七十岁了。

提起河曲走西口，他说他对那里的民歌一往情深："民歌飘来如一片朝霞，它带来的是生命的欢欣和闪光的青春。民歌可以是古老传说，也可以是社会的控诉，或是时代的赞歌。有的变成千古绝唱，有的又是时代的镜子……"

提起河曲走西口，雷加兴致勃勃，红光满面。他说他还可能到河曲去，即使不写东西，也想看看那里的变化。他手头正在写一部献给黄河儿女的著作，一俟搁笔，他要访遍他曾经生活战斗过的地方。

夜深时分，万籁俱寂。雷加先生一定要送我们下楼。他揿亮手电为我们引路，他东北人的大手紧紧地贴在我的肩膀上。

夜来灯火通明，北京已经有几丝春天的暖意了。想到偌大京华，有一位外乡老人如此牵念我的父老乡亲，由此想到那些曾经在山西生活战斗过的前辈，他们也该是魂梦萦绕，总也忘不了吕梁太行，总也忘不了黄河里那一掬带沙的流水吧？

那时候我心如潮涌，思绪飞得很远很远。

1992年3月17日于天津海河岸边
2005年3月2日校正

- 附录 -

雷加先生来信

（一）

治国同志：

你好！

拙文被称为"眷念"山西土地之作，甚为高兴。我以前写过长山列岛（载《湖南文学》）、山东移民——闯关东传说，这一类题材都是我喜欢的。这一篇如能再取得你们的帮助，把它改好一些，当然也是我愿意的。

散文（其实是特写）长了不可取。但前一部分，其人其事，虽是山西人熟知的事，但也如我山东移民之作，并不都为山东人所知。何况，一代一代人过去，《走西口》将来也会变成神话传说一般，如能留下一点纪实材料，也是可取的。

正因为这个缘故，后一半，是我有意如此，才造成你们所说的格局不统一的感觉。

  以上都可商量。你们动手或由我来改,都无不可。不过我想,双方先应取得一致意见。如果可以,即请你们把修改意见写来告我——即如何改,改哪些地方,删去多少字等。事情稍嫌屑细,为了双方都得到尊重,不妨这样做一次。

  专此

  敬礼

雷加
1988年1月28日

(二)

治国同志:

  你好!

  我1月28日回了信,现在我等你的回信。

  我的信说了我的意见。我欢迎你们提出修改意见。

  我希望在春节前能收到你的信。

  专此

  敬礼

雷加
1988年2月10日

(雷加先生《走西口》一文发表于《山西文学》1988年第10期)

与君笛里听梅花
——访严文井

○
○。
。

严文井（1915—2005） 湖北武汉人。1934年毕业于湖北省立高级中学，翌年春到北京图书馆任职。1938年到延安抗日军政大学学习，同年底调鲁迅艺术学院文学系任教。曾任《东北日报》副总编辑兼副刊部主任，中央宣传部文艺处副处长，中国作协党组副书记，《人民文学》主编，作家出版社、人民文学出版社社长，亚非作家委员会中国委员会副主席，全国儿童委员会副主任等职。著有散文集《山寺暮》、长篇小说《一个人的烦恼》、童话集《南南和胡子伯伯》《丁丁的一次奇怪的旅行》《蚯蚓和蜜蜂的故事》《三只骄傲的小猫》《唐小西在下次开船港》《小溪流的歌》等。出版有《严文井文集》四卷。

  本人愚钝率直，能在人间混碗饭吃，全赖诸多朋友相帮。朋友又多为豪爽侠义之士，帮过忙从不要道谢一声。譬如此次进京走访文坛诸位大师，亏得有《中国作家》副主编高洪波和作家出版社副社长秦文玉君热情帮忙。二位跟我同窗四载，洪波更是我的文友学友话友牌友。见面说出详细，二位搁下手头工作，说一声"不消老兄劳顿"，便紧着张罗去了。
  见严文井师，安排在中午1点。洪波把他的文章给我，说尽可挪用烹炒，不虑丝毫瓜葛。文曰《老兔严文井》，说的是王府井签名售书趣事："属兔的严文井跃然如雏。不说话则已，开口便笑倒后生闺女。"同样属兔的洪波如是说。

中午 1 点准时到位，门铃一按，老兔准时开门。他在中央宣传部工作期间，作息时间与中南海政要同步。夜里通宵办公，凌晨开始睡觉。生物钟既经形成，以后乐得夜里清静，便凝神书案，便读书著文。不知家里人是否与他同步，我却是匆促间吃一张煎饼，午觉不睡，酒是一滴也不敢喝，以便准时赴约。

道罢来意，著名的严文井以手加额，一双眼似猫、如兔。他说："好一只小兔高洪波，他强化了你们的友谊，淡化了你来的目的，把我老兔套将住也！"

我望着他乐个不休。人说老兔机警聪黠，不料小兔青出于蓝。既然将我放了进来，要想打发也非易事。我说咱们老少两代随便说些什么，我知道你对山西人还有点感情。

他说，哈哈，燕先生你倒懂得模糊论，我对山西的感情，岂止是有点儿？山西民间有好东西，我给你背一段民歌："你妈妈打你你对哥哥说，你为甚么要把那洋烟儿喝？"山西的窑洞比陕北的好，山西人一个县一种口音。从延安出来，我走过三趟山西，你能说我光是有点感情吗？我到过你们雁北、晋西北，在离石写过报告文学。我随战地工作团到过赵城、浮山、霍县、沁源，到过垣曲、风陵渡，我如今还能数出山西几十个县的名称，我能大致给你画出一张贵省的地图来，你说我的感情有多少点？

我心中窃喜。我知道这位当年"鲁艺"教师的根底。我们这一代人，有谁没读过他的《蚯蚓和蜜蜂的故事》《三只骄傲的小猫》《唐小西下次开船港》和《小溪流的歌》呢？

小时候看《人民文学》，一翻书便看见主编严文井的名字。以后他又是作家出版社社长，又是人民

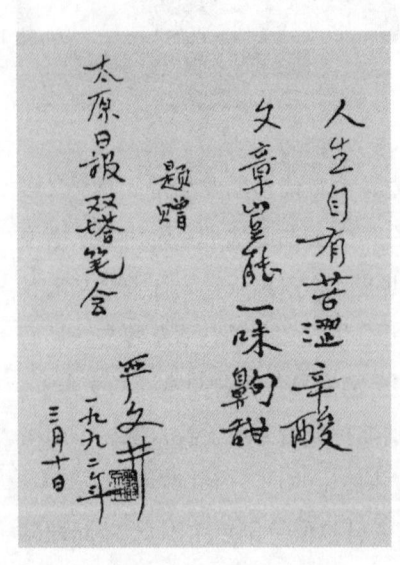

严文井题词

文学出版社总编辑，还担任过中国作家协会党组副书记、亚非作家委员会中国委员会副主席等。谁要著书立说，大约离不开这口"文井"。只是不知眼前这口"井"，到底有多圆多深。

老兔立刻察觉到我的意图，笑着说："我这样子有点恶狠狠的吧？对不起，咱们干脆不谈历史，还谈模糊论，好不好？"

人生问题、文学问题都得来点模糊论，他说。什么事情也不能像工笔画。用工笔画菊花，得一瓣一瓣精心描绘，实在是太琐细太麻烦了。倒不如大写意，也不如泼墨画。写意和泼墨是很有点模糊的，但给人感觉更佳。对于你们"老三届"学生，我模模糊糊称赞。你们当中的一部分人，很可能是当今中国的精华。精华不好模糊，得甩开膀子干，得干出一番出类拔萃的事业来，如此，也就不枉受过的那些挫折和教训，人活得也就有价值了。当然，价值也是一个模糊的概念。

不经意间，他把我的根底掏了去，他希望我多写文章多读书，写山西风情，写山西父老乡亲。我们不时沉浸在对晋西北的回忆之中。我给他讲我们这一代人的困惑和不安，他也讲他的困惑，说自己不是个顽固的老家伙，眼下还不至于完全僵化，他喜欢和年轻人交往聊天。

我与"老兔"合个影

"但是,"他说,"困惑或不解,也是该模糊处且模糊。一个人一生当中,不可能把什么都看清楚想清楚。有什么烦恼时,你就唱上一段民歌。你们那里的《走西口》,多珍贵的艺术啊!"

要不是一位摄影家突然闯进来,我们俩说不定就唱开民歌了。我说我回去以后寄他一本《河曲二人台》,他乐得兔眼睐了起来,问我有没有乐谱。

进来那家伙身上大包小包,手里还拎着长短器械,俨然像往年回大陆探亲的港澳同胞。他为严文井拍照,说要出一本精美绝伦的中华文化名人影集。为了证明他的诚实,立刻在茶几上摊开相册,果然都是名人头像。

我只好让位。看茶几上笑默悠悠的冯牧李默然,看慈祥善良的冰心和夏衍。还有严文井1986年给解放军艺术学院学生的圣诞祝词。书架里柜子上精心排列着各地给他寄来的贺年卡,足见他对友谊绝不模糊。

我去之前,洪波已嘱严老给《太原日报》写好题词。摄影家要严文井一句名言,严文井说,你把你手里的名言给我看看,我保证不抄他们的。一句话把那人逗得嘻嘻哈哈,便将家底悉数端出。吴祖光的名言是:"一生无正经,半世作闲文。"丁聪的名言是:"愿听逆耳之言,不作违心之论。"文井师正要拍着脑门想"名言",我说您不妨就把送我那一句话再

人称他有"苏格拉底似的谢顶"

还称他大额头"童话爷爷"

抄一张去。他兔眼一转，拍掌笑道：燕先生你是好人。

后来是模模糊糊我们三个人都成了朋友。回来后偶尔翻到严老家乡武汉蛇山太白亭的一副对联，联曰：

宛然海上三山，藐矣安期，先我亭前探枣实；
犹是江城五月，仙乎太白，与君笛里听梅花。

我想借来送给老兔，不知他要也不要？

1992 年 4 月 5 日凌晨
2005 年 3 月 5 日重读

想起聪慧顽皮的老兔儿，犹忍俊不禁。
老人于 2005 年 7 月 20 日去世。又记。

- 附录 -

严文井：心债

现在我是一个人过日子，一个女儿一星期来看我一次，拿拿报纸，送些食品，还帮助做些零事。

有一次，我忽然向她道歉："几十年前，我狠狠打过你一次。"

"我早已经忘了，爸爸，我一点印象也没有了。"

可不是，她的儿子已经上大学了。

我极不耐烦地对待过妻子李淑华（当她病重的时候）。她子宫里长了一个肉瘤，流血不止，躺在床上不能动。她对我说："在床旁柜子抽屉里有一瓶云南白药，可以止血，你帮我找一找。"

"这半夜三更，怎么找？"我几乎咆哮了。

她只温和地回答了一句:"将来你会后悔的。"

现在她已经死亡二十几年。我追悔莫及。我们结婚以来,生了六个孩子,她的确事事依着我。我说的和做的,她都报以微笑。甚至连我开的玩笑也如此。那天晚上,为什么那么粗暴?为什么?

我该报答而没有报答的有冯牧、何其芳、陈白尘、沙汀、康矛召、黄钢一大批人。

就是对于周扬,我也欠他一篇文章,公正地说:他的好话与缺点。

我想大概我已经84岁了,提笔忘字,写文章越来越难的缘故,但我还应该设法还我的债。

(此文写于1997年8月末,初刊于香港《大公报》)

当年采写时,我已使用浪潮286型电脑,但无互联网一说。查找资料,还得找纸质图书。而今打开网页,资料洋洋洒洒,只嫌其多,不嫌其少。即如文井先生,有诸多正传、评传、回忆文章,也有轶闻、传说、花边奇谈。读来似乎有趣,但我读出来的是一种苦涩、一种凄迷、一种无奈。文井先生从文且涉政,定有难言之隐。满满隐秘,向何人诉说?

2016年12月18日补记

高洪波:戏赠治国

治国兄:

好。大作收到,十分高兴,这书里凝结了兄之甘苦:

一双长腿若仙鹤,
飞遍东西南北中。
挥毫落墨风景线,
专为文坛唱晚晴。

这是我戏赠兄之四句小诗。

很想念兄,有暇来京,把酒临风,不亦快哉!

问候嫂夫人及全家好。我尚可,只是瞎忙,没什么大进展,牢骚却多了许多。

问建祖兄好。

  握手

洪波
1994年5月23日

(没帮什么大忙,承兄在文中专门言及,惭愧!)

  2016年11月,在中国作家协会第九次全国代表大会上,洪波君再次当选为中国作协副主席,谨致以同学间真诚的祝贺。好像是去年,曾有一位号称为高洪波朋友的人,欲以屑小皮毛小事陷他于不义,一时间闹得沸沸扬扬。结果如我所料,他错看高洪波,功夫没下对地方,自己把自己羞辱糟践了。呜呼,善哉!

2016年12月19日 雁斋

严文井轶事

严文井十分爱猫，最多的时候，家中曾养过7只猫。在物资匮乏的年代，他自己吃清汤挂面，却给猫开鱼罐头；送人照片，也是他和猫的合影。他还不时借猫幽默一下，说猫和人一样，有感情，但人有时候还没猫伟大。比如："我们家的猫寻找爱情，会毫不犹豫地从三楼跳下去，人有这样勇敢吗？"有人问过严文井，喜爱小动物和写童话，两者有什么关系，他回答道："没有孩子，没有孩子的眼睛和心灵，没有美丽的幻想，没有浪漫精神……则一定不会有童话。"

……尽管长期担任作协的领导，但在旁人眼中，严文井似乎属于"刻意被权力边缘化的角色"。"文革"中，他的一次检讨竟这样开头："春天，我看见一个穿红衣的少女骑着自行车从林荫道上过来，我感受到一种诗意和美……"

还有一次，作协组织批斗丁玲，旁人的发言都很激烈，他却站起来说："陈明配不上丁玲。"顿时哄堂大笑，批判也就进行不下去了。

作家阎纲回忆，"5·16"之后，他被打成现行反革命，白天干活，晚上接受批斗，身体被强烈的灯光照着，不让睡觉。一天夜里，他经过严文井床头，蚊帐中突然伸出一只手来，塞给他几颗水果糖，使得他"原本绝望的心，顿生出强烈的感激"。

……严文井留世的最后一篇文章，是一篇不到300字的散文。向他约稿的编辑回忆，严文井反复修改，整整写了一年零八个月。他用这样的笔调写道："……我本来就很贫乏，干过许多错事。但我的心是柔和的，不久前我还看见了归来的燕子……"

2005年，严文井离世。一个前去他家采访的记者惊讶地发现，这个中国儿童文学泰斗的家，只是一套不到70平方米的"陋室"。除了老旧的单人床和书桌，剩余的空间都被书本占满。屋内能见着的唯一亮色，就是窗外的一棵绿树。树下，埋着他亲手安葬的爱猫"欢欢"。

老芹力薄不胜风
——访秦兆阳

○
○○
。

秦兆阳（1916—1994） 湖北黄冈县人。1938年赴陕北公学、延安鲁迅艺术学院学习。曾任华北联合大学文艺学院美术系教师、冀中区第十分区《黎明报》社长、《前线报》副社长等。1949年后历任《文艺报》常务编委、《人民文学》副主编、人民文学出版社副总编辑、《当代》主编等。20世纪30年代开始发表作品，著有短篇小说集《平原上》《农村散记》《幸福》《秦兆阳小说自选集》,长篇小说《在田野上，前进！》《大地》《女儿的信》,散文集《风尘漫记》《举起这杯热酒》,论文集《论概念化公式化》《文学探路集》等。

有《秦兆阳文集》六卷留世。

当年湖北人秦兆阳奔赴延安的时候，心里头升起来一轮红红的太阳。他大声呼喊：

呵！瞧吧，多么广阔的地！多么平坦的地！它伸向无际的远方……假使你骑着快马，你跑吧，这月光浸透了的天空之下跑吧！你敞开胸襟，让夜风吹拂你身上的汗水，树丛和村庄会从你身旁闪过去，闪过去。星星也会像银色的箭似的，闪过去，闪过去，有什么东西阻挡你的进路呢？

确实没有什么东西可以挡得住他，挡得住这位后来自称为"老芹"

的革命青年的脚步。他到了延安,考上陕北公学分校和鲁迅艺术学院。一年之后,他成了华北联合大学文艺学院美术系的教员。

再往后,他投身于革命战争之中,在冀中平原打了四年游击。想老芹一介文人,也是一身戎装,也是腰里别着盒子炮,两只脚支撑着瘦弱的身体,或是"拔钉子",或是炸岗楼,那是何等的威风和气派,又是何等的紧张和危险啊!

有一次秦兆阳所在的游击队到分区集中,一夜之间穿过三四道封锁沟。每道沟里有数十道用荆棘编成的寨篱,更不用说四处林立的岗楼碉堡了。过寨篱时,他们得把整个身子浸在冰凉的泥水里,再把寨篱撕开口子,然后猫着腰钻过去。

可是那时候秦兆阳和他的队友们胸膛间燃烧着一堆火,他们就不觉得害怕和寒冷。一来是仗打多了,也就习惯了。二来呢,眼看解放战争就要取得胜利,新中国的成立已是大势所趋,大局已定,革命终于成功了!

老芹多么盼望和平的日子呀,他在1943年写的一篇小说里这样描述他的心情:

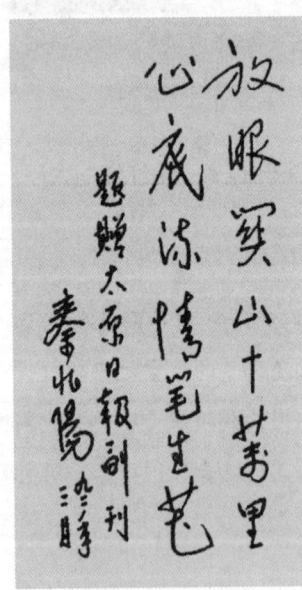

秦兆阳题词

正是农人们回家的时候,牛的哞哞声,大车的隆隆声,打水辘轳的轧轧声,狗咬声,人们说话嚷叫声……炊烟渲染着黄昏的景色,将村庄变得如此神秘。人们在里面劳碌着,生活着。一家人围坐在小桌前吃饭,在温暖的炕头上休息,在大门口跟街邻说闲话……这是人的世界呵!当你被迫脱离了这世界时,你才知道,如果是和平年月,在这世界里生活着是如何的好,如何的留恋!

秦兆阳的这种想法,代表着当时革命队伍里绝大多数人的愿望。即令是现在,即令是将来，又有谁不希望生活在和平年月，又有谁希望自己脱离了这个世界呢？

因此，当秦兆阳进了北京，坐在《人民文学》宽敞明亮的办公室里编辑稿件时，他肯定是期望日子就这样美好。他期望新中国蓬勃向上，一如飞驰的列车，驶往美丽富饶的人间圣境。

老夫妻

他是《人民文学》最早的小说组组长，之后又任《文艺报》执行编委和《人民文学》副主编。那时候他已经出版了短篇小说集《平原上》《幸福》《农村散记》，出版了长篇《在田野上，前进！》，出版了童话《小燕子万里飞行记》，还出版了《论概念化公式化》。

坏就坏在老芹不该去写文学评论。你已经有了好几本书，你的作品朴实淡雅，你满腔热情地讴歌人民战争，讴歌农业合作化运动，讴歌普通的劳动人民，你又是国家级文学刊物的副主编，文学之外，你又独擅丹青，你何苦还要倔脾气上来，去写什么文学批评文章呢？

一篇署名何直的《现实主义——广阔的道路》触犯了20世纪50年代末期中国文坛之大忌，引来诸多名家与无名家对他的轮番臭批，于是他不得不离开《人民文学》，往广西"体验生活"去了。他体验到了什么呢？20年之后，老芹在一篇序言里无可奈何地写道：

> 1962年之后，直到动手写这篇小序时为止，在短篇创作上完全是一段空白——有16年之久。如果再加上1958年到1961年这四个年头，则一共有20年之久。生长和收获十分困难，而毁弃和浪费则非常容易。"悟以往之不谏，知来者之可追"，犹有豪情似旧时，花开花落岂由之。

因此当我在紧傍天安门的那座私人小院里见到秦兆阳老人的时候，对于他病弱的体质就一点也不感到奇怪了，何直何直，何以为直？

老芹喘着气接待了我。他的书房在私宅的后院。我不知道他的房屋经过了几朝几代，只见门窗漏风，墙皮脱落，顶棚上是一片一片的水渍。老芹的女儿秦晴是我在文学讲习所时的老师，有了这层关系，秦晴的小弟有话不避我。他说，我夏天是泥瓦匠，负责抹房糊瓦。到了冬天又是小炉匠，烧三个炉子，负责土暖气供热。我这才知道，在京城繁华重地，在所谓的皇城根儿，还至少有一家人家在烧土暖气。而这家的主人是曾为打天下而出生入死的秦兆阳先生。

好在老芹心高志洁，并不以春寒为苦。书房里方桌一张，权当画案。墙上挂有老人自画的鹰、竹、陡山、虾。还有一幅写意，作于1991年夏，上书：离别故乡五十余年矣！

书房里当然有书。书架遮住一面潮润的砖墙。屋里一硬板单人床，显然是老芹下榻之处。还有树根两坨，于无声处焕发出它们的坚韧与倔强。一架老式电话搁在书桌旁边，如果让拍抗日战争题材的电影导演看见，一定是抢手的热货。老芹祝福山西人民，且一句三喘地说，要时时刻刻记住中国的历史，如今人民的日子好过了，那些倒在血泊里的烈士也就能够瞑目了。谈到创作，老芹说，眼界要开阔，头脑要清醒，心情要乐观，这样写出文章来就有真情实感。

我到老芹家中时，好友高洪波私下说，你一定要请芹老给你写一幅字，老人心好，不忍拂人之意。北京有好多人向他要字要画，他都尽量满足了。你自山西来，芹老肯定会让你满意的。

可是我能张口吗？小风自门缝里钻进，芹老已把手袖起来了。我母亲半生哮喘，我知道那种病的厉害。可是我能不张口吗？我不能错过这样的

中年照

祖孙乐

机会。犹豫间,芹老指着已经写好了的"诗情"二字,笑微微地对我说,这一幅归你了。然后屏气握笔,添写了"治国同志正之",又钤了印章。那字遒劲酣畅,力透纸背,不知道用了芹老多少气力!

走时芹老送出门来,我才看见小院里有丁香两株,一白一紫,都已经绽出来碧绿的花蕾。便想起他的两句诗:"欣逢柳绿春时雨,策马长途学健儿。"还想起他正在创作的长篇小说《两辈人》,不知完稿也未?

1992 年 4 月 3 日子夜
2005 年 3 月 5 日夜校改

1992 年写完此文,两年后芹老便驾鹤西去。芹老力薄不胜风,被迫"脱离"了这令他怀念和留恋的"人的世界"。后来到京,我想去看看秦晴老师并秦家小院,眼前已是一片瓦砾。那么,秦家终于不用再烧土暖气了吗? 时至今年,我将芹老墨宝装裱起来,悬挂于听涛书屋,以表示我对这位耿直老人的眷念之情。

-附录-

秦兆阳:无题

最应该记住的最易忘记,
谁记得母乳的甜美滋味。
最应该感激的最易忘记,
谁诚心亲吻过亲爱的土地。
最应该算计的最易忘记,
谁算过先行者的无数血滴。
最应该惊奇的最易忘记,
谁惊叹大地的无限生机。
参天树为什么要深深扎根,
是为了繁茂它绿色的生命。
历史的河流啊,长流不息,
流的是历史的深沉的思维。

人生有花才有果
——访碧野

○
○
。

碧野（1916—2008） 原名黄芝明、黄潮洋，广东大埔县赤山村人。1935年参加北方左联。曾任莽原出版社总编辑、华北大学文艺学院教员。1949年后历任中央文学研究所研究员，中国作家协会、新疆维吾尔自治区文联专业作家，湖北作家协会副主席、顾问。1935年开始发表作品。著有长篇小说《没有花的春天》《湛蓝的海》《我们的力量是无敌的》《死亡之岛》等10余部。短篇小说集《血泪》《期待着明天》《山野的故事》《墙头骑士》等10余部。小说、散文集《在哈萨克牧场》《遥远的问候》《边疆的风貌》《情满青山》《月亮湖》《蓝色的航程》《竹溪》《在珠江金三角》《天山南北好地方》等10余部。出版有四卷本《碧野文集》。

碧野65岁那年，应一家出版社的邀请，携老伴杨静住在川西玉垒山下，用两个月的时间，写完了他的第一部回忆录《跋涉者的脚印》。其时热雨不断，溽热难当，碧野只怕辜负了主人的一片盛情，放下行李，思绪立即飘回到消逝的年月中去，以至心潮翻滚，不能自禁，一支笔挥洒自如，每日攻下三千字。

碧野在75岁之后，开始写他的第二部回忆录《人生的花与果》。他用细腻的笔触，描绘出自己大半生的经历，读他的书，仿佛对面坐着一位坦诚的老人，正和你娓娓而谈。

碧野说，一个作家，千万不能有暮气。他在生活中是采花酿蜜，追求的是青春的色彩，始终要保持一颗年轻的心。茅盾先生生前赞曰：碧野白头不认老！言犹未尽，又预言道：黄郎六十笔加健！

出生在山神庙里的碧野，似乎总也摆不脱流浪的命运。先是跟着父母四处跑，讨过吃，要过饭，总算护住一条男儿性命。18岁之后，他单身一人闯世界，终日颠簸于风尘之中，经常饿得头晕眼花，脚上没有鞋穿。最后落脚在当时北平的潮州会馆，房钱免缴，还能从同乡那里分得一点口中食。只是上苍给邪恶者设置的是恐怖的地狱，上苍给善良者安排的是无尽的苦难。碧野刚吃了几顿窝窝头，便接到父亲的死讯。剩下母亲一个人，流落在广东韩江两岸，叫天不灵，呼地不应，披散了头发，以乞讨为生。

一夜之间，碧野的头发白了。

他说，那时候从来没有吃过早饭。靠着同乡的资助，每天中午可以吃一碗素面，晚上可以啃一个烧饼。他咬着牙忍着饿忍着悲痛，一直坚持到大学旁听，听李达讲哲学，听郑振铎和高滔讲文学。饿着肚子的流浪汉，咬着牙写成了他的第一篇小说。稿子投到《泡沫》，很快就发表了。为他编稿的，是时任北方左联党团书记的谷牧。

从此一发而不可收。自1936年起到1949年，十四年间他写了十四本书。

全国解放以后，碧野四处奔波，在丰台写完长篇小说《钢铁动脉》之后，又到河南鲁山去了、到朝鲜战场去了、到天山南北去了、到鄂西北大山区和江汉平原去了、到刘家峡水电站去了……依然是风尘仆仆，依然是通宵熬夜。依然是"足迹所到，笔亦

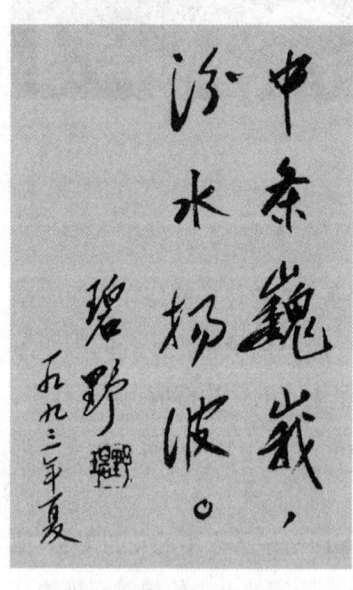

碧野题词

随之"，依然使自己的生命之花鲜艳明丽，依然勤奋多产，硕果累累。

坐在我面前的碧野老人，眼神里流露出来的是慈和与诚挚，脸上显示出来的是善良和忍耐。我想他不会和任何人去争斗什么，只会是无尽的宽容、理解和忍让。

我去看望他那天，正好湖北省作协的同志也去了。机关的车停在楼下，我进门的时候，碧野正在对来人诉说他的病状。他说，糖尿病之外，最近又发现眼底出血，头老是发晕，写起东西来感觉到有点吃力……作协的同志很着急，当下就劝他到医院去。可是因为我去了，不好立刻就走，陪同我的刘耀仑君，快人快语，几句话说出我的来意后，碧野忙着让座，赶快把作协的两位同事打发走了。

我很过意不去。我说，您身体不适，我们是不是改日再见面？

老人连忙说，没事没事，我们都住在武汉，经常可以见到的。你大老远来，哪能耽误你的时间呢——那时候，我是被深深地感动了。老人年近八十，老伴儿已经先他而去，儿女又大都不在跟前，晚年的拼搏也就更为艰难了。他已经留下来近四十部著作。他还在写长篇，此外还有一长串计划等着他一个字一个字地攻下来。

碧野说，好在我是苦出身，轻松一类的事情总是很难轮到我。只要还能拿得动笔，就一直写下去罢，否则还能干什么呢？

我没有想到碧野和山西有那么深的缘分。在潮州会馆时，他经常到陶然亭公园，徜徉于高君宇的墓碑前，立下一个个宏伟的誓愿。会馆几位朋友入党，就是在墓碑前宣的誓。他在会馆排行第三，有一位山西姑娘经常去看望他，被会馆的同乡们戏称为"三嫂"。他和这位姑娘之间，曾经有过一种朦胧美好的感情，姑娘哀伤地称之为"一种不结石榴的榴花"。碧野到北方大学任教，是山西人张友渔介绍的。战争年代，他曾经去过晋东南。他说，晋东南的土地养育过我，中条山的山风磨砺过我的笔尖。我为祖国的这一方土地写下了许多篇章。解放太原时，他和十八兵团政治部主任胡耀邦同车到达前线，在炮火纷飞之中，构思了长篇小说《我们的力量是无敌的》。

1954年，他和马烽、西戎同为中国作家协会驻会作家。碧野说，

人在书房

马烽纯朴真诚,西戎聪明机智,都和他有着难忘的友谊。西戎是他的《钢铁动脉》的第一个读者。他的入党材料,也是由西戎整理上报的。碧野在一篇文章里写道:"他把那繁琐复杂的一篇篇一页页整理出来,显示出我走过的一条清晰的人生道路,这真使我感动不已。"马、西二位还曾经请他到山西工作,后来阴差阳错,他跑到新疆去了。

哦,青山不老,碧野苍翠!人生如斯,不亦乐乎!愿黄郎笔走如飞,再写一串锦绣文章出来!

1993年7月31日夜
2005年3月6日校改

重校时看到《楚天都市报》记者近日采访碧野先生的文章,大为振奋。岂止是"碧野白头不认老",黄郎九十神采飞!在我采访过的几十位作家中,像碧野先生这样长寿健在的,只有可数的三五位了!感谢《楚天都市报》记者采写了这么令人高兴的好消息。

- 附录 -

碧野先生来信

治国同志：

遵嘱寄上相片和题词，请查收。问同志们好！匆祝身笔两健！

碧野
6月30日

（照片用后，千万退还）

作家碧野生前旧居要拆迁
收藏的重要字画失踪

曾住着碧野、徐迟等知名作家的武昌水果湖高知楼面临拆迁。前日，碧野的女儿黄女士报警：家中物品还未搬完，防盗门和木门却已被撬开卸掉，父亲生前收藏的一卷字画也不见了。

昨日下午，记者来到高知楼前，在黄女士带领下走进碧野先生的旧居。这是一套位于3楼的小4室1厅，约117平方米。大门的木门还躺在地上，钢筋做的简易防盗门已装上，但因门栓弯折已无法关闭，还挂着一把铁锁。黄女士说："下午我发现防盗门和木门都被撬开躺在地上，就报了警，这会儿竟有人将防盗门又装上！"

黄女士告诉记者，父亲于2008年5月在该处去世，母亲去世更早，如今4名子女都住在别处。该楼要拆迁谈补偿时，因涉及房产继承问题，他们一直在跑公证手续，现正在武昌区法院确认继承人。上月，拆迁办通知说4月15日要拆房，"我们提前搬出了大部分物品，2号我和丈夫带人来卸旧空调，在储藏室顶层意外发现一卷字画，就随手放在沙发上锁门离去。"

6日下午，黄女士和丈夫扫墓回汉后来到高知楼，惊讶地发现两道门都已被拆下，室内一片狼籍，那卷字画也没了，一只衣柜也不见了。黄女士称她迅速找拆迁办理论并报警，"奇怪的是铁门今天又装上了，柜子也回来了，这是谁干的呢？"

水果湖派出所民警向记者证实曾为此事出警，并表示正在调查此事。记者又来到拆迁办，两名工作人员称"之前曾去过碧野先生家中，几乎都搬空"，他们否认曾破坏防盗门。

记者看到，高知楼院墙早已拆除，大部分住户已搬走，地上遍布瓦砾。瓦砾中立着一只硕大的彩绘瓷杯。黄女士说：这是老爷子喝水的瓷杯，不知怎么跑到这里来了。（记者 吴昌华）

2011年04月08日 09:46 来源：荆楚网

殷勤拭眼删残稿
——访韦君宜

○
○
。

韦君宜（1917—2002） 原名魏蓁一，祖籍湖北建始，生于北京。1928年随家迁至天津，考入南开女子中学。1934年考入清华大学哲学系，曾参加"一二·九"运动。卢沟桥事变后，辍学去湖北从事中共地下活动。1939年赴延安。曾任《中国青年》编辑、晋西北和陕甘宁边区新华广播电台编辑。1949年后历任共青团中央宣传部副部长兼《中国青年》杂志总编辑，北京市委文委副书记，《文艺学习》主编，《人民文学》副主编，作家出版社、人民文学出版社总编辑、社长。1935年开始发表作品。著有散文集《似水流年》《故国情》《海上繁华梦》《前进的脚迹》，中短篇小说集《女人集》《旧梦难温》《老干部别传》，长篇小说《母与子》《露沙的路》，长篇回忆录《思痛录》等。出版有五卷本《韦君宜文集》。

1986年4月，韦君宜在中国作家协会院内开会。当她伸手去拿茶杯时，突然瘫倒在地，急送协和医院抢救，医生诊断为脑溢血。

1987年1月初，韦君宜在锻炼身体时摔倒，右臂骨折。

1989年韦君宜患脑血栓，瘫痪在床。

1991年韦君宜再次摔倒，骨盆震裂。

1988年3月，我收到作家焦祖尧转给我的一篇文章，题目是《忆大寨之游》。焦祖尧说，这是韦君宜同志在病榻上写成的。原稿字迹歪扭，韦君宜让她的孙女重新抄过，投稿于《山西文学》。

1992年3月13日，韦君宜黎明即醒，由家人和保姆扶到转椅上。之后，她咬住牙关开始例行锻炼。那时候阳光从窗户洒进来，照着她花白的头发，照着她病弱的身躯。

她硬硬朗朗地走过了近70年的路程。谁都说韦君宜精力充沛，说话办事干脆利落。在南开中学时，她又说又笑，曾经是一个引人注目的女孩。后来考到清华大学，也是一位不甘寂寞的姑娘。她参加过"一二·九"学生运动，曾经和同学们从校卫室抢回被捕的学友蒋南翔、姚依林、方左英。曾经代表北平市全体学生写下慷慨悲愤的战斗檄文。大家闺秀韦君宜曾振臂疾呼：

青春少女

> 我们民族的敌人，任他怎样会花言巧语，会躲避，会用大刀封我们的嘴，可是我们早就把他认清楚了……任他有牢狱，有机关枪、有军警、有什么紧急治安令，可是我们有的是一腔热血，有的是坚决勇敢的心！我们要几万颗心合成一颗心！

或许正因为活泼好动，到延安之后，她被分配到《中国青年》杂志社。她曾经背着行李挎包，往返几千里，到晋西北老区开展青年工作：

> 余……捆扎行李背包，咬牙登程。最初几日，足痛腰酸，足起大包，大如银元。数日后，居然渐觉轻松，日行60里轻而易举，七八十里为常率。90里以上，亦可勉力为之。

那时候的韦君宜,早已脱去旗袍高跟鞋,早已和口红脂粉绝了缘分。她穿着八路军军装,剪着齐耳短发,坚定而勇敢地走在晋西北弯弯的山路上。她曾经是北京大户人家的小姐,曾经是清华园里颇有名气的才女。几番风雨过去,她成了一名土眉土眼的"女八路"。夜宿石窑之中,烟火断绝,寒气刺骨,竟然还赋得七律一首:

> 两年流浪已堪惊,
> 回首家山万里程。
> 戎服更非慈母线,
> 风霜改尽旧时容。
> 悼亡渐痛双眶竭,
> 赴死何难一命轻。
> 闻道将军新破虏,
> 愿随旌旆指河东。

1949年北平解放,韦君宜随中央机关进城,担任《中国青年》总编辑。这以后几十年,她曾先后在团中央、中国作家协会、人民文学出版社任职。尽管工作繁忙,尽管几遭挫折,但是她硬硬朗朗地走过来了。

她没有想到病魔会那样突然而又残忍地袭击自己。晚年,路在她脚下变得万般艰难。外面的世界是已然隔绝了,她得靠着器械一寸一寸地挪动脚步,每挪动一次,脑门上一层细碎的热汗;每挪动一次,水泥地板便是"嚓啦"一声。她想象这就是晋西北

革命年代

的山路,她想象自己还是当年投奔革命时的"魏蓁一"。她看见山路两旁开满了野花,她看见山路那边就是滔滔的黄河水。

她咬着牙往前走去。她还有好多事情要办,她还有好多文章要写。老伴儿杨述已先她而去了,走了十二年,时时在梦中嘱托她挺起腰杆,把人生的道路尽量延长。她的好朋友胡耀邦、蒋南翔、余修诸位也先她而去了,她觉得自己既然留下来,就有责任多干一些事情。

她一寸一寸地往前移动脚步,一等周身发热,就可以依偎在转椅上潜心创作了。她一天必须写完五百个字,她一天一定要写完五百个字!她把将近一生的精力和心血花费在青年工作和文学编辑事业上。只是到了古稀之年,她才有了属于自己的时间。尽管疾病缠身,尽管几乎丧失了行动和说话的能力,她觉得自己一息尚存,就要用笔写下去。

十来年的时间,她写了些什么呢?她写出长篇小说《母与子》,出版了中短篇小说集《老干部别传》和《女人集》,出版了散文集《似水流年》《故园情》《旧梦难温》《海上繁华梦》。她的《洗礼》获全国第二届优秀中篇小说奖。她为杨述的《一二·九漫话》写了题记,她为李子云的著作和《中国残疾人文学作品选》写了序言。就在行将病倒之前,

杨述、韦君宜夫妇

她还在西德科隆的讲台上,发表了热情洋溢的演讲。

冰心说,"韦君宜是一位极好的作家,她的作品非常质朴真挚。"

是的,韦君宜的作品是真诚的,一如她当年参加革命时的心情。她的作品是质朴的,一如她熟悉的北方泥土。

1992年3月13日上午,韦君宜锻炼完毕,已经在她的转椅上坐了下来。那天她先要写一封复信。写字已经十分困难,她只能用最简单的文字回答人们的问候和关心了。一旦写完信,她就要向那五百个字挺进——犹如是走五十里路,犹如是攻下一座碉堡。文章已经开头,写的是:大卡车轰隆轰隆地向延安驶去……

就在那时候,有两位不速之客闯进门来。他们声称自己是山西人,他们要求采访韦君宜先生。

若在以往,韦君宜完全可以谢绝这种采访。她已经病成这样,生命于她已经不再慷慨大方了。往年写五百字,不过一支烟的工夫,而如今,她得付出半天甚至一天的血汗。可是不速之客来自山西,且拿了她的朋友唐达成的亲笔信,她还能说什么呢?

韦君宜笑了。她的侄儿来,她都请他少讲话,给她多留点时间。可对于山西来人,她能说这样的话吗?

她笑得很和蔼,很无奈。

她简单地讲述了自己在晋西北的经历。她用手指着书柜说:"那里有我新出的书,请拿给我。"接住书,她吃力地翻动书页,说:"送给你们,我永远也忘不了晋西北。1945年我用文言写的《八年行脚录》也收在里面,请你们回去看看。"

她说话也很吃力,但说得干脆利落,斩钉截铁。书屋里有木床一支,床头挂着一幅她的漫画肖像。电灯开关的绳子很长,一头系在她的转椅扶手上。她不时跺跺脚,

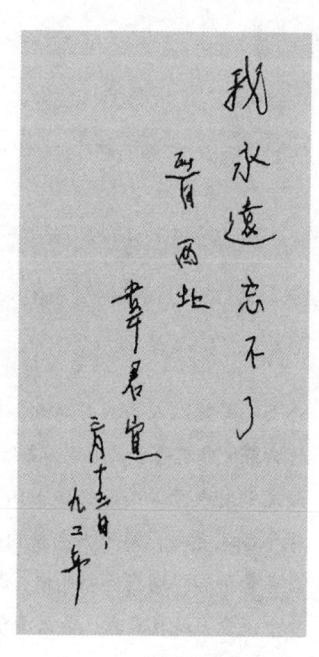

韦君宜题词

以使血液循环。谈话间,她扶着器械站起来,开始一寸一寸地挪动脚步。

那时候阳光洒在她的额头上,映出来细细密密的一层热汗。

访问者确实是两个勇敢而不识时务的山西男人。一个是诗人陈建祖,另一个便是我。

归来读她的赠书,我心中时时默念着她的一首诗:

五月鲜花依旧好,
一曲歌终千绪绕。
可有豪情似昔时,
殷勤拭眼删残稿。

1992年4月8日通宵读完先生《海上繁华梦》之后写成

1995年—2004年应《健康报》《体育报》《博爱》等报刊编辑靳玮、王海玲女士等热心人约稿时再改。1992年我拟在《山西文学》重发君宜先生《八年行脚录·难忘的晋西北》,去信征求意见,先生不久即回信告明情况,让我酌定。该文章发表于《山西文学》1992年7月号。先生说,这是过去的我写的,一个青年奋笔直书,写了当年她内心勇往直前的愿望。从来没有像现在的作者描写当年青年那样满腹英雄气概,倒是只知道说说自己不事涂泽的穷日子,土颜色。梦中说梦,还我真我,多么希望我们都回到当年,握手一笑啊。先生复信附后,未作任何改动。

- 附录 -

韦君宜先生来信

燕治国同志：

  来信悉，八年行脚录已于前年发于《当代》，可否再摘用请酌。

韦君宜

燕治国同志：

  收到惠函和《健康报》，但并未见到你们的《山西文学》，所索照片，手头实在没有，最近照了几张，但是还没有洗出来，要再等一阵才有，怕你急着要，只好对不起了。

韦君宜

  信刚写完，洗的照片已到，即此送上。又及

韦君宜写《思痛录》

  韦君宜工作效率极高，审稿速度极快。操着一口京片子，和作者谈稿子时，从来不讲理论，而是单刀直入，一语破的，问题抓得极准。比如她会说，你写的这个女人不对劲儿，根本不像女人，如何如何。作者听了，不得不佩服。

  在倾心投入文学编辑出版事业的同时，韦君宜自己也开始了执着、坚韧、深刻的精神涅槃。

  在与她有类似经历的人都纷纷抚摸伤痕、倾诉冤屈、表白心迹之时，她写下的，却是记忆苦难、清洗灵魂、叩问人性、呼唤人格的作品，如中短篇小说《清醒》《洗礼》《招魂》《旧梦难温》，散文《当代人的悲剧》《负疚》《抹不去的记忆》，都显示出了与众不同的独异之色。到了《露沙的路》和《思痛录》，更是字字血泪，篇篇歌哭，堪称泣血锥心之作。

她的很多文字，都带有精神自传的性质。愧疚，沉痛，觉醒，追问，反思，于其中一以贯之，真实感人地记录了她的难能可贵的精神复活之旅。

1985年下半年，她坚决要求离任回家。在人文社为她举行的全社员工参加的告别会上，她哽咽着，不停地擦着眼泪，说："……这里是个联合国，我指挥不了人，人人都可以指挥我，上面的，下面的。到这里来，不要想当官，我在这里的官是最大的，当我这样的官，有什么意思……我一辈子为人作嫁衣裳，解甲归田，也得为自己准备几件装殓的寿衣了……"

从此，她再也没有踏进人文社的大门。

1980年，她为杨述写了一篇悼文《当代人的悲剧》。"我要写的不是我个人的悲痛，那是次要的。我要写的是一个人。"她这样写道，这个人在十年浩劫中间受了苦，挨了打，这还算是大家共同的经历，而且他的经历比较起来还不能算是最苦的。"他最感到痛苦的"，还是人家拿他的信仰——对党和马列主义、对领袖的信仰，当作要猴儿的戏具，一再耍弄。这种残酷的游戏，终于逼使他对自己这"宗教式的信仰"发生了疑问。这疑问，是"付了心灵中最苦痛的代价"换来的。

到了写《思痛录》，她的思考比以前更加深化、更加深刻，也更加悲怆了。在一个广阔的大时代背景上，她不但思考了自己的一生，思考了自己的革命生涯，而且也思考了近一个世纪以来中国的历史。

韦君宜……在接二连三、难以承受的病痛打击和折磨下，在右手的神经已经坏死的情况下，她以超常的意志和巨大的精神力量，依然坚持练习写字，依然坚持下地走路，依然坚持继续写作。令人难以置信的是，她就是在病床上，用左手，写完了晚年最重要的作品《露沙的路》和《思痛录》。（《美文》2007年第1期）

2016年12月19日补录

诗人穿着牛仔裤
——访邹荻帆

○
○
。

邹荻帆（1917—1995） 湖北天门人。1938年湖北省立武昌师范毕业，参与发起组织中华全国文艺界抗敌协会。同年9月参加上海救亡演剧第二队。1939年3月受周恩来之命，赴香港宣传抗日救亡并募款支援抗战。1944年复旦大学经济系毕业，在成都、汉口美国新闻处工作。新中国成立后历任文化部对外联络局联络处处长、《文艺报》编辑部主任、《世界文学》编委、《诗刊》主编等职。1936年开始发表作品，著有诗歌集24部、长篇小说2部、散文集2部、论文集1部，并编有外国诗选3部。1993年获"斯梅德雷沃国际金钥匙奖"。

我和诗人邹荻帆约好10点钟见面，电话是他的大儿子邹海岗打的。海岗和我都是"老三届"中最老一届高中毕业生，如今在鲁迅文学院任教。我是文学院第7期学员，海岗应该是我的老师，可是他不认我这个学生，他说，不行不行，同是天涯沦落人，哪里有啥的师生。海岗1966年高中毕业后，母亲史放费尽周折，为他在黑龙江军垦农场找到一份受苦的差事。我父母都是平民，没费什么劲，就让我在老家操起犁杖，把泥土翻得如波浪一般。那时候他离家千里万里，在农场里喝棒子渣儿。我呢，就在父母跟前，一天吃三顿杂交高粱面。

海岗愉快地给他父亲打电话。他高声喊道：爸，治国从山西来，他是我的老朋友，你一定要和他好好聊聊！

荻帆先生爽快地答道：好的，明天上午10点钟。

其实海岗和我是第一次见面。我在中国作家协会文学讲习所学习时，他还没有调去。等他调去时，我翅膀硬了，早就飞了。

海岗说，10点钟，准时到！

我一贯守规矩懂道理。我当然不能拂了老师加"老朋友"的面子。第二天早晨9点40分，我站在邹荻帆的家门前，愉快地揿响了门铃。

一遍两遍，门里寂然无声，三遍四遍，依然无人答应。这就怪了！于是赶紧看抄来的地址，字迹潦草得一塌糊涂。我写下的字，常常连自己也辨认不出来。在家靠妻子，出门靠朋友，如今却是谁也靠不上了。偌大一片宿舍群，只有几只麻雀在吱吱地叫唤。

于是捶胸顿足，叫苦不迭。几次来北京采访，我已经明白了京华虽好，不是留我的地方。敝人既非长官又非阔佬，出门只能坐公共汽车。挤我不怕，怕的是堵车和倒车。即如看望邹荻帆先生，黎明即起，整装挤车，到目前已经两个多小时的"鞍马劳顿"了。就因为字迹糊涂，半天的功夫又要白费了吗？

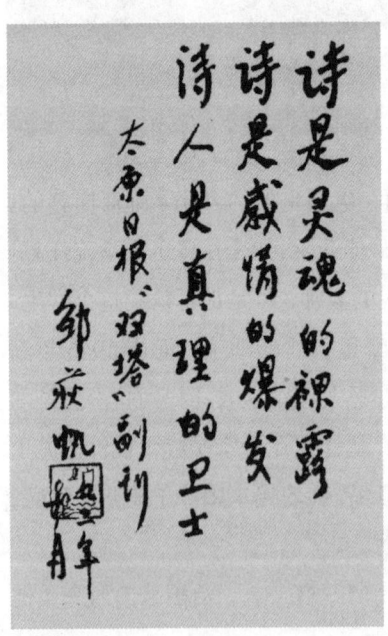

邹荻帆题词

便发誓以后把字练好。这样的誓言我发过不止一次两次，就譬如我发誓戒烟一般，可惜从来没有兑现过。

好不容易等到一位过路的老太太，她说是呀没错，这是邹荻帆的家呀，或许是门铃坏了，你使劲敲敲门嘛。

便敲门。

再敲门。

三敲门。

无人理睬。

那时候山里人的火暴脾气就上来了，我想自己位卑名低，怎就揽下这么一桩苦差事！几次来京访人，顺的时候顺溜溜，不顺的时候能把人气晕了。个中酸甜苦辣，真个是一言难尽！想您邹荻帆先生，不见本人也无妨，既然答应下来，何故一走了之？你买菜去了吗？你散步去了吗？你找人聊天去了吗？

真想打马便回山西，能写小说写小说，不能写我到府西街练摊儿去。转身时正好十点钟，腿往外走，手却不由地又敲在门上。

"吱"的一声，开门处邹荻帆笑眯眯地拱手相让。

把我气的！心想这是戏剧情节嘛！这简直是跟我捉迷藏嘛！那么好，我这个山西老乡就跟你练一练。

75岁的邹荻帆耳聪目明，红光满面，上身穿黑色毛衣，腿上着一条宽松的牛仔裤。他一眼便瞅见我是烟民，赶忙拿"希尔顿"招待。一支烟消去半肚气，半盏茶浇灭一团火，缕缕烟雾证明我是个不难对付的好人。

我看着诗人的牛仔裤，诗人看着我。

他不解释一切。

他说他去过山西，是跟黄志刚一起去的。他在文水县农村搞"四清"，还组织村里青年写过一本村史。女儿也在山西插过队，山西跟他很有缘分。我便问插队的地方，邹荻帆一拍脑门，急忙拨电话号码。

电话是打给老伴高思永的。打罢了，他连声对老伴说，谢谢，谢谢。

女儿小榴插队的地方是山西汾阳县杏花村。

至此，诗人邹荻帆

走出家门

参加活动

真诚地为我撩起他生活的帷幕。

他说，他在赶写长篇小说《苦涩的罗曼史》。为了抢时间，老伴住在另外的地方，留下他没明没夜地写啊写啊，想尽快脱稿。他说，老伴是新找的，是中国人民大学英语系的副教授，对他很好，很体贴。再过两天，他将和老伴一起去香港看望小榴。

小榴插队时是"赤脚医生"，如今在香港开了一个针灸诊所。

原来如此。

他说他起床很早，上午至少要写到 10 点钟。他说写起来笔很沉很沉，他在了却一桩漫长的历史，也在了却全家人一桩久久的思愿。他说，他思念逝去的老伴史放，也非常感谢新老伴高思永。

邹荻帆和史放相识于半个世纪以前。两人是复旦同窗，又是相依为命的患难夫妻。邹荻帆写诗，史放也写诗。邹荻帆非常怀念他们的年轻时代，他在悼念亡妻的长文里写道：

我们一同有多少次到过望江楼，锦江濯足，井畔饮茶。数竹叶个个，薛涛风流归何处；听江流有声，浣笺留韵觅诗魂。

可是史放在受尽艰难之后永远地去了。1989 年邹荻帆在国外得知老伴生病,立即乘机归国,从机场直接到了医院,他以为妻子至少能坐起来欢迎他,不想史放心脏病之外,又患了尿毒症,两肾糜烂性坏死,人已经昏迷过去了。

而《苦涩的罗曼史》,是他们共同的构思,共同的劳动,共同的心愿。早在1986年夏天,夫妇俩就下决心要写一部反映抗战前后学生运动的三卷集长篇小说。他们一起拟定大纲,一起商讨细节,一起写完

为家乡题字

第一卷40万字。书中的一切,都是他们共同经历过的,有欢乐、有痛苦,有惆怅、有迷恋。有情、有爱。

那是一项浩大的工程。史放在病中说,她不能死,她要挣扎着和丈夫一起完成这部书稿。

然而,壮志未酬,史放走了。

永远。永远。

邹荻帆几乎是流着眼泪写完了第二卷。如今,他在向第三卷挺进!高思永说,一定要写完这部书,否则,大姐不会瞑目。

而后天,邹荻帆就要启程了。他和高思永去看望小榴,也是去看望一段蒙了灰尘的历史。1939年他随上海救亡演出队去香港,香港还是一个破烂的小岛。同去的金山、王莹,当年充满朝气和激情,如今却俱已作古。人去岛在,邹荻帆的心里涌动着千万重波涛。而1948年去香港,是史放和海岗伴着他去的。他们在那里度过了一段相当艰难的日月,直至全国解放前夜,才逃离出那个"巴掌大的假外国"。

往事如烟,邹荻帆心里盛着一个世界。他穿着蓝色牛仔裤,向命运宣战!

诗人高扬着头颅说：诗是灵魂的裸露！诗是感情的爆发！诗人是真理的卫士！

彼时彼刻，邹荻帆10点整毅然打开房门请我进去，我还能再说什么呢？

那时候我才知道海岗的"10点整准时到"，其实是说给我听的。

1992年11月11日凌晨3时
2005年3月6日重读

荻帆先生猝然离世，实在出乎意料。他是累坏了身体，还是过于沉湎在以往的岁月里？还记得先生给我拿烟的细节。而今我已戒烟，再好的烟，于我已如泥土一般。

- 附录 -

邹海岗先生来信

治国：

  你好！

  许久未联系了，想不到你写了那篇文章后，我父亲那么快就谢世了，你的那篇特写还是他老人家最后的剪影呢！

  有一事。

  我已从鲁院调至《十月》，任副主编，极希望得到你的支持，除了你本人写，也希望你在山西的同事们写。但我在山西不认识人，只认识你，所以希望你代劳，如有机会，我会赴太原，还需你引见。

  我已离开鲁院，有信请寄到我家中（即我父亲住处）。

  礼！

邹海岗
11月3日

邹海岗小传

邹海岗,1948年生。1968年赴黑龙江生产建设兵团,1982年毕业于北京经济学院经济系。曾任职于北京朝阳区政协、鲁迅文学院、《十月》杂志社。1984年开始发表作品。著有长篇小说《情仇》《吻别》《错爱》《错乱》,散文集《火红的梦》《牵牛花之谜》《多彩的情绪》,中短篇小说集《悲歌》《爱的困惑》等。主编《中国国际文学大奖得主自选文库》及《疏影文丛12卷》,参与编选《中国古代散文鉴赏辞典》等。其作品曾获多种文学奖、报刊奖。

2016年12月21日补录

网上信息满满,唯邹家父子照片甚少。所选两幅,还是当年获帆先生所寄。虽已璧还,但扫描照留存下来了。幸甚,幸甚。

邹荻帆:无题

我们将扑倒在这大风雪里吗?
是的,我们将。
而我们温暖的血
将随着雪而融化
被吸收到大树的根里去
吸收到小草的须里去
吸收到五月的河里去。
而这雪后的平原
会袒露出来,
那时候
天青

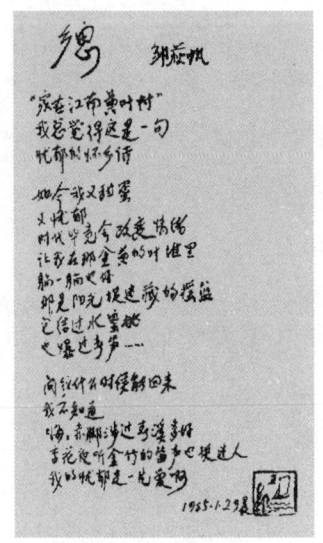

邹荻帆手迹

水绿

鸟飞

鱼游

风将吹拂着我们的墓碑……

                        1948.5

他自水泊梁山来
——访束为

○
○
。

束为（1918—1994）山东东平县人。原名束学礼。1935年从阎锡山军队投奔到山西抗日少年先锋队，后转到决死第二纵队，转战于太行、吕梁一带，做过战士、班长、排长。1939年以后被任命为吕梁剧社分队长兼党支部书记。1940年秋随剧社到延安集中学习，考入鲁迅艺术学院戏剧系。1942年冬天回到晋绥边区文联，参加了文艺工作团，被派往河曲县第三区农会搞减租减息工作，在那里写出第一篇小说《租佃之间》。1949年后历任山西省委宣传部文艺处负责人、山西省文联主席兼党组书记。出版有三卷本《束为文集》。

我想当年山东人束学礼在去往我的家乡河曲县的时候，一定是脸色黧黑浑身是劲，一定是背着挎包哼着山曲儿，一定是踌躇满志像梁山好汉一样要干出些惊人的事情来。

小路一边是贫瘠的大山，一边是滔滔黄河流水。河对面，依然是陕北的泥土，依然是漫漫的黄沙，依然是狗吐着舌头在咻咻地喘气，可毕竟不是延安了。

延安有嘹亮的军号声。延安有那么多的首长和战友。在那里可以静心听课，可以钻研文化，还可以读到一摞摞鲁艺图书馆的书。那是一种令人无限留恋的紧张而活泼的生活。

如今他毕业了。在晋绥边区文联稍事休整后，他被分配到河曲农会当干事。他将在那里参加轰轰烈烈的减租减息运动。

人生很有滋味。

当年为了逃难，为了谋生，束学礼不得不离开山东老家，离开八百里水泊梁山，同着一群家乡子弟，赤手空拳跑到山西来。原想凭靠他在杂货铺学下的腌咸菜磨香油手艺混一份平常人的光景，不想山西地界抗日斗争如火如荼，他便毅然从军，成了一名抗日战士。不久参加了汾城三官峪战斗，仗打得激烈悲壮，几位同乡倒在血泊之中。

他要为战友报仇。他决心成为一名职业军人。他向往日后成为一名战斗指挥员或政治工作人员。可偏偏首长俱为儒将，不管战争多么惨烈，总要千方百计保护好"马背图书馆"。

在硝烟烽火之中，束学礼读完一马背图书。古今中外的故事和水泊梁山的传说连起来，束学礼便有了一种新的冲动，一种新的臆想。

我想我们河曲县那时候虽然有一片连着一片的河滩地，虽然有威武雄壮的古边墙和烽火台，但它深深地藏在大山里，犹如一位还没有发育起来的山丫头，眼睛迷茫而慌乱，脸蛋上溅了泥巴和牛粪。她穿着粗布衣衫，脚指头毫不害羞地插在泥土里。

这样的山丫头，怎么好意思出来见人呢？

这样的山丫头，也能出来迎接水泊梁山的客人吗？

我想象着束学礼在我们县曲峪村里写小说的情景。那小房子一定是走风漏气，那火炕一定是烫得吓人。而麻油灯头呢，便随了冷风摇呀摇呀……他把自己用白麻纸钉的小本子摊开来，那上面用蝇头小字记满了河曲县的风土人情方言俚语，记满了我的父辈们在减租减息运动中的奇闻轶事。那时候曲峪村的老百姓只知道老束是公家的干部，于是便把山里人的善良憨厚都向他摊开来。给他抽旱烟吃海红果，

束为题词

派饭时端出来粉条豆腐大烩菜,端出来糜米捞饭油炸糕。

他们哪里知道这位老束不是等闲之辈,更不知道这位束同志就要舞文弄墨了。

或许支书王福喜知道一点点,他说,咱村受到表扬了,你给咱写个稿稿送到报社吧。

于是老束盘腿坐在火炕上,摊开他那老蓝布皮儿的小本子,一连三天,写出一篇万把字的稿子来。

稿子不是通讯报道,是他的小说处女作,篇名叫《租佃之间》。小说写罢,端端正正署上"束为"二字。第二天送交村邮政,小毛驴颠颠地转往延安去了。

8月间,《解放日报》分两期登载了这篇万字小说。1946年,小说被收入上海出版的《解放区短篇创作选》。过了十年,又收入莫斯科出版的《中国短篇小说选集》。

不知道稿子驮走以后束为想了些什么,只知道过了几天,他又盘腿坐在火炕上,又在麻油灯下摊开他的小本本。这一次,他写成了短篇小说《谈判》和散文《河曲风光》。

那时候我们河曲的黄河涛声伴着他。那时候曲峪父老的鼾声和曲峪的泥土伴着他。

他自水泊梁山来,在山西境内成了一名革命战士。而在偏远迷人的河曲县,他坚定而勇敢地踏上了文学创作之路。

几十年之后,他有了一批又一批的成果。叶圣陶先生在谈到他的小说时写道:"读束为同志的这15篇作品……觉得恰到好处,从他疏疏朗朗的几笔,已经可以想见那些人物的状貌和内心,明白那些矛盾和斗争的原委曲折,从而领会他要表达的中心意思。而且,在需要的地方,也不惜用工笔细描,他并非一律用简笔。总之,他是能够运用他的技巧,来写他所熟悉的农村情况,来写他所赞颂和憎恶的种种事物的。"

我小时候读过束为的小说。几十年之后我们在省作家协会共事,他是领导,我是部下,当他知道我是河曲人氏后,便有了一种热切的感情。他不时打听河曲的变化,我便拣知道的告诉他。又问到曲峪旧人,我是一片茫然。我曾在曲峪吃过住过写过文章,但新旧更迭,我不知道也没有打听过王福喜等老人的状况。

后来我邀请束为到河曲寻旧,却因为种种杂事,始终未能成行。他曾对我说,他很想念河曲的农民朋友。最近他激动地告诉我:"我准备回曲峪去啦!"

我想我们河曲县如今不再是黄毛丫头了。宽阔的公路柏油铺就,说不定火车也要一头闯进去。曲峪山清水秀,人称是黄河岸畔的一颗明珠。束为回去,一定会在山头感慨一番!

回首往事

人事沧桑,谁能说得尽个中的轮回转换呢?

我只能说,束为回河曲,一定能吃到鲜嫩的炖羊肉,吃到热腾腾的油糕粉汤酸捞饭。

1992年3月26日
2005年3月6日修订于束为辞世11周年之际

束为重返河曲那年,我因事未能陪他回去。我托付时任县委宣传部部长的学弟王文才尽心接待,文才后来告诉我,束为回到河曲,兴奋异常,每日访旧觅踪,只想吃当年的家常饭,时不时还哼几句河曲山曲儿。

－附录－

读者来信

（一）

治国同志：

弄到凌晨2时许，写完拙文，呈上，请您斧正，如可，能否给《太原日报·双塔》副刊用？

反复读了您的《晚晴里的风景》，激动不已，默默说：我要写点什么。但近因身体欠佳，又去阳泉写稿，一直拖到今日才成稿。

评论一位作家的作品，是一件较难的事。好在您写的是访问记，我就想斗胆评论了。不料还终于成文。我之激动有二，其一，您及《太原日报》办了一件功德无量之事，太好了；其二，您的文笔好，视点、角度、行文、语言、选材……都新，都好。我是写不出您这样文章的。弄惯了"本报讯"，又不善为文。我写的东西都"呆板"，甚至乏味。我从您的文章中学到了什么东西。这不是客套。您知道，我这人很耿直，要我玩虚的简直不会。

送您两本小书，读来无啥味道，作为纪念吧。

　　顺颂

时绥！

王艾生
1996年12月10日

（作者为原《人民日报》驻山西记者站站长，资深老记者）

（二）

治国师您好：

……我虽然没有订《太原日报》，但"作家风采"中50个人物我都设法看过了，你写得很美、很美！正是这，我又先后向20多个干部工人推荐，为你的作品叫好！

一年来，你为写这 50 个人物，付出了巨大的劳动汗水，不分昼夜，跑遍了全国各个角落！

你辛苦了！完成了一项伟大的工程！真不容易啊！无毅力、不坚持能行吗？坚持就是胜利！

我向你表示最诚挚的祝贺！祝贺你继往开来为读者写出更好的作品。

请不要忘记"作家风采"一旦结集出版的话，千万赠阅一册，书页上签上你的亲笔字，以示永恒的留念。

谢谢！

阎清文于国庆 44 周年纪念日
（太原市南寨省建四公司六处）

（三）

燕先生：

您好！

我是《石家庄日报》编辑，喜收集现代文学资料，得知您曾采访众多老作家，撰有《晚晴里的风景》一书，可否惠赐，以为学习、研究？不知近来又有何新著问世，望来信告知。

谢谢！

王律
2004 年 8 月 20 日

伯乐从来识雄骏
——访冯牧

○
○
。

冯牧（1919—1995） 北京人。1936年参加"一二·九"学生运动，1938年到冀中根据地工作，1939年后到延安抗日大学、鲁讯艺术学院文学系学习，后留校。曾任延安《解放日报》文艺编辑、新华社随军记者、中国人民解放军十三军文化部长。1952年后任云南军区文化部副部长，《新观察》《文艺报》《中国作家》主编，中国作协副主席，文化部文艺研究院院长，中国文联党组书记等职。1940年发表处女作，主要作品有文艺评论集《繁花与草叶》《激流小集》《耕耘文集》《文学十年风雨路》和小说散文集《新战士时来亮》《滇云揽胜记》等。有九卷本《冯牧文集》留世。

　　十年前在文学讲习所听冯牧先生讲课，先被他的气质和风度所震慑。他穿银灰色西服，系一条鲜艳的领带。四小时内他潇洒而得体地阐述了自己的文艺观点和文艺思想，其间评点了十几位作家的近作，使人不禁为他对文学戏剧界的熟悉而感到惊讶。

　　那时候我能想象出他参加"一二·九"运动时慷慨激昂无所畏惧的英勇形象，我也能想象出他到延安时化装成阔少爷的那份风流倜傥。日本兵闯进他家里搜查传单时，他和佣人配合默契，很机智很灵敏地将他们瞒了骗了打发了，这是冯牧。及至后来投奔革命时只给家人留了一张措辞含糊的小条，这也是冯牧。但我怎么也想象不出潇洒的冯牧在硝烟弥漫的战场上、在枪林弹雨中匍匐前进的英雄模样。他是那样的儒雅温良，仿佛生来就应该站在大学的讲台上。

可他过去确实是一位军人，确实是一位有相当级别的军官。而且参加过那么多著名的战役，比如"淮海""洛阳""渡江""广州""粤桂边""滇南"，还有山西的"汾孝战役"。

十年后洪波领我走进冯牧先生的寓所，见先生依然风度翩翩气质优雅。他穿着整洁干净的花格衬衫，裤线熨烫得有如画了一条直线。书房一如主人般明朗净洁，屋子里漫散着阵阵书香气味。

十年时间不算短，白发已悄然挂在我的鬓角上了，可冯牧先生依然蓬勃热烈。这倒怪了，难道因为他曾经是一位军人吗？难道因为他曾经动过那么大的手术吗？

话题从山西谈起。当年冯牧到延安，走了一条曲线，原想从兴县过河，当地人告诉他此路不通。于是便折到晋中，过昔阳，过盂县，又钻进太行山脉，看过上党梆子，看过晋剧《三滴血》。之后坐着难民车，总算到了黄河渡口。

"山西农村有文化，每个村里都有一座戏台。"冯牧说。

第二次到山西，是廖承志临时把他们一批人借给王震陈赓部队的。廖承志写信说，你们急需战地记者，我给你们。但这批人都是我们的精华，我不能白给。到时候还人之外，还得给我战马和枪支弹药。

冯牧他们从军渡过河，头上有敌机盘旋，手里攥着廖承志的条子。黄昏时到了离石县，沿着电话线找到一座大庙，掀起门帘先看到贺龙和彭绍辉。贺龙嘀嘀地笑着说，来的正是时候，前面正在打大仗，缺的就是写文章的人。找陈赓容易，沿中阳、隰县、蒲县一带走，哪里有枪炮声，哪里就有陈赓。

冯牧题词

找到陈赓，冯牧就被拴在山西了。汾阳孝义的仗打完，他随军到文水休整。廖承志要人，陈赓不给，秀才成了正规军人。之后他参加了晋南战役，一路打下去，随第二野战军开往河南广州，一直打到云南去。

"和山西的缘分，大约在延安时就结下了。"冯牧笑着说，"先是在《解放日报》写文章推荐赵树理的《李有才板话》，后来艾思奇又让我看马烽同志的早期著作。看了《张初元的故事》，我写了评论。你们说马烽同志至今还记得这件事，这倒让我有点不好意思了。"

帅气当年

战争年代，冯牧几乎跑遍山西，但直到现在，他还没有到过太原。他不知道太原有多长多宽，也不知道晋祠在什么方位。

冯牧最大的功劳在云南。他在担任军文化部长和昆明军区文化部副部长时，曾经发现和培养了一大批作家。我去年在云南时，好多作家朋友谈起冯牧来，无不肃然起敬，把他当做自己最亲密的老师和兄长。20世纪五六十年代，云南部队作家如星河灿烂，在中国文坛上闪射出熠熠的光辉。他们翻开来一部部古老绚丽的历史传说，他们把全国的读者观众一下子吸引到美丽神秘的彩云之南。于是人们看到了怒江澜沧江，看到了苍山洱海昆明湖。孔雀开屏葫芦笙吹起来，芒锣轰鸣象脚鼓敲起来！

冯牧手迹

于是有了《边寨烽火》《寨上烽烟》《芦笙恋歌》《我们播种爱情》。有了《阿诗玛》《望夫云》和《山间铃响马帮来》。还记得《五朵金花》和《摩雅傣》吗？还有《红河波浪》《边疆的声音》《猎人的姑娘》……

那是多么壮观的一支文学团队，多么壮丽的一段文学史诗啊！那里面饱含了部队作家的心血。老的少的、男的女的。但无论男女老少，都离不开忘不了他们尊敬的冯牧部长。

我当过编辑，我知道编辑的甘苦。我不是评论家，但我尊敬他们，一如尊敬我的父母师长。他们的心血是养分和肥料，他们把一生都交给了别人。有良心的作家把他们镌刻在自己的书页上，即便有一天站在诺贝尔文学奖奖台上，也记得自己出征的时候，曾经有人扶过搀过。承认这一点，用不着羞羞答答，用不着人一阔，脸就变。

冯牧先生却平静地说："不管什么时候，云南都应该出好作品。那是一个遥远而美丽的地方，倘若作家能深入下去，肯定会有丰硕的成果。"

是这样吗？或许是的。李存葆去了，写出来《高山下的花环》。可是花环所以那样撼动人心，据说又倾注了冯牧先生好多血汗。还是80岁的许姬传先生公正，他送冯牧一首绝句，道是：

> 伯乐从来识雄骏，
> 衡文玉尺寸心知。
> 江山代有人才出，
> 化雨春风正及时。

冯牧识人，人识冯牧，世间自有公平在。

1992年4月7日凌晨
2005年3月7日校正

文章发表前，曾呈送冯牧先生过目。他托洪波带给我一纸便函，上面写道：治国同志，是廖承志，不是廖汉生，请加改正。冯牧

- 附录 -

高洪波：晋人燕治国

晋人燕治国，身高一米九而性情温和若处子，未曾开言，面色酡红，其文细腻明媚，专写晋地女子万种风情，是谓声色俱佳，形神兼备。若无燕治国，晋西北小儿女形态当大为减色，故治国之为文，乃晋地之幸事也。

治国好酒，饮前饮后，判若两人。酒酣耳热之际，治国有求必应，专唱家乡河曲酸曲。酸曲者，民间情歌也。治国歌之咏之，舞之蹈之，昂首高歌，旁若无人，闻者无不色动。盖真性情之歌，可感真性情之人，世有治国，方知真性情之人殊为难得。

治国酒后曾与吾辈斗牌"拱猪"，时在鲁院就读，输者一律罚钻课桌若干，最多者一次须钻二十张课桌，治国从容钻桌，其身硕长若蛇，任人擂桌击椅喧天震响，而治国勤奋钻之，敬业之情，跃然而出，真乃一派大将风度也。

治国近年间为《太原日报》辟一专栏，介绍若干年逾七旬老作家近况，故治国倾尽全力投入采访，由山西而北京、天津，继而广州、武汉、西安，所访诸多文坛名宿，无不欣然待之。后治国归而成文，均融历史与现实为一体，哲理与激情为一身，所访前辈之丰采近况，栩栩如生。余曾为治国联系艾青、严文井、冯牧、李纳、张志民、冯至诸前辈，并认定治国此举为当代文学史之盛事。治国不负众望，常风尘仆仆奔走于京师大街小巷，偶有乖僻者不肯接纳，治国未有丝毫不快，淡然一笑，其神情一如昔日鲁迅文学院败阵钻桌，立起身来，依然故我。

如今治国一番苦心，可望结出丰硕成果。数十名文坛名宿之专访，配以手迹、照片，被某大出版社认定，暂定名为《晚晴风景线》，不日内可结集问世。而治国所访之人，有数位竟因病辞世，故治国成为其最后之访问者，治国每一论及，均百感交并矣。

老人如史。治国借专栏作家之便，走遍全国，探访文学之明史、暗史直至秘史，收获岂在一册小书乎？相信自此之后治国为文为人，将更添几分儒雅深沉，此乃意外收获，非勤勉如治国者，断不可得也。

治国今为《山西文学》副主编，文为主，编为辅，饮酒如故，高歌如昔。然酒须三巡过后，半斤尽耗，否则治国之兴奋灶，断然不能点燃也。闻治国歌声者，幸甚，幸甚。

1994年2月于避斋
（原载《雨花》1994年7月号）

高洪波小传

高洪波　1951年出生，内蒙古开鲁人。1988年毕业于北京大学中文系。1969年应征入伍，任陆军四十师炮团战士、排长。1978年转业后历任《文艺报》新闻部副主任，中国作家协会办公厅副主任，《中国作家》副主编，《诗刊》主编，中国作家协会创联部主任、书记处书记、党组成员、中华文学基金会理事长、中国作家协会儿童委员会主任、中国作家协会7——9届副主席。1971年开始发表作品，著有儿童诗集《大象法官》《鹅鹅鹅》《吃石头的鳄鱼》《喊泉的秘密》《我喜欢你，狐狸》《种葡萄的狐狸》《少女和泡泡糖》《飞龙与神鸽》，散文集《波斯猫》《文坛走笔》《高洪波军旅散文选》《司马台的砖》《人生趣谈》《为二十一世纪祈祷》《柳桃花》《避斋走笔》《高洪波散文选》，评论集《鹅背驮着的童话——中外儿童文学管窥》《说给缪斯的情话》等数十部。诗歌《我想》获全国第一届儿童文学优秀作品奖，散文集《悄悄话》获全国第三届儿童文学优秀作品奖。

2016年12月21日修订

蒲黄榆畔藏文仙
——访汪曾祺

○
○
。

汪曾祺（1920—1997）江苏高邮人。1939年考入昆明西南联合大学中文系。1940年开始发表小说，曾在昆明、上海任中学国文教员和历史博物馆职员。1946年起发表《戴车匠》《复仇》《绿猫》《鸡鸭名家》等短篇小说。1950年后在北京市文联、中国民间文学研究会工作，编辑《北京文艺》和《民间文学》等刊物。1962年调北京京剧团（后改北京京剧院）任编剧。有《汪曾祺全集》八卷本留世。

汪老曾祺，江苏高邮人氏。谁要能描绘出他的风采来，谁就是文坛里的高手，科考时的举人与进士。

我的同事李锐先生曾和他同室共眠，老少间谈文学谈人生谈金石书画谈草木鱼虫，谈了人世间好多好多的话。而且是在云南，在瑞丽，在缅桂树旁凤尾竹下，在傣家竹楼佤族歌场。分别后汪老曾给李锐题字留念——真是桃花潭水深千尺，不及汪老送字情。可李锐似乎至今未写过关于汪老的文章（至少我没有看见过），不知个中缘由安在。

还有好友高洪波，端的是潇洒聪颖，博学多才，人皆称文化圈内人。他文思敏捷，且喜字喜画喜古玩，和汪老过从甚密，又写过多位文学前辈的闲情雅致奇趣轶闻，可他也不写汪老——至少我没有看见过。

汪曾祺题词

铁凝倒是写了，题目叫《温暖孤独旅程》，发表在《长城》双月刊上。她说汪老目光温和而又剔透，文章诚实而又温暖。她说汪老的灵魂孤独而又优秀，说汪老将温馨与欢乐不求回报地赠予世人了。她还说："越是自己敬佩的作家，似乎就越不愿意突兀地认识。"

认识尚嫌突兀，撰文岂不唐突？铁凝把好话讲完，哐啷一声把门也关住了。惹得我气冲霄汉，偏要来絮叨一番。

一为那天找汪老太苦太累。我在北京求学四载，又有诸多亲戚朋友，可从来没听说北京有个蒲黄榆。和诗人陈建祖跑到永定门外，任人指东画西，一会儿在废墟中挺进，一会儿在窄街中蹀躞，等找到汪老住处，腿也酸麻，脚也胀痛，一双鞋已是不消提起。抬眼一望，才知道一条大道直通天坛，我们真是何苦来哉！

不絮叨几句，我觉得冤枉。

二是文学讲习所的几位同学，曾经如醉如痴地读过汪老的小说。他的《受戒》和《大淖纪事》，很有人背诵过其中几段。背熟了，便拆卸开来重新摆布。包括字、词、句，包括标点、音节、韵味，还包括汪曾祺其人其事其来历其背景。我至今记起来的有两段：

> 到了家，巧云醒来了。（她早就醒来了！）十一子把她放在床上，巧云换了湿衣裳（月光照出她的美丽的身体）。十一子抓一把草，给她熬了半锅子姜糖水，让她喝下去，就走了。
>
> 巧云起来关了门，躺下。她好像看见了自己躺在床上的样子，月亮真好。巧云在心里说："你是个呆子！"
>
> 她说出声来了。

十一子的牙关咬得很紧,灌不进去。

巧云捧了一碗尿碱汤,在十一子的耳边说:"十一子,十一子,你喝了!"

十一子微微听见一点声音,他睁了睁眼。巧云把一碗尿碱汤灌进了十一子的喉咙。

不知道为什么,她自己也尝了一口。

小说精彩如是,如今不絮叨几句,莫非当年白背了不成?也正是靠这两段文字和《边城》中一句"这个人也许永远不回来了,也许明天回来",我完成了系列中短篇小说《农家闺女》,如今不趁机说几句,真是对不住汪先生了。

我问汪老,你自小尊重父亲,高中时读《沈从文小说选》,你父亲明明问过你:"小说也是可以这样写的?"你却毫不理会,径自考西南联大去了。

此为大不孝。

几十年之后,你推出来《受戒》和《大淖纪事》,引得众作家瞠目结舌,舆论哗然,才知道小说还有如此作法,才知道中国还有作家沈从文,还有他的入室弟子汪曾祺。那么,你以前干什么去了?你为什么偏要等到这时候,才让人们问你:"小说也是可以这样写的?"

老而精

此为大不诚。

汪老默然。

他20岁就写开小说了,以后成了编辑。编《北京文艺》,编《说说唱唱》,编《民间文学》。以后被发落到河北一个小县改造。再以后他写字、画画、哼昆曲、编剧本。字写得飘逸,画作得潇洒,昆曲唱得有板有眼,京剧剧本则有《沙家浜》。

问汪老还会什么,莫如问他还有什么不会。

我到汪曾祺家里,先看到的是一片凌乱。书房里堆满书画,靠墙一支硬板床。窗外车声不绝,他说他的神经有如井绳。车声于他,正应了一句俗话:"马二先生游西湖,他不看女人,女人不看他。"

我们在客厅叙谈,厅里有孙儿书桌一张。书桌旁边,赫然一瓶五粮液。酒已让汪老喝光,孙儿正在学画,或许瓷瓶正好作了静物。祖孙二人,按需分配,各得其所。

铁凝感觉汪老文章温暖而又孤独,我坐在汪老身边,感觉到的是烟气和才气、智慧与聪黠。且听汪曾祺几段语录:

他说作家应该是通人,不能四通五通,起码应该三通:打通中西文化,打通古典当代,还要打通古典西方和民间文学。

他说他看似平常的作品其实并不那么老实。他的追求是融奇崛于平淡,纳外来于传统,不今不古,不中不西。他崇尚空灵平实,返璞归真。他说民间文学简直是不得了,他说爬山调和信天游简直是不得了。

他熟悉南方民歌,对北方民歌也不陌生。说起被下放到河北某县为农科所画马铃薯图谱那段往事,他马上能唱出来"想哥哥想得迷了窍,抱柴火跌进了山药窖""交城的大山里没啦好茶饭,只有莜面栲栳栳,还有那山药蛋"。

他说河曲《走西口》堪称经典作品。孙玉莲给丈夫一边梳头,一边含着眼泪说:你就让奴家给你梳一梳哇,出了门

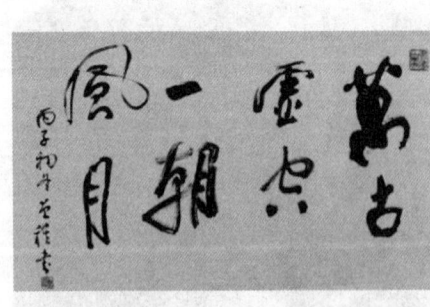

汪曾祺手迹

也像个有老婆的人——想象奇妙超越,可说是戏剧台词中的绝句。

我自幼生长在河曲县,唱民歌肯定比汪老嘹亮激越,可那时被他的一番理论迷倒颠翻,只好噤声恭听。我感到了知识的力量,感到了汪曾祺的精深博大,往后与他对话,得再带一个聪明的脑袋来。

忙且乱

那时候还没看过他的《蒲桥集》。归来看他赠书,由不得又是一阵心跳,他写雨雾流水,写草木鱼虫,写亭台楼阁,写《戏联选萃》序,还写太监念京白。写狼、写熬鹰、写逮獾子、写踢毽子,还写晋祠、写水母、写苏三、写吃、写喝。

铁凝铁凝,有众多活物乐事烧酒香烟相伴,汪老还有什么"孤独"呢?

读汪老的《蒲桥集》,至少有几十个字它们认得我,我不认得它们,汪老果然好学问!

这就是"坐对一丛花,眸子炯如虎"的汪曾祺。一壶酒一篇文章,一杯茶一帧丹青。一支烟一幅墨宝,眨眼间一首绝句——文仙其谁,汪老曾祺也!

至于他的烹调手艺养鸟方法吹拉弹唱以及其他种种雕虫小技,早已名闻遐迩,不说也罢。

1992年3月15日草于北京赵家楼遗址
2005年3月7日修订

这篇小文章写于北京紧挨赵家楼遗址的一家小旅店里。旁边便是中国作家协会的宿舍楼,里边住着同窗好友高洪波和秦文玉。他们说,就住在这里吧,一来采访方便——诗人张志民就住在这里;二来我们好招呼你,想找谁,我们替你预约;三来也能节省点差旅费。如今楼还在,洪波搬走了,文玉和志民先生已经到了另外一个世界,而汪老却过早地倒在酒里——呜呼!子在川上曰:逝者如斯夫!

- 附录 -

汪曾祺：关于蒲黄榆

我现在住的地方叫做蒲黄榆。曹禺同志有一次为一点事打电话给我，顺便问起："你住的地方的地名怎么那么怪？"我搬来之前也觉得这地名很怪："捕黄鱼？——北京怎么能捕得到黄鱼呢？"后来经过考证，才知道这是一个三角地带，"蒲黄榆"是三个旧地名的缩称。"蒲"是东蒲桥，"黄"是黄土坑，"榆"是榆树村。这犹之"陕甘宁""晋察冀"，不知来历的，会觉得莫名其妙。我的住处在东蒲桥畔，因此把三篇小说题为《桥边小说》，别无深意。

汪曾祺与老伴

夜来雨中捡旧梦
——访葛洛

○
○
○

葛洛（1920—1994） 河南汝阳人。1938年入延安抗日军政大学、鲁迅艺术学院学习。曾任鲁迅艺术学院文艺研究室研究员、文学系助教、文学部秘书，晋冀鲁豫边区文联研究员，北方大学教员，中国人民解放军第二野战军随军记者，《人民战士报》编辑。1949年后，历任重庆市军管会文艺处处长，西南军区政治部文化部创作组组长，《人民文学》副主编，《诗刊》副主编，《小说选刊》主编，中国作协书记处常务书记、书记处书记等。1939年开始发表作品，著有小说散文集《雇工》等。

夜来一场好雨，绵密且细碎。雨滴款款落在街前巷后，太原顿时有了几分娇嫩和柔媚。

5月13日，葛洛自北京来，参加完山西五位老作家文学创作50周年纪念活动的开幕式，他的心情一如雨中的夜空，澄澈而滋润。在这样的夜晚，若是推窗远望，若是在细雨中缓缓漫步，那真是惬意极了，那会使人沿着幽长的小径，不停地走啊走啊……

可是我贸然闯进他的世界，打乱了那种宁静和淡雅。葛洛又是一副好脾气，开门迎客，应约叙话。于是在那样的雨夜里，我把一位前辈的思绪拉得很长很长。从伏牛山下，到延水河畔；从云南密林深处，到朝鲜枪林弹雨之中；从湖北稻田里，到卢萨卡、到达累斯萨拉姆……

多少作家成功之后说，自己儿时是怎样喜欢文学，怎样从老祖母或老外婆那里受到启蒙教育，怎样如饥似渴地读书，曾经受过怎样的坎坷和冷遇，最后经过怎样坚韧不拔的奋斗和抗争，终于站在了高高的文坛上，傲视苍生。

葛洛却说，严格讲来，我并不算是一位作家，直到青年时，我向往的仍然是到前方打仗。

少年葛洛，家道贫寒。出生七天之后，生母辞世。父亲因病致残，走路一瘸一拐。所以天降大任于小儿，河南汝阳伏牛山下，早早就出息了一名庄稼把式。后来葛洛到延安，曾经多次当过劳动英雄。及至到了湖北干校，他仍然是拔尖的干活能手。如今72岁，耳也不聋，眼也不花，脊背挺得直直地，上楼走得稳稳地——这是庄稼人的根底，葛洛愉快地说。

其实葛洛命运不错。在断断续续的读书生涯中，他总是受到老师赏识，连校长都愿意资助他。后来，校长被自己的弟弟杀害，眼看读书无着，那位弟弟慨然解囊，愿意培养他读高中、读大学，条件是学成后必须回到他手下干事。

葛洛恨声骂道：去你娘的，老子宁愿回家种地去！

那人是当地民团团长，是个杀人不眨眼的魔王。夜晚让村民们把闺女媳妇送到他家去，有违抗者，或者倾家荡产，或者人头落地。

所以青年葛洛迫切期望自己手里有一杆枪。他想，他应该杀掉那个家伙。考上抗大后，他要求到军事队去，一毕业就能到前线。结果

葛洛题词

雨夜造访

组织让他留校工作,他只好服从组织决定。

对于葛洛来讲,1938年是他一生中最重要的年头。那一年他奔赴延安,考上抗日军政大学,那一年他站在党旗下宣誓,他的身家性命不再从属于他病残的父亲。也是在那一年,他转到鲁迅艺术学院,从此踏上了文学道路。

葛洛是忠心耿耿的共产党员,又是那种吃苦耐劳的农家子弟。他总是受到人们的尊重与信任。鲁艺一毕业,他又被留了下来,先到延安县碾庄乡任副乡长,那里成了鲁艺的创作基地。周立波在碾庄写了《牛》,葛洛后来也写出了《我的主家》《卫生组长》《风波》等短篇小说。

以后,葛洛担任鲁艺文研室研究员、文学系助教、文学部秘书,要不是整风时替受冤枉的人讲话,他根本不会领教到挨批判的滋味。

因为他根正苗红,踏实肯干,文章之外,人品又备受称赞,但他却讲了心里话,于是被关心他的人们揪住衣领狠狠地训骂一顿。

十几年之后,他又犯了同样的"错误"。那时候北京阳光明媚,葛洛坐在《人民文学》主编室里,正在一丝不苟地编发稿件。他不该回河南老家,也不该听信父老乡亲对时政的埋怨。或者听过也罢,不往心里去就是了。偏偏他生性认真,竟然想把民情民心都写成报告,送给有关部门。后来《人民文学》出了事，两位副主编和编辑部主任都被扫进"右派"行列，葛洛没顾上写报告，忙于在各处出面，重犯延安时的毛病，结果几乎被一块儿扫进去。最后总算没戴帽子，副主编却是做不成了。

  1973年，葛洛应铁道部邀请，赴非洲坦赞铁路体验生活。他不是那种惹是生非的人，尽管资深位高，身上依然保留了农家子弟的质朴和文化人的谦恭。他热心辅导中国工人，编写了《友谊的彩虹》，帮助一位工人作家写成一部反映铁路建设的长篇小说。

  但是质朴谨慎的葛洛同志，总是有意无意间惹出点麻烦来。当时明文规定不准和外国人交往，尤其不准和资本主义国家的人稍有接触。葛洛在参观赞比亚议会大厦时，经不住美国州立大学一位校长的纠缠，犹犹豫豫地和人家照了一张相。事后他说，那位教授一直夸奖中国天津制造的汽车，执意要在车旁和中国人照一张相。他请教过翻译，一句多余话也没说。他看那教授不像怀有恶意，照相时他本人很严肃，并没有表示出些微的亲热来……

  葛洛又一次挨了批评，要不是中国大使着意"包庇"，事情或许就闹大了。

  葛洛一生最感欣慰的，是他年轻时终于穿上军装扛起枪，终于随部队打过几仗。抗战胜利后，他投身中原野战军，进军大别山。之后又跟随第二野战军一直打到西南。行军路上，他写了短篇小说《雇工》《步兵爆破手》和一批散文、诗歌、特写和战地通讯，而且作为中国人民解放军的代表之一，他和战友们一起接管了山城重庆。

  1952年，葛洛奉命前往朝鲜战场，担任中国作家、艺术家赴朝创作组副组长，和古元一道协助巴金先生完成前线创作任务。周恩来总理在中南海为他们饯行，嘱咐创作组党支部书记葛洛同志要保护好巴金和其他艺术家，要保证他们的生命安全。在炮火纷飞的朝鲜前线，葛洛和作家、艺术家们结下深厚的友谊。他说他至今记得巴老当时身穿军装的形象，记得他怎样吞咽压缩饼干、怎样吃无盐的海参。巴老当时50多岁，在前线还一直坚持自修俄语。

  前几年，葛洛又回过一次家乡。父老乡亲将他团团围住，诉说山村的变化，也诉说乡镇间的不平。葛洛不改初衷，将听到的事情理出头绪，特意找到县委大院去。他和书记促膝谈心，盼望家乡能有更大的变化。

真是没办法，葛洛说。生性如此，多半辈子容不得马虎敷衍。好在年纪大了，也许往后能过几天清静的日子。

他的家里很热闹。老伴曹兰毕业于鲁迅艺术学院音乐系，之后在中国音乐家协会任职，如今离休在家，正好教孙儿外孙吹拉弹唱。四个孩子中有两位是中央级报刊记者，团聚时免不了谈及当今时政。葛洛确实生性难改，听到不同意处，依然要发表自己的意见。

倒是太原这个雨夜，本来可以静心养性，不消说一个字出来。偏是我闯进去，两代人就了细碎的雨丝儿，捡拾起无数过去的梦。

1992年5月17日凌晨3时于听涛书屋
2005年3月7日订正

那年那天那夜，先生谈笑风生。谁想两年之后，他竟撒手西去。好人葛洛，去何匆匆，留下这无尽的思念，让谁人来承受？

- 附录 -

葛洛先生来信

治国同志:

你写我的文章读到了。尽管其中有一些溢美之词,使我不好意思接受,但是总的来说它给我以亲切之感,使我仿佛回到了我们倾心交谈的那个雨夜,重温了我们在不长的时间里结下的友谊。因为你说过将来还要把这些文章结集出版,我对此文中少许与事实有出入的地方作了一些修改,兹将改过的剪报寄去,供将来结集时使用。

很感谢在太原时你对我的热情接待。我们之间的友谊将永存在我的心中。你何时来京,请到我家来玩。

紧紧握手!

葛洛

1992 年 6 月 17 日

南华门里一老农
——访孙谦

○
○
○

孙谦（1920—1996）　山西文水县人。原名孙怀谦。1937年5月考入国民军官教导团。抗战爆发后，参加青年抗敌决死队，任战士、班长、排长、副指导员。1938年春调到黄河剧社，1940年秋随剧社到延安，入鲁迅艺术学院附设的部队艺术干部训练班、部队艺术学校学习。1942年夏调到八路军第120师战斗剧社，同年在《解放日报》发表小说处女作《我们是这样回到队伍里来的》。1947年后调东北电影制片厂、中央电影局艺委会、北京电影制片厂任编剧。1949年春完成第一部电影文学剧本《盐》。1957年调回山西，历任省文联、省作协副主席等。1992年山西省委、省政府曾授予人民作家荣誉称号。有《孙谦文集》五卷本留世。

　　古城并州，颇多小巷。一条小巷一群人物，一条小巷一堆故事。沿五一路东绕西拐，南华门里有巷如线。巷口集贸市场，头卖甚是兴隆。巷里五七户人家，或喜或忧，终将日月撑持下去。唯东四条人多，皆因有机关单位在焉。此巷幽深清静，虽非藏龙卧虎之地，却也养得著书立说之人。一支笔一摞纸，道出来人间酸甜苦辣；一皱眉一伸腿，都带点文化人的张扬与憨态。名重者传至五洲四海，成就皆让国家用电脑装起来了；名轻者倒也省内外知晓，新作品正等着列队出发。进出之间，或眼镜或西装，或昂首或挺胸，或胖，或瘦。

　　内有一慈和老者，脸上纹路略多了些，身上衣衫略散了一些。行走无铿锵之音韵，腰却是弯了，头发却是落了。闲暇时往巷口一站，人以为乡间一老农,田头一大爷。

老者有癖好,样样离不开山乡田野。先住小院,小院里拢葱栽花,更有丁香翠绿,春来送一巷清馨。后来搬迁,小楼玲珑秀美,只是少了一棵树,少了农家的情趣与风味,老者为之黯然神伤。

一日又养小狗一条,团团茸茸,见人便在腿边腾挪跳跃,真个为人解忧,令人开怀。老者每日持铁抓一支,为小狗刨闹饭食去也。每至日暮,前有老者趿拉着鞋带路,后有外孙趔趔趄趄跟随,中间小犬或跳或叫,真个笑也嘿嘿,乐也陶陶,农家之趣,此之谓也。

孙谦笑了

不日政府发话,城里人不得养犬喂鸡。彼时狗已长大,毛皮油光水滑,深知城里不是等闲之地,整日噤声缩尾,作老实态,装遵纪守法模样。只是主人系50年党龄之老布尔什维克,自然令行即止,毅然将一条好狗遣送回乡下去了。走时泪痕两行,权当为好狗饯行。

于是又打门前空地主意。白日端详,夜来思量,终于构思蓝图一幅,立马付诸实施。先取了无数破砖,垒得堰墙三面。再将肥土装了进去,俨然大寨梯田样板。便施肥,便翻土,且拢了小畦,开了水道。待到清明前后,挥了铁锹,依节令安瓜种豆,路人皆以为玩耍。不料秋来种瓜得瓜,种豆得豆,竟是一个丰收年景。庄禾之外,还要植树种花。树是噌噌地往高里奔窜,花

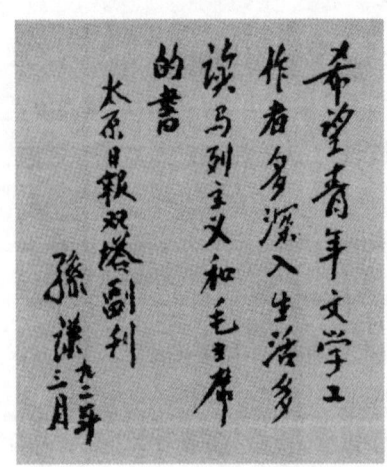

孙谦题词

孙谦与夫人王子荷

是突罗罗展开来姹紫嫣红。田园里流水潺潺，蜂飞蝶舞，端的是高山流水，山花烂漫，风光不亚于交城文水。彼时也，老农拄锹地畔，眯眼观赏希望之田野，顿时叹曰：把式真不赖，手艺顶呱呱。若要回乡去，定是好社员！

可惜又要搬迁，田园变成楼基。地不得种，树不得栽。花不复开放，水不复潺潺。老者无奈，一天一夜摇头叹息。

老者其谁？有他竖的纸板为证——迁入新楼，门前又有一片空土。土里砖石混杂，分明寸草不生。于是发狠将砖石挖去，怕一时搬将不完，便往土里插一纸板，赫然写了：孙谦之土，请勿乱动！只是外孙乐乐领头造反，不消一个时辰，一帮顽童将土撒遍世界。

孙谦对于吃穿，实在是少了些讲究。吃要粗米粗面，穿要随意宽松。夫人王之荷姿质娴雅，分明是大家闺秀，但于吃穿二字，却是难能奈何老孙。家有三位千金，老大笑雅偕丈夫在国外读书，老二笑宓夫妇在某研究所供职，三女笑非，与女婿儿子俱在京华。有外孙曰陶曰乐曰佳。春节时，孙谦欣然命笔，题联曰：

不羡五福唯嗜烟酒茶
甚爱三女更喜乐陶佳

观点坚定明朗，漫溢着老头一片舐犊之情，读来如春风拂面。

问孙老一生成就何在，他蹲在椅子上，急得抓耳搔发，半天答曰：他娘的一时想不起来了。于是翻箱倒柜，看里面还有甚么存货（此老喜蹲不喜坐。某年某月参加某国元首举办的盛大欢迎宴会，他顺势又蹲在椅子上，幸被好友马烽一把提溜下来，方知此日此时可坐不可蹲）。

公元 1947 年，孙谦奉调东北电影制片厂。调令急迫，拔腿就走，把一包剪贴资料全丢在山西兴县了。待到全国解放，资料早已散失殆尽。自 1949 年起写电影剧本，有的拍了，有的丢了。第一部为《盐》，如今杳无踪影。还有一部《农家乐》，剧本丢了，拷贝还在。所剩计有《光荣人家》《陕北牧歌》《葡萄熟了的时候》《丰收》（与林杉合作）、《夏天的故事》《谁是凶手》《奇异的离婚故事》（即《谁是被抛弃的》）、《未完的旅程》（与成荫合作）、《春山春雨》《一天一夜》《红军万岁》（即《万水千山》，与成荫合作）、《伤疤的故事》。

其余与马烽合作，共计七部：《山花》《高山流水》《新来的县委书记》（即《泪痕》）、《几度风雪几度春》《咱们的退伍兵》《山村锣鼓》《黄土坡的婆姨们》。

还有小说集两部。

还有歌剧话剧若干，独幕的不算，多幕的大都找不见了。

还有那部轰动全国的《大寨英雄谱》，五六家出版社抢着出书后，国人才知道山西有个昔阳县，昔阳县有个大寨村，大寨村有个陈永贵和贾进才。从此以后，小小山村演绎出跌宕起伏的惊天传奇。

战友情深：孙谦与马烽（右）

孙谦写书

还有通讯特写一长串,杂文论文一厚沓,只是或丢或忘,不提也罢。

想孙谦出身农家,自小读书四载,为何就敢著书立说?调往电影制片厂之前,看电影两部三部,尚不知机器多高,银幕多宽,何为蒙太奇,何为分镜头,就怎敢蹲着站着,一口气写起电影剧本来?点瓜种豆,不愧行家里手;文苑耕耘,又是硕果累累。孙谦吾师,真个神了奇了!

问孙谦秘诀何在,辄肃然答曰:"1937年与我同在一个连队者,凡120名壮汉。如今找来找去,连我在内仅余四人矣!每想到此,食不知味,夜不安然,我没有大的本事,唯有拼命多写,权当替战友出力!"

听者无言,立时将双足并起。

1992 年 3 月 4 日
2005 年 3 月 7 日校改
2016 年 12 月 24 日重读,稍作修正

想起孙老面容,有如犁尖从心头划过。偌大世界,还有如此令人思念的老人吗?孙老,虎头山上青松伴着您,您的亲人思念您,安息吧。

- 附录 -

虎头山上三座碑（节选）

  虎头山如今是山西著名的旅游景点。除茂密的森林外，这里还耸立着三座墓碑。

  陈永贵葬在这里。郭沫若的骨灰撒在这里。

  已故山西作家孙谦的骨灰也安放在这里。1964年，这位朴素的农民作家深受大寨人决战洪灾精神的鼓舞，写出报告文学《大寨英雄谱》，使大寨不再是一个名不见经传的小山村，因而备受大寨人尊崇。他之所以留言把骨灰撒在虎头山，除写过文章外，还因为"文化大革命"中下放到离大寨很近的武家坪大队，曾经在大寨林业队干过活。他希望生前与大寨人同甘共苦，死后和大寨山水朝夕相处。大寨人敬重这位老农民般的作家朋友，在虎头山上为他建了墓，并于1998年4月重新修葺墓地，立起汉白玉纪念碑。纪念碑背面镌刻着孙谦生平，正面刻着大寨人自己写的诗：

悼念孙谦同志

铁肩担起民间义，

妙手绘出农家情。

生前笔下英雄谱，

身后大寨安忠魂。

摘自《榕树下》，有改动

窗外是一片绿色
——访柯蓝

○
○
○

柯蓝（1920—2006） 湖南长沙人。原名唐一正。1937年湖南第一师范学校毕业，后赴陕北公学、延安鲁迅艺术学院学习。曾任新华社战地记者，陕甘宁边区《群众报》《解放日报》记者、主编。1949年后，历任上海《劳动报》总编辑，上海市文联、上海市文化协会党组书记，华东作协秘书长，湖南省文化局副局长，《求是》杂志文艺部主任、编审，中国散文诗学会会长，（香港）中国散文诗杂志社社长兼总编。主要著作有长篇小说《洋铁桶的故事》《风满潇湘》《命运之谜——徐特立传》，中篇小说《红旗呼啦啦飘》，散文诗专集《早霞短笛》，电影文学剧本《铁窗烈火》等。出版有六卷本《柯蓝文集》。

在柯蓝眼里，生活也许永远是美好的。

他歌唱道：生活在前进，每一分钟社会主义都在胜利。

他在自己的散文里曾经充满激情地写道：我们要追赶啊，我们如此地幸福！

从旧时代从硝烟弥漫的战场中走过来的作家们，无疑对获得新生的

情有独钟

祖国充满了一种真挚的感情。因为在自由了的土地上，洒溅着他们的血与泪。

对于柯蓝，这种感情或许更浓厚一些。少年时代，何叔衡、徐特立、熊瑾玎等革命党人，曾经是他们家的常客。柯蓝幼小的心灵里，早已埋下一颗小小的火种。之后他父亲被"剿共"大队便衣抓走，家里被警察翻得烟飞尘扬。不久他又亲眼看见电线杆上悬挂着的中共湖南特委书记郭亮的人头——柯蓝说，在半个多世纪之后的今天，当时的情景，还清晰地保留在我的脑海里。我一闭眼睛，就可以记起那一天的一切。

于是经徐特立介绍，17岁的柯蓝愤然投身革命。他从湖南到了西安，又从西安到了晋东南抗日前线。如今问起他的感受来，柯蓝说，山西尽是大山，翻过一座紧接一座，好不容易下山了，好不容易走进一段峡谷，可脚下尽是干枯的河床，满地都是又尖又硬的石头块。在山西，我第一次脚上打泡，第一次认识战争，第一次知道了日本军队的残忍和暴行。

山西的山路，使柯蓝磨炼出一副铁脚板来。1948年初，他步行400余里，从绥德到兴县探望妻子儿女，一路走得如此轻松愉快："走在山上，看见黄河在脚下静静流淌，群山大河尽收眼底。夏季山风也凉爽，头上飞着一朵朵的白云。我由不得大喊大叫，唱起信天游民歌来。"

柯蓝在延安写了解放区第一部长篇章回小说《洋铁桶的故事》，书中不少素材,取自沁源县抗日游击队。他说,山西的山山水水和可爱的人民激发了我,使我的处女作获得了成功。山西留有我跳跃的足迹,流淌过我的火热的歌。

柯蓝是一位充满激情的作家。他曾经如醉如痴地歌颂新生活。他把自己的赞歌,奉献给祖国和人民,奉献给普通的电焊工、风镐手、守林人、庄稼汉、解放军。他写瀑布、碑石、小河,写大树根、小铁铺、脚手架。对于有生命与无生命的人和事物,都一往情深地吟诵着美妙的诗句。

他说,年轻的恋人,请你的眼睛不要躲闪我!我知道你的眼泪和你的叹息,都已经不能洗去你这些痛苦了,那么就擦干你的眼泪,停止你的叹息吧!你不是为这些痛苦,才到这世界上来的。

他说,我常常凝视着,小窗外面沸腾的生活,奇异的变幻。

他说,窗外是一片绿色的春天!

火一般的激情,迫使柯蓝随时随地记录下来色彩斑斓的感想与感叹。自1956年开始,他创作了雨露般清新的《早霞短笛》。有意无意之间,柯蓝成为建国之后散文诗领地一位卓越的开拓者。他在炼钢炉旁,在打靶场上,在海岸长堤,在庄稼地里,写了几百篇晶莹剔透的短章,一经发表,便如石子一般投在青年人的心田里,掀起一阵阵不可遏止的波浪。

直至晚年,柯蓝仍在不遗余力地经营他的散文诗事业。他四处奔波,筹措经费,成立了中国散文诗学会。几年时间,这个学会有了近20个分会,培养和组织起来一大批散文诗作者。柯蓝又亲自出马,与出版社一起编辑了5套丛书,创办了中国第一张散文诗报,且把个中精品印制在贺年卡上。一时间散文诗如露珠滚

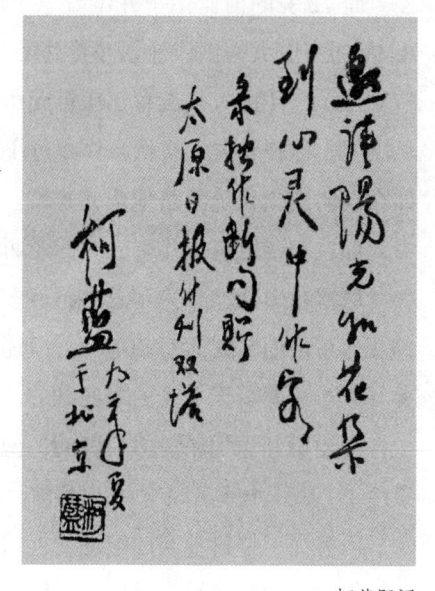

柯蓝题词

动，清新与明丽扑面而来，让人心旷神怡。

作为文学编辑，我时不时读到一些散文诗来稿。于是引起兴趣，找朋友们已经出版的散文诗集来读。臧克家先生说他读书是"只欣赏，不研究"，我读书亦然。但读着读着，便有了一些感触。20世纪五六十年代的散文诗我读过一些，当时也曾被激动得抓耳挠腮。但后来严酷的生活使我再也不敢去相信那些甜腻腻的诗句。有一段时间我甚至想，为什么正是那些新生活的赞美者，在"文化大革命"中被打成牛鬼蛇神，在饱尝拳脚羞辱之后，残的残了，死的死了？他们曾经无情地批判过自己的同仁同事，视之如粪土一般；而后来，自己竟然也被碾轧成泥。那么，他们对自己唱过的赞歌又作何感想呢？我理解一大批作家当时的处境与心态，包括后来投湖自尽的老舍先生，包括郁闷而殁的郭沫若前辈。但更让我敬佩的，却是那些敢于在逆境中说真话的文化人。

于是我很想知道散文诗发展至今，会有哪些变化。读着读着，于秀美俊逸之中，我便品尝出个中的滋味来了。原来散文诗也可以写写生活中的苦涩。倒应了严文井的一句名言，他笑眯眯地说："人生自有苦涩辛酸，文章岂能一味齁甜？"

而72岁的柯蓝似乎并不着意于已然逝去的功过。他还有好多事情要办，还有庞大的创作计划等着兑现。作为向教师节的献礼，60万字的《徐特立传》今年由人民教育出版社出版。另一部百万言的长篇小说已经初见端倪。他曾和夫人文秋合作写过小说《蔺铁头红旗不倒》《风满潇湘》。如今病弱的文秋依然陪他南北奔忙。文秋是他鲁艺的同学，是作家胡正夫人郁波的亲姐姐。几年之后，老两口将度过他们的金婚纪念日。

柯蓝精力充沛，一年总要跑许多地方。这种习惯，或许是由来已久的。他写山西写陕西写湖南写上海还要写云南深圳珠海。他写工写农写兵写教员还要写天上飞的海底藏的。北京之外，他还担任着珠海市委文化咨询委员和深圳旅游协会顾问。他说，南方热了，我就住在北京。北京冷了，我又住到南方。一生奔波，成了柯蓝的人生乐趣。

柯蓝在一位科学家的纪念册上写道：你的欢乐反而会意外地令你沉思。你的成功却又给你勇气，叫你冷静地迎接即将发生的一切。

拥抱

在饱经世事沧桑之后,柯蓝说他的百万字长篇将不急于出版。他在书里写到国共两党内部的好坏人,而且几乎是第一次涉及中国的"黑手党"。

窗外是一片绿色。

我以为,窗外还有别的颜色。

1992年9月9日
2005年3月7日校改

前几年柯蓝先生时有信来,依然为他的散文诗事业奔走呼号。近来信少了,我也疏于问候。柯蓝先生,还在南来北往吗?依然健步如飞吗?祝您长寿,祝您平安。

- 附录 -

柯蓝：怀念

记忆里的沙石，终会给时间冲走。记忆里的金子却越磨越亮。忘记不了的，怎么也不会遗忘……

我说不出这样的回忆，是什么样的滋味？但往往使你感到沉重之后，却又留给你一种力量！

有勇气去回忆的，他就应该有力量去承担。如果他真有一个回忆的海洋，而他又没有被这海洋淹没，那他便懂得了过去，就一定会去热爱未来……

我说：过去和未来是相连的。怀念和想望有一条看不见的相通的道路。

柯蓝的传说

湖南人唐一正 17 岁参加抗日救亡运动。在一次日本飞机轮番轰炸中，学兵队队长负伤了，唐一正护送队长到前方医院。在医院他遇到一位名叫柯蓝的华侨富商的女儿。当时柯蓝代表华侨联合会向八路军总部赠送了一批贵重药品，因一时无法返回，便留在医院护理伤病员。柯蓝和唐一正都爱好文学，交往中两人产生了爱情，并很快坠入爱河。不久队长伤势好转，唐一正该归队了。他对柯蓝说："我在学兵队等你，你一定要和大队长一块来。"45 天以后，大队长回来了，告诉他柯蓝在掩护伤病员转移时牺牲了，身中 8 颗子弹，临死前大声喊着唐一正的名字。1939 年，唐一正向组织正式申请改名为柯蓝，以表达他对柯蓝纯真执着的爱情。

雁斋

情牵意惹不说愁
——访李纳

○
○
○

李纳（1920—）原名李淑源，彝族，云南路南人。1940年赴延安中国女子大学学习。1943年毕业于延安鲁迅艺术文学院文学系。曾任延安中学语文教师，《东北日报》《东北画报》编辑、记者。1950年在中央文学研究所学习。以后历任人民文学出版社、作家出版社编审。1948年开始发表作品，著有短篇小说集《煤》《明净的水》《李纳小说选》，长篇小说《刺绣者的花》等。中国作协第五—第八届全委会名誉委员，少数民族作家协会常务理事。2016年11月，再次被推举为中国作家协会第九届全国委员会名誉委员。

想当年李纳娇小俏丽袅袅婷婷正是女儿家的好年纪。如果不是战火离乱如果不是日本人打进来，李纳或许就会过上一种优雅恬静的日子，一切都会舒心悦意、花好月圆。

可是她生在那种混乱年代，而且是个有血性的女儿家。她参加救亡运动，偷看埃德加·斯诺的《西行漫记》。有一天她在昆明街头看见身着八路军军装的丁玲的照片，一股烈火烧得她满脸绯红血液滚沸，几乎在刹那之间，她做出一个果敢的抉择。她要到延安去，要面见毛泽东和丁玲。

20岁的李纳以惊人的毅力证明自己是一位强者。她果然在1940年冲破一切艰难险阻，到达了她心目中的圣地。那时候当然没有成昆铁路宝成铁路，也没有汽车直通陕北那块神秘的土地。她得穿越凉山穿越蜀道穿越秦岭大巴山。

她终于站在了宝塔山下。

认识丁玲前，她先认识了老乡艾思奇。她缠着磨着，要老艾带她去见心中的偶像心中的女英雄。老艾不说话，夕阳西下时带她在延河边散步时，突然抬手指着前面的一位女同胞说，那就是丁玲！

李纳毫不犹豫地跑上去，大声喊道："丁玲同志，我来延安，除了看毛主席，就是看你！"

丁玲一愣怔，莫名其妙地问："你看我干什么啊？我又不好看。"

艾思奇说："这是一位文学爱好者，刚从昆明来。"

丁玲"哦"了一声，说："那你看我的作品算了。"

这就是第一次见面。

既然千山万水都挡不住李纳，难道丁玲能挡得住李纳的友谊吗？

以后她们之间便有了扯不断的缘分。李纳先在中国女子大学上学，之后又考入鲁迅艺术学院文学系。又过了一年，她成了延安中学的语文教员，学生大都是干部子弟，其中就有丁玲的儿子蒋祖林。

丁玲要带领西北战地服务团到抗日前线去，把儿子完全托付给李纳。她说，你代我把祖林照顾好，他不听妈妈的话，只听你的。

李纳题词

其实李纳比蒋祖林大不了几岁。不用丁玲嘱咐,她也会格外关照蒋祖林。上了课她是祖林的老师,下了课她是他的大姐。

应该说李纳在延安的生活是愉快而甜蜜的。她被称为延安"四大美人"之一,追求她的人很多,最后她选择了画家朱丹。

结婚那天,去了好多朋友。窑洞里笑语喧哗,热闹非凡。萧军拄着拐杖,唱了一曲民歌。郭小川唱的是京剧。50年之后,李纳还能记住萧军唱的歌词是:"大板桥的马路长又长,姑娘的辫子

美好年代

黑又亮。"她说萧军气宇轩昂,那才是真正的男子汉!延安整风时那么多人批丁玲、批王实味,只有萧军敢挥舞着手杖说,你们都是往人家身上倒尿盆!

李纳后来跟随东北干部大队穿过山西,步行到了沈阳。她在东北写出小说处女作《煤》,立即引起文坛的注意。叶圣陶等老作家曾先后写过评论文章,从思想到艺术都给予充分的肯定。这篇小说很快被译成外文,在美国《群众与主流》及东欧一些国家刊出。全国解放以后,李纳有短篇集《明净的水》,其中《撒尼大爹》和《婚礼》曾受到评论界一致好评。

李纳说她并不看重自己写过的东西,她看重的是人与人之间的感情。她敬佩那些敢顶敢碰宁折不弯的男人,她也敬佩那些敢说敢笑热情善良的女人。她老是为别人的事情着急。对那些关心照护过她的人,愿意赴汤蹈火两肋插刀一展她的侠肝义胆。她说那一年因为丁玲、陈企霞的事她受了牵连,有些人要整她,田间却说,咱们女作家本来就少,不要都整垮了吧?舒群立即附议,周立波便说,算了算了,不要批李纳了。后

书屋留影

来她到了安徽,又受到陈登科的保护。她说陈登科是条硬汉,她非常尊敬他。李纳说她还有一个好朋友是菡子。她很喜欢菡子的作品,见了人就要鼓吹一番。后来菡子听说了,便拿了书来看她,正好有一位男作家进来,惊喜地说,我看见两本好书肩并肩地坐在沙发上。

李纳觉得这个比喻很有趣。

李纳住在北京红庙北里一所宽敞明亮的公寓里。老伴儿先她而去,儿子儿媳都在国外。家里只有她和一位小保姆。我问她怎样度过晚年生活,她说每天早饭后练练魏碑,也画点儿画。我一点儿也不寂寞,她说。我有好多亲戚和朋友,他们都想着我呢。

说话间门铃响了,进来的是她的妹妹和妹夫。

李纳对我说,这是我的妹夫蒋祖林。

我们很快就熟悉了。蒋祖林15岁离开延安,随部队转战山西。他还记得晋西北好多地方,还记得那里的莜面山药蛋。后来他留学苏联,学的是船舶专业。丁玲被发落到山西长治老顶山上后,他曾几次到山西探望。蒋祖林说他忘不了山西,忘不了老顶山群众对他母亲的悉心照料。李纳说她也忘不了山西,忘不了当年山西人民支援行军大队的救命粮。

李纳说,昆明、延安和山西,都是我的家乡。

我看见她的眼睛湿了,便赶忙岔开话题说,不见你屋里有花,倒都是些橡皮树。

她说,我不爱那些花花草草,我喜欢在屋子里头种大树。

这就是李纳,一个情牵意惹不说愁的云南人。

1992年3月16日
2005年3月8日重读

- 附录 -

李纳女士来信

治国同志:

和您谈话令人十分愉快,一个高个头的男子形象深深留在脑海里。

您要我写的东西,一接信便动起手来,不料体检时忽发现乳腺长块,医生叫切除,这样一来,我实在没有心绪写下去,请您原谅。

祖林正在写,他会直接寄给您的。

问候陈建祖同志。

撰安!

李纳
4月27日

蒋祖林先生来信

治国同志:

李纳同志告我,您希望我为贵刊写一篇关于我母亲丁玲与山西的文章。现将拙作《太行访母》寄上,是否可用,请斟酌。并请予指正。

如果贵刊决定发表此稿,同时打算在文中附照片的话,我可提供两张我母亲在山西照的照片。来信告我,即寄上。

此外,我想先说一个意见同您商量。就是此稿开头部分以追溯往事方式叙述了此行

丁玲1977年于长治嶂头村

太行探母之前十六年中与母亲的一些情况（如探望、通信、听到传闻等）以及陈明1962年去上海事。这些内容，我希望在编辑此稿中不要被删去或被简化。当然，以上所述，是在有了决定发表的前提之下而言。

如贵刊不打算发表此稿，烦劳将稿件退还给我。写文章，我是外行。望多指教。

祝好！

蒋祖林
1992年5月5日

注：祖林先生的文章发表于《山西文学》1992年8月号

一样样的山丹丹
——访延泽民

○
○
○

延泽民（1921—1999）陕西绥德人。1934年参加红军游击队，曾任儿童团团长、红色少先队队长、区委宣传科科长、区委书记。1942年在延安西北党校、中央党校三部学习并在教务处工作。1949年后，历任中共陕北区党委宣传科科长，中共陕西省委宣传处、教育处、出版处处长，中央财贸部政研室一级研究员，黑龙江省委宣传部副部长兼文化局长，黑龙江文联主席，黑龙江省作协主席，中国作协书记处常务书记兼文学讲习所所长，中国文联书记处书记等。著有长篇小说《无定河》《雷声千里》等，中篇小说《小红军》《红格丹丹桃花岭》，电影文学剧本《千里雷声万里闪》《流水欢歌》(与他人合作)，散文集《阿尔卑斯山的沉思》，文学评论集《文艺学谈》等。有《延泽民文集》十卷本留世。

从我的家乡隔河望过去，一边是内蒙古，一边是陕北。沿黄河迤逦而下，过佳县吴堡，便是绥德县了。从外表看，陕北的风水和我们晋西北差不了多少。一样样的干山头，一样样的黄河水，一样样的羊肠道，一样样的山丹丹。只是人说米脂的婆姨绥德的汉，那里分明是出好男女的地方了。

1967年我步行"串联"时，差不多走遍了陕北。但见朔风旋起枯叶，四处一片凄凉。男人们进山烧木炭，女人家一满是青菜颜面。归来时日记写下一大摞，结尾处慨叹老天实在不公道：既有了繁华闹市，何必要我们穷乡僻壤!

那时候我还不知道,陕北的山沟里,出了一位作家延泽民。

延泽民的经历,很有几分传奇色彩。从一出生,黄土地便把苦难一一摆在他的面前。儿时家境贫寒,延泽民没有"欢乐的童年"。几十年后他在自己的一本书里写道:"妈妈是一个'后老婆'。我父亲的前妻死了,娶了我妈。前妻留下一子,是我妈妈把他抚养大的。他十六岁时,妈妈张罗着给他娶了媳妇。可他不学好,和二流子勾结起来偷偷摸摸,之后逃过黄河,到山西当了阎锡山的兵。我七岁时,父亲因为无力还债服毒自尽。哥哥从山西跑回来,把盒子枪对准我妈喊:我把你们龟孙子统统毙了!"

延家不能呆,母亲一手拉着延泽民,一手拄着讨饭棍,母子俩四山飘零,野风野火中流尽了人世间苦涩的泪水。

后来母亲被逼嫁,延泽民放牛喂驴,庄稼活学到三成五成。陕北人厚道,可陕北人也会欺负人。延泽民是母亲带过来的"前家儿",少不得让人指戳唾骂。反抗不得,延泽民成了"哑巴"。

"哑巴"窝了一肚子气,对老天爷爷说一定要活出个模样来!他蹲在棋摊旁边学认字,竟把车马炮将那几个字全记住了。以后读文章,把"元帅"念成"元将",把车辆念成"居辆",人们哄堂大笑,延泽民皱着眉头说:总比不识字强!

以后的路似乎顺当些。十四岁当红军,十五岁加入中国共产党。背会一本字典,背会三本书。考进徐特立主办的鲁迅师范学校,十七岁成了有文化的教书人。中间打了不少仗,遇事还能出点主张。比如知道马恩列斯是共产主义的"老祖宗",还对人说他们是"俄国

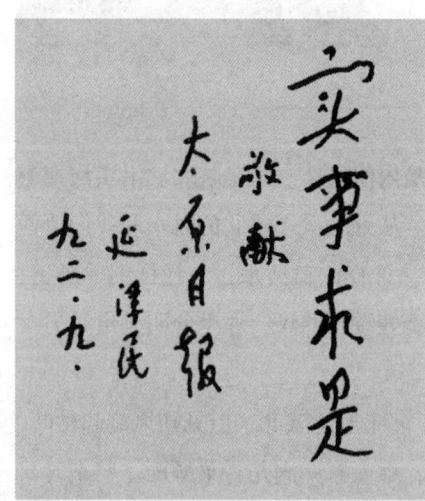

延泽民题词

人"。至于甚是"主义",一满不明白是个啥。比如打飞机,他非常同意别人的建议,用套马杆套住它的翅膀,飞机肯定就飞不动了。红军坐上去,不断往羊皮筒里打气,就能飞到南京去,活捉蒋介石。

十九岁以后,延泽民当过记者、编辑,并逐步成长为一位出色的宣传工作领导者。

他说,我最早到太原,是 1955 年,以财贸部研究员身份,参加太原市工商业改造运动。那时候太原 83 万人,数目和曹操的兵马一个样。太原回来后,我想潜心搞创作,一份申请递到

陕北人延泽民

有关部门,带着老婆孩子就往北大荒跑,不想到了哈尔滨,就让黑龙江省委扣住了,留下来担任省文教部副部长、省文联主席、省作协主席、省文化局长。一个陕北憨汉,愣是在黑龙江呆了二十多年。

二十多年间,他写了六部书一部电影。丁玲、艾青被发落到北大荒,他尽自己最大力量保护他们。陈沂被流放到一个县里担任拖拉机站站长,延泽民在宣传部门的会议上说,最低也应该安排为省文联副主席。

延泽民在"文化大革命"中的遭遇也就可想而知了。

多少年之后,延泽民调回北京,丁玲在四川饭店为他接风。那一天去了许多人,丁玲举起酒杯说,让我们为这个保护"右派"分子的陕北人干杯!

我是 1982 年认识延泽民先生的。那时候我是中国作家协会文学讲习所的学员,他是所长。开学典礼之后,他和丁玲、艾青等老一辈作家到宿舍里看望我们。我听他口音很熟,便问他是哪里人。他反过来问:你是哪搭儿的?待我回答之后,他拍着我的肩膀说:哎呀,闹对了!我在神府分区工作过,和你们河曲隔一条河,喊一声就接应上了。我最早

的两篇散文，就是在那搭儿写的。

他住在我们隔壁，每天和我们一起排队买饭。他说，他正在写长篇小说《无定河》，大约四十多万字，之后还有续集，三十万字。另一部长篇《千里雷声》已经出版了。

再见延老，正好是在十年之后。

那一天洪波和我去协和医院看望艾青，突然间延老就进来了，也穿着病服，也住在协和。他说，我每天都要过来看看，想法和艾老说说话，帮助他恢复记忆，恢复健康。他抚摸着艾青的胳膊，像一位长者一般念叨：你呀，老是不听话，说你不要喝酒，不要吃肥肉，你偏要吃、偏要喝；说你不要自己拿东西，你总是不听话……来来来，我给你唱唱咱们在延河畔唱过的歌，你想想我是个谁？

说着，七十一岁的延泽民俯在八十三岁的艾青耳畔轻声唱道：

骑白马，挎洋枪，
三哥哥吃了八路军的粮。
有心回家看姑娘。
呼儿嗨哟，
打日本，顾不上……

艾青笑微微地听着，突然指着延泽民大声说道：东北人！

延泽民憨厚地笑了。

在老所长的病房里，我见到了热情细微的雪燕女士。她是《民族文学》的副编审，曾经参与编辑《茅盾文集》。她用陕北又香又脆的炒葫芦籽招待我，时不时还能说两句陕北话。当年到东北时，他们的儿子刚刚出生，如今儿子在纽约大学进修电影导演专业。大女儿是北京舞蹈学院的钢琴老师，小女儿学的是竖琴，在美国获得音乐硕士学位。我说，您这个陕北人的家庭结构，从此完全改变了。

老所长笑着说，咱那搭儿是中华民族的摇篮，当然应该涌现出一代又一代的文化艺术人才。我的娃娃们喜欢音乐，还因为我会唱信天游，我是他们的启蒙老师。

那一天老两口格外高兴。一是来了隔河相望的山西老乡,二是他们合著的长篇小说《她在凌晨消失》已经出版。

没有消失的,是绽放在他们心里的山丹丹。

1992 年 10 月 13 日凌晨 4 时
2005 年 3 月 8 日夜

- 附录 -

延泽民所长来信

(一)

燕治国同志:

10 月 19 日的《太原日报》已收到了,谢谢!

你真是个快手,又是个提炼素材的能手。可谓笔下生风,行文如流水,一气呵成,文采花飞:"这一满是实话。"相信你的计划一定能顺利完成,并将得到广泛欢迎的。

我已于 11 月 2 日出院。非常感谢你的看望。下次来,请一定来家里做客。

祝你获得更大的丰收!

延泽民
11 月 12 日

你的访问记出书时,盼能赠我一本。有关我的那篇文章,可以把"往大兴安岭跑"改为"往北大荒跑"。在"小女儿学的是竖琴"后面可加一句"已在美国获得音乐硕士学位"。把"眼下正在参与编辑《茅盾文集》的眼下四字删去,补为"以前曾"三字。

(二)

燕治国同志：

　　《太原日报》编辑部已将你的大作《晚晴里的风景》寄赠我两册。我一口气读了几篇，感到十分亲切。特别是你文思敏捷，善于捕捉生活，加之文笔流利，读来使我爱不释手。像我们这些老年人，长期没有相见，但时在念中。读了你的文章，知道他们的生活近况，十分高兴。从你的作品中可以看出，你的创作潜力是很大的。此书毫不夸张地说，将是一本传世力作。谨祝你丰收再丰收！

　　敬礼！

延泽民
1994年6月2日

丁玲：陕北人

　　6月下旬的一天，我到了哈尔滨。车站上很拥挤，全是不认识、不相干的人，没有一个来接我的人。我和作家协会特派陪送我到北大荒的那位转业军人从拥挤的人流中走到街上。我们往哪里去呢？只好拿着作家协会的一纸简单的介绍信去敲黑龙江省文联的大门。等了一小会儿，我独自个儿被请到楼上的办公室。办公室里宽敞整洁，阳光充足。我坐在一张软沙发上，感到很不相称。我的紧缩的心和厌烦的情绪，使我希望赶快离开这里。我想我是不得已才来到这里的，我不求别人什么，只需有个人，打个电话，为我们找上临时的落脚的地方，能睡一夜，换张车票就行了。

　　不多久，从通里间的那个门口，走出来一个中年人，中等个子，白净面孔，看样子是个负责人。我不认识他，正要站起来，他却抢在前面走到我跟前要和我握手。我仓皇地不知道该不该伸出手去。他却和气地自我介绍道："我叫延泽民，曾在延安党校三部同陈明在一起学习过，我们不在同一个支部，大约他不大会记得我。"

　　我没有讲话，我该讲什么呢？

　　延泽民是黑龙江省文联主席，也是中共黑龙江省委宣传部副部长。

他问我这次的去向。我把情况简单地说了点儿。延泽民却严肃认真地说道："陈明在宝清县，在八五三农场，怎么能介绍你去汤原农场呢？这是两个垦区嘛！你先在这里住几

丁玲重返北大荒

天，等我把事情弄清楚。王震同志正在密山农垦局，我打电话去问问。先安心住在这里吧，有什么问题尽管说。"

我自然只能听他的。他告诉我他是陕北人。其实他不说我也听得出他的陕北口音。陕北啊！这是我经常用留恋的心情想到的地方。陕北乡音是多么纯朴浓厚、情意绵绵呵！我去北大荒途中第一个碰到的就是陕北人，是我的第二故乡的亲人，这该是一个好兆头！延泽民向他的秘书交代了一番，我便告辞出来了。

他用小汽车送我去哈尔滨最新、也是当时最好的国际饭店。到了那里，服务人员带着笑容抱歉地说：对不起，已经住满了客人，无法接待。这样我们只好出来。我心里明白，他们是不愿接纳一个"右派"分子，一只丑小鸭、癞蛤蟆怎能与那里的国际来宾、高级干部住在一起呢？看来还是延泽民太天真太不懂事了。那位秘书只好把我送到道里的马迭尔旅社去。这家旅馆在1948年也是第一流的，不过十年以后，如今却显得陈旧和窄小了。其实仵这样的旅社对我现在的身份还是太过分了。我坦然地随着秘书走了进去。旅社的负责人把我安排在一间塞满五个床位的小屋里，这时住进来的却只是我一个人。房子是朝北的，有一个小窗户，屋子里显得很气闷。我坐不下去，只好走出去，在旅馆门口透一口气，我慢慢走向松花江的江岸。那位从北京陪送我的转业军人无声地跟着我。我看到一个咖啡店，便进去喝咖啡。当我们回到旅馆时，服务员告诉我，省委宣传部副部长、文联主席延泽民同志来过了，并且把我的住房换到一间朝南的头等房间了。我进去一看，房间收拾得整整齐齐，还像当年一样的明亮和华丽。事真凑巧，这间房正是1949年我出国参加世界和平理事会途经哈尔滨时住过的

那一间。时过境迁,今昔难比,我怎么能不回想到当年的情景和现在的厄运呢?

摘自丁玲《魍魉世界》

丁玲小传

丁玲(1904—1986)原名蒋冰之,湖南临澧人。1927年发表小说《莎菲女士的日记》。1930年参加中国左翼作家联盟,任左联《北斗》主编。1933年后赴保安、延安。历任中央警卫团政治部副主任、苏区中国文协主任、西北战地服务团团长、《解放日报》文艺副刊主编

丁玲(前排右二)与国际友人在一起

等职。1948年写成长篇小说《太阳照在桑干河上》。1949年后历任《文艺报》主编、中央文学研究所所长,中宣部文艺处长,中国文联副主席,中国作家协会党组书记、副主席等。1955年和1957年被定为"丁玲、陈企霞反党小集团"和"丁玲、冯雪峰反党集团"主要成员,1958年再受批判,并被下放到北大荒劳动改造。"文化大革命"时被投入监狱。1979年平反后重返文坛,任《中国》主编、中国作家协会副主席等职。有《丁玲全集》十二卷留世。

秦山晋水入画来
——访王汶石

○
○
。

王汶石（1921—1999） 山西万荣人。1937年参加山西省荣河县人民武装自卫队，1939年任延安西北文艺工作团第二团团长。1940年后历任《群众文艺》《西北文艺》副主编，西安市作家协会秘书长、陕西作协副主席、陕西省文联副主席、陕西省委顾问委员会委员等。1945年开始发表作品，著有长篇小说《黑凤》，中篇小说《阿爸的愤怒》，短篇小说集《风雪之夜》《王汶石小说选》《王汶石散文选》，论文集《亦云集》，及歌剧《边境上》《战友》等。有《王汶石文集》四卷本留世。

在20世纪五六十年代的作家当中，以少少许胜多多许者，山西老乡王汶石可算一例。他的短篇作品，从1956年的《风雪之夜》到20世纪60年代的《沙滩上》，大概有二十篇左右。也写过几部中篇，但不算他的代表作。他在中国文学史上之所以占有一席之地，主要是他精粹的短篇。曾经风靡一时者，计有《风雪之夜》《大木匠》《新结识的伙伴》等。20世纪80年代中期，山西省有一位中年作家因两个短篇走红了一阵子，不防有熟悉王汶石作品的人躲在暗处，冷言冷语地说，不过是把老王的酒瓶拿过来，倒了些他自己的醋。自古道文人相轻，此言可以相信，也可以不信。

爱绕弯子的评论家说，王汶石善于写平凡生活中的平凡人物，从貌似平凡的生活中探求发掘它内在的不平凡的新义和深义。在表现风格上，他常将严肃的主题用幽默的喜剧方式表达，充满让人发笑的生活情趣。同时他很注意发掘生活中蕴含的诗意美，这就使他的作品不但清新健朗，有浓郁的乡土气息，而且含蓄蕴藉，耐人寻味。

喜欢直截了当的批评家说，王汶石的小说是一幅幅明丽诱人的风情画。茅盾先生说，王汶石的创作风格，可以用"峭拔"二字来概括。

可惜"文革"十几年，王汶石再也没有峭拔起来。我于1967年步行"串联"到西安，曾经大开了一回眼界。古都西安因其古，闹腾得似乎更火爆些。我有生以来第一次见那么多的大卡车连成一片往前爬，有生以来第一次见那么多的大卡车上押了那么多的"黑帮"。挂牌被斗者有刘澜涛、习仲勋等政治人物，还有柳青、杜鹏程等一大帮文化人。我当时怀着对伟大领袖的无限热爱与忠诚，一边傻呵呵地看稀奇，一边想作家真不是人当的。我想按照王汶石的级别和成就，当时大概也在车上。只是因为人头攒动，乡下孩子挤不过城里人，只好转到另一处景点去。

二十六年后见到老乡王汶石，当年活泼幽默的作家已然成了一位多病的老人。他的书屋里弥漫着一股药味。他说经常得靠"氧立得"吸氧，否则嘴唇憋得发紫。我没问他"文化大革命"中的遭遇，我觉得对于经历过那段生活的人来说，重提往事实在是太残酷了。

王汶石给我讲他戒烟的故事。他说，我当年吸烟好厉害，一天没有两包就下不来。大伙商量说戒了吧，我说得让我想一想。有一天想通了，几个人积极行动，把烟灰缸砸了，把烟卷儿烟斗扔

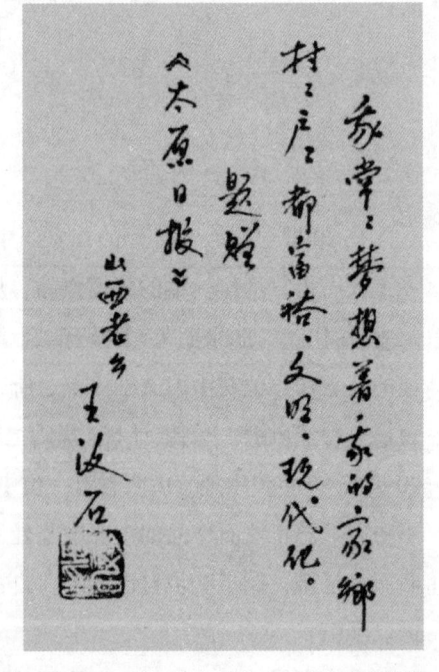

王汶石题词

到房顶去,说好谁输了谁请客,到街上吃羊肉泡馍。结果明抽变成暗抽,谁都没戒了。后来我说,这样不行,得用诱惑的办法。把烟放在眼前,看谁经不起考验。于是买了好烟,一手拿烟,一手拿火柴,说不抽就不抽。一星期下来,倒真的成功了。

王汶石与妻子高彬

他像小孩儿一般笑了。

王汶石很想念家乡。他是山西万荣人氏。当年祖父疼他爱他,是他步入文坛的第一位启蒙老师。幼时写仿,临的是祖父亲手写的唐诗帖子。临来临去,把几百首唐诗牢牢记在脑子里了。后来上小学,从老师的书籍里,翻出来好多古典小说,便没明没夜地看起来。以后又喜欢上眉户剧,唱念做打,都能来三下两下。上高小时,王汶石崭露头角,一篇作文得了九十九分,喜得当时的荣河县长亲笔批阅,发往全县学校轮流展览一遍。

王汶石十七岁离开山西,于今五十六载。问他和家乡的联系,回答说,未敢有片刻忘怀。从20世纪50年代起,他就和山西的作家们书来信往,关系密切。万荣籍几位有名气的文化人,都是他的好朋友。山西作家的作品,只要能看到的,他都要认真读过,且致信谈谈自己的看法。他说,粉碎"四人帮"之后,曾经给十几位山西作家写过信,有一些在报刊上发表了,更多的属于私人之交,说起话来随便得很。

他的夫人高彬是陕西米脂人。谈起山西作家来,她也熟悉得很。一些中青年作家,她直呼其名而不称其姓。她说在"文革"最艰难的时候,老王总是想起家乡。他一生爱书,家中最珍贵的也就是藏书。让人批斗不怕,最怕的是把书丢了。他想把书运回老家,可是那时候只给我们一点点生活费,哪有多余的钱呀?没奈何,硬着头皮找工宣队,不想还真遇着好人，一位老师傅一次批给我们几百元，足够回去了。我们一家人真是高兴呀，有书在，老王的心也就安定下来了，也就能抵挡一阵子了。

书是高彬和孩子们运回万荣的。村里人以为运回来值钱的家产，一看是满箱满箱的书，便和高彬开玩笑说，还以为咱哥当了大作家，给一村人赚回好光景来了，不想就是个这！

书后来还是流失了一部分。王汶石笑着说，我把堂弟狠狠地数落了一顿。我说，哥信任你一辈子，你给哥办下个这事！

关于亲人，王汶石还有一件终身的憾事。1942年他到延安时，按照组织纪律，不能走漏一点风声。他离家时，在面缸里留下一封信，等祖父知道后，他早已远走高飞。祖父像疯了一样满街哭喊着他的名字，几天以后就去世了。四十多年之后，王汶石为他的祖父写了一篇很动情的散文。他说，听到老人去世的消息，"我突然感觉到，我是要发疯了。我即刻离开空空的窑洞，匆匆走上山坡，我不停地上啊上啊，爬上一坡又一坡，直到山崖的最高峰。我独自坐在放眼千里的空旷的高山之巅，满眼是山峦、荆棘、荒蒿、枯草和西沉的夕阳。我遥望南天，无声地，把一捧捧悲酸的泪水，洒向深秋时节凛冽的山风里，直到深谷送来点晚名的嘹亮的军号声……"

步入晚年的王汶石，被疾病苦苦地折磨着。秦山晋水，依然在他胸

难得开心

陕西四老　左起胡采、魏钢焰、李若冰、王汶石

间萦绕；亲情乡情，一如流水般在他心头汩汩淌过。他说，倘若身体允许，真想再回家乡走走，有多少话，想对亲人，对着黄河说说呀！

他说，我常常梦想着我的家乡村村户户都富裕、文明、现代化。

1993年3月16日凌晨
2005年3月8日晚重读补传

－附录－

王汶石手迹——致陈忠实

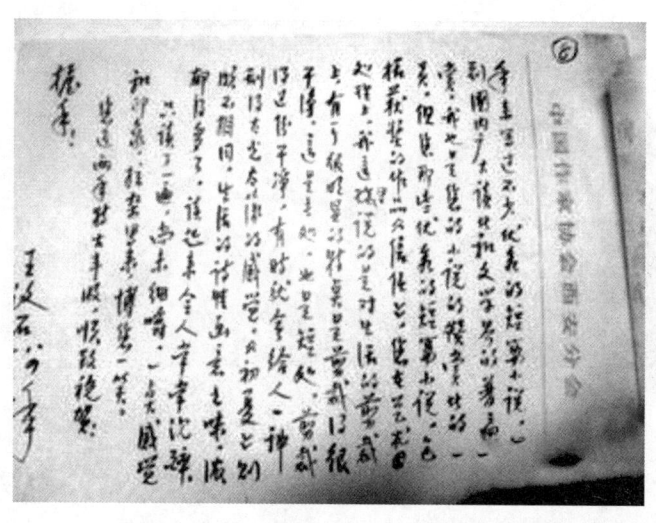

陈忠实：为了十九岁的崇拜
——追忆尊师王汶石（节选）

……高中二年级时，我和另外两位同样喜欢文学的朋友组织起一个文学社，我们三人合资订了一本《人民文学》杂志。王汶石的短篇小说《沙滩上》在杂志上一发表，三个人几乎是接力式的、迫不及待地阅读了，相约着走出学校后门和后门外的操场，翻过灞河长堤和柳树林带，在灞河水边的沙滩上围坐下来，讨论起《沙滩上》来了。这样的讨论连续有三四次，都是在晚饭后的自由活动时间里进行的，每一次都持续到熄灯就寝的钟点。处于艺术创造鼎盛期的王汶石，大约不会料想得到，在星光朦胧的灞河滩上，三个读高中的农家学生正在热烈而动情地谈论着他的名字和刚刚出台的人物——大军和囤儿的方方面面，正在把他营造的这幢瑰丽的艺术建筑拆卸开来，窥看一柱一梁以及其中的窍卯……多年以后，每当我见到他的时候，阅读和讨论《沙滩上》的这一幕就首先浮现出来。

1979年6月，我从西安北郊参加夏收劳动归来，第二天到《西安晚报》参加一个座谈会，见到杜鹏程。老杜一见面便说他看了《陕西日报》刚刚发表出来的我的短篇小说《信任》，多所赞扬，一派喜形于色的神态，令我感动。老

左一为陈忠实

杜又告诉我说，汶石也看了，认为很不错。

这是这篇小说见报几天来，我第一次听到的文学圈里人的反应，而且是我崇敬而又崇拜着的陕西文学两棵大树的评说。

当天晚上，我回到西安南郊的郊区文化馆，门上贴着一张纸条，是《人民文学》编辑向前留的。我找到向前的住所时，她说她已经见过王汶石了，老王一见面就谈《信任》，而且建议由《人民文学》转载。随之告诉我，她已经找到《信任》读了，已经向编辑部打了长途电话，转达了老王老杜们的意见；编辑部已经找到《陕西日报》，看过了《信任》，决定7月号转载。当时已是6月中旬。7月号的《人民文学》怎么来得及转载呢？向前说，这很简单，抽掉某一篇已排定的稿子就成了。骑车重回南郊的路上，我的心里一直不能平静，直到推开我的那间破烂的房子的门。那时候我已37岁，此前已经发表过一些小说和散文，对于某篇作品的好话好评虽不敢说超脱，但也不至于得意忘形。我的难以平静的心潮，完全是被老王老杜们的关爱冲击起来的……

王汶石对《信任》的关注只是这气氛中的一缕，而自1950年以来所营造而成的这种唯文学是尊的气氛，正是王汶石那一代陕西老作家们力行垂范的结果。想来其实也很简单，如果文学团体里不说文学，那说什么呢？如果作家协会里没有了文学气氛，那么还有什么呢？中篇小说《初夏》在《当代》发表后，王汶石写了一封长信给我，评说这部篇幅较长艺术上并不圆润的小说。我那时仍住在乡下，以通信的方式回答。我在祖居的老屋写这封回信的时候，总是想到19岁时灞河滩上与同学讨论《沙滩上》的情景。我和田长山合作的报告文学《渭北高原，关于一个人的记忆》在《陕西日报》刊出以后，王汶石又以写信的方式予以评述。我读着那热情洋溢的文字，脑海里又浮现出在灞河沙滩上研读《沙滩上》的情景。19岁时在灞河滩上、在星光下所崇拜的文学之"神"，现在以既是文学前辈又是兄长般的真诚，对一个后来者的脚步和舞蹈不厌其烦地评点着、纠正着，影响很自然地便挣开了艺术的层面，让我一步一步感触和体味那艺术创造者的胸襟、内宇宙和人格精神。

许多时候和许多的作家交谈起来，谈到陕西文坛的时候，他们都谈到王汶石，谈到王汶石的短篇小说，几乎通用的一句话都是"那真是写绝了"！我在这种交谈中便会滋生出一种自豪感，便会加深和这些作家的交流和理解，毕竟我也在家乡的河滩上热烈讨论过《沙滩上》。一次又一次的这种交谈，也给我以最切近的启示，作家凭什么活着？作家这种特殊职业的本质含义是什么？这样简单的事，往往弄出许多复杂的、纷繁的文坛现象和怪事来，无一不是非文学因素搅缠的结果。作家凭作品活着，作家活着的全部意义就在于创造艺术；作家创造的艺术比作家自身的生命更恒久，无论做到了或没有做到都应该持续追求；如果游离或转移了艺术创造的兴趣和心劲，那么作家这个职业就没有任何意思了。

这种启示在我每一次见到王汶石的时候都有所验证，无论是在他的家里，抑或是在医院的病床上。退休在家的王汶石，给我的如一的感觉是沉静，沉静里折射出经历过高境界的艺术创造的气象和风范。而这种时候，看着那张慈和而又有力度的方形脸盘，我又想起头一回见面时产生的狮子的印象。即使在病床上，即使到了生命的垂危境地，我看到和感到的仍然是狮子的雄威和狮子的沉静。

（原载《人民文学》2000年第02期。）

陈忠实小传

　　陈忠实（1942—2016）陕西西安人。1962年毕业于西安市第三十四中学。历任西安郊区毛西公社蒋村小学教师，毛西公社农业中学教师及团支部书记、公社革委会副主任及党委副书记，西安郊区文化馆副馆长，西安市灞桥区文化局副局长，陕西省作协专业作家、副主席、主席、名誉主席。中国作协第五届全委会委员及第六至八届副主席。1965年开始发表作品。短篇小说《信任》获全国优秀作品奖，《立身篇》获《飞天》文学奖，中篇小说《康家小院》获上海首届《小说界》文学奖，《初夏》获《当代》文学奖，《十八岁的哥哥》获《长城》文学奖，报告文学《渭北高原，关于一个人的记忆》获全国报告文学奖。长篇小说《白鹿原》获第四届茅盾文学奖。生前出版有《陈忠实文集》十卷本。

2016年12月23日补录

几竿苍绿染西墙
——访管桦

○
○
○

管桦（1922—2002） 河北丰润县人，原名鲍化普。1940年入华北联合大学文学系学习，曾任《冀东报》记者。1943年调冀东军区尖兵剧社从事文艺创作。1948年在东北鲁迅文艺学院文学研究室做研究员。1949年后在中央音乐学院和中央乐团从事歌词创作。1963年调入北京市作家协会，曾任北京市文联主席、北京市作家协会名誉主席。代表作有中篇小说《小英雄雨来》，长篇小说《将军河》等。由他作词的儿童歌曲《听妈妈讲那过去的事情》《我们的田野》《快乐的节日》等传唱至今。晚年偏爱丹青，喜画墨竹，出版画册《苍青集》《管桦墨竹》。作品被瑞典艺术博物馆和丹麦艺术博物馆收藏。出版有六卷本《管桦文集》。

管桦先生那天兴致很好，我们整整谈了一个上午。中午正好他的外甥从秦皇岛来，带了鲜美的蛤蜊，于是谈话从书房转到餐桌上。他拿出瓷瓶汾酒，一定要让我喝个痛快。我心疼他的酒，便自觉地提起一瓶北京二锅头，说这家伙劲儿大，中午就是它了。70岁的管桦看上去也就六十挂零，一着急脸色泛红，益发显出几分仙气来。他说你可不能见外，我与山西缘分不轻。中篇小说《荆各庄的故事》是受赵树理作品影响写成的，我和山西人还结了儿女亲家。喝了这瓶酒，回去代我问候亲家，咱们就算了啦。

燕赵多慷慨悲歌之士，此话真有道理。

荒村野风中摇曳着发绿的柳枝，那便是我的童年，诗人管桦说。

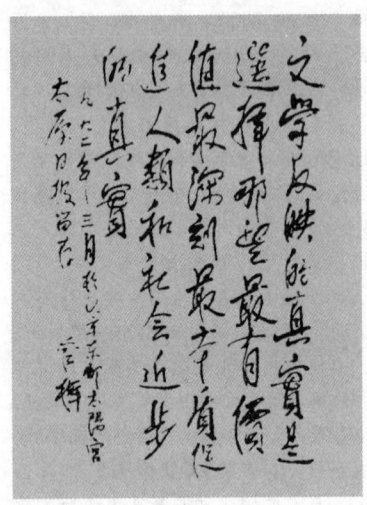

管桦题词

管桦有一位慈祥的奶奶，自他懂事起，就讲忠臣和奸臣的故事。奶奶最爱讲寇准，说他不给皇帝面子，皇帝就把他罢官流放。后来寇准屈死在外地，当他的灵车运回山西老家时，沿路成千上万的老百姓，把折断的竹竿儿插在地上挂上纸钱整日焚烧。后来竹竿儿渐渐长出嫩笋，变成一片青翠茂密的竹林。老百姓给寇准盖了庙，名叫竹林寇公祠。

奶奶把这片竹子，栽在管桦的心窝里。

管桦的父亲鲍子菁曾经是冀东20万农民抗日大暴动的首领之一。抗战时期任中国国民革命军第九路军第七师师长，带领家乡八千子弟兵奋战在抗日前线。1944年秋，他和部下被敌军包围，机枪打伤他的大腿，他毅然用手枪对准自己的头颅，倒在生他养他的土地上。父亲把鲍大舜也就是管桦兄弟带进军队，给他燕赵人的精血和胆魄，也给他留下一曲悲壮的挽歌。

管桦有一位坚强的母亲。在丈夫死去后，她用全部心血养大了鲍家的后代。母亲又是丹青妙手，能在鞋面上描画出花鸟鱼虫。管桦自小跟母亲学画，是母亲教他将青竹从心里移出来，泼染到雪白的纸上。

管桦还有一位贤惠端庄的夫人。不管他遇到什么风风雨雨，夫人李婉总是默不出声地把伞撑到他的头上。夫人曾随他回乡10年，将愁苦和笑声留在了河北丰润县的女过庄。管桦爱竹画竹，李婉便栽竹养竹。终于有一天把河北汉子感动得热泪横流，画一幅墨竹，题一首小诗，专赠贴心贴肺的老伴儿，诗曰：

　　妻子雨中栽竹篁，
　　说我爱竹已癫狂。

> 倾盆滂沱汪洋里，
> 锹挖镐刨溅泥浆。
> 一丛遮没门前草，
> 几竿苍绿染西墙。
> 夫妻不思青云客，
> 碧叶捧来明月光。

管桦还有三个儿子。老大鲍柯扬子承父业，我曾在《山西文学》编过他的小说。老二在老家，女过庄里留下鲍家传人。老三小跳在航空学院，想来就是太原家的女婿了。

管桦是诗人，艾青说他的诗充满自己的激情，朗朗上口，发出金石之声。不仅含意深刻，而且给人以美的享受。

管桦是作家。他的《小英雄雨来》和《葛梅》曾选入中小学课本。在"文化大革命"中，他冒险写长篇小说《将军河》，耗时19载，成书百万言，为冀东父老留下一卷壮丽的抗战史诗。

管桦是民间文艺家，他曾经跟著名的民间歌手学唱过东北大鼓。他写的说唱《常家庄的故事》，被称为东北农村的出色缩影。

他又是歌词作家。曾和郑律成、瞿希贤、张文纲等作曲家合作，写成经久不衰的《黄莺》《绿色祖国》《我们的田野》《快乐的节日》《听妈妈讲那过去的事情》。

他还写过好多话剧，代表作是《三百人和一条枪》《胜利而归》。

传说寇准在流放途中被强盗抢了行李，强盗一听是寇准大人，立即跪倒在地，将行李悉数归还。当年管桦的父亲死去后，包围他的伪治安军营长一见尸体，顿时捶胸顿

管桦夫妇

足,说他竟然逼死了自己的老师!

"文化大革命"中有人高喊:"管桦还没有揪出来,他写过《小英雄雨来》!"红卫兵们一听,扭头走了。

管桦还是一位造诣很深的画家。他的"大舜书屋"又兼作"苍青馆",文与画一争高下,令人眼花缭乱,不知到底该看哪个该夸哪行了。他画墨竹,一直从李夫人研究到郑板桥。研究的结果,是在当代画史上,又添上管桦的名字。

在苍青馆我看到管桦临摹的一幅画,画上题字甚详,谨录于下:

余藏高剑父画松鹤延年图,笔力苍古,造意高雅。观者誉为绝世之作。一九七五年初管桦同志刻意仿制,苍松离离,白羽濯濯,尽得高氏神韵,几能乱真。中艺同志为此画撰制新章,大小式样一如高氏原物而文出新意,与此画相得益彰矣!管桦仿制多幅之后,择其优者存其二。一为中艺所珍藏,此幅为管桦自存。其余画毁图章尽废。是日余等三人赏玩之后相视笑曰:"原作仿制,世间仅得三幅,再有即仿制之赝品矣!"因志数语,以为他日之验。

1975年3月大远记于北京净土宿舍

南京画院院长亚明的题字是:管桦同志写高氏松鹤图借形而传神。

刘开渠的题字是:管桦同志临高氏松鹤图,虽系转移,亦足见临者笔墨意境之高也。谨题数字,以志欣赏。

1992年4月6日凌晨两时
2005年3月9日晨补传订正

- 附录 -

管桦的画与歌

管桦画作

竹之一

竹之二

快乐的节日

小鸟在前面带路 / 风儿吹向我们。

我们像春天一样 / 来到花园里来到草地上。

鲜艳的红领巾 / 美丽的衣裳 / 像许多花儿开放。

跳啊跳啊跳啊跳啊跳啊跳啊,

亲爱的叔叔阿姨们 / 和我们一起 / 过呀过个快乐的节日。

花儿向我们点头 / 白杨树哗哗地响。

它们同美丽的小鸟 / 向我们祝贺向我们歌唱。

思乡泪洒并州城
——访魏钢焰

○
○
。

魏钢焰（1922—1995）原名开诚，山西繁峙县人。1934年就读于太原成成中学，1937年参加八路军，随军转战于太行山根据地。曾任师宣传队分队长、文化科长。抗战时期就读于太行鲁艺音乐系，毕业后任音乐教员。1948年后历任兰州空军文工团协理员、《延河》副主编、陕西省作协专业作家。1950年创作大型话剧《吴保林》，1953年发表第一首诗《宣誓》，1962年发表报告文学《红桃是怎么开的》。著有诗集《赤泥岭》《草鞋进行曲》《灯海集》，散文集《船夫集》《绿叶赞》等。出版有两卷本《魏钢焰文集》。

　　山西老乡魏钢焰是一位情感型的作家。他长得魁伟健壮，老来依然保留了一股军人的气势。说话时嗓音嘹亮，五音既全，且声带浑厚。据说当年从太行鲁迅艺术学校音乐系毕业后，一直是中国人民解放军里一位颇为尽职的音乐教员。1949年，老魏随野战部队打进西安，待战事稍稍有了停歇，他最大的愿望便是报考音乐学院，只是军装在身，他必须服从军队的调遣。于是留在部队任文化科长，于是爱唱歌的魏钢焰，写成大型话剧《吴保林》。我没有看过这出得过大奖的话剧，但上中学时就知道作家魏钢焰。读过他充满激情的诗，也读过他的散文。记忆最深的，是他的报告文学《红桃是怎么开的》。那时候报告文学似乎不像眼下这么红。写雷锋那本书，老师说体裁属于故事一类。写焦裕禄那篇，老师又说可以算作文艺通讯。那时候学生绝对听老师的，老师说甚就是甚。可是突然就有一大批文章冒出来，好看，且有一种撼动人心的力量。比如孙谦的《大寨英雄谱》、黄宗英的《小丫扛大旗》，还有就是《红桃是怎么开的》。老师一时乱了方寸，把教科书翻过来再翻过去，恍然说道，这是报告文学呀，从夏衍的《包身工》开始的。

后来我当了文学编辑，看到好的报告文学作品，就总是想起老师的话，心里就不由地念叨：这是从夏衍的《包身工》开始的。看到稍微差劲的，就不由狠声骂道：狗的你们就不能回过头去看看孙谦黄宗英魏钢焰吗？

知道魏钢焰是山西人，是近几年的事。《五台山》编辑部有朋友来，谈及家乡在外省工作的老一辈文化名人，牛汉之外，就是魏钢焰了。于是便找他的作品来看，看他纵情歌唱军营生活，歌唱亲爱的大西北。他为大港油田、华北油田、大庆油田和陕北、新疆写了很多美好的篇章，可是读完他的文章，却找不到一句怀念家乡的话。没有歌哭，也没有思念。没有眷恋，也没有埋怨。离乡近五十年的魏钢焰，莫非把生他养他的山西省太原市抑或山西省繁峙县东魏村给忘记了吗？

于是在西安，在魏钢焰的寓所，在和他举杯对酌的时候，我几乎不近人情地问道：难道你忘记了吗？

无意之间，我终于掀开魏钢焰紧闭的心扉。他默默地喝干杯中酒，讲起了魏家的陈年旧事。

魏钢焰的父亲魏德新，是繁峙县直接参与辛亥革命的中坚人物之一。1911年武昌起义时，他任四标三营队长，带领义勇军队员二百余人出兵宁武县阳方口镇，直接策应了晋北

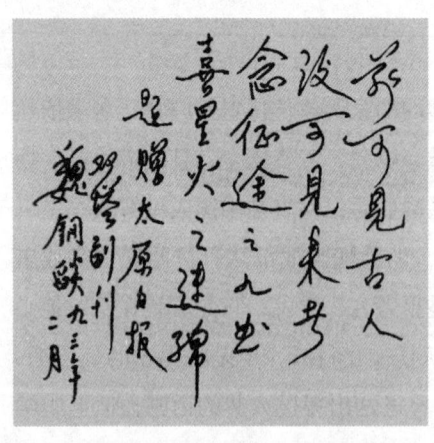

魏钢焰题词

义军忻代宁公团进军大同。民国初年，魏德新调任晋军独立第四十一团团长，驻防晋南运城一带，查巡盐务，一度升任潞、泽、辽、沁副镇守使。之后戍守朔州，就地处决了一名当地士绅。此事一时震动全省，阎锡山一怒之下，将魏德新关入监狱两年，从此再未任用。

魏德新出狱后，赋闲家中，生活潦倒。20世纪30年代初，激于民族义愤，他曾去察绥边塞投效吉鸿昌，

青春年少

奈因吉鸿昌部队战事失利，不收新兵，魏德新只好返回故里。1933年秋，魏德新被刺杀于太原街头。《繁峙县志》记载，事发后，太原各报均以显著版面刊载。繁峙旅居太原的同乡们赶回本县举行追悼。魏罹难之后，"所遗寡妻弱子，茕茕孑立，邻友垂泪，路人痛惜……"

魏钢焰说，父亲死后，我和母亲只能靠典当家业为生。我在一首诗里写道：我少年时代新年呵／就是我紧捏在手里的／那张薄薄的当票！母亲有时候带我去向父亲的一些故旧乞助，我一看见那些骄横伪善的脸，心里就不由地淌血。

他说，留在我脑子里的旧太原，实在太难忘了。那时候国民党党部门前，是横卧在血泊里的学生。大街上奔驰着日本特务机关的汽车。我们家门口断不了有人来讨假债。

魏钢焰16岁参加八路军，以后一直随部队行动。西安刚解放，他在军管会驻地接到亲戚来信，说他母亲在极度贫困中已经病逝了。晚来的噩耗把魏钢焰打懵了。他彻夜难眠，饮声哭泣——家乡就要解放了，就要回家看望母亲去了，可苦命的母亲，竟然等不到她的独生儿子了！

魏钢焰的爱人叫余敏，是他在抗大文工团的战友。她的父亲也是被人暗杀的。当年，她随一个战地服务团从安徽到延安，同行者八人，有罗健和李淑秀等。李淑秀后来改名为李昭，陪伴着胡耀邦走完人生的最

后历程。

以后呢？我问。

余敏说，20世纪50年代大家心里只有一个信念，那便是建设新中国。我们先是到新疆，老魏后来又迷上了油田。他没回过山西，我也没回过安徽。我们两个人，半斤对八两，扯平了。

我问魏钢焰，关于繁峙，关于太原，还能记得什么呢？

他捧起书桌上的《繁峙县志》说，原来知道家乡紧挨雁门关，是杨家将打仗的地方，后来知道母校成成中学曾经组织过一支全国仅有的师生抗日游击队，浴血奋战十余年。读完家乡赠送的县志后，才知道繁峙县也是块英雄的土地！一个小小的山城，革命烈士就有一千三百名之多，我为我的英雄父老和家乡骄傲！我也为培育过我的母校成成中学，为曾经高举起抗日火炬的生身之地——太原自豪。可以说，我所写的一切，都是献给他们的。我的父老乡亲，是我所有作品的执笔人！

我又问，关于母亲，还记得什么吗？

那时候，诗人魏钢焰沉浸到深深的回忆中去了。

看得出来，对于母亲，他有着无尽的思念与愧疚。他缓缓地说，那时候，想的是舍弃一切参加革命。我就那样离开了苦命的母亲，直到她老人家去世，再也没有见过一面。心想等革命胜利了，我一定回家好好陪陪她，就没想到，母亲贫病交加，再也等不到我回去了！

我问余敏，你总应该回安徽老家看看呀？

余敏说，等到转业，等到安定下来，又遇到三年困难时期，心想等困难过去以后无论如何回去看看久别的亲人，不想等着了"文化大革命"。我曾经给妹妹寄了钱，她

激情满怀

是在取钱的路上倒毙的……

老魏呀，你们家的事情怎么这样让人心酸呢！

1986年，魏钢焰在阔别家乡近半个世纪之后，终于踏上三晋大地。太原已没有亲人，他还记得成成中学的旧址。他正是在那里接受启蒙教育，从此走上革命道路的。他还记得外祖父在上肖墙的旧院。尽管人去院毁，那里毕竟有过他的童年，有过亲人的音容笑貌，有过亲人艰难的足迹。

于是，在那个雷雨交加的夜晚，年过花甲的魏钢焰弯腰鞠躬，为他的家乡，为他的亲人，洒下一捧滚烫的眼泪。

我想，还有一曲饱蘸心血的长歌，在他的胸中翻滚。

1993年3月2日凌晨3时初稿
3月20日接信后二稿
3月30日三稿
2005年再次修订

- 附录 -

魏钢焰先生来信

（一）

治国同志：

报纸收到了，乡土之亲，涌流纸上。不是乡谊至深，难乎为此。

小小遗憾是，如先寄我一阅，能先对一些不合事实处删改，就十分圆满了。

问题当然不大，因为还有机会改正，在印发书稿前还可能纠正和增补一些。故恳请你无论如何要把稿子给我看过，再寄出编书，否则则无法补救而成终身憾事了，其中苦衷，望一定体谅并依嘱。

我在发表的文稿上用红笔作了些更正，字不多，但很重要，望仔细改过来。

如照片为1984年，非近照。

余敏是随一团体（共七八人）来延安的，罗健为她关系最密者，李昭赴延安后极少来往。他们一行八人。

我参军应是 16 岁（1922 年底生）。

我接到家信，是刚解放西安后，在军管会驻地某中学内，不是大舅寄的，可能是我叔伯三哥寄的。再则，余敏当时尚在后方（山西），两人见面是数月后。二人无抱头痛哭事实，也无此感情。

我见信知母已故后，夜宿教室书桌时，夜不能寐，酸楚哭泣，因屋中尚有同事数人，只能饮泣，一山西老乡赵维屏（亦为教员）闻之，慰我。

稿子，你写得确实不落套，有感情，行文流畅洒脱，我是喜欢的。

要说缺点儿什么，只觉得可能是为了扣题，没有谈到我对成中、对家乡的敬慕恋情。我以为应该补写一段，真诚地向家乡父老致意。现寄上，请加到文章里。

你觉得如有必要，可润饰之，但务必将原稿寄我一看，千万千万！

钢焰

3 月 17 日

（二）

治国同志：

稿收到，你修订得很认真仔细，整个稿子是有感情的。反映了真实历史，转述了我对家乡父老的情谊，由衷地谢谢你了。

这次又随笔修订了一些，其目的是尽量使之接近历史真实，少做或不做评价，因为父亲那段遭遇，我确乎不知根由和详情，他与李志仁之间、与阎锡山之间到底是怎么回事，我不知情由也无处去打听。家人知情者似俱已故去，外人寻不上线索。所以我的态度只能是按所知的清楚客观的事实叙述，即使有点突兀不清，也只有那样了。

再过西安，请到家中坐坐，我是愿意见老乡的。

问孙谦、西戎、祖尧、子硕同志好。

握手

魏钢焰

3 月 26 日

京华虽好留不住
——访马烽

○
○
。

马烽（1922—2004） 山西孝义人，原名马书铭。1938年参加抗日部队，曾任班长、宣传员。1940年入延安部队艺术学校学习，回晋绥抗日根据地参加文艺工作团。1944年任《晋绥大众报》编辑、主编。1948年任晋绥出版社总编辑。1949年后历任中国作家协会青年部副部长，文学讲习所副秘书长，山西省文联、省作协主席，山西省顾问委员会常委，山西省委宣传部副部长，山西省政协副主席，中国文联执行副主席，中国大众文艺研究会会长，中国作协党组书记、副主席。1992年中共山西省委、省政府曾授予其人民作家荣誉称号。出版有诸多单行本和八卷本《马烽文集》。

新中国成立以来，作家马烽曾两度进京为官，时间达十几年之久。第一次在20世纪50年代，职务相当于现在的司局级。第二次在20世纪80年代，职务为省部级。作为一名作家，既有著作闻名于世，又有官帽官袍在身，那该是何等的春风得意！可是在羊年腊月，中国作家协会党组书记马烽自北京归来，却在自家门口贴了这样一副对联：

  京华虽好还是回家来最好
  山珍海味不如家常饭对味

有人请他释联，马烽笑而不语。问急了，便说有横批为证。

横批是:各有所好

马烽16岁投身抗日部队时,不过是一名粗通文字的农村后生。他根本没有想到自己日后要到京城去,也没有想到自己会成为一位作家。小时候看过不少旧小说,最高愿望是日后身轻如燕飞檐走壁替天行道劫富济贫。

因此,当母亲抽抽噎噎地嘱咐他:"等打完仗,你就回来。"他答应得十分痛快:"娘,你放心,我一定回来!"

不回来,还能到哪儿去呢?

三年之后,他去了延安。延安是中共中央所在地,但也不能算做京城。作为部队艺术学校的一名美术学员,他的学习园地是一块块黑板。他学得刻苦认真,不久发表了美术处女作。是第一幅,也是最后一幅。

原因是他迷上了文学。他把学美术的精力都花在了读古今中外文学名著上。读书上了瘾,自己也想学着写。1942年秋天,他的小说《第一次侦察》变成了铅字,发表在《解放日报》副刊上。

不久他又写了《张初元的故事》,第一次获了大奖。大奖的名称是:纪念抗战七周年"七七七"文艺征文奖。

同时,他和西戎合作的《吕梁英雄传》在《晋绥大众报》和重庆《新华日报》连载。在烽火硝烟中,人们都说解放区出了两位青年作家,名字叫马烽、西戎。

当时两人都是23岁,都不敢说自己就是作家。后来马烽称这种现象叫"偶然机遇,步入文坛"。

这一步入,便违反了他和母亲的约定。直到全国解放后,他也没有回到母亲身边去。

马烽题词

与战友孙谦（左）

这一步入，也便和京城有了牵连。1949年春天，他作为晋绥边区青年代表赴京参会。原想几天后就会回来，不料却被当时的全国文学工作者协会留下了。这一留便是七年。进京时单身一人，七年间娶妻生子，还在后海买了一座小院。那时候马烽30来岁，职务为中国作家协会青年部副部长、文学讲习所副秘书长。人人看好马烽的前程，人人都说他还会当更大的官。其时他和西戎合写了电影文学剧本《扑不灭的火焰》，还发表了《村仇》《一架弹花机》《结婚》《饲养员赵大叔》《自古道》《韩梅梅》等一大串作品。文学讲习所所长丁玲着力扶持他，希望他日后担任更重要的职务，可是马烽却一再递交报告，坚决要求回山西去。他不说当官，只记着自己的创作。他说："我是作家，我不能离开生我养我的地方，也不能离开我所熟悉的农村生活。"

他还说："放弃自己熟悉的农村生活去写自己并不熟悉的题材，面临的只能是失败。"

丁玲和当时的文艺界诸位领导，拗不过这位老醯儿，只好放行。1956年，他举家迁回太原，稍事安顿，便背着行李下到乡村。九年时间，马烽跑了无数的路，吃了不少的苦，换来的是硕果累累，佳作迭出。《我的第一个上级》《三年早知道》《我们村里的年轻人》等作品，就是那段时间写出来的。

史家称这段时间为马烽的第二次创作高峰期。

对于这次离京，马烽始终无悔。及至后来挨批挨斗，被强制送往农村，

马烽下乡

他都认为当时的选择是正确的。他说:"我是党和人民培养起来的作家,如今再回到老百姓中间,这就闹对了。"

丁玲也说他"闹对了"。1982年我在中国作家协会文学讲习所学习时,丁玲对我说:回去一定代我问候马烽,他是好人。1956年回山西,他算是闹对了。如果留在北京,后果不堪设想。

粉碎"四人帮"之后,马烽迎来了他的第三次创作高峰期。十几年间,他写了几十篇小说和散文。小说《结婚现场会》和《葫芦沟今昔》先后获全国优秀小说奖。长篇小说《刘胡兰传》获全国大众文学奖。还和孙谦合作,一鼓作气写了七部电影文学剧本。那时候山西省作家协会的一部吉普车,几乎被他和孙谦两位承包了。他们连续跑了几十个县,一会儿在晋西北,一会儿在晋中、晋东南。回来后闭门谢客,盘起腿来实施他们庞大的创作计划。那时候我刚调到省作协,一会儿听说马烽抽着烟睡倒在躺椅里,一会儿听说孙谦被他们编出来的情节逗哭了。七部剧本拍了五部,五部中有三部获最佳编剧奖。《咱们的退伍兵》除获政府奖和百花奖之外，还获得了中国人民解放军文艺奖、民政部奖和赵树理文学奖。难怪京华虽好，精米洋面到底留不住一个老马。山乡偏远，粗茶淡饭却能生出来几多佳作。

1989年，马烽二次受命进京，出任中国作协党组书记。调令紧急，不容有半点推脱。无奈之下，他提出几条请求：不转户口、不带工资，北京不要分配住房，一等开完第五次全国作家代表大会，他即刻卸任，返回山西。

这种要求很好满足。只是苦了他和老伴儿段杏绵。当时中国作家协会办公地点在文化部大院里。文化部住大楼，中国作协住当年的简易防震棚。马烽的办公室，设在后来用铁板搭建的二层楼上，楼梯晃悠，办公室也晃悠。夏天热如火盆，冬天冷似冰窖。老两口住在京郊中国作家协会临时招待所里，生活全都乱了套路。杏绵再巧再细，很难在过道里做出可口的饭菜来。屋子成了四不像，家非家，厅亦非厅。临时添置的冰箱彩电东放一件，西放一件。马烽叹息道：要是不来北京，就不买这些东西了。他曾经有过一大笔稿费，"文革"前都作为党费上缴了。"文革"后倒是写了不少作品，只是稿费低微，千字三四元到一二十元罢了。在如今这样的时代，马烽至多能算个下中农。只有在各类捐款的时候，能看出他的大家气派来：动辄便是

1950年与母亲摄于北京

一千元。有一年冬天我去看望他们,见窗台上放的豆腐已经冻成冰块。马烽忙一天回来,领带一拽,躺在沙发上大张口喘气,杏绵买菜得走出一里开外去。

马烽是作家群里的佼佼者和幸运者。他不爱当官,官位却老是追着他。曾经担任过山西省委宣传部副部长,部里为他准备了办公室,并将钥匙送到他家里。几天后他又把钥匙交回去了。曾经是山西省政协的副主席,却从来没有到那里上过班,也基本不坐那里为他准备的车。

在北京当官期间,马烽每年都回太原过年。拟一副对联,在传达室和大家说说闲话,就把年头岁尾打发了。前几年省里拨款,为几位老作家盖了新居,原想让他们安度晚年,不料有一家国家大机构的派出单位在他们门前大兴土木,整天吵闹不说,耸天大楼一举把阳光也挡住了。面对此情此景,马烽只能在对联里抒写他的情怀了。

马烽杏绵夫妇

其一

面对残垣断壁何时是了

他年高楼耸立天日全无

奈何奈何

其二
不论新楼旧房牢固就好
管它寒冬炎夏无病极佳

其三
对面楼高阳光少
门前院窄花草多
以多补少

其四
右竖高烟囱权当擎天柱
左悬灯招牌疑是夜彩虹
自我安慰

1995年，马烽又一次辞去官职，带着老伴回到太原家中。去时身强体健，归来一身病痛。政府为他配的专车，一年不见动用。政府给他配备秘书，他让司机占了名分。每年见省长书记来看他，却不见他参加众多社会活动。病中写完一部长篇，一部中篇，还在不断地写一些回忆过去的散文。进入新世纪，马烽所拟对联是：

跨越两世纪可谓高寿
步入新纪元从一算起
大小由之

1992年2月27日夜
2000年3月重写
2002年3月再改
2005年3月校订
本文曾在国内十余家报刊发表和转载

-附录-

马烽：《小城》序

燕治国同志是我省近年来涌现出来的一位青年作家。这是他的第一本小说集。其中包括了十几个短篇和中篇，约二十万字。燕治国同志不是专业作家，他是《山西文学》的编辑，主要任务是看稿子，编刊物。这些作品都是利用业余时间写成的。由此也可以看出，他那种坚持不懈、刻苦用功的可贵精神。

开头写的几篇，虽然没有在读者中引起大的震动，但作品本身都还有一定的水平。可贵的是他并没有停留在这个水平上原地踏步，而是不断地开拓，不停地前进。终于写出了《清粼粼的泉水》《一院三家人》《宽宽和巧巧》等一些较好的作品，受到了读者的称赞。其中《清粼粼的泉水》曾获得《山西文学》1982年优秀短篇小说奖。在文学创作的道路上，每迈进一步，都要做艰苦的努力。每一点突破，都是用心血换来的。燕治国同志在短短的几年中，创作上有如此明显的进步，可见是付出了不小代价的。

这本集子里的作品，基本上是描写农村生活的。也可以说写的都是作者故乡故土的生活情景。作者对晋西北黄河畔的那座小县城，那些偏僻的小山庄，对雄伟的黄河，古老的烽火台，以至对黄土丘陵上的一草一木，都寄予了深厚的感精。作者文笔比较细腻，对自然风景的描写相当出色。好像在你面前展开了一幅富有地方色彩的风景画。可喜的是作者并不是单纯为写风景而写风景，而是为了衬托，表现人物的精神状态和心理活动。作者比较重视刻画人物的内心世界，有些章节写得很传神，可以说达到了情景交融的地步。但正因为作者偏重于描写景物，偏重于刻画人物的心理活动，因而也就产生了一个缺陷，这

就是情节的发展比较缓慢,有些地方读起来颇有冗长之感。再就是,有些题材的主题思想挖掘得还不够深。

我认为作者是有才华的。肯用功,也善于用功。今后只要努力克服自己的不足之处,一定会写出更多更好的作品来。

1985年秋
中短篇小说集《小城》1988年由北岳文艺出版社出版

燕治国:送别马老

假如那天天气晴好,假如那天太原有缕缕阳光,马老或许就不会在夜静时分离开疼他爱他的亲人朋友和三晋父老了吧?

可是那天北方飘雪,南方降温,古老的太原城就没有一丝阳光。于是饱受病痛折磨的马老走了。他温顺而刚毅的老伴杏绵含着泪水告诫孩子们:不要哭,不要惊动别人,让你爸爸安安静静地走吧……

那时候刚从北京飞来的医疗专家站在马老床前,不无遗憾地望着老人清癯瘦削的脸庞。那时候住在南华门东四条里的省作家协会老老少少,还在揪心一般地盼着马老能挺过这四五天。五九即将过去,我们不是已经听见春天的脚步声了吗?

可是在1月31日夜静时分,善良而充满智慧的马烽老人走了。一个多月之前,他还给全省的作家艺术家们寄上情真意切的嘱托与祝愿,如今竟然就静静地躺在他终生眷恋的三晋大地上,永远地走了。

马老走了。南华门里流淌着无声的泪水。27年前,我第一次见马老时的情景还历历在目,如今他就这么走了。再也看不见他闪闪发亮的双眼,再也感受不到他亲切细微的关爱了。再也看不见他蹒跚行走的身影,再也听不到他睿智而富有魅力的谈吐了。山西文坛将翻过极为厚重的一页。敬重他的作家艺术家们将度过一段空落落的日月。有他在,我们都还觉得自己年轻。在他的书房,在狭窄的胡同里,在通往办公楼的小坡上,在传达室破旧的椅子旁,我们向他诉说自己的所见所闻所思所想,他总是静静地听着,嘴角挂着一绺永远的微笑。

那时候，连单位里新来的年轻人，都不会因他名重而拘束。南华门里人，都把他当做最可信赖和尊敬的长辈，都把他当做自己家里慈祥贴心的老人。如今书房还在，传达室那把椅子还在，可是马老走了。茫然四顾，直觉得眼睛发涩，心里很痛，眼泪就止不住地流下来。

不说烽火硝烟的战争年代了。不说建国以后那段较为松快的年月了。在那段日子里，作家马烽辛勤耕作，收获了他一生中最为丰硕的成果。之后，他历经十年磨难，带着累累伤痕，从农村回到久别的省城。来不及诉说十年的噩梦，马烽和他的老战友们日夜操劳，受命重新打造遭受灭门之灾的省作家协会。不久，一批热爱文学事业的年轻人陆续走进刚刚成立的省文艺工作室。其中有煤矿干部周宗奇、电焊工人王子硕、北京知青李锐。有司炉张石山、农民胡帆和郑惠泉。之后又调来田东照、文武斌、成一、韩石山诸位，还有一脸稚气的青年诗人杨潞生。

我永远忘不了1978年深秋时节。那一年我正在老家盖房子，师母杏绵和孙谦老师的夫人王子荷突然笑眯眯地站在我的面前。她们乘火车转汽车，奉命到河曲县为我办理调动手续。此前，我曾经在文艺工作室临时呆过一段时间，闲暇时和马烽、西戎二位老师谈起过自己的愿望。我希望从山沟里走出来，留在省城工作。一来为圆文学梦，二来为妻子离北京的父母近一些。当时两位老师让我住在太原，边等消息，边静下心来多读点书，多写点文章。可是过了几天，我匆匆离开太原，回家为无处安身的父母和妻子儿女盖房去了。那时候有好多人等着调进文艺工作室，我一走好几个月，深知调动无望，也就不去想它了。可是马老西老记着我，他们让年已半百的杏绵和子荷老师坐着公共汽车，绕到山西省地图边子上找我。他们说，晋西北出个文化人不容易，就让燕治国来文艺工作室当编辑吧，以后有人接班了，还可以坐下来写点东西。

这一来，我在南华门住了27年。27年间，当了18年编辑，其间到鲁迅文学院和北京大学学习四年，到年近五十时，果然可以坐下来写点东西了。只是眼高手低意志薄弱，缺少了马烽老师那种惊人的毅力与虔诚。27年间，我们眼看着马老在与时间赛跑——当年他和孙谦老师坐着一辆老式吉普车，跑了那么多乡村，写了那么多新作品。以后他好不容易从北京卸任，一回到太原家中，便向生命发起挑战——他忍着难耐的病痛，写完一部长篇一部中篇。他编完自己的文集，又写出来一生中最为精彩的一束束散文。他还有很多的事情要做，可是病痛不予时日，在2004年1月31日那个阴沉的夜晚，他带着遗憾，几尽完美地走了。

奔腾不息的黄河水，有一股被作家马烽引进庄稼地里，浇大了山药蛋，滋润了糜黍谷物，那便是他留下来的不朽作品。浑厚苍莽的吕梁山，总是挺起胸膛直面青天与大地，那便是他的品格与节操。走遍三晋大地，只要是认识他的人，谁都能讲出一段马烽的故事来。走遍三晋大地，凡是知道他走了的人，都会说一声：老马，一路走好。

马老，疼您爱您的学生都含着热泪说：老师，一路走好……

2004年2月3日夜

杏绵小传

杏绵：无尽的思念

段杏绵（1928—2013）笔名杏绵。河北安平人。1944年参加工作。1953年毕业于中央文学研究所。历任安平县小学教师，冀中军区九分区文工队队员，冀中区党委群众剧社宣传员，《中国少年报》编辑、记者，山西省文联《火花》编辑部主任、图书编辑部编审。1949年开始发表作品。主要从事儿童文学创作。著有短篇小说《新衣裳》《临时工作》《我和爱人》等，中篇小说《地下小学》《刘胡兰的故事》，散文《管涔游记》《龙门春色》《早春季节》，报告文学《文盲大闹海子湾》《一个自强不息的女性》《第一次军事旅行》等。

2013年2月18日中午，杏绵师母猝然辞世，我撰写的挽联是：
  敬送杏绵师母癸巳正月与马老团聚
  隽秀淡雅品端性绵原冀省绝美
  栉风沐雨德泽文苑终晋地成仙
    燕治国率家人跪别
    蛇年正月初十

2016年12月26日增录

最是橙黄橘绿时
——访西戎

○
○
○

西戎（1922—2001）原名席诚正，山西蒲县人。1940年入延安鲁讯艺术学院和部队艺术学校学习。曾任保德县第四区抗日联合会文化部长，《晋绥大众报》编辑科科长。1952年入中央文学研究所学习。历任《川西农民报》编辑部主任，《川西文艺》主编，山西省文联副主席，山西省作协主席，《火花》《汾水》主编等。1943年开始发表作品。著有长篇小说《吕梁英雄传》（合作），短篇小说集《宋老大进城》，散文集《寄语文学青年》，电影文学剧本《叔伯兄弟》、《扑不灭的火焰》（合作）等。1992年中共山西省委、省政府曾授予其人民作家荣誉称号。出版有五卷本《西戎文集》。

1983年我在中国作家协会文学讲习所学习时，有一天晚上诗人流沙河到我们那里去玩。当他得知我是山西学员后，十分动情地说，西戎同志是我的老师，请你回去代我问候他，我在这里给他鞠躬了。说罢，果然就将腰弯了下去。

我诚惶诚恐，赶忙代西戎老师还礼，并邀请他得便时访问山西。他说，等我有了更好的成绩，再面见西戎同志吧。

当时我怦然心动，觉得一位作家能得到如此尊重，文品之外，还须有人品的力量。而流沙河在盛名之时，仍然有情有义不忘故旧，实在是难能可贵。

我是后来才知道他们之间的一段交情的。

1949年10月间，西戎随第一野战军南下，一路历尽艰险，至年底到达蓉城成都。次年1月，就任《川西日报》副刊主编。在大量来稿中，他很赏识流沙河的作品，认为有功力、有思想、有才华。流沙河的作品在《川西日报》副刊连续登载，西戎即差人以他的名义去信，问流沙河愿不愿意到报社工作。

流沙河当时只有18岁，在老家一所乡村小学任教。由于家庭出身问题，正为自己的前程忧虑。接信后，他简直不敢相信世间会有如此好事，当即启程，步行到成都去面见西戎。

多少年以后，流沙河在一篇回忆文章中写道："中式信笺，毛笔直写，一纸来函铺成一条魔毯，载我飞离故乡，载我飞去参加革命。"

流沙河先当编辑，之后成为著名的诗人。西戎曾手把手教他排版画版，曾骑着自行车带他下乡。他们相处一年半，友谊长达几十载。

像这样关心爱护扶植青年作者的事情，在西戎半个世纪的文学生涯中，又何止十件八件！

他是作家。从1942年10月发表处女作《我掉了队后》开始，一直到《王德锁减租》，到《吕梁英雄传》，到《宋老大进城》《赖大嫂》《在住招待所的日子里》，西戎以他的机敏、灵性和骄人的成就走进中国现代文学史之中。同时，他又是一位劳苦功高的编辑家。50年文学生涯，有23年是在编辑岗位上度过的。

1953年，西戎由成都调北京中央文学研究所。到1956年，在他一再请求下，又从北京调回山西。那时候，正

西戎题词

是他的创作高峰期。《纠纷》《一个年轻人》《麦收》《宋老大进城》等作品接连发表后，在全国引起很大反响。他之所以要求回山西，也正是想深入到农村去，一鼓作气完成自己的创作构想。但回到山西后，组织部门却让他出任《火花》主编。他服从安排，开始接手创办《火花》文学月刊。在担任主编期间，西戎发现和培养了李逸民、义夫、谢俊杰、侯桂柱、杜曙波等一大批文学作者。那时候西戎家里客人不断。作者来了，一谈半天，到开饭时间，他招呼妻子李英备饭备菜。有一位农民作者，背了四升小米来见他。西戎留吃留住，看了稿子，提了建议，送别时提着小米对那位作者说，这些米够你们一家人吃好几顿，我要吃了你的米，心里会非常不安的。

当时《火花》只发表短篇小说，但有的作者把长篇也送来了。只要送来，他就从头读起。张恩忠的《龙岗战火》，是他下乡时看到的。稿纸又黑又粗糙，他从夜晚读到天亮，之后多次提出详尽的修改意见。作者四易其稿，终于在上海文艺出版社出版。

1976年，他出任《汾水》主编。省作协是"文化大革命"中被彻底砸烂的单位，西戎又刚刚从农村归来，一切都得从头做起。他不得不再次放弃自己的创作计划，全身心地投入到刊物编辑工作之中。就是在那时候，山西一批年轻作者脱颖而出。在他们崭露头角之时，西戎和几位老作家已经在考虑怎样为他们创造条件，怎样尽到老一代人的心意和责任了。不久，一批年轻人调进《汾水》，一批年轻人到基层挂职，还有一批年轻人有了创作假。西戎关心着他们的创作，希望他们经常深入到生活中去"写真实的、写自己相信的、写自己熟悉的"。当他们有了新的成绩之后，他喜不自禁，多次撰文评介鼓劲。

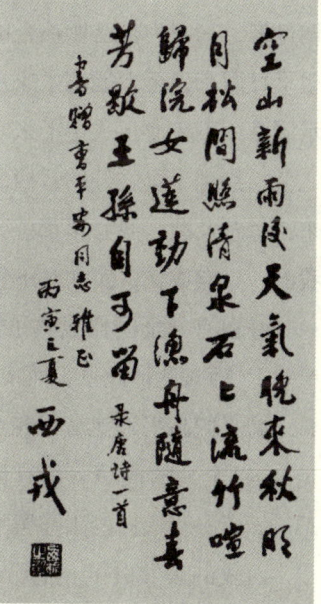

西戎手迹

在为一位青年作家的小说集作序时,他这样写道:

> 我既不以为它是浓香四溢的醇酿,也不以为它是华贵迷人的奇葩。我把它视做山岩上流淌的一股清泉,林莽间几朵无名的野花。唯其如此,也就有了醇酿所没有的清洌明净,也就有了奇葩所没有的质朴与芳香。

他还向文学评论家呼吁:

"希望朋友们不要冷落了这一批真正有生活积累并在创作上已经有了可喜收获的中青年作家,应当满腔热情地关心他们的成长,不论他们属于何种风格流派,都应去鼓励、扶掖。"

这以后,有了《新星》《顶凌下种》《撅柄韩宝山》,有了《远村》和《厚土》,直至有了"晋军崛起"之说。

1977年,我被借调到《汾水》编辑部工作。半年之后,我请求正式调过来,一则为自己所热爱的事业,二来因为妻子是北京知青,早就盼望早日回京,至少能离娘家近一些。西戎老师听过我的讲述后,当下表示同意,不久便正式定下来。之后又委托马烽夫人段杏绵和孙谦夫人王之荷,跑到千里之外的晋西北大山里给我办理了一应调动手续。十几年来,每念及此,我心里都感到一种温暖,同时又有一种深深的愧疚:以我的一点点成就,实在对不住西戎和其他几位前辈的培养和扶持。

好在有一批同伴成熟了,成材了。"一年好景君须记,最是橙黄橘绿时"。面对此情此景,西戎老师该感到欣慰了。

高兴归高兴,他从不在众多弟子面前摆架子。他说他不敢"贪功掠美"。每个人的成功,都有他自己的机遇和拼搏,而他作为老一辈人,不过做了一点应做的工作罢了。

西戎的头发白了。他已经从领导岗位上退了下来。如今儿孙满堂,满院笑语喧哗。白日有儿孙老伴陪着,夜晚依然伏案疾书,一盏台灯总是亮着。不时可读到他的新作,去年又有电视连续剧问世。他还在翻看来稿,凡青年人寄来的稿件,他总是亲笔回信。前些天我去看望他时,他刚看完一位老同志的长篇小说草稿。他说,这部小说有三十万字,作者改了三次,他也看了三次,且为之写了序言。

那时候,我又想起流沙河向他鞠躬的情景。

1992 年 3 月 2 日凌晨 3 时
2005 年 3 月 10 日夜

- 附录 -

西戎: 我看《作家风采》

……在这里,我要特别一提的是他们办得有声有色、高雅新颖的新栏目《作家风采》。

举办《作家风采》专栏,可以说是《太原日报》副刊的创举。在全国报刊中也仅此一家。这样的举措,不是他们突发奇想,而是经过调查研究,了解了当今读者的阅读兴趣,经过深思熟虑,频繁磋商,而后制定出来的。

我省作家燕治国被特邀为这个专栏的撰稿人。在《太原日报》人力物力的大力资助下,作家带着报社开列的一份以"古稀"为年龄下限的老作家名单,长途奔波跋涉,开始了在全国走访文学前辈的采写活动。经过千辛万苦,历时一年有余,这一组记述介绍我国 20 世纪 40 年代登上文坛的文学前辈的"德行、文品、贡献"以及他们生活现状的散文,一篇接一篇,连续在《太原日报》副刊《双塔》上与读者见面了,当即受到广大读者的欢迎。许多老前辈作家如夏衍、冰心等,也都给予热情鼓励,称赞《太原日报》副刊办成了一件好事。

这一组散文作品的确写得文笔优美,感情真挚,表现出了作家燕治国的艺术功力。文章看似散淡,实则绚丽多姿。它不同于报端常见的记者们采写的人物访谈,而是作家把捕捉到的人物细节,经过巧妙的生发组合,并以真切深重

西戎先生

的感情抒写出来。这样的人物专访,不仅仅是一般的信息报道,而是具有强烈艺术感染力的文学作品。对于这组作品的价值及艺术成就,何西来先生曾作过精辟的评述。现在回过头来看,《太原日报》副刊开辟《作家风采》专栏,无论是对作家、对读者,还是对当代文学事业,都应该说是功德无量的……

摘自《西戎文集》第五卷《略说〈双塔〉副刊》1994年2月

网上人日

水月琉璃:《淡淡的一日》2006年11月21日 星期二 晴

翻开《渐行渐远的文坛老人》,凝视一张张在生命尽头回望人生、回望世界的面容,眼睛就定在了卞之琳的照片上。如菊的皱纹从鼻梁旁边向两颊展开,额头上的皱纹像晴朗的日子里远远望见的梯田,也像岁月镌刻的密密诗行。枯瘦的手撑着下颌,紧抿的嘴唇咀嚼着哀伤,将一个坚定从容的微笑轻轻绽放,仿佛是品着浓茶苦里的清香。银色的头发是霜白的诗草,那一双深邃、蔼然的眼睛,正从镜片后面注视着对面的你。这一页书弥漫着凄凉的苦香。书中还有一张照片,是他立在书橱前怅望,他的形象为什么这么亲切呢?

枫林幽兰:《读晋人燕治国〈渐行渐远的文坛老人〉随想》2007年1月22日

看了这本书,我沉思再三。我觉得,这些文坛老人虽然离我们而去,但他们的文字永存,精神永存。时光催人老,吾当惜寸阴。今天我终于明白过来,作为文学爱好者,我们应该珍惜有限的生命,努力做些有益于人民的事情,应该携手去创造和谐美好的家园……

嶂岩　2007年02月10日 星期六

……为了这本书，燕治国真是历尽艰辛，吃尽苦头，在和我说起当时的情况时，仍然感慨万分……不过，这本书的价值几乎一出版就显示出来了。有的老作家接受他采访过后不久便辞世了，把最后的笑容或嘱托或墨宝留在了这本书里。以后研究老一辈作家，这本书是不可或缺的宝贵资料。

雁北飞　2017年3月11日

一直以来，文坛上的大师们，灿若繁星，我只能仰视。作家燕治国则给我打开了一扇可以平视他们的窗户，就着微曦从文字中窥视那些老人们的背影。

博客评论：

1.《渐行渐远的文坛老人》最初成于20世纪90年代中期，近十年后的今天，作者笔下的老人们大多乘鹤西去，他也几乎成了最后采访他们的作家。这些老人或是淳朴，或是沉郁，或是激昂，但在经历了政治的风雨之后，不变的依然是他们的赤诚。

2. 巴金老人曾说：把心交给读者。很欣赏燕作家的文笔，他笔下的大师们并不是一尊尊的神像，他写他们的过往，写他们的文章与为人，甚至写自己登门拜访久等的郁闷，他也始终是真诚的，所以老人们愿意接受他的采访，而我们就从这短短的交往、短短的场景、短短的文章中看见了他们的过去与现在。

3. 喜欢冰心的清新、宗璞的优雅，也喜欢严文井的可爱，他们从教科书中走了出来，微笑着，或是皱着眉头看着我们……

书难斋书话:《这些渐行渐远的人》

燕治国的这本《渐行渐远的文坛老人》，是作者用一年时间，走访了大江南北的50余位在中国有巨大影响的老作家，真实地记录下他们的音容笑貌、思想境界及动人的人

格魅力。因为这些文坛老人都到了人生暮年了,如今有不少更是已淡出时代,渐行渐远地走进了历史,因此这些最后的剪影就带有历史资料的重要价值。由于这些文坛老人大多数年迈多病,这就给作者的采访带来了相当的难度,作者花费在跑路上的时间和精力,同样是确保这本书取得成功的重要的保证。其次是写,短短的一两小时的交流,对每一位文坛老人,从外貌到精神的把握,并以一两千字的篇幅勾勒出来,没有过硬的洞察能力和文笔功夫是做不到的。

读燕治国的《渐行渐远的文坛老人》,应该说,作者为这些文坛老人画像的目的是达到了,大部分人的风采,如冰心的关注社会老而弥辣,叶君健面对死神的坚强,汪曾祺的文采风流,孙谦的朴拙……无不寥寥数笔,则格外传神。作者饱含深情地说:"我们所做的一切,都是希望善良的人们记住这些老作家,记住这些渐行渐远的文坛老人。"

流沙河小传

流沙河(1931—)原名余勋坦。四川金堂人。幼习古文,做文言文。1947年入省立成都中学高中部,转习新文学,1948年开始发表作品。1949年入四川大学农业化学系,写作愈勤。1950年到《川西农民报》任副刊编辑。1952年调四川省文联,历任创作员《四川群众》编辑《星星》编辑。1957年后在成都从事多种劳作,工余研读诸子百家。1966年押回金堂老家,劳动糊口,共12年。1978年到金堂县文化馆任馆员。1979年复出发表作品。年底调回四川省文联,任《星星》编辑。1985年起专职写作。中国作协理事、四川作协副主席。出版作品20余种。

古董唯藏旧酒瓶
——访林斤澜

○
○
○

林斤澜（1923—2009） 浙江温州人。中学时代曾参加抗日救亡运动，15 岁离家独立生活。1945 年毕业于国立社会教育学院，1949 年后到北京市文联创作组从事剧本创作，1956 年出版了第一本书——戏剧集《布谷》。短篇小说《台湾姑娘》因在题材和写法上新颖独到，曾引起读者注意。出版有《矮凳桥风情》《林斤澜小说选》，理论集《小说说小》，十卷本《林斤澜文集》等。

猴年年初见汪老曾祺，虽七旬老者，力不稍衰，神不稍减。两眼炯然似火，行走敏捷如猿。戏问编书说戏之人，或熬夜或呆坐，日子过得毫无程序，何以能养得如此健壮有精气？先生眼珠一转，答曰：有好酒一壶。话毕眼珠再转，补一言道：有好友一人。问好友其谁，跃然答曰：吾友林斤澜矣！

是年岁尾，不想就闯到林斤澜家里。同行者安裴智君，与林斤澜有一面之交，路上极言先生人品高洁，文章雅致，我想这林先生，确实也了不起。论文章，写得不多，名气不小。谈学问，能和汪曾祺对话，想来也不是半瓶醋把式。说喝酒，竟敢与著名的"酒坛儿"对酌，你想那是怎样的水平！汪林二人，应该是针尖对麦芒，半斤对八两。否则好酒

文尽奇诡，人淡如菊

还不如白开水。

初见林斤澜，先被他的仪表镇住。文学圈内，我也识得三五百人。见过风流倜傥者，见过伟岸雄壮者，也见过狂放不羁者、腼腆娇羞者。但如林斤澜之俊逸、之飘洒、之含蓄、之神韵，文学圈内，可谓凤毛麟角。若是上银幕，他便是孙道临第二。若是老年人比美，冠军肯定是他。

可林斤澜是作家。

年关将近，先说友情。他问候山西李国涛，说两人住过一屋，言语甚是融洽。国涛者，吾师也。吾师博闻强记，言必是文章学问，省作协所居南华门内，其人甚是了得。每与吾师论文，唯有洗耳恭听。尊李不由敬林，我被林斤澜一网套住。

下来便说汪曾祺。

"酒友。好友。"林斤澜眉开眼笑地说道。

既是好友，理应常来常往。林

林斤澜题词

林斤澜、谷叶夫妇

斤澜笑着说,京城甚大,搬家频仍,见他一面,大不似从前。好在有电话问询,倒也减去几分挂念。

那么何以痛饮?

林斤澜笑而不答。

他戏称汪曾祺是士大夫文化最后一位作家。他认为汪之《受戒》秘诀是:把整套材料打散开来重新组装一遍。他很聪明,他说。

他的《受戒》,剖开来藏的是人生之愉悦。林斤澜又说。

于是话题转到可怜的文学。

面对眼下文学状况,萧乾老颇为幽默地感叹道:大家得守住!

林斤澜亦认为:大家得守住!

如此摊场,如何守护?林斤澜的高见是:只有更文学化。

小说惨淡,散文走俏,文人俱知行情。所以然者何,盖因散文情真辞美,读者愿买真货。真货卖的是硬语言,欣赏便有了滋味。真正的文学作品,电影电视都替代不了。越是文学语言,越是很难变成影视语言。是耶非耶,林氏一家之言。

文学不会消失。文静的林斤澜先生喊道。我们要使文学更有特色。老舍曾说过,有的作家创作勤勤恳恳,亦不乏学问,但是到最后时刻,读者依然记不起他作品的面貌,亏就吃在没有好好钻研语言。语言是慢活儿,一个作家要在语言上见出风貌来,得花费十几年时间。

文学更文学,功夫在语言。林斤澜如是说。

传世之作,精髓在语言。他说。

他又说,作家需要找好自己的位置,需要把事情想明白。

他还说,作家大约得吃点苦头。

他对新时期文学脉络非常熟悉,数出来一大串精英人物。他颇为动情地说,只要坚持住,有实力的作家一定会走向下一个世纪!

我一点儿都不怀疑他的好意。但我比他乐观。我相信文学绝对不会消失。即如时下,文化不是还很时髦吗?吃也文化喝也文化上厕所也是文化,文学不过是文化的儿孙辈,皮之尚存,毛焉不附?

似乎是1981年,汪曾祺的《大淖记事》和林斤澜的《头像》同时获全国优秀短篇小说奖。酒兄酒弟齐上台,真是酒界无上之荣耀。我想那一天应该把酒瓶酒坛全拿来,两个人喝它个人仰马翻。问林斤澜可曾有此壮举,作家含而不露,不置其可否。

我茫然四顾,很想在他的屋子里寻出几瓶好酒来。

酒瓶没找着,却看见墙上一条幅,文字俱佳,录来与诸位共赏:

  编修罢去一身轻,
  愁听新词诵道经。
  几度随时言好事,
  从今不再谈苍生。
  文章也读新潮派,
  古董唯藏旧酒瓶。
  且吃小葱拌豆腐,
  看他五鼠闹东京。

> 戏柬斤澜
> 曾祺辛未

汪曾祺句句实话，仔细读来，别有滋味在心头。我问林斤澜，可否看看您收藏的酒瓶？林斤澜默然无语，告别时不知从哪个旮旯里拽出个酒瓶来，细声说道：请看，仿路易十三时代之物，有点意思吧？

我亦不置可否，心里说，往后我有了好酒瓶，也不给你看。

1993年2月2日凌晨5时于太原家中
2005年3月10日重新改定

- 附录 -

斤澜先生轶事

汪曾祺评说：林斤澜生活里的哈哈笑是比较有名的，哈哈笑是林斤澜的保护色。如果斤澜先生遇到有人提起某人某事不想表态的时候，就把对方的原话

汪曾祺（右）脸红了

再重复一次,接着垫以哈哈哈的笑声。林先生这种让人摸不着头脑的笑,一方面使他摆脱了尴尬,另一方面在笑声中获得一层安全色。

林斤澜 30 岁的时候,得过一次心肌梗塞,70 多岁的时候心脏病再次复发,医院都报了病危,但每次大病他都熬过来了。他说,活到 60 岁就已经够本了,再活就是白饶。林斤澜平时好酒喜肉,白酒、黄酒、葡萄酒、威士忌都能喝。身为温州人,林斤澜爱喝热黄酒加鸡蛋。南方籍老作家当中,与林斤澜酒量相当者,只有汪曾祺、陆文夫、高晓声等少数几人。因为爱喝酒,进而喜爱收集酒瓶,朋友们聚会时,都会互相提醒:"酒瓶给斤澜留着。"

林家有两面格外"饱满"的墙。一面从上到下都是书,一面从上到下都是酒瓶。甚至卫生间的壁灯都是酒瓶形状的。这个家的设计者是林布谷,她也是父亲忠实的酒友之一。布谷说,我上人大新闻系时,老师说得接近生活,让不想和你说话的人能和你聊天。我就跑到街上卖高粱烧酒的柜台边,一边喝一边和老大爷们聊天。父亲发现后说,回家来吧,我陪你喝。于是乎,爷俩几乎天天对酌。

滹沱河边高粱林
——访牛汉

○
○
。

牛汉（1923—2013） 山西省定襄县人。蒙古族。原名史成汉，笔名谷风。抗战期间在陕甘地区读中学。1943年考入西北大学外文系俄文组。1949年后历任中国人民大学研究部研究秘书、东北空军直属政治部文教办公室主任、人民文学出版社党委委员、《中国》文学期刊执行副主编、《新文学史料》主编等。著有诗集《彩色生活》《祖国》《在祖国面前》《温泉》《爱与歌》《蚯蚓和羽毛》《牛汉抒情诗选》等十余本，散文集《童年牧歌》《中华散文珍藏本·牛汉卷》等七本，诗话集《学诗手记》《梦游人说诗》二本，《牛汉诗文集》五卷本。

我的一位作家朋友对我说，你写了那么多全国知名作家，到现在至少漏掉一位：山西诗人牛汉！

另一位诗人朋友对我说：你必须写牛汉！

在这之前，家乡的《五台山》杂志曾隆重推出牛汉的散文新作《高粱情》。他在写给编辑的信中说，你们所开的《故土之恋》，对于离家多年的人有极大吸引力，仿佛听到祖先们在殷殷地呼唤我。这篇散文，我自己觉得还有些分量，花了一个多星期才写好。对我的感情来说，写高粱就得如此动情地写……

牛汉是怎样描摹家乡的高粱林的呢？且看诗人的一片柔情：

周围安静极了，有风的时候，最为舒畅，风在高粱林里变得很柔和，像被篦子梳过一样，把沙粒、尘埃等全都梳掉了。风，摇撼着沉沉欲睡的空气；风，携带着遍野昆虫的歌。草花的香气和高粱的温馨，爱抚地浸泡着我们。肺里、血液里全部充满了昆虫的歌和柔润的高粱味的风……从颤动的高粱叶片上筛落下的露珠，装饰着我们赤裸的躯体，我们不知不觉地沉入了无底的绚丽的梦中……

一位成功的乡土作家，他最丰厚的积累应该是在充满了苦辣酸甜的青少年时代。譬如沈从文写湘西，鲁迅写绍兴，山西作家写吕梁晋中晋东南。牛汉如此深情地吟诵家乡的高粱林，我想大抵也是如此。

但是我没想到，牛汉14岁就离开了山西定襄县，而且从此以后好多年再没有回去过。

我问牛汉："你怎么能不回去呢？你是咱们那一带成就最大的诗人，再怎么也该回去看看呀！"

牛汉立时急了眼，他说："你说得倒容易，离开时兵荒马乱，跑都来不及，我十来岁个娃娃，能往日本人的枪口上撞？"

"那以后呢？"

书斋闲话

牛汉憨憨一笑,说:"逃到西安,倒是想偷偷回家来,都让俺爹给拦住咧!"

70岁的牛汉,住在京郊人民文学出版社新购置的楼房里。当我打电话和他预约时,诗人欢快地喊道:"快来快来,老乡见老乡,还说甚的客气话哩!"

牛汉成名很早。他15岁开始写诗,到上高中时已经小有名气。1942年他以全省第二名的优异成绩考取西北大学外文系,学的是俄语。滹沱河边的高粱林,给了他一份才情,也给了他一副火一般的脾性。他能从西安步行到甘肃求学,他也敢在大学校园里振臂高呼,奋不顾身地参加学生运动。署名为谷风的诗作飞到半个中国的报刊杂志上,激进的牛汉也很快被抓进国民党的监狱里。

此事引起一场轩然大波。延安《解放日报》迅速作出报道,全国好多报刊予以声援,学生诗人谷风被捕的消息像山谷里的风一样,吹遍了沟沟坎坎。

北京解放第二天,牛汉随华北大学招生组进驻京城。作为成仿吾的秘书,他脚下的道路曾经是铺了一层鲜花的。

结果牛汉又一次被抓进监狱里。

那是一桩绵延数十年的冤案。他实在不应该认识胡风老先生。他实在不应该和胡老夫子有书信来往。他更不应该听从领导的安排,去给李立三的苏联夫人讲甚么汉语。滹沱河水养大的牛汉,实在是性子直了些,实在是心眼少了些,他几乎是在毫无戒备的状态下,被人狠狠地摁进一眼可怕的陷阱里。

谈到这段经历,牛汉挺起腰杆乐呵呵地对我说,咱们高粱林里长大的人,能经得起各

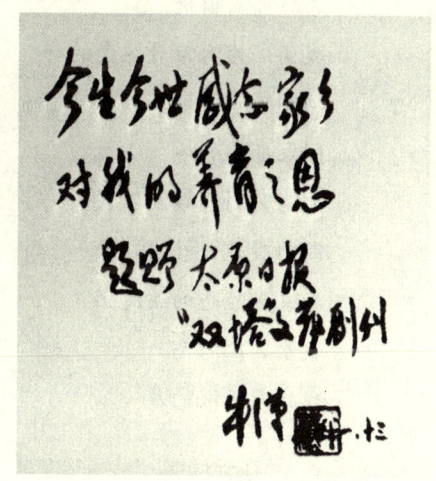

牛汉题词

面对人生

种折腾，折腾来折腾去，我不照样活得很好？

一位熟悉牛汉的诗人这样评价他：他那一米九零的身高显示着男子汉的伟岸魅力，他那写诗时的迷狂和编审时的严慎，表现了一种中国式的现代文化精神，而他那在坎坷的人生道路上尝遍酸甜苦辣而乐观爽朗的气度，会给你一种坚韧不屈性格的感染。

当然，如此美妙的赞歌是在牛汉冤案平反以后唱出来的。复出之后，他担任过《中国》的副主编，以后一直任《新文学史料》的主编。对于过去那段生活，牛汉本人在他的一首题为《远去的帆影》里这样写道：

  我的呜呜叫的创洞
  我在浪涛上
  怎样匍匐前进
  我变成为海滩者悼念的碑
  动荡不宁的碑
  闪电颜色的碑
  大海时刻想吞没了我
  因为我是一叶帆
  我立在险恶的波涛上
  我永远比海高
  我就是不沉的岸

牛汉是一条硬汉。北京文学圈里的人都这样说。我问诗人是怎样挺过来的，他用拳头砸着手掌说，嘿，有滹沱河边的高粱支着哩。这可不是诗，这是大实话。高粱挺拔而粗壮的茎秆，永远给人以自信和力量。你注意过高粱的根吗？那简直像鹰爪一样，夏天暴风雨来临之前，主根迅速

抬头远望

生出气根，深深地扎进地里，风暴根本无法撼动它，就像一个摔跤手，脚跟稳稳地定在地上，等着对手扑将过来。你说，我还怕球个甚？

牛汉离开家乡五十六年，说话还带着浓厚的定襄口音。他思维敏捷，手脚利落，磨难于他来说，倒好像是一种保持青春活力的滋润剂。提起家乡，他有着无尽的话题和无尽的思念。他说，家乡的高粱林几乎伴随了他一生。有人问他艺术个性是怎样形成的，他回答说，不是受某些作家某些作品的影响，是家乡的一切深深地镌刻在他的心灵深处了。他忘不了家乡对他的养育之恩，近几年，他写了一连串回忆童年生活的文章，即将结集出版，书名就叫《滹沱河和我》。

牛汉的玻璃板下面，压着一张很帅的照片，是鲁迅的公子海婴给他照的。我说老乡，您大气一点，把这张照片送我，让家乡父老看看您的尊容，以免牵挂之心。

牛汉犹豫半天，说，你就饶了我吧，这是海婴下午才捎过来的，我他妈实在舍不得给你，你说该咋办？

我笑着说，其实我也舍不得要，我是试探你的脾气哩。

牛汉乐得哈哈大笑，连声说，他妈的好老乡！你不用试探我，我这脾气永远闹不好！

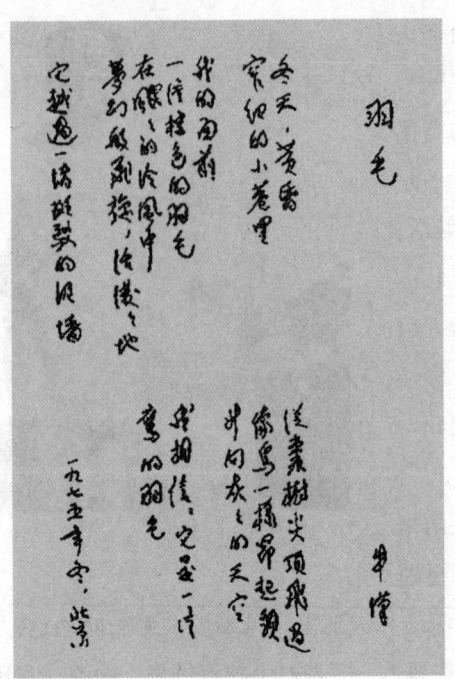

牛汉手迹

那时候室外寒风凛冽,而牛汉的书房里,花儿正自开得鲜艳。

癸酉年正月初三凌晨 6 时于听涛书屋
2005 年 3 月 10 日订正

文章发表后,曾有牛汉的同学王柯平先生致信报社编辑,指出文中数处错舛,如今一并改正,并向老先生致意。一字即可为师,何况四处之多呢——谢谢王柯平老师!

- 附录 -

王柯平先生来信

编辑同志：

贸然奉函，请见谅！

日前我因事由汴来并。昨阅 1 月 28 日贵报第八版《滹沱河边高粱林》一文，感到十分亲切，仿佛又看到了当年的谷风。抗战后期，我在陕南城固和谷风同读一所大学，1946 年同时参加学运。那时，他已是小有名气的年轻诗人，为同学们所钦敬。每逢墙报（那时称壁报）上有他的诗作，不少人都以先睹为快，争相传抄。他离校后，曾在开封工作，后来去了北方，1955 年后，就长期无消息了。如今他身体工作依然很好，老校友们自然都感到欣慰。

对贵报这篇文章，我想提出四点看法，供作者和您参考：

1. 牛汉和谷风都是笔名，他本人原名史成汉。文章中称他为老牛，似乎不妥，这正如我们不能称谷风为老谷一样。

2. 文中说："1942 年他……考取西北联大外文系。"其中的"西北联大"应改为"西北大学"。抗战初期，北师大、北平大学（不是北大，而是平大）、北洋工学院（今天津大学前身）三校组成西安临时大学，后迁汉中一带改名西北联合大学，1939 年又改名为西北大学。史成汉（即今之牛汉）1942 年入学时，西北联大这一校名已不存在。

3. 文章说：牛汉"学得是俄语"，应改为"学的是俄语"。更确切地说，他读的是"西北大学外文系俄文组"。当时不称"专业"而称为"组"。外文系分为英文和俄文两个"组"。

4. "磨难予他来说，倒好像是一种保持青春活力的滋润剂"。其中的"予"系"于"字之误。予，给。于，对于。

陋见如上，是否正确，请指教。如有教言，请寄本市桃园三巷……转交。谢谢！

此祝

撰安

开封师专离休教师王柯平上
1993 年 1 月 29 日

牛汉：无题

我和诗，一生一世相依为命，
从不懊悔，更没有一句怨言。

六十年来，在遥远而虚幻的
美梦里，甘心承受现世的苦难。

经历了一次苦过一次的厄运，终于
苦根里哂出了一点未来的甜蜜

未来的甜蜜本是为下一世人生酿的，
尽管眼下还尝不到一滴，却已经

神奇地甜透了我已逝和未逝的人生，
写诗，还不就是为了这点尝不到的甜蜜吗？

2000 年

身高六尺，诗文五卷，历经百难，高寿九十，此生不虚矣！
2016 年 12 月 27 日重修于听涛书屋

再把拐杖甩起来
——访胡正

○
○
○

胡正（1924—2011）山西灵石县人。1938年参加晋西南吕梁抗战剧社，1940年入延安鲁艺和部队艺术学校戏剧班学习。曾任晋西北静乐县二区抗联文化部长，《晋绥日报》《新华日报》副刊编辑。1953年中央文学研究所毕业。历任《山西文艺》主编，山西省文联秘书长、副主席，山西省作家协会副主席、山西省作家协会党组书记、名誉主席。1992年山西省委、省政府授予人民作家称号。1943年开始发表作品。著有短篇小说集《摘南瓜》《七月古庙会》，中短篇小说集《几度元宵》，散文报告文学集《七月的彩虹》，长篇小说《汾水长流》（改编为同名电影、话剧、戏曲）、《明天清明》及四卷本《胡正文集》等。

前些时候，《求是》杂志社派记者来，专访山西五位老作家。不久中央新闻记录电影制片厂又有人来，也是专访山西五位老作家。记者称被采访的五位作家是"延安五战友"，说他们年龄不相上下，几乎同时参加革命、同时到延安学习、同时发表小说处女作，由于作品风格相近，同时被文学理论家李国涛称为"山药蛋"文学流派五干将。

来人称：这是一种奇特而有趣的文学现象。

五位作家，束为最大，孙谦次之，马烽西戎同庚，年纪最小的是胡正。

胡正1924年生于山西省灵石县，自小聪明伶俐，脑子里犹如装了风车一般。13岁住高小，学习之外，还担任学校业余剧团团长。胡正人不大，胆子不小，听课时偷偷写剧本，被老师警告过几次。后来演戏演

战士胡正

得心野了，小学也不想上了，便和他的副团长密谋策划，撒一个小谎，披一件棉大衣，瞒着家长老师，先到县里考民族革命中学，刚一发榜，又经人介绍，径直投奔吕梁抗战剧团去了。

于是部队里新添了一位活泼好动的小兵蛋子。小兵蛋子16岁到延安，是部队艺术学校戏剧班的学员。他本事学得很快，却时不时有些出格的举动。比如背炭路上口渴难耐，便出点子让同伴缠住瓜农，自己和另外几个同学在夜幕下摘得西瓜两颗，躲到树丛里迅速解决了口渴的问题。比如大灶上没有辣椒，实在馋得不行，便到饭馆里买烧饼两枚，一枚当着众人的面吃掉，另一枚掰成两半，趁人不注意时塞满辣椒，大摇大摆回驻地去了。还比如吃汤面，汤多面少，且灼热烫人。好多人刚喝了一碗半碗，不是集合号响了，就是盆里没饭了。偏偏胡正的搪瓷碗底就有一个小窟窿，打饭时用手指捂住，打出来背着人把手指放开，汤流到地上，面吃进肚里，三八两下吃完，最早撤离饭场。人们都夸胡正觉悟高，乐于把面片儿留给亲爱的战友。

离开延安，胡正到了战斗剧社。忽一日听说20里外有晋剧团演戏，拔腿便往剧场跑。看罢戏肚子饿，跑到戏台对面的庙堂，先将馍馍吃掉，临走抱了一摞黄表纸。

就在这一年，胡正用抱来的黄表纸写出他的小说处女作《碑》。多少年之后，读过《碑》的人都说，这篇小说虽然不是很纯熟，却隐隐带有几分灵气和仙气。

我无缘领略胡正年轻时候的风采，却早听说他爽朗大度，对人极是真诚热情。传说中的胡正，走一路一路笑声，走一路还要哼几句梆子小曲儿。

后来我成了他的部下，自然免不了经常打交道。1986年我去武乡

风风雨雨

县当扶贫队员,突然接到北京大学来函,通知我参加该校三年级插班考试。当时规定任何单位不得以任何理由抽调扶贫队员,我急忙赶回太原请示胡正,不想他一口答应:当然要参加考试,当然要住北京大学。我问要不要向省扶贫办公室说明情况,以免作协领导们受了我的连累。胡正快人快语,说不用管那么多,赶快回来复习功课,剩下的由我们来办就是了。

在北大作家班学习期间,我写了几篇东西。中篇小说《小城》被《小说月报》转载后,胡正要我拿几篇作品给他看看。过几天还我时,上面圈圈点点,批满了他的想法和意见。有几处地方,他或是写个好字,或是称道为精彩。

1988年,胡正从领导岗位退下来,把日月安排得有滋有味。庭室有沪籍夫人郁波布置,显得典雅幽静。门前开一方泥土,不时见胡正提了用脸盆制成的"箩筐",悠哉悠哉地运沙去了。春来葡萄出窖,挺立在软软的沙土上,更有月季菖蒲绽绿,小院里先自春意盎然。待到秋天,绿藤铺天盖地,想老两口与儿孙们在荫凉下叙话,那是怎样的一种怡然。比起他那位南来北往不停跑动的连襟兄弟柯蓝,别有一番情趣。

人若如胡正一般想人想事,烦恼便会大大减少了。对于几十年的风风雨雨,他说那是社会现象人生必然。对于谁都会有的病病灾灾,他说那是自然规律不必慌张。前年下台阶,不慎摔成腿骨骨折,不能行动了,便静卧床上,想些过去的事情。一俟下床,脑子里想的就写到了纸上。写累了拄着拐杖满

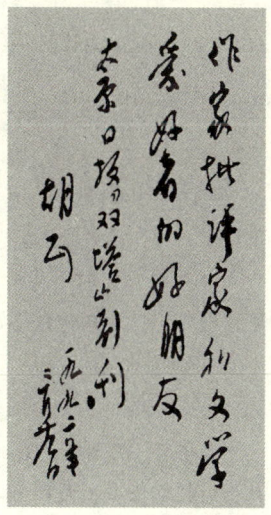

胡正题词

先生们 ▽

再把拐杖甩起来——访胡正

343

夫妇漫步

胡同走动。或是街口看人，或是传达室里聊天。他说自己总是能和马夫伙夫合得来，几十年里有好几位这样的朋友。年轻时伙伴们委托他到伙房要点油盐醋酱，大师傅给了东西还请他下次再来。

去年他的腿部又出了毛病，听人说当时疼痛难耐，突然便瘫坐在地上。医生初诊时得出一个吓人的结论，家人强忍忧愁瞒着他。可胡正是何等精明人物，如此敏感情况哪里就能瞒得住他？倒是他来做家人的工作，用笑声冲淡了一屋子的愁云。好在复查时确诊，原来是骨岛炎症，消下去便好了。

胡正又拄了几天拐杖。又乐哈哈地跟人们聊天。春天我去看他，他正站在小院地畔，一边甩着拐杖，一边看花儿红了，叶儿绿了。

自然，还轻声哼着小曲儿。那是他的电影《汾水长流》的主题歌，曲名叫《汾河流水哗啦啦》。

1992年3月31日凌晨2时
2005年3月10日夜重校

当年"山药蛋派"五主将，如今只有胡正一人健在。他们的辉煌，写在文学史里，写在读者心上。

人生苦短，时不我待，我等当年作家协会小后生，如今亦已年近花甲。到了这般年纪，才知时光是如此无情！

2005年附言

5年前，胡正也走了。"山药蛋派"五主将已到另一个世界会合。如今，"山药蛋"精气还在，面目全非。与时俱进，顺应潮流，亦在情理之中。

2016年12月27日修订

- 附录 -

关于"山药蛋派"

1944,延安时期五战友　左起:胡正、孙谦、束为、西戎、马烽

1994,"山药蛋派"五主将　左起:胡正、西戎、束为、马烽、孙谦

"山药蛋派"形成于20世纪50年代,这一流派的作品以描写农民生活为写作内容,坚持口语化写作。代表作家是赵树理,主要成员包括马烽、西戎、孙谦、胡正、李束为,人称"西李马胡孙"。

"山药蛋派"在20世纪50年代得到很高的评价,受到当时广大读者,特别是农民读者的欢迎。不少评论家认为,中国文学史上从来没有任何文学作品像"山药蛋派"一样把农民作为描写对象,"山药蛋派"的创作是对文学创作题材的拓展。

"山药蛋派"主将大部分来自山西,解放初期分赴北京、四川、东北工作。20世纪50年代以后,他们陆续回到山西生活。据介绍,马烽后来到北京工作期间一直住在招待所,从未在北京安家,之后又回到山西生活。

摘自《新京报》

一介小民赛神仙
——访张志民

○
○
。

张志民（1926—1998） 北京市人。1940年参加八路军。曾在晋察冀军区抗大第四团学习。后任挺进军司令部译电员，晋察冀第十一分区文化教员、指导员，华北军区文化部创作员。1955年毕业于中央文学讲习所。历任群众出版社副总编辑、《北京文艺》主编、北京作家协会副主席、《诗刊》主编等。1946年开始发表作品。著有诗集《祖国，我对你说》《今情·往情》《边区的山》《死不着》《村风》《西行剪影》，小说集《张志明小说选》，文论集《诗说》《文学笔记》，散文集《故人入我梦》《婚事》等。

初识诗人张志民，是在今年3月。我去北京小羊宜宾胡同找洪波和文玉，商量采访众多老作家事宜，洪波说，著名诗人张志民就住在我们楼下，人是好人，诗是好诗，我曾经写过《张志民论》，你应该去看看他。说走就走，文玉带我去了张家，诗人正和小孙儿说话。见有客人来，张志民笑眯眯地沏茶递烟，全不管来人年长年少。待我说明意图，他长长地哦了一声，说，我在晋察冀打过仗，对山西同志可马虎不得。待我想一想，准备好题词照片再谈，好吗？

那一次进京，日程排得很满。五天走访了十位作家，还和几位同学朋友聚会，腿跑得酸麻肿胀，话说得颠三倒四，后来实在走不动了，只好电话告诉张志民先生取消原来约定。

人都说张志民谦和善良，真个是说准了。听罢电话，他说，没关系，欢迎下次再来。

回太原时，我心里很感愧疚。张志民是中国现代文学史上有影响有风格的诗人，他的《王九诉苦》和《死不着》，曾经风靡解放区，为农民翻身解放和土地改革运动留下来浓重的一笔，我怎么能因为疲累，便斗胆取消预约呢？

8月份再次进京，我简直是怀着一种赎罪心理去见张志民的。约好下午三点钟见面，偏偏遇着堵车，等赶到张宅，已经晚了近一个小时。进门时连声道歉，诗人依旧是笑眯眯地沏茶递烟，反倒安慰我不要着急——

这便是诗人张志民。

他说，山西是个好地方，地下有深深的煤层，地上有古老的文化，眼前有美好的明天。革命战争年代，山西人民做出了很大的贡献，如今应该过上美满幸福的生活。山西有我很多战友，也有很多朋友，请你带回去我良好的祝愿。

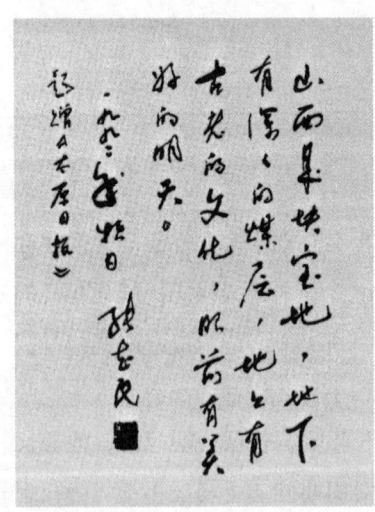

张志民题词

在我读过的他的诗作里，在我听到的关于他的故事中，张志民总是祝愿别人幸福。他12岁参加革命，15岁入党，是一位资深的革命诗人。可是进城之后，张家几乎一直住在大杂院，和北京的平民百姓生活在一起。诗人张同吾见过他住的大杂院，说大杂院之杂，简直令人叹为观止。张家房子又高又大，像是仓库改建而成，两扇门打开是大通道，可以开进去两辆小汽车。一到冬天，

风采依旧

全家人冻得直打哆嗦,索性都坐在床上,四角用毯子围起来。西墙靠着公共厕所,张志民是最自觉的"环卫工人"。经常见他清扫冲洗,时不时还和泥砌墙头。隔壁邻居,是一对年老多病的老头老太太,房门关不严,风呼呼地往里灌,张志民找来水泥沙子,为老两口砌起一道挡风的门坎。

张志民的儿子张宏说,他父亲最见不得贫困和不平的事。若是见了乞丐,他会倾其所有,让饥饿的人吃饱喝足,自己陪着掉眼泪。若是知道有人受了冤枉,他会不顾一切地陪着打官司。有一位受害者因告状无门,只想焚身一死。张志民知道后,当即铺纸挥笔,直言上诉,终于打赢了这场官司。

这就是诗人张志民。

从"进了村子不用问,大小石头都姓孙""孙老财算盘劈啪打,算光了一家又一家"开始,张志民一直以一种善良的愿望营造他的诗篇。建国以后,他又以极大的热情歌颂党和祖国,真诚地祝愿劳动人民美满幸福。他满怀激情地歌唱:

我们的六万万
——英雄的人民
正用最美丽的色彩
绘制 1969、1979、1990 的
建设规划
那是多么迷人的景色呵
一轮旭日
——万里金光……

1982：东北兴安岭

可是1969年他被关进监狱，罪名是"反对江青"。善良的张志民躺在冰冷的水泥地上，开始回想他善良的多半生。洪波在十几年之后写《张志民论》的时候，用他的生花妙笔写道：我们不难发现，昔日唱着单纯而明快的歌子的诗人，开始摇动着自己早生的华发，面向创伤累累的祖国，面对纷纭复杂的现实，皱起了思索的眉头。

和一整代唱过颂歌的文化人一样，善良的张志民终于爆发出一种无尽的愤怒。一贯以朴实、自然、明快、风趣著称的老诗人，在狱中愤怒地呼喊：

如果连做梦的权利
也被剥夺了
我真敢他妈的
面对苍天
破口大骂
——从星星骂到月亮
从衙内骂到皇帝

四年之后，张志民被发配到湖北农场。体验过那种炼狱般的磨难，他绝对不会歌唱"干校之歌"。他这样劝慰自己：

有钱难买靠边站，
一天白吃三顿饭，
不抬轿子不赶脚，

少惹腥臊少沾膻。

之后，他有了一连串的新作——诗不能发表，便在肚子里存着。他发誓："愿作杜鹃啼血死，不慕簧舌学画眉！"于是有了写给彭德怀的《你与太行同高》，写给刘少奇的《忠魂曲》，写给罗瑞卿的《我们的宝剑》，写给瞿秋白的《饮酒亭寄语》。还有写给赵树理的、张志新的、遇罗克的、李良等人的铿锵有声的愤怒诗篇。自然，还有那首著名的《自题诗》：

家住京西
——山沟窄，
背包一打上五台
扛的是枪
揣的是爱！
风吹，太行绿。
雪打，燕山白。
已去的——
并不都是欢歌呀
两鬓飞霜
送往事
半筐诗稿
迎未来……

重新执笔以来，张志民已经发表了大量诗作，文笔也许不像当年那样纤巧细腻，但作品力度足以穿透纸背。善良的人在受过愚弄和污辱之后，抗争也就愈加猛烈和顽强。他昂首问天：

历史将怎样记载
三十年的
——歌与泪

人民将怎样评说
三十年的
——善与恶！

张志民在大杂院里住了 18 年。在这之前，他家住的是小杂院。如今住在作协宿舍，大家也还是些京城老百姓。张志民住在八楼，上下有电梯运行。不知平日运转如何，我到的那天却是坏了。志民先生会和泥垒墙头，只是摆弄不了这号电玩意儿。我喘气上楼时，见洪波可爱的小女儿雅雅提着醋瓶从十三楼往下蹦，她说，已经上下蹦了三趟，挺好玩的。

张志民手迹

而诗人张志民也笑眯眯地告诉我，没关系没关系，权当锻炼身体。

张志民 60 岁时曾经给自己题过一首诗，诗曰：

六十花甲寻常见，
儿孙满堂世不鲜。
平生素无登龙志，
一介小民赛神仙。

诗是好诗，好人才能写出好诗来。

1992 年 10 月 15 日凌晨
2005 年 3 月 10 日夜重改

志民先生病逝于 1998 年 4 月 3 日，在我认识他六年之后。走的时候很痛苦——身体、精神，他还有好多事情没有做完，包括出版他的文集。先生生前清贫，有报社为他身后出书事宜募集善款。

好人总难如意，好人或有好报。世事如此。

- 附录 -

燕治国：雪后好大的雾
——送师弟秦文玉君

文玉，在你走后不久，天便一直阴着。11月16日在八宝山革命公墓举行最后仪式那天，今冬第一场雪便纷纷扬扬地飘洒下来。原以为是薄薄的一层，谁想那雪下起来就没完没了。哪一年的初雪下得有这么早呢？哪一年的初雪下得有这么大呢？雪粒儿扬撒，那是亲人和朋友们纯净的眼泪与别情呀！晶莹的雪粒儿，径自伴着你圣洁的魂灵慢慢地往前去了。

大约在10月中旬，有人告诉我说你在福州横遭车祸。说你的妻子晓明已经飞到福州一家医院，日日夜夜陪伴着你。中国作家协会和你所在的作家出版社的同仁们也去了。说是已经从北京请了脑外科专家，说是大夫们正在全力抢救，说是很快便能脱离危险期——那时候我完全懵了！就好像突然置身于沟壑丛林间，就怎么也转不过这个弯儿来。我想这是绝对不可能的事情，于是立即给北京高洪波家里去电话，洪波夫人丹江抽抽噎噎地说，大哥，你怎么这时候才来电话呀！文玉他已经走了……丹江说，你出事之后，洪波曾多次给我来过电话，无奈号码变了，就怎么也打不通！

我脑子里嗡的一声，耳畔轰然回响着文玉走了，文玉竟然真的走了……

以后几天，我怀了一种莫名的侥幸，希望有人能出来"辟谣"，希望丹江或是晓明能对我说，那不是真的，那不过是个玩笑，不过是想考验一下你们同学之间的友情罢了。你人在壮年，哪里就会经不起一撞，哪里就会如此匆匆忙忙地走了呢？

然而没有。我等到的是更为确切的讣告。白纸黑字，任谁也别想更改了！

那一天，我呆坐在火柴盒一样的书房里。那一天，天阴得有如墨泼一般。我依然不相信你就这么悄悄地走了，眼泪却是不管不顾地挣出眼眶来，顺着脸颊流啊流啊……

文玉，还记得北京劲松小区那座小小的院落吗？1982年初春，我们一起

秦文玉（左二）在拉萨

踏进那座院子，成为中国作家协会文学讲习所的同窗学友。你自西藏高原出来，尚未拂去一路风尘，就迫不及待地进入长篇小说的创作准备了。看你写得太苦太苦，我曾劝你说，刚刚脱却繁重的编务工作，不妨稍微轻松一下。话是无意间说的，你却那么真诚地感谢我的关心。你说，在西藏工作，真是忙得一点时间都挤不出来。组稿编稿之外，每月还得到成都印刷刊物。如今同事们替你把担子担起来了，你一定要格外珍惜这段时间，写完你的长篇《女活佛》。

你真是拼了命了！文讲所内，你以自己的勤奋与毅力感动了每一位老师和同学。你是同学中第一个戴那种报时手表的人。你的时间是按分按秒排出来的。一年之内，你没有耽误过一节课，硬是写完洋洋几十万言的《女活佛》。望着你清瘦的面容，几乎所有的同学都有一种莫名的妒意与愧疚。当你知道这一情况后，是那样不安地笑着，像是做了错事的小弟弟，随时愿意接受大哥们的任何惩罚——文玉，谁能忘记你善良的笑容善良的心呀！

第二年放假时，晓明在西藏等你，父母在江苏老家盼你。为了集中精力修改电影剧本，你咬着牙把这难得的团聚机会放弃了。你留在北京，靠着挂面汤和凉馒头度日。你说你肩负着援藏大学生们的殷切期望，你一定要把《女活佛》搬上银幕。可是当大家的毕业文凭遇到麻烦时，你则毅然放下剧本，开始了旷日持久的东奔西跑。三年之后，你又和几位热心的同学一道，奇迹般地让大家住进了北京大学首届作家班。至此，我们才领略到你出众才华的另一面。你是一块金子，有着金子一样的纯净与耐力，那是任甚的泥土与渣滓都掩盖不了的。你一步一步地走自己的路，从回乡务农，到公社干事；从南京师院，到西藏高原；从普通编辑，到《西藏文学》副主编、西藏作协副主席，在你短暂的人生道路上，留下来多少清晰可辨的脚印呀，文玉！

然而你却匆匆地走了！在你迈向人生辉煌的时候，一辆该死的汽车无端地夺去了你灿烂的生命！几年前，当你荣调京城，成为中国作协院内最年轻的领导干部时，我们曾经庆幸中国文坛有了如此年轻干练的专家，文艺的振兴与发展是指日可待了。不久你主持作家出版社常务工作，果然出手不凡。在实施庞大而有序的出书计划之外，又创办了红遍京华的《作家文摘报》。你为保障作家权益慷慨陈辞，你为尽快实施国家出版法四处奔波。经常在报纸上看到你匆促的行踪，经常听到作家们对你由衷的赞誉。然而你却突然走了，抛下你愿意为之献身的事业，抛下你柔弱的妻儿和卧病的老父，抛下我们这些朋友，你走了！走时甚至没有留下一句话，没有留下一丝痕迹！

吾复何言！吾辈何言！

我们最后见面是在 1992 年。我受《太原日报》委托，赴京采访一批老作家的晚年生活，在京一切活动乃至食宿车辆就全依赖你和洪波安排了。还是那样简朴的衣着，还是住在那两间窄小的楼房里。还是黎明即起，还是骑着那辆六成新的自行车上班下班。你忙得不可开交，工作之外，还被搅进一桩糟心的官司里。可只要我去了，你立即推开眼前杂务，倾尽全心地帮助我。我们一起吃饭，一起聊天。你从来不沾烟酒，更不愿意为不着边际的闲话浪费时间。你甚至不会玩——无论是球类棋类跳舞或者扑克牌，你永远解不开这类玩意儿的窍门。在文讲所和北大学习时，大家看你太累太累，曾经委派各路高手教你带你，结果统统失败了。你极愿意学会一招两招，只是一沾边，就觉得心烦意乱，神不守舍，瞌睡与哈欠俱来，便把教你的人吓跑了。但我去年到北京，你是那样耐心地陪我，甚至高举起酒杯为我和所有的同学祝福。我悄悄问洪波，是不是你的性格改变了？洪波笑而不答。吃罢聊罢，才知道车在楼下等着你。你不让司机鸣喇叭，你把白天该办的事情挪到了晚上。洪波终于对我说：文玉又要熬通宵了！

我默然无语,心里泛起来阵阵难言的感慨。文玉,做人做到这种地步,那是怎样的一种境界呀!

待到我写完系列文章,我们开始谈出书的事。你沉默良久,终于横下心来说,这件事由我来张罗,你就放心地走吧。不久,书号批过来了。这就有了《晚晴里的风景——五十一位老作家访谈实录》。谁都知道,那时候每一家正路出版社的日子都不好过。谁都知道,那时候出书是多么艰难!

又后来,我偶然谈及调京的心愿,你和洪波都记到心里去了。你们为我的事着急,为我的事奔走,一切细微末节考虑得比我还要周到。你们不许我说一句感谢的话,你紧紧地握着我的手说:大哥,我们是亲兄弟呀!

如今你走了,斯情斯义,我再也不能补报于万一。哦,天理不公,遂令你英年早逝,我等唯有以泪洗面,对窗唏嘘而已!倘有来生,我愿意时时呵护于你,让你疲累时静静地休憩,让你享受到人世间一点一滴的爱和乐趣。我还将拍案而起,为你和所有无辜者杀尽那些恣意肇事的强盗!

你就这样地走了,文玉!多少人为你心碎,多少人不愿意再听到此事的任何细节了!既然不能陪伴于生前,八宝山最后的告别还有甚么意义呢!长此以往,我们只能是一起照料你的老父弱妻,一起来把你年仅6岁的小秦岭抚养成人了……

文玉,你走了,雪也住了。随之而来的是漫天的大雾。是要将福州那惨烈的一幕遮盖起来吗?是要向我们昭示前程的艰难吗?那么好,我们这些活着的朋友,将撕破这迷蒙的大雾,继续磕磕绊绊地往前走。为你,为我们,为子孙后代。

文玉,我们终将在地下相会。我们再也不会让你受累了。

1994年11月20日

秦文玉小传

秦文玉（1948—1994）江苏泰兴人。高中毕业后曾在农村插队。1976年南京师范学院中文系毕业后赴西藏工作13年。其间曾就读于中国作家协会文学讲习所、北京大学中文系和北京语言学院。历任《西藏文学》副主编，西藏自治区作家协会副主席，中国作家协会办公厅副主任、作家出版社副总编辑。1972年开始发表作品。著有长篇小说《女活佛》及同名电影文学剧本，散文集《绿雪》，报告文学集《神歌》《神秘雪域——西藏三大历史事件》，纪实文学《风暴与宁静》《拉萨骚乱备忘录》《火·冰山·鸽子的史诗》等。作品曾获新时期全国优秀散文（集）奖，《人民日报》《散文》月刊优秀作品奖，西藏自治区优秀长篇小说一等奖等。1994年在福州组稿时遭遇车祸，同年10月23日不幸逝世，时年46岁。

孙郁：诗人张志民

我在90年代多次见到张志民。他为人低调，是文坛少有的真人。记得看过他写的《祖国，我对你说……》，感情颇真，是沧桑里的暖流，于精神洞穴流出无边的爱意。他的吟咏自有特别之处，责任感和平民化的文字，与40年代的作品是同一结构的。这种不变的韵律，在我那时候看来，与时代的风气很是不同。

张志民生活坎坷，但真诚之色不减。写诗是生命的一种表达，他的作品，没有士大夫痕迹，乃乡野的气息的流转，是泥土里的声音。也没有象牙塔的腔调，词语来自于寻常之处，围绕百姓的命运歌之、哭之。他的创作经历了三个时期，40年代的作品有大众解放的渴求，我们能够感受到和赵树理相呼应的传统；50年代与60年代则转为对新生活的歌咏，与郭小川一样真诚为文；80年代，他的诗歌调子一变，思想性增强，多了苍润淋漓之感。我看新近出版的《张志民诗百首》，感到他的真挚与厚道。他对反法西斯战争的书写、对历史悲剧的读解、对同代人的曲直之径的描绘，没有流行的调子，都是心里流淌出来的歌，爱憎分明，情系苍生。这些口语化的哲思，自然而贴切。他的诗有民歌风，谣俗的味道飘散其间。有的近乎打油，但绝无卖弄与扭捏之情。有的显得过于清浅，但也露出赤子的纯然。他时时以百姓的身份为文，喜欢人间的单纯。《秋到葡萄沟》几乎没有杂质，《秋风过太行》乃天人之际的冥想，《祖国，我对你说……》是沧桑里的独白。他的格言体的小诗，是典型的民间智慧的挥洒，自况和冷思，写着他人格的本色。(《人民日报》》2014年04月15日 有删节)

耳畔串串驼铃声
——访李若冰、贺抒玉夫妇

李若冰（1926—2005） 笔名沙驼铃。陕西泾阳人。1938年参加延安抗战剧团，后在部队艺术干训班和边区艺术干校学习。1945年毕业于鲁迅艺术文学院文学系。1946年调第一野战军第四军骑六师主办《群力报》。历任中央宣传部助理秘书，西北军区政治部秘书，中央文学研究所学员，1953年9月赴西北地质局酒泉地质勘探大队兼任副大队长。后历任中国作协西安分会副主席兼秘书长、省文化文物厅长、陕西省委宣传部副部长、省作协党组书记、陕西文联主席。1949年开始发表作品，著有散文集《在勘探的道路上》《柴达木手记》《旅途集》《红色的道路》《山·湖·草原》《神泉日出》《爱的渴望》（合作）《李若冰散文选》《高原语丝》《塔里木书简》《满目绿树鲜花》及四卷本《李若冰文集》等。

贺抒玉（1928— ） 陕西米脂人。1944年参加绥德分区文工团，任演员、创作员。1949年后历任《延河》小说组组长、编委、副总编辑，编审，《陕西文艺》副总编辑。1953年曾在中央文学研究所学习。后任《延河》顾问、作协陕西分会主席团委员等。著有秧歌剧《喂鸡》《保卫村政权》《识字班》《奖给谁》等。短篇小说集《女友集》《琴姐集》《命运变奏曲》，中篇小说《隔山姐妹》，散文合集《爱的渴望》等。曾获1988年全国文学期刊编辑荣誉奖、1999年陕西省政府优秀编辑奖。

李若冰大约生就一副穷孩子的倔脾气。我想他12岁时站在陕西省泾阳县云阳镇埝畔上的模样，一定是破衣烂衫，土眉土眼。小小年纪，嘴角上就挂了两绺不屈的纹路，脚指头倔犟地从鞋帮里窜出来，一任冷风去抚摸它们。他十分恼火地瞪着周围的破房烂瓦和漫漫的黄土地，心里狠声骂道，去你娘个脚拐子，你不稀罕爷爷，爷爷也不稀罕个你。倒不信天大一个世界，就没爷爷落脚的地方！

他似乎不像当时好多投奔延安的人那样，从小就向往革命啊，从小就读过苏联的书籍啊，等等。他家实在是太穷太穷了，以至于不得不把他卖出去，换得三斗五斗救命粮。他没见过亲生父亲，大约也不能由了自家的性子去看望亲生的娘。艰难的日子惹恼了这个云阳镇的猴娃娃，而抗战剧团在云阳镇的演出，又砰的一声点燃了窝在他心里的一团火气。当时姓杜的这个猴娃娃一跺脚，跟在剧团的大车后面，跑往延安去了。

那时候年方10岁的陕北女娃贺鸿钧却比他命运好得多。人家出生于书香门第，还在李若冰用袖头子揩鼻涕的时候，人家就踏进了米脂县女子小学。贺鸿钧8岁读《昭君和番》《三门街》，还读过《水浒》和《三国演义》。若是论学问，贺鸿钧大概能把李若冰考得汗流浃背目瞪口呆；若是论长相，猴娃儿李若冰就更不是对家了。米脂县山弯水转，自古是出好女子的地方。有谁不知道"米脂的婆姨绥德的汉"呢？有谁不知道米脂县贺家两位俊俏的小姐呢？

那是两朵水灵灵的鲜花，谁知道日后会插到哪家去。

李若冰当然不知道米脂有一位贺鸿钧。不管她多么知书达理，也不管她多么如花似玉，李若冰一概不想她。抗战剧团的演员李若冰，除了学着演戏之外，最大的兴趣是上街看骆驼。

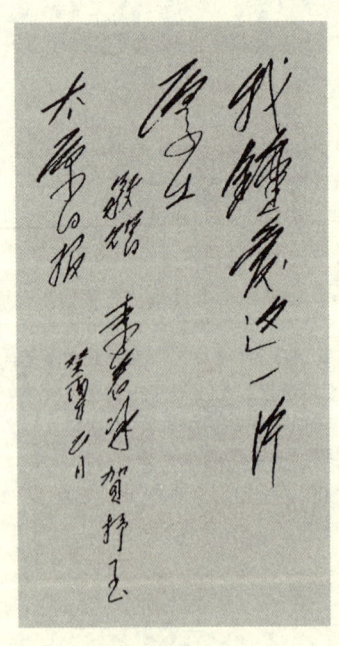

李若冰、贺抒玉题词

志同道合

先生们 ▽

嗬,延安南门外,突然就过来一支骆驼队!它们昂着高高的头颅,驮了那么重的东西,一步一步向他走来了。那是多么壮观的场面呀,李若冰激动地跑过去,把脑袋偎依在骆驼的脖颈下面,犹如见了亲人一般。他跟着骆驼走,过大街,出北门,就一点也不怕人家笑话他。直到骆驼队走远了,他还站在延河畔望着、望着……

革命战士李若冰,回到窑洞里怎么也睡不着。他耳畔总是响着驼铃叮当叮当的声音,脑子里总是想着一件事:那一队队的骆驼,从哪儿来,又到哪儿去了呢?

之后几年,李若冰大有长进。他住进鲁艺干部班,住进边区艺干校,直至成为鲁艺文学系的正式学员,直至19岁担任了中共中央宣传部助理秘书。心长大了,人长高了,书也能看了,文章也能写了,可是驼铃声依旧在耳畔回响。眼前总是幻化出一支支雄壮的骆驼队。于是文化人李若冰一举给自己起了一个笔名:沙驼铃。

米脂闺女贺鸿钧,此时出落得如仙女一般。她不是那种因了漂亮就变得浅薄甚或轻薄的女子。13岁时,她在校刊上发表了处女作《我的奶妈》。16岁进绥德军区文工团,比那些从天南海北走到延安的女子们,不知幸运了多少倍,一是不用跑那么远的路,二是满口陕北话,老乡都

耳畔串串驼铃声——访李若冰、贺抒玉夫妇

塔里木留影

能听得懂。她和姐姐写了一出《喂鸡》戏,被周扬看中,发表在《解放日报》上。贺鸿钧起了个笔名叫贺抒玉,后来在散文《迷人而艰辛的事业》里写道:遇到行军休息的时候,躺在山沟里的土坡上,枕着背包,望着一线蓝天,什么也不想。只盼望早一点消灭敌人,建设一个没有压迫、没有剥削、人人安居乐业的新中国。

他们相识于解放以后。李若冰脱下军装不久,即到北京学习。当年的受苦娃,成了中央文学研究所的研究员。李若冰学成归去,贺抒玉又走进他学习过的地方。两个陕西老乡出身不同,革命经历大抵相似。此时文研所改名为文讲所,两个陕西老乡,都是丁玲的兵。

不久,在丁玲眼皮底下,陕西云阳汉子李若冰和陕西米脂女子贺抒玉携手并肩,结为伉俪。

那时候,驼铃依然在李若冰的耳畔鸣响。他仿佛听见了沙漠对他的呼唤,听见了新中国第一批勘探队员铿锵的脚步声。仗打完了,婆姨娶到了,他要实现自己长久以来的心愿了!

驼铃在耳畔鸣响,李若冰跟随着驼队,到了陕北油田。在那里写成《陕北札记》后,27岁的老革命同志李若冰兼任石油管理总局酒泉地质勘探大队副大队长,随队向柴达木盆地挺进。

他在文章里说:

> 我跟随他们奔向大西北,越过长城线,走出嘉峪关,一起爬祁连,登昆仑,走戈壁,入沙漠,一起在雪山上滚打,在寒夜里跋涉,在驼背上放歌,在沙窝里同眠。野外勘探生活是飘荡不定的,日日夜夜地跑,长年累月地跑,既尝到难以意料的苦味,又享受到了人

生莫大的快乐。生活充满着幻想、豪迈和绮丽的色彩,我完全沉迷在这种生活里了。

像井喷似的,李若冰在沙漠深处写出一串又一串的

2002:沙驼铃七进戈壁滩(惠景鹏摄)

柴达木系列散文。他真被柴达木迷住了,他真是被新中国地质勘探者们惊人的毅力折服了。以至于家拴不住他,贺抒玉拴不住他,刚出世的小女儿也拴不住他——他在柴达木得知妻子生了女儿,他在柴达木给妻子发了电报,他就不离开柴达木。

1956年,周恩来点名接见几位作家。他对李若冰说,你很年轻啊,希望你继续写出反映大西北地质工作者的好作品来。

翌年,李若冰二进柴达木,收获了厚厚一本《柴达木手记》。20世纪五六十年代的年轻人,大都读过这本书。柴达木犹如现在的罗布泊一样神秘,犹如现在的太空一样诱人。而李若冰在几十年之后,依然充满激情地写道:

柴达木,我久久地向往你!向往你荒古的大漠,寂寥的戈壁,沉睡的处女地;向往昆仑的狂风,格尔木的冰花,尕斯库勒湖上的星月。我寻思,犹如幻梦。呵,干涸的荒原,燃烧的生命。三十多个春夏秋冬,一万多个白日黯夜,那勘探者的足迹,像一簇簇篝火烧亮了大戈壁。那创业者的血汗,和地下油海一起喷薄。那开拓者的业绩,在大沙漠留了金色的回忆……

而贺抒玉早在姑娘时期,就踏进了玉门油矿。那时候王进喜是名司

钻,曾经借给她铝盔和饭盒,曾经劝阻她不要跟班。贺抒玉用她细腻的笔触描摹道:

> 夜幕笼罩了大地,祁连山峰和它怀抱里的井架、树木都好似黑色的剪影,唯有终年不化的一点积雪在顽强地表现它的色彩。井架上亮着几盏电灯,在祁连山的怀抱里显得幽暗而神奇……

沙漠和骆驼给了李若冰无尽的力量,近年来,他又两次去了柴达木。60岁之后,跑野了的李若冰,竟然又跟随着勘探工作者,闯进了塔里木盆地。在进入塔克拉玛干前后,他几乎一天一篇文章。归来后结集为《塔里木书简》,由作家出版社出版。至此,他几乎跑遍了中国的石油基地。他说,这是没有法子的事,因为我钟情于石油勘探者,我爱他们!

我去李若冰家里时,正好是个星期天。他一个人躲在书屋里,把一本刊物看得翻天覆地。我当是什么了不得的天书,却原来是地质部门编的一本《山野文学》。李若冰在上面批满了字句,还连连问我:很有味道,你看不看?

看他一摞作品,除了提到的以外,还有《在勘探的道路上》《旅途集》《山·湖·草原》《高原语丝》《神泉日出》等。他不写家中事,他专写沙漠骆驼勘探者。

还有一本,是夫妻合集,书名为《爱的渴望》。以为会透露些他们当年的秘密,打开一看,除了石油以外,其余是写给朋友和师长的。另一册则为他们的两个儿子所著,书名叫《文苑撷英集》,几乎把陕西知名些的中青年文化人都写

共享晚年

进去了。

贺抒玉当了三十多年编辑，已经从《延河》编辑部引退。她说，本来还可以编几本书的，但文章在"文化大革命"中烧掉了。她在一篇文章里写道：

> 50年代，每年窗外玉兰花开之时，若冰就准备行装起程。待秋风扫尽了落叶，天上飘起了雪花，他才归来。我每每从他的信中领略大戈壁的风光，饱尝他在勘探朋友们中间的欢乐和艰辛，他的一封封信像一篇篇抒情散文，曾经深深地感染了我。我把它们珍藏起来，装了满满三个提包，可是，烧掉了……

贺抒玉写散文，也写小说。我回太原见到马烽，他说，贺抒玉的文章写得不赖。

李若冰说，他正在构思一部长篇小说，是写勘探战线知识分子的。

那天李若冰夫妇留我吃羊肉泡馍，还有好酒，还有李家两位公子。大儿子李珩毕业于北京大学哲学系，二儿子李勇毕业于西北大学中文系。酒酣耳热之际，我对两位年轻人说：照顾好你们的爸爸妈妈。

1993年3月18日夜
2005年3月11日上午校正

十几年之后，我依然记着李家那顿热腾腾的羊肉泡馍。归来后，我和两位作家多有联系，只是近几年我也老了，书信也少了。倘有机会，真想跑到西安去看望他们。珍重，驼铃还在叮当，生活还在延续。

遥祝老两口长寿健康！

2005年3月24日，李若冰先生病逝于陕西西安。闻讯后我即向李老家人致哀，抒玉老师抽泣着告诉我：真是没有想到，事情实在是太意外了，他只是肺部感染，他怎么就这样走了呢？

2006年3月二版付梓之际

- 附录 -

李若冰先生来信

李若冰在西部大漠（惠景鹏摄）

燕治国如鉴：

你好。你从家里走出之时，我就想着要去招待所看你，再给老友们捎上几条"祝尔康"，并再和你侃侃，可是第二天一早就把我叫去开会，会很紧急，商谈省文联换届的事，3月初就要开会，一直到晚上 12 点还没开完，明天还要继续开。这样我就无法照护你了，真遗憾！

随信寄去一份创作简历，这是我新近给四川一家传集编纂写的，供你参考。

你走了，留下一种怀念。不知为什么，我们的共同语言那么多，说不够！

祝创作丰收！

李若冰
1993 年 2 月 23 日

贺抒玉女士来信

燕治国同志：

你好！若冰问你好！

你寄来的《太原日报》和《人生小景》早已收读，你是一位才子型的作家，文思敏捷，看了高洪波同志为你写的序，更说明我的第一印象是准确的。

刚刚出版一本短篇小说集，书印得不错，可惜印数太少了。你的书印数还可以，只是定价较高，谢大光同志是你的责任编辑，他现在是百花出版社的负责人吧，我也认识他。

我最近抽时间修改了一个中篇，约 5 万字，字数太多，给《延河》不合适，陕西目前还没有一个大型文学刊物，也不是寄《山西文学》的，不为难你。我想寄给《黄河》，我只认识成一，现在主编换了新人，都是我不认识的，这才想到把稿子先寄给你，你们不是都住在一个巷子吗？如果你们关系较熟，就托你转一下，要不，你让胡正同志帮我转转也行。目的是让人家处理得快一点，若是看不上眼，也能把原稿寄还我，因为腰疼不能久坐，抄写稿子有困难，抄清楚的只此一份，担心把稿件丢了，这就是找熟人的主要原因。

耳畔串串驼铃声——访李若冰、贺抒玉夫妇

你上次来西安的消息，你走后我告诉了陈忠实，他责怪我没有早点告知，他很想认识你。当时他极想知道《白鹿原》在文艺界的反映。最近在京开会得到好评，很有希望获下届茅盾文学奖。平凹的《废都》，书还未出版，已成了热门话题。陕西中青年作家们，虽然生活上清贫一些，写作上的劲头是值得称道的。

　　你收到我的中篇后，交给《黄河》那位同志，望便中告知，我再自己联系。给你添了麻烦，过意不去。

　　祝
　　　　编安！

贺抒玉
7月21日

马烽同志不知在京还是在山西，我拟送他一本书。

风庐望月披云霓
——访宗璞

○
○
。

宗璞（1928—） 原名冯钟璞。祖籍河南唐河，生于北京。10岁时随家南迁昆明，1946年考入天津南开大学外文系，后转入清华大学外文系。曾任《文艺报》《世界文学》等刊物编辑。1981年调外国文学研究所英美文学研究室。主要作品有《红豆》《弦上的梦》《三生石》《宗璞小说散文选》《丁香结》《我是谁》《铁箫人语》、系列长篇《野葫芦引》、四卷本《宗璞文集》等。

　　站在我所撰写的"作家风采"行列里最年轻的一位，该是宗璞。她是名门闺秀，又在幽雅恬静的北大燕南园里住多少年，本该是风平浪静、保养得体、舒舒适适度过一生的。可偏偏宗璞多灾多病，而且几乎招致政治灾难。讲到自己多半生的经历时，宗璞说，从小便多病，以多病之身居然维持过了花甲，而且还在继续维持下去，也算不简单。"文化大革命"中她得过一场大病，父亲去世后她又重病一场，但她仍然坚强地活着，不时有文章发表出来。

　　宗璞新中国成立以前开始写小说，成名在20世纪50年代后期。那时候我十岁出头，住在黄河岸边的一座小县城里。规模宏大的"反右斗争"开始不久，我便知道了宗璞的大名。她的《红豆》就是那时候发表的。

发表不久，便被劈头盖脸臭批一通，再往后，就看不到她优雅素淡的作品了。据说被下放到桑干河畔，在那里锄田种地，吃那里用玉米渣子熬成的"硌人粥"。

那时候大人小孩脑袋里都紧绷着一根阶级斗争的弦。报纸上不住气地往外拽"毒草"，而且恨不得把"毒草"炮制者的祖宗三代都挖出来，于是人们知道宗璞原来是冯友兰的女儿。那时候我坐在黄河边上呆头呆脑地想：宗璞当然是娇滴滴的资产阶级小姐了，我以后绝对不能看她的任何作品。

1986年我在北京大学读书时，经常路过燕南园冯友兰先生的寓所。想起少年时的想象，真想见见大家闺秀冯钟璞。其时我又读过她的一些作品，譬如《弦上的梦》《三生石》《全息照片》等，还看过她一连串淡而有味的散文新作。宗璞作品数量不算很多，但每一篇都有其独到的魅力。在为数众多的作家队伍里，她是少有的极具特色的探索者之一。孙犁谈到她的作品时说："宗璞的文字，明朗而含蓄，流畅而有余韵，于细腻之中，注意调节。每一句的组织，无文法的疏略；每段的组织，无浪费或蔓枝。可以说是字字锤炼，句句经营。"其时我也约略知道了她半生以来所经历过的风风雨雨，除反复无常的政治风云之外，还有病痛和失去亲人的凄凉。

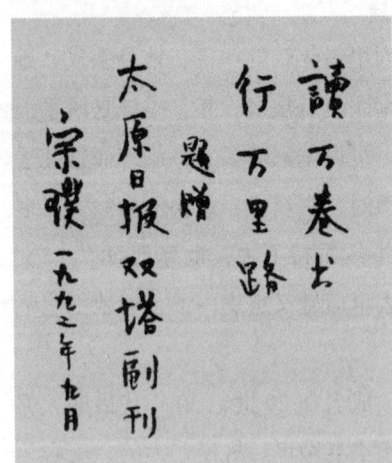

宗璞题词

所以我想，无论如何要见见宗璞。

因为她对文学的奉献，因为当年我对她的误解。还因为她是冯友兰先生的女儿，是老牌的北大人。

尽管她毕业于清华大学。

今年8月，我见到了大病初愈的宗璞先生。还是燕南园里那一幢小楼，还是满院雪白的玉簪花。只是友兰先生去了。他在送

父女之间（左为冯友兰先生）

走自己的夫人送走自己的大女儿、小儿子之后，在九十四岁高龄时溘然仙逝。数十年来，宗璞一直守在他的身边，戏称自己是父亲的秘书、管家、门房、医生兼跑堂的。逝者已矣，而生者的悲痛，却不是很快便能拂去的。读宗璞的《三松堂断忆》，令人潸然泪下。她说，一种没有人能分担的孤单沉重地压迫着我。我只好对自己说，至少有一件事稍可安慰，父亲去世时不知道我已抱病。他没有特别的牵挂，去得安心。

宗璞拖着病弱的身子和我谈话。她生于北京，祖籍是河南省。她不是娇滴滴的富家子女，她很早便是一名共产党员。她的早期作品讴歌人间的光明、美好、纯洁和善良。即如《红豆》，讲的也是一段抛弃暗夜向往光明的爱情故事。宗璞受过良好的文化教育，大学期间又研读过大量的外国文学作品，但她一直坚持现实主义创作手法。有论者说，在宗璞这里，现实主义如一道生命水，从20世纪五六十年代就开始潺潺流动。这股水曾经遭到了阻碍，但未曾枯竭，而成为潜流。当1978年宗璞恢复创作时，它重新以动人的光彩涌出了地面。

宗璞生长于书香门第，自然有读书人的矜持和自尊。她不愿意多谈自己的病情，只是衷心感谢一切关心她的人们。冯友兰先生辞世后，她以极大的毅力编完了父亲的纪念文集。十四卷本的《冯友兰全集》即将由河南人民出版社出版。她的先生蔡仲德任教于中央音乐学院，在写

难得一笑

完《中国音乐美学史》之后，正在全力编写《冯友兰年谱》。在经历了各种各样的风风雨雨后，夫妻俩称自己的住处为"风庐"。家里有冯友兰先生手书的条幅，选录了李翱的一首诗，诗曰：

选得幽居惬野情，
终年无送亦无迎。
有时直上孤峰顶，
望月披云笑一声。

友兰先生在世时，有朋友笑谈他读书人的呆气。说在抗战时期，几位清华教授从长沙去往昆明，车过镇南关，司机提醒大家过城门时不要把手放在车窗外，以免发生事故。友兰先生一听，便考虑为什么要把手缩回来，缩回来和伸出去的区别是什么，其普遍意义和特殊意义是什么……不待想完，手臂咔嚓断了。

宗璞笑着解释，她父亲一生都在思考不假，但正因为老在思考，所以根本就没听见司机的话。

宗璞在经历过各种磨难之后，也在反复地思考。她的后期作品里，已明显地少了些理想主义的色彩，多了些历史沧桑的真实烙印。对理想固然有执着的追求，但作品的分量显得十分沉重了。宗璞痛心地说，需要提出"诚"，需要提出说真话，这是我们这个时代的大悲哀。

宗璞身体正在复元阶段。她的四卷本长篇小说已有《南渡记》问世。谈到以后的打算，她说一定要坚持写完后三卷，此外坚持写散文、写童话。

倘有精力，她还想搞些研究工作，再翻译几部书。她期望"风庐"

里能有平静的日月。但倘若将长篇铺陈开来,她的心境又怎能柔如春水呢?多少年的风雨呼啸而来,宗璞又要投身于一场挣扎之中了。

好在该经历的大抵都经历过了。我祝宗璞在大功告成之后,真个望月披云,好生庆祝一番!

荷塘留影

1992 年 9 月 17 日凌晨 2 时
2005 年 3 月 11 日校改

以宗璞一介病躯,能顺利度过古稀之年,实属不易。如今她向 80 岁挺进,说不定就能到了友兰先生的寿数,好顽强的冯家女子!

2016 年 11 月,在中国作家协会第九届全国委员会第一次会议上,88 岁的宗璞再次被推举为中国作协名誉委员。之前 12 年,她的先生、中央音乐学院音乐学系教授、博士生导师蔡仲德因病辞世,宗璞又顽强地挺过一关。冯家有女骨头硬,在度过 90 大寿以后,宗璞将向百岁进发!

2016 年 12 月 28 日增订补记

何西来：燕治国作品论

我初次接触燕治国的作品，是小说，在20世纪80年代末。读过他发表在《黄河》上的《农家闺女》系列小说，觉得清新婉丽，透出悠悠的乡土韵致，真挚、绵长，印象很不错。我和他见面，并且相识，却是1991年的春夏之交，我到山西访问的时候。他和《山西文学》的几位朋友在一家新开张不久的川味酒楼请吃饭。他体貌峻拔伟岸，酒量很好。那副戴得恰到好处的近视眼镜，更加衬出一种内在的英逸灵秀之气。论豪饮，他似乎并未跻身于山西作协"四大酒徒"之列，但我敢说，如果选美男子，则南华门东四条作协大院的各色人等中，肯定非他莫属。当然，这很可能只是我的一种瞬间直觉。

新近，他自去年春天以来应《太原日报》之约陆续采访、发表的《作家风采》系列，要结集出版了，嘱我作序。我除了读完这部书的45篇已刊稿外，还仔细阅读了他寄来的小说集《小城》，散文集《人生小景》，报告文学集《人生进行曲》；再加上一些散篇作品，该是他创作的大部分了。

治国几次来信，要我对他的作品"批点"，他在赠书的扉页上，也都签写了类似的话。我想，这大约是认真的，而不仅仅是一般的客套。果然，今年春天见到他，他又当面诚恳地向我征求意见。我说，等我读完全部作品，系统想想再说。现在，正好利用这次写序的机会，以践前约，谈谈我的心得和看法。

一

《小城》是燕治国的第一本小说集，共收作品十六篇，内含两个中篇和十四个短篇，书前有马烽的序。从作者的后记中知道这些作品多数选自1984年以前的七年间，最后的四篇《农家闺女》，是于1988年临出书前补入的当时正在写作的系列作品。

就题材而论，收在《小城》集里的这些作品，几乎全部是写农村生活的，人物事件都与农村有关；少数作品写到县城，那县城也简直像个大的村庄，而且多以写从乡下来的人为主。虽说所有作品均未标明具体日期，但却显然是按照写作或发表的时间顺序编排的。细心的读者是不难从这编排的先后中看出作者视野的拓展，认识的深化，以至技巧的从稚嫩走向圆熟的过程。马烽在序言中说，燕治国在短短的几年中，创作上取得了"明显的进步"；说他没有在已经达到的水平上"原地踏步，而是不断地开拓，不停地前进"。应该承认，这个评价是符合实际的。

燕治国的小说，带有晋西北黄土高原的地域文化特色，是那一块土地和人民哺育出来的艺术之花。他以朴实的同时又是灵妙的笔墨，开掘着那里的历史文化积淀，捕捉着生活的脉息和人世风云变换中命运的有常和无常。

从艺术方法的层面来看，治国的基本路子是现实主义的，或写实主义的。他着眼于对生活的真实的反映，在手法上多用写实，不求荒诞，不骛离奇，不刻意玩弄技巧。他的有些早期作品，可能有失之于幼稚生涩的毛病，但却绝无凌空蹈虚之弊。他始终是站在生他养他的土地上，依托着自己切切实实的生活经历和人生体验，看取着外部的世界，并进行着艺术的探索的。认识有高有低，思想有浅有深，情感有浓有淡，甚至包括缺陷与不足，却都是他自己的。

治国的早期创作固然主要是写晋西北他的故乡黄土高原上的生活的，但也大致与那一时期文学的主潮同步。他看到了绵延数十年的"左"祸，给他的家乡带来了巨大的灾难，农民长期摆不脱贫困，知识分子灾连祸结，正直的干部一再倒霉。反映这一切，思考这一切，就使他的作品不能不带有揭露的、控诉的、批判的和反思的性质。

《奇异的案件》寄同情于杏树坪的大队书记山老汉，他带领社员们巧妙地抵制了到村里白吃白喝、大把挥霍农民血汗的一贯搞极左一套的县委书记赵文虎，锋芒是指向特权和特权思想的。《梦》的写作，显然受了高晓声《李顺大造屋》的某些影响，写的是全有老汉一家数代人几十年间盖房梦想一再破灭的故事，带有控诉极左路线的性质。其中全有妻子为了盖房积年累月捡碎砖头的细节，就是以作者的母亲为原型的。治国一家也曾长期为没有住房所困扰，母亲几十年如一日地捡回破砖积起来准备盖房，直到20世纪80年代初，才用这些破砖盖成几间属于自家的陋室。《灰色的小卧车》写了一位新提升为地委副书记的原县委书记。由于他以往在工作上的失误和独断专行，好大喜功，曾给那个县的农民带来极大的痛苦，浪费了巨额的国家拨款。作者细致地描绘了他重回县里检查工作时一路上的矛盾心态，既有忏悔，又想炫耀，又放不下面子。当然，最后是理性和良知战胜了虚荣，他让司机把卧车开回去，自己步行到县上去。这里可以看出作者的理想和"补天"的至诚。《清粼粼的泉水》，写了一位曾遭极左路线迫害的农村干部赵涌泉，为人刚直，正气凛然，重新工作以后，仍不改初衷，一门心事要去完成未竟之业，把碧草泉村的小水电站建起来。《深山里的哥哥》是写一位错划为"右派"的知识分子，把他的全部心血和生命都贡献给了山区的教育事业，但却在"文革"中被整死了。

从这些作品的思想倾向上，可以看出燕治国对新时期早期"伤痕文学"，特别是"反思文学"思潮的回应和这些文学潮流对他的影响。对于人们当时普遍关注的现实问题，很难说燕治国的思考一定有多少超出一般水平的独到见解和深刻之处，甚至可以说，与当时一些提领风骚的潮头人物所达到的高度比，他还存在着明显的差距。但是，他的这些作品的乡土气息，这些作品中的艺术体验和观察角度，这些作品中的许多来自他的生活积累的细节，却都不无仅仅属于他自己的独立特色和独立的价值。

在贴近生活和具有乡土特色这一点上，可以说燕治国继承了"山药蛋"派的传统，但他却不是亦步亦趋地模仿这个流派的先驱者们。不能把他视为因袭陈规的守成者。即便是他的早期作品，在面貌上也很难简单划归赵树理，或马烽，或西戎，或其他老作家的模式中去。他毕竟要走自己的路。

"转益多师是汝师"。这也许是所有在艺术创作上追求独特个性和风格的作家都会经过的阶段。燕治国曾在《沈从文的"禁忌"》里说："而我自己，也曾是沈从文狂热的崇拜者，我真想把沈从文的那种灵气植入到北方粗犷的黄河黄土高原中去。只是，我离成功还很远，很远。"可是，他在接受和吸纳沈从文的影响上，是相当自觉的。这不是字句的照搬，更不是作品题材、结构、形式的模仿，而是注意撮其神髓，即用沈从文那种美学精神作为借鉴，来提高自己创作的境界，使其在总体上升华出诗的韵致，并在这个层次上向沈从文靠近。但沈从文营造的湘西艺术世界，属于具有荆楚文化底蕴的南国艺术，而燕治国面对的却是具有深厚秦晋文化底蕴的晋西北的农村生活。这种生活，就其形态而言，更接近于苍凉、悲壮、浑厚、凝重、剽悍一类北国艺术所独特的美学风格。因此，完成这一南北对接，难度是很大的，但治国毕竟进行了尝试。他说距成功还"很远，很远"，可见还是比较清醒的。然而，在我看来，他的起步不错，并且取得了一些看得见的实绩。以《农家闺女》为例，虽然还说不上已经创作出多么成熟的个人风格，但其创作个性却是鲜明的，不难捕捉到的。这种艺术个性，就婉丽细致的一面而言，其灵气飞动的神采里，确实透出某些沈从文式的笔意，可是在这婉丽之中却又包蕴着浑厚，有塞上的野性和刚劲在。

如果再作一点深入的解析和思考，我们还会发现孙犁的影响。由孙犁开创的"荷花淀"派风格，全从冀中平原上的一泓连天碧水、万顷苇荡、无边菱荷、空濛秀色孕育而来，属于北国艺术的柔性一脉。燕治国在《作家风采·蚯蚓作泥土之歌》里谈到孙犁的影响时说："其实文学圈子里师承孙犁笔法的决不止于河北京津一带，即以山西为例，老一代作家固然是纯种的'山药蛋'，稍微年轻一些的，便有了几丝无言的叛逆。也想放开笔写一写黄土高原的风土人情，也想放开笔写一写山西女人的音容笑貌。于是人物之外，便有了悲凉热烈的风情描绘；黄土黄山之间，隐隐夹带了几缕荷花的温馨。"这稍微年轻一些的作家，当然包括治国本人在内。"叛逆"可能说重了，但治国确实不是纯正的"山药蛋"。稍晚出手的《农家闺女》自不必说，即使早期的《幕徐徐拉开》《欢欢和秀秀》《宽宽和巧巧》《河之洲》《一院三家人》等，绝对可以读出"几缕荷花的温馨"来，绝对不难发现某些孙犁的笔意。

无论从那个角度看，孙犁都是当代作家中写北方农村女儿家写出了神韵、写出了朴素真纯之美并且影响最大的一位。离开了那些成功的农村妇女形象，就没有了孙犁，就没有了"荷花淀"派风格。而在燕治国的小说中，写得最成功、最传神的也是一群农家闺女的形象。她们的声口和心态，常常被勾勒得细致入微、活灵活现。我甚至想，治国这些以黄土高原的生活为素材的作品，也许正因为以女人为主，才能够较为成功地吸纳沈从文、孙犁，乃至汪曾祺的笔意和韵致。当然，就同辈作家面言，贾平凹、李宽定等人对他的某些启示与影响，可能也有那么一点。

总起来说，《小城》集显示了很好的潜力，很好的苗头。如果沿着已经初见成效的方向坚定不移地走下去，当会有更大的实绩。

二

就先后顺序而言，我是先接触燕治国的小说，后读他的散文的。但最先在文章中评论到的，却是散文《白洋淀纪行》。这篇文章写一群作家的白洋淀之游，以描绘人物的不同性格、神态为主，而以自然风物的描写为副，基调热烈、欢快、诙谐。难得的是整篇作品都似乎是沿着孙犁的审美思路进行巧妙结构的。也感到这篇散文稍有不足，于是讲了这样几句话："不足在于，剪裁提炼不够，因而荒杂枝蔓之处，所在多有。套一句现成的话来评价，叫'腴辞弗剪，颇累文骨'。"也可能把话说重了，所以那次在太原请吃饭时，治国至少两次讲了"你可把我骂惨了"。其实，我所套用的不过是齐梁时代大批评家刘勰评论名重一时的陆机的话，系充分肯定之后的一点小小的保留，和骂并非一回事。治国说"骂"，也许是用了一种稍带夸张的幽默表达方式，传递出毫无芥蒂和并非耿耿于怀的洒脱。

高洪波在《人生小景》集的序言中说，与小说相比，他更偏爱治国的散文，认为散文更适合于治国的才性，他甚至建议治国以主要力量去写散文。这个看法到底如何，可以姑置勿论，但如果把报告文学集《人生进行曲》和《作家风采》系列也归入散文一类，则至少在数量上已数倍于小说了。

《人生小景》集共收各类散文作品三十篇，其中《人生小景》《养花十记》《北大散记》诸篇，每篇又内含若干既有联系又可拆开单独成篇的小段，故属系列散文。读完这本集子，给我印象很深的只是一个情字。由情生文，自情入理，情胜于理。二十篇文章，有的偏重于写人，有的偏重于纪事，有的偏重于评论，但都渗透着、贯穿着、满溢着创作主体的情。这情，像黏合剂一样，把各种素材浇铸为浑然的艺术整体，并以自身的律动，形成作品的内在韵律和节奏。由于情的浓淡渲染不同，作品也呈现出相互差异的色调来。所以，尽管《人生小景》集中的诸文，有写人、叙事、咏物、议论之不同，但大致都可以视为抒情散文，至少是抒情性较强的各色散文。

如果把燕治国的散文按照情的内容加以划分，其最重要者当为乡情、亲情、友情。它们既是创作主体近半个世纪的人生道路蕴涵出来、激扬出来的，又对这人生道路进行了晕染，使其处处堪忆。那怕是苦难、坎坷、曲折，一样能在岁月的淘洗和笔墨的挥洒中升华出诗意的境界，让读者和作者共鸣。

燕治国出生在晋西北的"鸡鸣听三省"的河曲县乡下，"一个紧贴黄河胸脯的小村庄里"。村名叫赵家口，是一处古代戍边屯兵的地方。他是这样描写这个地方的："村后一溜土山，村前一湾河水，白日里山影儿栽到河里，正好给河里的扳船汉们遮荫凉。到了夜晚，黑压压一片，把浑浊的黄河染成墨锭一般。"这黄土山和黄河水，该是他来到这个世界上能够辩识出的最初的巨大的自然物象。稍大一点，举家迁往河曲县城，这个小城依旧是背靠黄土山，面对黄河水。他的童年和青少年时代，都是在不断地与这两个巨大物象以及与此有关的人和事打交道中度过的。山，它的浑厚、凝重，它的荒远、单调，它的线一样细细的弯曲小路；河，它的浑黄的水平静的流淌，不歇的涛声，神秘的娘娘滩，泊在岸边的大和小的木船，船上的有点粗野的船工，渡河走西口的汉子，河边送人、接人的女人们，还有唱不完的山曲儿，讲不尽的走西口的故事和千百年来积淀而成的风土人情、地域文化等等，都是治国深深爱着的。这爱，便是乡情。它深挚、浓郁，是推动治国在人生道路上奋进、搏击的重要契机，也是激励他在文学创作上不断攀登的内在动力。离开了这种悠悠的乡情，便很难对他的小说和散文创作作出恰当的评价。他说："我写家乡的山水写家乡的人物，我真想把晋西北都写尽了。虽然我知道我做不到，却依旧像一头牛一样行走在犁沟里。"我觉得，这是理解他的乡情，从而也是理解他的作品的一把钥匙。

收在散文集里的第一篇，并以之作为集名的《人生小景》，是从一个霏霏的雨夜引出的对于故世的母亲的哀思，这思念又丝丝缕缕地唤回了童年和青少年时的许多记忆。于是，回忆的镜头便一个接一个地重新组合起来，如诗如梦，而又清晰明朗地展现出来，像拉洋片一样。

这篇散文很长，几乎占整个集子篇幅的三分之一。加上弁言，共十五节。弁言之后的每节均有小标题，如"出生""欢乐""母子""灾祸"等，均自成单元，各有中心。全文篇幅虽长，却是整部集子中写得最美、最动情的一篇，读来并不觉其长。它可以作为治国童年和青少年时代的散文体自传来读，提供了许多生动有趣的细节、旧情和往事，像清澈明净的山泉一样，自然而然地从心田中流淌出来。治国在这里为我们勾画了一帧贫苦农家的生活图景。生活是艰辛的、贫苦的，但家庭内部却充满了亲情的温馨，这便有了一个苦孩子的正常性格和正常情感的培育，便有了一个稳定的、可以信赖的人生的摇篮和港湾，既靠了它战胜困厄，也靠了它躲避风雨，抚平创伤，相濡以沫。

作品中的亲情是双向的，都写得十分感人。一方面是母爱、父爱、姥爷、姥娘之爱施于孩子，另一方面孩子又把同样的爱回报给这些亲人。正是在这一施一报的双向交流中，亲情生动地被凸现出来，让人难忘。

除《人生小景》外，《雪晴》《思乡》《河曲风情》《旧事》《秋天的报告》等也都写到了亲情。《我与妻子》，是写夫妻间深笃的情爱的，这也是一种亲情，在治国的散文里，亲情常和乡情交互为用。有时，乡情就是亲情，就以亲情的形态表现出来。而由于有了亲情的浸润，乡情就显得深致、动人。

《北大散记》是燕治国散文中另一篇给我留下深刻印象的佳作，也是写人、写情的，不过不是乡情和亲情，而是师情和友情。写师情，则谢冕、乐黛云、严家炎的音容笑貌、性格神气宛然纸上，灵活而不失敬重；写同窗，则一帮早已超过上学年龄的作家大学生的学习和生活、个性和心态，无不活现于笔端。有些场面，如与女大学生足球队的比赛，更写得峰回路转，高潮迭出，神采飞扬，又不时见出幽默的机趣。你不能不惊异于作者笔下的描写能力和表情达意能力，灵感来时，仿佛笔底有鬼。另外收在集子里的《建国小照》《我说奥列》，以及未曾收入集子的《同窗五题》，也都不仅写出了深致的情谊，而且留下了一个个个性鲜明的同窗的剪影，很有味道。

像小说集《小城》一样，《人生小景》集中所收的散文有妍有蚩，所达到的水平并不平衡。笔墨灵动处，或让人拍案称绝，或让人低回不已；也有少数篇章显得平庸，或淡乎寡味，或了无底蕴。依我看，治国在相当大的程度上是靠了才分、灵感、直觉行文的，不很注意经营结构、剪裁取舍、反复打磨，因而写得好时，就如行云流水，妙趣天成，败笔处则失之于浅，失之于露，较少藏锋。

报告文学集《人生进行曲》，收文十六篇。这种文体介于新闻和文学之间。在新时期，报告文学有了空前的繁荣，佳构迭出，俊彦云集，因而取得了可与小说、诗歌等文学样式相颉颃的地位。燕治国以他的报告文学创作汇入了这个潮流。他的这类作品几乎全部以写人为主，而没有20世纪80年代中期类似钱钢、麦天枢、贾鲁生、赵瑜等人所写的那种大视野、大文化并以理性思考为构架的作品。他风尘仆仆地跑遍了晋省南北、东西，以散文的笔调，小说的手法，替许多在各条战线上作出了贡献的杰出人物树了碑，立了传，产生了不错的社会效应。但放在一起读，则写作模式稍嫌单一，也缺少变化，总体艺术成就不如小说集和散文集。

三

《作家风采》的题目，可能是《太原日报》的朋友们出的，委托燕治国做。操作的过程是，先由他单独或与报社的陈建祖等一起，对一批有影响、有贡献的当代作家、评论家、编辑家进行采访，而后再由他撰写成每篇长约三四千字的短文，陆续在《双塔》副刊刊出。目的是为这批长期受到读者敬重和关注的文化人，留下一帧晚年的剪影，报告一些难得的有关他们生活与工作的信息。被采写人的年龄，一般以"古稀"为下限。不少人年迈体衰，去日无多；有的人在采访时还健在，等到文章刊出时，已经作古了，来不及看他们这个也许是用文字留给读者的最后的镜头了。因此，我以为，撰写"作家风采"这件事，无论对作家，对读者，还是对当代文学事业，都是功德无量的，弥足珍贵的。

作为《太原日报》双塔副刊的一个专栏，自1992年3月2日发表第一篇写马烽的《京华虽好留不住》起，至今已陆续刊出45篇，颇受读者欢迎。大约由于这个栏目的成功，从今年开始，《双塔》又推出由王富仁撰写的《现代作家印象》专栏。与燕治国相比，王富仁似乎更侧重于理性的穿透和学术的权衡。

每篇《作家风采》刊出时，都要配一帧被采访者的近照和一幅他给副刊的亲笔题词，图文并茂，相得益彰。这种搭配方式，无形中缩短了阅读时的心理距离，让读者有一种亲切感。当然，最关键的还是要文章好。这一点燕治国大体上做到了。否则，搞得再花哨也没有用。

我很喜欢《作家风采》中的文字。它们写人、状物、叙事，时而抒情渲染，时而议论风生。无论是角度变换，抑或是时空跳跃，多能于自然流畅之中见出一种优游与从容。就是说，燕治国在写作它们时多少进入创作的自由境界。虽然它们在水平上稍见参差，有的材料嫌单薄，有的结构欠考究，但绝大多数篇什都各有其一定的价值。这价值不仅在于采写对象们的赫赫业绩和读者对有关他们的珍贵信息的企盼，而且更在于文章本身所具有的独立的审美价值。这些文章不同于一般记者所采写的人物访谈和专题报道，尽管在提供信息这一点上是有共同性的。它们是由作家采访并经过心灵熔铸的产物，首先是文学作品，可以欣赏。也许是由于对这些短文的过分偏爱，我甚至觉得，它们在燕治国的文学创作上，是一种前进，是一种综合。其中写得较好的篇章，既能够看出小说家捕捉细节、把握人物个性的描绘能力，又不无散文家的主观抒情色彩和营造某种氛围、境界的意绪，还不难发现报告文学家写作中必不可少的对于信息的敏感、选择与综合组接能力。

燕治国很注意把握他采写的每一位作家的特征，这特征包括特殊的肖像、特殊的神情、特殊的心态、特殊的语言和细节等。被捕捉到的东西，是不是特殊的，是不是为采访对象所独有而为他人所无的，这就要靠经验、靠判断、靠敏感。他采写山西名作家孙谦，就紧紧抓住"南华门里一老农"的特点做文章：画肖像，说这位"慈和老者，脸上纹路略多了些，身上衣衫略散了一些。行走无铿锵之音韵，腰却是弯了，头发却是落了。闲暇时往巷口一站，人以为乡间一老农，田头一大爷"。讲癖好，说他"样样离不开山间田野"，喜欢拢葱栽花，养狗喂鸡，务瓜种豆，而翻土施肥，修畦除草，均极内行。提起穿，说他"实在是少了些讲究，吃要粗米粗面，穿要随意宽松"。于是，晚年孙谦随和而又不拘细节的形象，也就呼之欲出了。

孙谦是山西影剧作家，也写小说、散文、杂文。燕治国和他相处时间长，比较熟悉，全面抓住他的个性特点并不难，但治国同多数被他采访的作家却直接交往很少，或者原先根本就没有接触，只靠一半次采访，材料零散，而他又不喜欢做笔记，要准确地把握特点就难了。于是，只能凭本事。这本事就在于，首先要敏锐地选好角度，然后把有关的材料都往这个角度上集中。例如写陈残云，始终贯穿着他与深圳的历史变迁和关系；写牛汉，则把滹沱河畔的高粱林的意象，作为一种人格的象征，融进笔墨中去，进而勾画出这位曾陷于胡风冤狱的硬汉的气质，尽管这个意象取自牛汉本人的散文《高粱情》。

选取什么样的角度为笔下的老作家们写真，固然与采访对象本身的客观条件关系极大，但决不可以忽略采访者的主体因素的发挥，即燕治国是以什么方式介入的，介入到什么程度。

一般来说,燕治国的首要着眼点是现在,而非过去,他很重视采访当时的情境与在这一情境下的细节,有时也仔细地描写访谈的过程,包括约定采访时间和寻找被采访人住地的曲折过程,敲门焦急等待的过程等。但他并不忽略过去,他总是以对人物现在的描绘为主,适当地穿插进对其过去经历和业绩的回述,也有从对过去的评说开始而转入当前状况的描绘的。他的采访和描写角度主要取自作家当前生活中的某一特定侧面,同时也顾及作家的一生,顾及他们的全家。但无论是写过去,还是写现在,还是透过历史的时空间隔,把过去和现在组接起来,置于特定的角度之下加以审视,都有作为采访者、叙述者,并以第一人称方式出现的燕治国在。他不是冷眼旁观者、评说者,而是情感倾向分明的参与者。他写人物,也写自己,更写自己与人物交流和对人物的感应、体验。因此,他笔下的作家都被涂上了或浓或淡的主观情感色彩,他们首先是特定角度下他眼中的作家,而并非纯粹的客观对象。但这不仅无害于他们的艺术形象的真实性,反倒由于治国情感的真诚和这真诚情感的烘托与熏染,而更显亲切,更加可信。

采写《作家风采》的这一年多,燕治国是全力以赴的。尽管采访的艰辛,以及由这艰辛而引起的情绪波动乃至牢骚都不时流露于笔端,但他还是坚持干了下来,未稍懈怠。临文时,他又总是调动自己全部的生活积累和知识积累,从而显出锐利眼光,形成解析的锋刃,批隙捣虚,使人物更丰满,更立体,更活灵活现,文气无滞涩之感。

他的调动生活积累,主要表现为能够在行文中毫不牵强地带出他与描写对象的交往、联系等,这在他描写比较熟悉的山西作家时尤其明显。如写西戎的提携后进、待人热情宽厚时,他不仅写了流沙河对西戎扶持自己的知遇之恩的感念和没齿不忘的情怀,而且也顺便写了西戎对治国本人的关怀,以及帮助治国调家属到太原的认真负责劲儿。有时,对生活积累的调动也表现为联想到并非描写对象的别的人和事,如写林斤澜时,由于林对李国涛的问候,治国忽然灵机一动,引出一段妙文:"国涛者,吾师也。吾师博闻强记,言必是文章学问,省作协所居的南华门内,其人甚是了得。每与吾师论文,唯有洗耳恭听。尊李不由敬林,我被林斤澜一网套住。"这种插入,看似无心,实则有意。不仅使文字顿显活泛,而且起到一种扩展生活视野、烘托描绘对象的作用。

他的调动知识积累,一是表现为通过对描写对象现在的生活片段的描绘,而追溯其过去的道路和创作成就，如写冰心、写孙犁、写欧阳山、写宗璞等人时都有这种情况。二是表现为不就对象写对象，而是把对象放在一定的相关文化历史与人际关系的网络中进行把握。比如写汪曾祺的一篇和写林斤澜的一篇均妙极，不仅把二人的艺术风格作了准确而有见地的表述，使人品、风度和文品相映成趣，而且有意识地对两人作了比较，像写系列小说一样，很有意思。

作为写作者的燕治国，把自己写入《作家风采》，不仅未夺采访对象的戏，反而使文字生色、耐读。这主要是由于他的真诚。这种真诚既表现为笔下带出的感情，也表现为他对人和事所做的判断。他不隐瞒自己对几十年"左"倾路线横加在作家身上的灾难的厌恶，也不隐蔽自己对一系列问题的观点。例如采访草明时，就明确地表示对过去长期歧视知识分子的思想改造不感兴趣，而不肯轻易附和采访对象的观点。这些都是我所欣赏的。

莫道桑榆晚，为霞正满天。谢谢燕治国不辞劳顿，花了一年多的时间，为本世纪一批年逾古稀的作家，留下了这幅落日熔金、白首丹心的长卷。

1993年8月16日于北京

何西来小传

何西来（1938—2014）陕西临潼人。著名文艺理论家、文学批评家。五岁入村塾启蒙。1958年毕业于西北大学中文系，曾留校任助教一年。1959年—1963年就读于中国人民大学文艺理论研究班，师从何其芳先生。1963年入中国科学院文学研究所工作。历任助理研究员、副研究员、研究员、

刘卫兵摄

研究所副所长、研究生院文学系主任，《文学评论》副主编、主编。主要著作有《新时期文学思潮论》《探寻者的心踪》《文艺大趋势》《横坑思缕》《文学的理性和良知》《论艺术风格》《文格与人格》《艺文六品》《新时期文学与道德》（主编）、

《论北京人艺演剧学派》（合著）、《纪实之美》、《母亲的针线活》等15种。从事文艺理论研究50多年，作为中国新时期文学批评的重量级人物，对20世纪80年代至90年代的文学创作起到了助推作用。

2016年12月28日修订

从西来先生姑爷刘卫兵怀念文章中得知，何先生2013年罹患淋巴癌，化疗后导致肝损伤而再度入院治疗，之后接受人工肝治疗无效，身体各项指标持续恶化终致不治。病重期间，他不让家人告知外界人士，谢绝朋友看望。专门嘱咐不要告诉多年的老友陈忠实，"他岁数大，身体也不好"。陈忠实的《白鹿原》是何先生近年来十分欣赏的长篇小说。他不仅研读了多遍，还在书上做了详细批注。西来先生从事文学评论几十年，在文学理论和文学创作方面帮助过诸多作家和学生。翻看家中三万多册书籍，很多书上都留下他工整的笔记和批注。先生坚持写日记50年，大大小小的日记本摞起来有一人多高。

文学评论家白烨说："长达半个多世纪的理论批评生涯中，何西来不仅呕心沥血、辛勤耕耘，而且秉笔直书、坦荡真诚。他是文学理论批评中实话实说的楷模、实事求是的典范。"王蒙说，"西来友的热情、才华、学问永在人间。"作家何建明说："西来老师最让人敬佩的是他的才情，他的大脑像一部超能量的储存器——五千年中国文明史和历代诗篇，他能滔滔不绝。他是一座学问的高峰，难以超过……"何先生生前好友、文艺理论家刘再复从香港所发挽联写道："华夏赤子，明之极，正之极。品学兼隆，满身侠骨顶天立。往矣往矣，痛哭西来兄竟永别远走；人文清光，诚亦最，真亦最。慧善双就，一腔热血照我行。惜哉惜哉，淘尽东流水犹难洗悲伤。"

西来先生的骨灰安葬在京城香山南麓的金山陵园。站在高高的山坡上，他可以俯瞰让他无比眷恋的大自然和人间风景。

西来大师，您安息吧。您的文品、人品和精神风范将长驻人间。

2016年12月29日雁斋，有改动

一版后记　阴通三：圆满的句号

燕治国对我说，对我们报纸搞的这次活动文坛泰斗们评价很高。冰心老人讲，对《太原日报》我是有感情的。他们有这样的气魄和胆识，是个大好事。夏衍公认为，山西办了件好事，把作家晚年生活集中写一写，是个好主意。马烽老的看法是，《太原日报》办了件积德的好事。治国说时很动情，很兴奋。我听着，也很动情，很兴奋。

策划这次活动，我是认识到它的意义和价值的。但文坛泰斗们的评价，中国作协所属作家出版社愿意出书，并把这本书作为对外文化交流的礼品书，则是我事先未想到的。

1992年5月23日，是毛泽东《在延安文艺座谈会上的讲活》发表五十周年的日子。怎样才能为这篇彪炳万代的煌煌鸿篇留下有长远意义的纪念呢？1992年元旦披着绚丽的彩霞降临人间之后，我就向副刊部的编辑们提出这个问题。一月中旬的一天，副刊部的编辑陈威来到我的办公室，提出她有个想法，就是在"双塔"文学版上开一个专栏，把如今健在的老作家写一写，集中起来发表。她说已同主任杨士忠（现任报社副总编辑）商量了。我认为这个想法很好，是个好点子，并请她先拉出一个名单来。于是，士忠、副刊部副主任陈建祖、陈威和我开始了频繁的磋商。越磋商，越感到这件事意义重大。建祖提出，最好请一位专业作家来开这个专栏，并推荐了"晋军"主力之一的燕治国。我们都认为治国是一个合适的人选。我们派陈威去南华门请治国出山，治国欣然应允；又去山西省社科院文研所请屈毓秀副所长帮助核对了老作家名录。大约到二月上旬，开专栏的各项细节均已确定，在征得了编委会其他领导的同意之后，二月下旬正式开始实施了。

治国首先从山西的七位老作家写起，这一段是陈威协助进行；当治国的笔触伸出娘子关外，建祖就担起了协同采访的重任。对这一组文章的评价，何西来先生的序里已有精彩的论述。相信此书问世之后，作家评论家们会从不同的角度继续发表他们的真知灼见。但治国在采写过程中的甘苦，却是我不能不"披露"一二的。

为了给报社省钱，治国和建祖在北京每天挤公共汽车；为了给报社省钱，他们不住舒适一些的旅店招待所而去钻地下室。我也在北京生活过，偌大的京城，人生地不熟，白天找人采访，晚上就要写出稿来，一个星期至少要发表一篇，铜臂铁腿也会跑得散了架。汪曾祺汪老住在蒲黄榆，他们挤车赶到永定门，再大步流星去寻找汪老住处，才知道跑了近一个小时的冤枉路。有一天，他们上午采访了韦君宜先生，中午一点钟赶到严文井先生家。午饭午睡，只好作罢。管桦先生住在西坝河，采访毕又到李纳居处，夜晚再到右安门雷加住处采访。那一天，他们几乎跑遍了半个北京城，人虽累得半死不活，却因收获颇丰而乐得颠三倒四。两位沽来白酒，在地下室里边侃边喝，醉得东倒西歪，醉得有滋有味。有一次，治国记错了冯至先生的电话号码，打了几次打不通，只好找社科院询问。问好了冯老的电话号码，一看表，和邹获帆先生约定的时间快到了，等车不耐烦，扯开大步就走。一个多小时后走到了邹家，采访毕邹老，却又坐错了公共汽车，绕来绕去，到了朝阳门立交桥。再给冯家打电话，才知道冯老就住在协和医院，离他的住宿处才三五十米。当我知道这些情况后，敬佩、感慨、内疚之情时如潮涌，时如芒刺，立即告诉他，以后出去，住宿条件要好一点，必要时也应当坐出租车。可治国却说他双腿顾长，极善奔跑，且挤车本领超凡出众。

一些文坛前辈已身患重病，采访起来就更加困难。然而，正因如此，治国的文章才更多地蕴含了历史的份量。在协和医院采访艾青，艾老当时不能说话；采访叶君健，叶老已患癌症住院治疗；严辰先生脑组织软化已经不能表达思维；白朗先生卧床八年，基本上不说话、不写文章、不接待来访者。面对这位来自山西的风尘仆仆、热情灼人的"专栏作家"，老人们一个个都破了例，依然在燃烧着的生命之火竟奇迹般地拿起了笔，为《太原日报》题了词，曾经在中国文坛上辉煌夺目的文星再次闪光。我们完全可以想见治国在采访时付出了多大的心血和力气，才有了这一组称得上绝唱的文章、照片和题字。当然，我也认为，为了获得这些照片和题字，为了写出这些文章，治国付出了多大的心血和力气都是值得的。采访的辛苦和蕴涵的甘甜是无穷无尽的。这将会在今后的日子里得到证明。

当然，也有令治国伤心的时候。有次，也和一位老前辈约好，按时造访却又被家人挡驾。尽管治国一再解释来意，对方依然大谈无聊记者是如何靠吮吸女作家的唾液过日子之类，甚至用脚尖挑了拖鞋，漫不经心地在电话里和别人聊闲天。我们的治国看似文质彬彬的书生，其实也是铁骨铮铮的硬汉。这还有什么写头呢？当即拂袖而去。然而，他毕竟极善良，在我的办公室里说及此事时，受辱的愤慨早已忘却，留下的只是淡淡的遗憾。

五十位文坛前辈在纪念《讲话》发表五十周年的日子里其景况，其形象，其手迹，就这样一一见诸报端，构成了《太原日报》"双塔"副刊足以自豪的篇章，在报林众多的纪念活动中闪耀着独特的光彩。然而，令人耿耿不能自谅的，是未能采写到巴金老人。在这部书里，是不能没有我们景仰的文坛泰斗巴老的。由于出书在即，时不待人，建祖说，唐达成先生有个很好的建议，请对巴老素有研究的人民日报记者、青年作家李辉帮助我们。于是，就有了这第五十一篇。于是，我们就能比较完善、比较完美地把这部书奉献给海内外的读者朋友。五十一篇文章的编排顺序与见报时不同。因为见报时是以采访的先后安排。报纸的副刊也要求实效性，能采访到谁就先写，先见报。出书就不同了，既需要也有时间考虑各个方面的因素，经过各种方案的反复磋商，慎重选择，现在是按年龄大小的顺序来编排。古来有序齿之说，年长为兄，幼者为弟。五十一位文坛老前辈，走过几十年坎坷不平、文采迭现、意味深长的路，如今多已进入耄耋之年。他们的作品，他们的经历，支撑着中国现代文学史；他们的贡献，他们的地位，自有历史来论定。我们组织采写的这些行云流水般的散文作品，当然应以年龄顺序排列最为妥当。

何西来先生作序，主要篇幅放在对治国小说和散文创作的评论上，我也是很满意的。一些读了治国发表在"作家风采"栏内这组文章的人们来信发表感想，多有"行文如流水真是美极了""文采斐然""引人入胜，耐人寻味"等赞语。而治国在短短时间里，以我们新闻记者的采访速度写出这组脍炙人口的传世之作，也得益于他在小说和散文创作上的功力。其文、其事、其人都有百分之百的理由让海内外读者朋友了解他。西来先生的序有助于达到这个目的。治国是当之无愧的。

这部书的出版，为《太原日报》副刊这次极有价值、意义深远的活动划了一个圆满的句号。正如人们经常讲的那样，句号也是起点，今后的路更长。建立社会主义市场经济体制的伟大目标正在中国这块古老的土地上引发着巨大而深刻的变革，层出不穷的历史性选题蕴藏在社会变革之中，等待着报纸副刊去发掘、选择、撷取。有眼光有抱负的副刊编辑们定会大有作为，创造出更多更好的业绩。

1993年10月25日凌晨2时

阴通三　资深媒体人，全国优秀新闻工作者。时任《太原日报》常务副总编。

二版后记　那时我还年轻

十多年前,《太原日报》双塔副刊拟用一年时间开辟《作家风采》专栏,邀我采写一批作家,我当下就同意了。那时我还年轻,一年间写几十篇小文章不算大事。再则副刊同仁待我不薄,曾几次用整版发表过我的作品。如今需要我出力,理该倾情相报。但在答应时我提出自己的想法:只写年过七旬我所熟悉或读过其作品的老作家,不在此列者,恕不搅扰。

开头很顺利。山西几位老作家都是我的左邻右舍,不出胡同口就可以去家里聊天讨教。白天上班看稿,晚上辛苦点,七八篇文章很快就写完了。发表出去,反响尚好。之后抽空进京,采访就不那么顺当了。

北京作家住得非常分散,我的时间又很紧,必须在三五天内尽可能多见几位作家,然后赶回太原找资料写文章还要编发《山西文学》。如此跑了几趟,我真是领教了疲于奔命的滋味——在京时尽管有高洪波、秦文玉二位学兄全力帮忙,所访作家都由他们来联系,但跑腿采访毕竟是我的事。汪曾祺先生家住蒲黄榆,我和陈建祖君挤车赶到永定门,再满头大汗去寻找那个连北京人都不知道的地方。等到了汪家门口,才知道跑了近一个小时的冤枉路。第二天上午采访完韦君宜,中午一点钟必须赶到严文井家里,只好舍弃了午饭午休。管桦家住西坝河,采访完毕,急忙赶往红庙李纳家,夜晚再到右安门找雷加先生。那一天,我们跑遍半个北京城,人累得半死不活,等回到小旅馆,躺倒便睡。

我仰头问天:如此没明没夜地跑,有意义吗?

女儿在北京上班,我没有和她坐下来吃一顿像样的团圆饭,也没有去看望诸多亲戚朋友们。之后到广州到武汉到西安,都是采访完就走,没进过一家商场,没尝过一样小吃。与黄鹤楼擦肩而过,不知道大雁塔在西安的什么方向。

在火车上，在旅馆里，我多次考问自己：如此跑来跑去，值吗？

不少老作家身患重病，采访起来十分困难。在协和医院看望艾青，艾青已经不能说话了。叶君健老人身患绝症，意志极为坚强，只是回天无力，让人看着心痛心酸。严辰脑组织软化，已经失去记忆。白朗卧床八年，基本上不说话不写文章不接待来访者……但是，他们或他们的家属都热情地接待了我。或许是由于他们和山西有着割不断的情分，或许是由于我的真诚与执着。

当我陆续将五十篇文章、五十幅题字和照片交给副刊编辑时，报社阴通三副总编辑撰文写道："……老人们一个个奇迹般地拿起笔，为《太原日报》题了词，曾经在中国文坛上辉煌夺目的文星再次闪光，我们完全可以想见治国在采访时付出了多大的心血和力气，才有了这一组称得上绝唱的文章、题字和照片。当然，我也认为，为了获得这些题字和照片，为了写出这些文章，治国付出多大心血和力气都是值得的。采访的辛苦和蕴涵的甘甜是无穷无尽的。这将会在今后的日子里得到证明。"

那时我还年轻。我实现了自己的承诺。我做完一件事情。我不敢说匆促中写就的五十篇文章有多么精彩，但文章能获得老作家和广大读者的认可，我感到十分欣慰。

原以为这件事就算结束了。报社组织了颇具规模的研讨会，还出资印刷了一批赠书。之后我回到《山西文学》编辑部，认认真真做了几年编辑，再转到文学院，过起了在外人眼里恬淡而自在的日月。

但是我很难忘记那些曾经采访过的老人。当初之所以那么痛快地答应报社的邀约，应该还有一种情结，那便是希望圆我青少年时代的一个梦。我的家乡偏远而贫瘠，但万千重大山挡不住一个乡村孩子对文学的向往和憧憬。在黄河岸畔，在煤油灯下，我曾经如饥似渴地读过这些作家的作品。在山沟，在梦里，我曾经无数次地与他们倾谈，与他们对话。如今见到这些老人，并且记录下他们的晚年生活，我觉得值得，也很有意义。

1993年10月，冯至先生辞世。之后是吴组缃、葛洛、白朗、束为、吴有恒、秦兆阳。再往后，是夏衍、冰心、冯牧、艾青、曹禺、端木蕻良、陈荒煤、徐迟、魏钢焰、张志民、邹荻帆、冈夫、萧乾、叶君健、郑笃、汪曾祺、孙谦、延泽民、王汶石、严辰逯斐夫妇、西戎、卞之琳、孙犁诸位……每走一位，我总感到一种揪心的痛楚。我知道他们心愿未了，还有好多事情没有做完。每走一位，总有报刊向我约稿，希望把写他们晚年生活的文章再发表一次。不少读者经常来信，希望能得到一本精美的书。

2004年1月，我最崇敬的马烽老师走了。思念之余，我决心把《作家风采》发过的文章重新修订一次，并辑录了作家小传，收集了更多照片，找出许多当年有关的文章和信件。直到今年，总算做完这件事情，其间又传来李若冰、严文井先生去世的消息。

我感谢山西人民出版社诸位同仁，感谢张继红副总编辑和本书责任编辑冯潞先生，他们十分敬重这些渐行渐远的文坛老人，在审定书稿时，对每篇文章都进行过反复斟酌和商讨。书名是继红先生勘定的，我觉得很实在，很妥帖。好多老作家的遗属得知消息后，托我代为致意：谢谢他们！

当年曾大力促成此事的中国作家协会名誉副主席、中华文学基金会常务副会长张锲先生，中国作家协会党组成员、书记处书记高洪波先生，中国社会科学院文学研究所研究员何西来先生及中国作家协会副主席、山西省作家协会主席张平先生，中国作家协会副主席、陕西省作家协会主席陈忠实先生欣然出任本书顾问，我真诚地感谢他们。

感谢《太原日报》诸位领导和双塔副刊的朋友们。特别感谢高洪波学兄和英年早逝的秦文玉学兄，没有他们的提携与帮助，就不会有这几十篇文章。感谢当年诸位老作家和他们家属的热情接待。感谢中国作家协会及山西、陕西、湖北、广东、北京市作家协会的鼎力相助。

在此次修订过程中，我的夫人杨桂芝女士承担了搜集、整理、打印、扫描所引资料和校正文稿等大量繁杂工作，我衷心地向她说一声：辛苦了！

同时隆重感谢本书部分照片的拍摄者。有些照片和资料来自网站，我不知道作者姓名或他们的通讯地址，谨在此一并表示深深的敬意。我们所做的一切，都是希望善良的人们记住这些老作家，记住这些渐行渐远的文坛老人。他们曾经为中国文学事业做出过杰出贡献，我们希望给他们留下最后一帧精美的剪影。

我也感谢热心的读者，你们永远是作家的上帝。

2005 年 10 月 1 日于听涛书屋

三版后记

2016年11月22日，北岳文艺出版社孙茜编辑打电话给我，说她从自己的藏书中看到拙著《渐行渐远的文坛老人》，有意呈请社领导商讨再版事宜，特征求我的意见，是否愿意再版？是否有新的修订意向？以及稿酬如何支付等等。

消息来的很突然，我几乎怀疑自己听错了。毕竟，距这批旧作最早发表已经过去24年，距第一次结集出版亦已23年，距二次出版也已经十年了。我想，能有这样的机遇，恐怕是得益于书中所写几十位前辈作家在天之灵的庇佑和文学事业历久弥新的迷人魅力吧？

事情进展很快。当年12月6日签订出版合同后，我随即开始新一轮修订。

为保持原貌，50篇访谈文章及当时一些附录文字基本不动。借助奇妙便捷的互联网络，我重新查录订正了当年所访50余位老作家的小传。已然辞世的前辈，尽可能准确标注生卒年月。增补了他们的部分代表作，订正了一些报道传言的不实之处。对文中涉及到的老舍、赵树理、唐达成、文洁若、李广田、何其芳、罗烽、路遥、邹志安、沙飞、高洪波、秦文玉、邹海岗、丁玲、流沙河、何西来、陈忠实、段杏绵等作家，或增补有关资料，或摘取有关文章，并适当补充了生平简介。个中倘有疏漏不周之处，尚祈作家及其家人亲朋谅宥。

尊重有关各方提议，此次再版保留了初版时李辉先生撰写的《云与火焰的景象》，谨向李辉大家表示诚挚的感谢！

书名《先生们》系出版社各位方家商定，也是书中出现频率最高的词语。我尊重这些前辈或同辈作家。过去，现在，将来，他们都是我的

"先生们"。

真诚感谢北岳文艺出版社诸位同仁,感谢至今未曾谋面的孙茜编辑。

后来我查了一下,2016年11月22日,是阴历二十四节气中小雪的开始日。

这个日子真不错。

2017年8月15日于北京寓所